Aber er hat doch gelächelt

Eine wahre Geschichte über emotionale Abhängigkeit,
Selbstverlust – und den Schmerz, sich selbst zu verlieren.

© 2025, Maja Goehlich
Verlag: BoD · Books on Demand GmbH,
Überseering 33, 22297 Hamburg, bod@bod.de
Druck: Libri Plureos GmbH,
Friedensallee 273, 22763 Hamburg
ISBN: 978-3-7693-4992-4
1. Auflage 2025
Gedruckt in Deutschland

⚠ Triggerwarnung:

Dieses Buch beschreibt Szenen psychischer und emotionaler Gewalt – ungeschönt, eindringlich, brutal. Es geht um toxische Beziehungsmuster, um Manipulation, Abwertung, Kontrolle und den langsamen Zerfall eines Menschen in der Abhängigkeit von jemandem, der ihn systematisch zerstört.

Es zeigt, wie Liebe zur Sucht wird, wie Hoffnung krank macht, und wie man sich selbst verliert – Stück für Stück – ohne es zu merken.

Die Darstellungen können tief erschüttern. Vor allem, wenn du selbst einmal geliebt hast, bis es wehtat. Wenn du geblieben bist, obwohl du längst hättest gehen sollen.

Dieses Buch kann triggern. Es kann retraumatisieren. Es kann alte Wunden aufreißen.

Bitte lies es mit Selbstfürsorge.

Mach Pausen.

Sprich mit jemandem, wenn es zu viel wird.

Und erinnere dich:

Du bist nicht allein. Und du bist nicht schwach.

Du hast überlebt.

Und das ist Stärke.

Inhaltsverzeichnis

Vorwort

Manchmal liest man eine Geschichte und denkt: Das kann so nicht passiert sein.

Zu übertrieben. Zu absurd. Zu grotesk.

Und genau deshalb sage ich es gleich am Anfang:

Alles, was du in diesem Buch liest, ist wirklich passiert.

Nicht im übertragenen Sinne. Nicht „inspiriert von". Nicht lose angelehnt. Nein. Genau so.

Stundenlange Chatverläufe. Sprachmemos, die sich anfühlten wie seelische Geiselnahmen.

Kontrollfragen. Emoji-Zählungen. Taschentücher im Klo als Beziehungsindikator.

Und Gewalt – körperlich, psychisch, systematisch.

Fremdschämen in einer Intensität, die körperlich wehtut.

Die Namen wurden geändert. Die Orte unkenntlich gemacht. Details aus Sannas und Mellis Leben so angepasst, dass keine Rückschlüsse auf die Menschen möglich sind, auf denen diese Figuren beruhen.

Aber der Wahnsinn? Der ist echt.

Ich weiß das, weil ich dabei war.

Oder besser gesagt: Ich wurde dabei.

Zur Seelsorgerin, Beraterin, Rettungsleine.

Und irgendwann zur unfreiwilligen Chronistin eines Beziehungskrimis, bei dem man nicht wusste, ob man weinen, schreien oder einfach nur fliehen sollte.

Ich wollte die „Freundschaft" mehr als einmal beenden.

Weil es keine war. Weil es nie um mich ging.

Weil meine eigenen Sorgen unter einem Berg aus Männerproblemen begraben wurden, den die Frau, die ich hier „Sanna" nenne – täglich neu aufschichtete.

Was ich fühlte, war eine toxische Mischung aus Mitleid, Sensationsgeilheit und der immer wieder aufflammenden Hoffnung, dass sich etwas ändern würde.

Dass sie irgendwann aufwachte.

Dass es irgendwann vorbei wäre.

War es aber nicht.

Und als sich schließlich alle von ihr abwandten,
blieb ich. Nicht, weil ich noch Kraft hatte.
Sondern weil ich das Gefühl hatte, sie hätte sonst niemanden
mehr.

Dieses Buch ist kein Ratgeber.
Kein wissenschaftliches Werk.
Und kein Plädoyer für Geduld mit zerstörerischen Mustern.
Es ist ein Dokument.
Ein Einblick in eine Beziehung,
die alles zerstört hat, was sie hätte retten können:
Selbstachtung, Realitätssinn, Integrität.

Ich wünsche mir, dass du beim Lesen
einen Eindruck bekommst, wie sich emotionale Abhängigkeit
wirklich anfühlt. Wie toxisch sie sich in süßen Worten tarnt.
Und wie schwer es ist, loszulassen,
wenn die Hölle einem manchmal wie Zuhause vorkommt.

Möge dieses Buch nicht nur unterhalten.
Möge es auch wachrütteln.

Denn manchmal ist die absurdeste Geschichte
die traurigste Wahrheit.

Hinweis zur Begriffsverwendung:
Wenn in diesem Buch von einem „Narzissten" die Rede ist, ist
damit **nicht zwingend die narzisstische
Persönlichkeitsstörung im klinischen Sinn** gemeint.
Es geht um Menschen mit einem **narzisstischen
Persönlichkeitsstil** – also einem Verhalten, das durch
übermäßige Selbstbezogenheit, geringe Empathie, ein starkes
Bedürfnis nach Bewunderung und ein mangelndes
Verantwortungsgefühl gegenüber anderen geprägt ist.
Ein solcher Stil ist **deutlich häufiger** anzutreffen als eine
diagnostizierbare Persönlichkeitsstörung – und kann trotzdem
massiven Schaden anrichten.
Die Verwendung des Begriffs „Narzisst" erfolgt hier also nicht
als Diagnose, sondern als Beschreibung eines **wiederkehrenden,
toxischen Beziehungsmusters.**

Kapitel 1 – Bitte nicht wieder einer

Melli wusste gar nicht mehr so genau, wie das alles eigentlich angefangen hatte. Also das mit Sanna. Mit diesem zähen Kontakt, der sich wie ein Kaugummi zog, den man längst hätte ausspucken sollen, weil er nach Pappe schmeckte.

Irgendwas mit Facebook war es. Eine dieser Müttergruppen, in denen gebrauchte Kinderkleidung angeboten wurde. Sanna hatte dort versucht, ein paar getragene Kindersocken zu verkaufen. Fast zum Neupreis. Mit dem Zusatz: „Kaum getragen – nur im Maxi-Cosi." Der Verkaufserfolg blieb – sagen wir – überschaubar. Stattdessen entbrannte unter ihrem Post eine Diskussion, in der Sanna nicht etwa den Preis anpasste, sondern in den Angriffsmodus schaltete. Die anderen würden sie eh hassen. Sie sei schon immer ausgeschlossen worden. Die Gruppe wäre ein einziger Hühnerhaufen aus Heuchlerinnen, die sich gegenseitig die gebrauchten Latzhosen zuschöben, aber IHR gönnte man nichts. Die Gruppe habe sich verschworen, ihre Socken nicht zu kaufen. Dass die Socken einfach nur zu teuer waren, der Gedanke kam Sanna gar nicht erst. Melli hatte das damals belustigt mitgelesen – mit dem unbestimmten Gefühl, dass hier jemand eher nach Liebe suchte als nach einem Käufer.

Und dann… kam der erste Chat. Irgendeine Nachfrage zu einem Erziehungspost. Oder einem Buchtipp. Irgendetwas, was Sanna dazu veranlasste, Melli nach ihrer Handynummer zu fragen, die Melli dann auch herausgab. Ein Fehler, wie sich später herausstellen sollte. Denn Sanna war eine von denen, die Nähe sofort mit Exklusivität verwechselten. Einmal nett geantwortet – zack, plötzlich Seelsorgerin.

Melli war gerade selbst frisch getrennt gewesen. Nach über einem Jahrzehnt Ehe, vier Kindern, Therapien, Mediation und dem ganzen Programm. Sie war also, wie man so schön sagt, „in der Verarbeitung" – aber zumindest in einer neuen und stabilen Beziehung. Sanna war gerade kurz vor der Trennung und wusste nicht weiter. Ein gefährlicher Zustand für alle, die zu Sanna sagten: „Schreib ruhig, wenn du jemanden brauchst."

Sanna schrieb. Und zwar… ständig.

Erst ging es um ihre Ehe. Oder das, was davon übrig war. Gerhard, ein Mann mit Doppelleben, so zumindest ihre Version. Irgendwas mit Affäre, Kinder, Kontrollverlust. Der mysteriöse "gemeinsame Bekannte", mit dem Sanna eine dieser intensiv-schwebenden Fast-Affären hatte, bei denen drei Wochen WhatsApp reichen, um gleich 2 Ehen zugrunde zu richten. Melli half ihr. Natürlich. Wie sie immer half. Sie suchte sogar den Flug raus, mit dem dieser Mann aus den USA zurückkam. Weil Sanna es „wissen musste". Ob er sich meldete, wie lange der Flug dauerte, ob es eine Verspätung gab. Alles Hinweise. Alles Teil des Beweismaterials in Sannas innerer Akte: "Wahrheit oder Lüge?" Sanna fiel außerdem auf, dass Melli und Gerhard oft zeitgleich online waren, was bedeuten musste, dass Melli mit ihm schrieb. Damals hätte Melli, die nicht einmal Gerhards vollen Namen oder seine Telefonnummer kannte, schon merken müssen, dass etwas nicht stimmte. Denn Sanna war fordernd. Kontrollierend. Fragte, warum Melli nicht antwortete. Ob sie sie vergessen hatte. Ob sie „was gesagt" hatte, was doof war. Melli schrieb es der Trennung zu. Der Unsicherheit. Der Wunde, die eben frisch war. Tinder wurde dann Sannas neues Biotop. Melli bekam im Sekundentakt Screenshots. Männer mit Sixpacks, mit Gitarren, mit Kindern, mit verdächtig oft „gerade getrennt" im Profil. Sanna sortierte wie eine Mischung aus FBI-Ermittlerin und Disney-Prinzessin. Wer nicht innerhalb von 30 Minuten antwortete, wurde als emotional gestört klassifiziert. Wer sich meldete, war zu langweilig. Die Guten kamen in den Ordner „Langweilige Nice Guys", die Unerreichbaren in den mentalen Schrein „Zukunftsehemann mit Bindungsstörung".

Und dann kam **Erik**.

Der Prototyp. Das Original. **Der Blueprint aller toxischen Männer**, die Sanna fortan als Fixsterne in ihr Orbit ziehen würde. Großes Drama. Großes Schweigen. Und Sanna mittendrin, wie eine Opernsängerin ohne Bühne, die verzweifelt nach Applaus suchte. Erik wollte sich nicht binden, Sanna aber genau das und das auch bitte möglichst schnell und möglichst fest. Erik reagierte mit Rückzug, ghostete sie. Ghosting ist eine Unart, keine Frage aber Sanna ertrug das besonders schlecht. Die offenen Fragen, die fehlenden Erklärungen, für Sanna war das Folter. Und in ihr der Drang, etwas zu tun, um das Ruder herumzureißen. Um Erik zu einer Reaktion zu motivieren, um ein zu überzeugen, eine Beziehung mit ihr einzugehen. Nur: Je mehr Sanna tat, desto mehr fühlte Erik sich bedrängt. Und Sanna? Tat immer NOCH mehr, damit er sich endlich auf sie einlasse. Erik war nicht bösartig. Er machte Sanna nicht runter und quälte sie auch nicht bewusst. Er war einfach nicht greifbar. Verschwand. Nachdem sie ihm wochenlang nachgelaufen war, gab Sanna schließlich auf. Der Liebeskummer war furchtbar gewesen und Sanna unerträglich mit ihren ständigen Briefen, Gedichten und Videos, die Erik zum Zurückkommen bewegen sollten. Melli war froh, als es ruhiger wurde.

Nach Erik kamen viele. Kurz. Intensiv. Unklar. Alle sehr an Intimitäten interessiert, aber ziemlich schnell auf dem Rückzug, wenn Sanna mehr wollte. Doch keiner brannte sich so tief in sie ein wie der Nächste. Der, bei dem Sanna nicht nur am Rad drehte, sondern gleich die ganze Waschküche verwettete:

Er nannte sich Joe.

Nicht Johannes, wie es in seinem Ausweis stand. Joe – das klang nach Wildnis, nach Abenteuer, nach einem Mann mit Geheimnissen und Geschichte. Dabei war es nichts weiter als ein selbstgewählter Tarnname.
Eine Maske.
Wie so vieles an ihm.
Der Charme, die coolen Sprüche, das Lächeln im richtigen Moment – alles sorgfältig kalkuliert.
Johannes war der Mann, den er im Spiegel rasierte.
Joe war der, den er im Chat präsentierte.

Und Sanna?
Sie verliebte sich nicht in ihn.
Sie verliebte sich in Joe.

Sie kannte diesen Tonfall. Diese Euphorie, die Sanna, wie sie sich inzwischen nannte – wie eine warme Decke über jede

Warnung legte. Dieses süßliche Hochgefühl, wenn die Nachricht *„Bin grad bei meinen Kids, meld' mich später"* nicht als Ausrede, sondern als Beweis väterlicher Kompetenz gelesen wurde.

Melli saß da, das Handy in der Hand, und dachte: *Bitte nicht schon wieder. Bitte nicht wieder einer, der sich nur meldet, wenn's ihm passt. Der große Gesten macht – und dann vom Sofa aus das Leben anderer Menschen ruiniert.*

Doch Sanna war überzeugt.

Überzeugt, dass Joe anders sei.

Nicht wie Erik. Nicht wie die Tinder-Typen, die nach drei Dates plötzlich ihre „emotionale Komplexität" entdeckten oder dienstags ihre Ex zurücknahmen.

Joe war präsent. Joe war zärtlich. Joe hatte Sätze gesagt wie: „Du bist so viel mehr, als du denkst."

Und Sanna – sie wollte das glauben. Wollte glauben, dass dieses Mal alles anders wäre. Dass dieser Mann keine Prüfung war, sondern die Belohnung danach.

„Ich spür das, Melli. Der ist es."

Und Melli lächelte.

Nicht zustimmend. Eher resignierend.

Sie hatte schon viele *„Der ist es"* gehört.

Keiner war es gewesen.

Aber sie sagte nichts. Noch nicht.

Denn wenn Sanna auf Wolke 7 schwebte, dann durfte man nicht mit Fakten werfen. Nur leise Kissen unterlegen. Für den Aufprall.

Aber es kam anders.

Denn Joe war nicht irgendein Typ.

Joe war der Anfang vom Ende.

Kapitel 2 – Ich will nur glauben, dass er anders ist

Wenn Sanna gewusst hätte, was für eine Achterbahnfahrt sie mit Joe erwartet, hätte sie ihm vielleicht nie zurückgeschrieben. Vielleicht. Aber wer wäre sie dann gewesen? Bestimmt jemand mit Selbstachtung und klaren Grenzen – ein ganz anderes Universum. Ein Abend, ein Wisch, ein Satz zu viel – und plötzlich war er da.

Der Mann mit den warmen Augen, dem charmanten Lächeln und der Stimme, die sich wie ein samtweiches Versprechen um ihre Gedanken legte.

Nicht in einer Bar. Nicht auf einer Party.

Auf Tinder.

Zwischen zwei Fotos von biertrinkenden Anglern und einem Hobby-DJ mit Mittelscheitel.

Sanna hatte sich sein Profil dreimal angesehen.

Joe, 46. „Authentisch. Tiefgründig. Chaot mit Herz."

Sie hätte stutzig werden können.

Hätte sich fragen können, warum jemand mit drei Herz-Emojis in der Bio plötzlich „authentisch" wirkt.

Aber sie war müde. Müde von Gesprächen über Hobbys und Hundefutter.

Und Joe hatte genau das, was in ihr knisterte:

Wortwitz, Rätselblick und diese verfluchte Aura von *Ich bin nicht wie die anderen.*

Er schrieb nicht: „Hi, wie geht's?"

Er schrieb: „Ich hab das Gefühl, du schreibst Gedichte mit deinen Augen."

Sanna hätte lachen können.

Tat sie auch.

Aber nur, weil sie gleichzeitig dachte: *Verdammt. Der weiß genau, wie man mich kriegt.*

Nach zwei Stunden Sprachnachrichten war es um sie geschehen.

Sie kannte seine Lieblingsmusik, seine Kindheitserinnerungen, seinen Schlafrhythmus.

Er kannte ihre Stimme – und das reichte ihm.

„Du klingst wie jemand, den ich nie mehr loslassen will", sagte er am dritten Abend.

Und Sanna?

Spürte zum ersten Mal seit Langem wieder dieses leise Beben in der Brust.

Dieses: *Vielleicht ist es diesmal echt.*

Vielleicht war das das Ende der Suche.

Was sie nicht wusste:

Manche Geschichten beginnen wie ein Versprechen.

Und enden wie eine Abrechnung.

"Er hat mich angeschrieben. Und du wirst es nicht glauben – er ist etwas Besonderes!", schrieb sie Melli.

Melli hob eine Augenbraue. "Wow. Ein Mann, der ganze Sätze schreiben kann. Das ist heutzutage ja fast wie ein Lottogewinn."

Sanna ignorierte die Ironie. Sie schickte Screenshots an Melli und diese las die ersten Nachrichten. Name: Joe. Beruf: Disponent, aber nach einem Unfall längerfristig krankgeschrieben. Hobbys: Biken, Whiskey, tiefgründige Gespräche. Melli schnaubte leise. Der klassische Tinder-Philosoph. Zu glatt, zu perfekt. Ein Mann, der wusste, was Frauen hören wollten. Gefährlich.

"Gute Nacht, Babe. Ich freu mich auf morgen."

"Und, was denkst du?", fragte Sanna mit diesem leichten Funkeln in den Augen.

Melli seufzte. "Du willst, dass ich ehrlich bin oder dass ich sage: 'Oh mein Gott, Sanna, das klingt nach dem Mann deiner Träume'?"

"Ich meine es ernst. Er ist... anders."

Ja, sicher. So anders wie jeder andere Mann, der sich in den ersten Wochen als perfekt verkauft. Aber Sanna war hin und weg. Sie erzählte von ihrem ersten Telefonat – das sich wie ein Gespräch mit einem Seelenverwandten angefühlt hatte. Von seinem Interesse an ihren Gedanken, von seiner charmanten Art.

"Er hat mich gefragt, wie ich mich **wirklich** fühle, verstehst du? Wer macht das schon?"

"Psychopathen. Manipulatoren. Oder Männer, die wirklich interessiert sind. Die Kunst ist es, herauszufinden, zu welcher Kategorie er gehört."

Sanna lachte und winkte ab. "Du bist so misstrauisch. Ich habe ein gutes Gefühl bei ihm."

Natürlich hatte sie das. Es war der Zauber der ersten Wochen. Die Phase, in der jede Nachricht wie ein kleiner Dopaminschub durch den Körper schießt Natürlich wollte Melli etwas sagen. Aber sie wusste, dass Sanna im Rausch war – und nüchterne Worte da nicht ankamen. Sanna war eine Romantikerin.

Aber nicht diese mit Rosamunde-Pilcher-Blick und Bastelkerzen. Sondern eine, wie sie in alten Liebesfilmen vorkommen, die in schwarz-weiß beginnen und in Tränen enden.

Mit großem Herzen, viel zu weichem Kern – und dem unerschütterlichen Glauben, dass es da draußen einen gibt, der sie wirklich sieht.

Ganz.

Mit allen Fehlern, mit allem Zuviel, mit der Sehnsucht, die keine Pause kennt.

Sie hatte sich schon so oft lächerlich gemacht in ihrer Suche nach diesem Einen.

Erik – der nie über die Bettkante hinaus Gefühle entwickelt hatte und ein paar andere, die alle das Gleiche taten: gehen, wenn es ernst wurde.

Und jedes Mal, wenn sie zurückblieb,

mit diesem leeren Gefühl und der WhatsApp-Tonstille,

wurde aus ihrer Sehnsucht eine Art Ertrinken.

Ein emotionsgetränkter Überlebensreflex,

der sagte: Beim nächsten Mal, da halt ich fest. Fester. Härter. Und ich lass ihn nicht mehr los.

Sanna war nicht mehr auf der Suche.

Sie war auf der Flucht vor der Enttäuschung.

Und als Joe kam, mit seiner samtweichen Stimme und dem „Du

bist anders"-Blick, da war sie nicht einfach verliebt.

Da war sie bereit, sich zu verlieren –

nur um nie wieder dieses Gefühl zu haben, dass sie nicht reicht.

Sie dachte: Das ist es jetzt.

Die große Liebe.

Der Lohn für all die Tränen, die gekonnt ignorierten Red Flags und die 72 unbeantworteten Nachrichten an Erik.

Melli biss sich auf die Zunge. Ein falscher Satz – und Sanna stürzte vom Höhenflug direkt ins Drama. Denn wie erklärt man jemandem, dass er nicht gerade den Richtigen gefunden hat – sondern seinen nächsten Abgrund?

Melli hatte von Anfang an ein ungutes Bauchgefühl. Nicht dieses diffuse „vielleicht passt es einfach nicht"-Gefühl, sondern eher so ein inneres Sirenengeheul, wie man es aus amerikanischen Katastrophenfilmen kennt.

Zu viel. Zu schnell. Zu laut.

Joe war ein Feuerwerk – aber eines, das mit jeder Rakete schon das nächste Desaster ankündigte.

„Du bist verrückt. Aber auf die gute Art."

„So sexy. Du hast was Wildes."

„Du bist besonders. Anders."

Und Melli kannte diese Worte. Diese Euphorie. Sie war nicht nur Beobachterin – sie hatte selbst so einen Joe gehabt.

Er hieß Chris.

Chris war ihre ganz persönliche Netflix-Serie mit 100 Folgen Selbstverleugnung.

Er stand da wie der smarte, charismatische Architekt mit Rollkragenpullover und sagte:

„Ich bewundere dich. Deine Stärke. Deine Wildheit. Deine Tiefe."

Übersetzung: Ich hab gelesen, was dir fehlt – und baue dir ein Luftschloss daraus.

Und als sie dann angebissen hatte, als sie ihr inneres Chaos auf ihn projizierte und dachte Der versteht mich!, begann die Show.

Genauer: das Spiel.

Denn toxische Männer sind keine Beziehungspartner. Sie sind Regisseure.

Sie casten dich für die Rolle der Traumfrau, sie lassen dich strahlen – und wenn die erste Staffel gelaufen ist, ändern sie das Drehbuch.

Plötzlich bist du zu viel.

Zu emotional.

Zu anhänglich.

Zu kompliziert.

Oder wie Chris es sagte:

„Man darf bei dir die Zügel nicht zu locker lassen, du tanzt einem nur auf der Nase herum."

Und Melli – die Psychologin, die eigentlich alles wissen müsste – rannte trotzdem noch Monate hinter dem Phantom vom Anfang her.

Dem Mann, der sie auf Händen trug.

Der sagte, sie sei das Beste, was ihm je passiert ist.

Der vorgab, sie zu sehen.

Aber er war nur ein Spiegelbild ihrer Wünsche.

Lovebombing nennt sich das in der Fachliteratur.

Eine Strategie, bei der jemand die Bedürftigkeit des anderen wie ein Scanner erfasst und dann exakt die Knöpfe drückt, die Sehnsucht machen.

Es ist nicht Liebe.

Es ist ein manipulatives Bewerbungsgespräch mit falschem Lebenslauf.

Und wenn du den Vertrag unterschreibst, fängst du an zu arbeiten – für nichts.

Nur für die Hoffnung, dass er zurückkommt:

Der Mann vom Anfang.

Der nie da war.

Und genau deshalb war Melli bei Joe sofort hellhörig geworden.

Sanna – total verknallt.

Joe – charmant, großspurig, schillernd wie ein schlecht lackierter Tesla.

„Du bist eine Göttin."
„Ich spür dich noch, wenn du nicht da bist."
„Du bringst mich aus dem Konzept."

Alles Begriffe, bei denen Melli innerlich Bingo! rief – nur ohne Freude.
Denn sie wusste, was jetzt kam.
Sie wusste, dass Sanna jeden dieser Sätze archivieren würde.
Dass sie sie rausholen würde, wenn er später tagelang nicht antwortete.
Dass sie sich daran festhalten würde wie an einer Lebensversicherung, die nie unterschrieben wurde.

Kapitel 3 – Online – aber nicht bei mir

Und so begann es. Mit ein paar Nachrichten. Ein paar Treffen. Und der schleichenden Erkenntnis, dass nichts so perfekt ist, wie es am Anfang scheint.

Die erste Woche war noch ein Traum. Die ersten drei Treffen, der erste Kuss, die erste Nacht. Es war wie im Rausch. Joe war so aufmerksam und behandelte Sanna wie eine Königin. An den Tagen, wo sie sich nicht sehen konnten, telefonierten sie mindestens 2 Stunden lang. Dazwischen ein ständiger Nachrichtenaustausch, Versand von Fotos und Sprachnachrichten. Sanna war Hals über Kopf verliebt aber das schöne war, es war diesmal beidseitig. Obwohl sie permanent schrieben, vermisste Joe sie, so dass er immer mal wieder spontan anrief. Joe ließ keinen Zweifel offen, dass er mit Haut und Haaren in Sanna verliebt war und sie eine nahezu magische Verbindung zueinander hatten. Nach alle den Enttäuschungen, die Sanna innerhalb der letzten Monate erlebt hatte, war das hier endlich etwas Ehrliches und echtes. Joe war der, der alles wieder gutmachen würde. Durch ihn würde Sanna alle früheren Enttäuschungen vergessen können. Auch die zweite Woche verlief noch harmonisch. Sanna und Joe schrieben täglich, telefonierten abends. Immer um die gleiche Zeit, „UNSERE Zeit", sagte Sanna. Doch dann kam das erste lange Wochenende, an dem sie sich nicht sehen konnten. Für Sanna eine Katastrophe.

"Ich will keine Online-Freundschaft", klagte sie bei Melli. "Er weiß, dass ich Zeit habe, aber er macht keinen Vorschlag! Das ist doch nicht normal! Er hat gesagt, er hat Samstag ein paar Stunden Leerlauf zwischen den ganzen Terminen."

Melli versuchte, sie zu beschwichtigen: "Vielleicht denkt er einfach nicht daran, dass du für ein paar Stunden kommen würdest bei der langen Fahrt. Oder er will nicht, dass du den Eindruck bekommst, er nimmt sich nur so kurz Zeit für dich."

Aber Sanna war nicht zu beruhigen. Sie steigerte sich hinein. Joe machte keine klaren Pläne. Stattdessen erzählte er beiläufig von einem geplanten Ausflug in die Eifel. Dort, wo auch Sannas Schwester lebte. Aber er schlug nicht vor, dass sie sich treffen könnten.

"Das ist doch nicht normal!", empörte sie sich. "Wenn man frisch verliebt ist, will man sich doch jede Sekunde sehen!"

"Oder man hat einfach ein Leben."

Doch Sanna konnte nicht loslassen. Jede seiner Nachrichten wurde seziert, interpretiert, analysiert. Und dann begann die Kontrolle: Joe war online, aber schrieb ihr nicht sofort. Er telefonierte, aber nicht mit ihr. Und das schlimmste: Er erwähnte andere Frauen.

"Er redet ständig von seinen Kolleginnen! Wie nett die sind! Wie sehr sie ihn mögen! Ich verstehe das nicht, warum macht er das?!"

"Vielleicht weil er denkt, du bist eine erwachsene Frau und nicht seine eifersüchtige Teenager-Freundin?", schlug Melli trocken vor.

Sanna saß auf ihrem Sofa, das Smartphone fest in der Hand, ihr Daumen schwebte über dem Display. Die letzten Nachrichten von Joe flimmerten vor ihren Augen. Immer wieder las sie seine Worte, suchte nach einem versteckten Hinweis, einem unausgesprochenen Subtext. Er hatte gesagt, dass er keine anderen Frauen trifft. Hatte betont, dass er sich mit ihr eine Beziehung vorstellen kann. Und doch war da diese Unruhe in ihr, dieses unaufhörliche Kribbeln in der Magengrube, das ihr sagte, dass etwas nicht stimmte.

Ihr Blick wanderte zur Uhr. 23:27. Vor einer Stunde hatten sie sich gute Nacht gesagt. Doch Joe war weiterhin online. Immer wieder tauchte der kleine grüne Punkt neben seinem Namen auf, verschwand, kam wieder.

Sanna biss sich auf die Lippe. Sollte sie ihn fragen? Nein. Sie wusste, dass das die falsche Entscheidung war. Aber warum, verdammt, konnte sie es nicht einfach ignorieren? Sie begann, seine Online-Zeiten zu überwachen. "Schau mal hier!", schrieb sie Melli aufgeregt und schickte ihr Screenshots. "Er war um 22:34 online, hat mir aber erst um 22:49 geantwortet und gute Nacht gesagt! Und dann war er um 23:02 wieder online, aber nicht mehr bei mir!"

Melli nahm einen Schluck Tee und seufzte. "Ja Sanna, er hatte auch ein Leben vor dir, du bist nicht der erste Mensch, den er kennenlernt."

"Aber mit WEM hat er dann geschrieben?!"

"Vielleicht mit seiner Mutter. Vielleicht hat er ein Meme geschickt. Vielleicht hat er einfach in die Luft gestarrt und vergessen, dir sofort zu schreiben, weil er dachte, sein Leben dreht sich nicht ausschließlich um dich?"

Doch Sanna ließ nicht locker. "Das ist doch komisch! Ich würde ihn fragen, aber ich will nicht anhänglich wirken."

"Du bist bereits anhänglich. Frag ihn oder lass es, aber hör auf, mich wie ein Privatdetektiv in dein Misstrauen reinzuziehen."

Sanna schickte Melli den Chatverlauf mit Joe.

WhatsApp-Verlauf zwischen Sanna und Joe – Samstag, 23:04 Uhr

Sanna:
Hey…
Ich hab nur kurz geschaut. Du warst 22:34 online.
Und hast mir erst um 22:49 geantwortet.
Und dann warst du 23:02 nochmal online, aber… nichts mehr an mich?

Joe:
Ich hab Lars geantwortet.

Sanna:
Ah okay…
Ich dachte nur… also…
Ich hatte irgendwie das Gefühl, du wolltest was schreiben, aber dann doch nicht.
Oder?

Joe:
Nee, war echt nur Lars.

Sanna:
Okay.

Ich mein… ich frag nur, weil… manchmal denk ich einfach, du bist irgendwie gedanklich schon woanders.
Nicht böse gemeint!! Ich will dich nicht unter Druck setzen, echt nicht.
Ich weiß ja, dass du deine Ruhe brauchst.
Aber wenn du ehrlich bist…
Du hast doch auch das Gefühl, dass es gerade anders ist zwischen uns?
Oder täusch ich mich da?

Joe:
Sanna, ich hab dir doch gerade gesagt, alles gut.

Sanna:
Ja, sorry. Ich bin einfach grad verunsichert.
Ich hab dich vermisst heute, das ist alles.
Ich weiß, dass ich manchmal kompliziert bin. Du brauchst mir das nicht zu sagen.
Aber du bist doch nicht so einer, der einfach weniger schreibt, wenn er wen anders im Kopf hat…
Du bist doch anders, oder?

Melli runzelte die Stirn beim Lesen.
Die Nachrichten rochen nach Schweiß – aber nicht dem erotischen, sondern dem kalten, klammernden, verzweifelten Angstschweiß.
Sanna schrieb, als müsste sie sich an Joe festklammern, damit er nicht aus dem Chatverlauf fällt.
Jede Nachricht ein Prüfstein, jedes „Okay" eine Einladung zur emotionalen Notoperation.

Joe war online.
Joe hatte geantwortet.
Joe hatte, man muss es ihm lassen, sogar nett geantwortet.
Und Sanna? Las darin bereits die Blaupause seines Abgangs.
Mit stoischer Ausdauer durchkämmte sie seine Wörter nach Abwesenheit, Zweifel und – Gott bewahre – anderen Frauen.

Die Nächte wurden länger, die Gespräche kürzer. Sanna erwischte sich immer öfter dabei, wie sie ihre Gedanken in Endlosschleifen über Joe kreisen ließ. Melli konnte mittlerweile die Uhr danach stellen, wann wieder eine Nachricht kam: "Ich glaub, er hat gelogen." Oder: "Meinst du, ich übertreibe?"

Meistens antwortete Melli nicht sofort. Sie las die Nachrichten, legte das Handy weg, atmete tief durch. Und dann schrieb sie irgendetwas zwischen Trost und Zynismus zurück. "Vielleicht hat er auch einfach keine Lust, dir zum dritten Mal zu erklären, dass seine Kollegin verheiratet ist."

Melli musste jedes Mal innerlich stöhnen, wenn wieder ein neues Sanna-Selfie in ihrer Timeline aufploppte. Jedes einzelne Foto war keine Momentaufnahme, sondern eine Performance. Eine sorgfältig kuratierte Botschaft ans Universum – oder realistischer: an Joe.

Immer dieselbe Choreografie: Zunge raus. Natürlich. Weil Zunge raus ja irgendwie frech war. Und wild. Und verspielt. Weil Zunge raus bedeutete: *Ich bin anders. Ich bin verrückt. Ich bin nicht wie die anderen.*

Zunge raus im Auto.
Zunge raus beim Einkaufen.
Zunge raus im Fitnessstudio.
Fast, als wäre sie ohne diesen Gesichtsausdruck gar nicht existent. Oder zumindest nicht sehenswert.

Dazu das Heavy-Metal-Handzeichen. Dieses „Ich bin rebellisch und wild"-Ding. Oder wahlweise Fotos auf Rutschen, Schaukeln, Klettergerüsten – **irgendwo zwischen Trotzalter und Midlife-Crisis**, Hauptsache nicht erwachsen wirken.

Und genau da lag das Problem: Es sollte wirken wie „spontan, lebendig, unvorhersehbar". Aber es war in Wahrheit so individuell wie ein Wandtattoo mit dem Spruch „Lebe. Liebe. Lache." Immer gleich. Immer dieselbe Pose, dieselbe Message, dieselbe Sanna-Show.

Ich bin total crazy, flüsterten die Bilder.
Ich bin total anders.

Aber nichts daran war anders. Es war Routine in Rebellion verpackt.
Als würde man jeden Tag denselben Überraschungs-Spruch posten und hoffen, dass er irgendwann wirklich überrascht.

Melli hatte das mal vorsichtig angedeutet. Dezent.
Diplomatisch.

Natürlich vergeblich.

Denn Sanna war überzeugt: Wenn man nur oft genug signalisiert,
wie besonders man ist – dann wird es irgendwann Realität.

Oder zumindest für Joe.

Und das war ja das eigentliche Publikum.

"Ich war kurz davor, alles hinzuwerfen!", schrieb Sanna eines
Abends.

Melli starrte auf die Worte. Wie oft hatte sie diesen Satz in
den letzten Monaten gelesen? Sie wusste, dass es nicht das letzte
Mal sein würde. In einem Anflug von Ehrlichkeit tippte sie
zurück: "Du bist das Problem, nicht die Männer."

Es dauerte keine zwei Minuten, bis die Antwort kam. "Ich?
Ich habe nichts gemacht!"

Melli presste die Lippen zusammen. Sanna war blind für ihr
eigenes Verhalten. Sie erkannte nicht, dass ihr Drang zur
Kontrolle und ihre ständige Angst, betrogen zu werden, jede
Beziehung von vornherein zum Scheitern verurteilte. Doch wer
will schon Selbsterkenntnis, wenn man sich viel besser in
Endlosschleifen aus Rechtfertigung, Zweifel und Hoffnung
winden kann?

Sanna analysierte weiterhin jedes Detail. War Joe zu
aufmerksam, musste ein Haken dran sein. War er weniger
euphorisch, bedeutete es, dass sein Interesse nachließ. Die
Unsicherheit wuchs, bis Sanna schließlich wieder überlegte, sich
zurückzuziehen. "Vielleicht ist es besser, wenn ich einfach
Schluss mache, bevor er es tut."

Melli stöhnte innerlich. Immer dasselbe Spiel. Und sie spielte
mit, obwohl sie längst wusste, dass das Drehbuch kein Happy
End vorsah.

"Geh schlafen", schrieb sie schließlich. "Und hör auf, sein
Online-Verhalten zu analysieren."

Ob Sanna es tun würde? Melli zweifelte daran. Sehr.

Es war wie ein verdammter Déjà-vu-Marathon.

Melli hatte irgendwo mal gelesen, dass man das, was man

unbedingt verhindern will, am Ende selbst heraufbeschwört.
Selbsterfüllende Prophezeiung. Klassiker.
Wer Angst hat, verlassen zu werden, klammert. Zweifelt.
Kontrolliert.
Bis der andere genau deshalb geht.
Boom. Prophezeiung erfüllt.
Und klar – bei Sanna war das auch so.
Ihr Wunsch nach Bestätigung, ihr ständiges Nachhaken, das
ewige Analysieren –
es konnte gar keine stabile Beziehung entstehen.

Aber Melli wusste auch:
Das hier war kein Mann für Sicherheit.
Das war einer, der gezielt Unsicherheit streute.
Mal „Du bist so besonders", mal Ghost-Modus.
Ein Mann, der Nähe portionierte wie ein Medikament –
nur so viel, dass man süchtig blieb.

Nicht Liebe war sein Antrieb. Sondern Kontrolle.
Er sagte nie, was er fühlte – nur das, was Sanna abhängig machte.
Und wenn sie sich irgendwann so sehr verbog, dass sie sich selbst
nicht mehr erkannte,
würde er sagen:
„Du bist nicht mehr die Frau, in die ich mich verliebt habe."
Melli kannte das. Zu gut.
Chris war genauso.
Große Worte. Große Nähe. Dann – das große Nichts.
Sie saß mit dem Handy in der Hand, wartete auf ein Emoji. Auf
einen verdammten Haken.

Und trotzdem war sie hineingeraten.
Mit vier Kindern, fast 40 – und mehr Fachliteratur als Schlaf.
Sanna hatte nicht mal das.
Kein Fachwissen, keine Erfahrung. Keine Sprache für all das.
Nur eine Wunde, die schrie: Bitte, sieh mich. Verlass mich nicht.
Und Männer wie Joe?
Die rochen das wie Blut im Wasser.

Unsicherheit macht gefügig.
Und gefügige Frauen – sind leichter zu lenken.

Emotionale Kontrolle statt echter Nähe.

Gerade genug, damit sie bleibt.

Sanna erzählte von ihrem Wochenende mit Joe. Es war schön gewesen – gemeinsames Kochen, Gespräche, intime Momente. Doch irgendetwas schien ihr verdächtig. Joe war oft am Handy, räusperte sich auffällig viel, verließ immer wieder den Raum und war online, sobald er allein war. Sanna steigerte sich in die Vorstellung hinein, er könnte mit einer anderen Frau schreiben. Ihre Unsicherheiten drohten, die Beziehung zu überschatten.

Melli versuchte, Sannas Gedanken zu ordnen: „Wenn du wirklich ein schlechtes Gefühl hast, dann kannst du ihn direkt fragen, ohne Vorwürfe. Vertrauen muss sich schließlich erst aufbauen." Doch Sanna war nicht überzeugt. Sie wollte absolute Sicherheit, die ihr niemand geben konnte. Je mehr Melli versuchte, Sanna zu beruhigen, desto mehr drehte sie sich in ihrem Misstrauen. „Wenn er mir sagt, er schreibt mit keiner anderen, warum ist er dann dauernd online?", fragte sie verzweifelt. **Ihre Gedanken kreisten wie auf Speed**. Sie dachte darüber nach, Joe zu konfrontieren, fürchtete aber gleichzeitig, ihn damit wegzustoßen. Ihr Bedürfnis nach Kontrolle kollidierte frontal mit ihrer Angst, allein zu sein – ein innerer Frontalcrash mit Totalschaden.

Sanna flüchtete sich in die Vergangenheit. Wieder und wieder zogen Bilder früherer Beziehungen an ihr vorbei, in denen sie betrogen worden war, was übrigens gar nicht sonderlich häufig vorkam. Jeder vergangene Fehltritt wurde zur Vorlage für das Hier und Jetzt. Sie suchte Parallelen, zwanghaft, als könne sie durch sorgfältige Analyse einen weiteren Herzbruch vermeiden. Melli versuchte es mit Logik – dem alten, hilflosen Klassiker. „Du kannst Joe nicht für die Fehler anderer bestrafen. Vielleicht ist er wirklich nur beschäftigt. Vielleicht braucht er einfach auch mal Raum für sich." Der eigentliche Punkt war, dass Sannas Beziehungen an ihrer Art scheiterten. Ihrer Art Dinge zu erwarten, die ein Mann ihrer Ansicht nach zu tun hatte, und diese Dinge implizit vorwurfsvoll einzufordern. Es war, als würde man ihr das Abendessen servieren – und sie wär sauer, weil es nicht 12 Gänge hat. Und dann würde sie fragen: „Hm, für andere hast du bestimmt schon mal aufwendiger gekocht, oder?"

„Naja, ich hätte halt gedacht, wenn dir was an mir liegt, fällt dir ein bisschen mehr ein." Sanna hielt das für völlig normale Fragen und sie stellte viele davon. Zu jeder Situation, weil sie ja immer genau wissen muss wie jemand tickt. Dass diese Fragen dem Gegenüber ein echt blödes Gefühl geben, weil man nie etwas richtig machen kann nahm, sie nicht wahr. Auch Melli hatte das schon so erlebt und empfunden, als Sanna ihr beispielsweise schrieb: „Schade, dass du dir jetzt schon drei Stunden lang keine Zeit genommen hast, meine Frage zu beantworten. Ich würde das immer möglichst schnell machen, damit die andere Person nicht so lange mit der Unsicherheit leben muss. Aber du willst oder kannst wohl nicht eher, dabei würde das ja sehr schnell gehen und ist wohl kaum zu viel verlangt." BÄM! Einmal Schuldgefühle frei Haus. Und dieses Verhalten war anstrengend und fühlte sich beschissen an. Noch dazu schlussfolgerte Sanna grundsätzlich das, was ihr in den Kopf kam, und behandelte es wie eine Tatsache, ohne alternative Erklärungen in Betracht zu ziehen. Melli antwortete 3 Stunden lang nicht? Natürlich, sie WOLLTE nicht. Völlig abwegig, dass sie arbeitet, autofährt oder einfach so absolut keine Zeit hat. Sanna würde sich schließlich auch die Zeit nehmen und ein anderes Verhalten als ihr eigenes, war für sie nicht nachvollziehbar. Und das hatte außer ihrem Ehemann einfach niemand ausgehalten. Sanna ist nicht einfach nur Opfer, von dem, was mit Joe passierte, sondern sie ist Teil der Dynamik. Da Sanna Joe immer unmittelbar antwortete, hatte er das auch zu tun. Alles andere würde schließlich bedeuten, dass er sie nicht will. Sanna fand keine Ruhe. Ihr Herz raste jedes Mal, wenn sie sah, dass Joe online war, aber ihr nicht sofort antwortete. Ihre Gedanken schlugen Haken wie ein panisches Kaninchen auf der Flucht vor dem inneren Wolf.

„Vielleicht sollte ich ihm eine Sprachnachricht schicken und hören, wie er reagiert", überlegte sie halblaut, „Oder ihn einfach fragen, mit wem er noch schreibt?"

Melli stöhnte. „Das wird nichts ändern. Wenn du misstrauisch bist, wirst du in allem etwas Negatives sehen. Und wenn du ihn fragst, fühlt er sich doch total überwacht, Vielleicht nicht beim ersten Mal, aber dabei bleibt es ja sicherlich nicht."

Und damit begann die Eskalation.

Das Muster wiederholte sich in Endlosschleife: Sanna stellte jede Kleinigkeit infrage, ließ sich mühsam von Melli beruhigen – nur um am nächsten Tag neue Zweifel aus dem Hut zu zaubern. Joe reagierte vorsichtiger, zog sich zurück. Er ließ Sanna zappeln, antwortete nicht. Und wie reagierte Sanna? Natürlich mit noch mehr Nähebedürfnis, noch mehr Fragen, noch mehr Online-Kontrolle. Melli hatte was Joe betraf zwar ein schlechtes Bauchgefühl, allerdings hatte er bisher nichts gemacht, was man ihm vorwerfen könnte. Manchmal reicht ein schlechtes Gefühl nicht – aber manchmal ist genau das das Problem. Es reicht eben doch. Sein Verhalten bisher allerdings war einfach menschlich und Melli fragte sich ohnehin, warum ein Mann bei solchen Vorzeichen nicht schreiend weglaufen will.

„Du hast so viele schlechte Erfahrungen gemacht, dass du jetzt erwartest, dass es wieder passiert", sagte Melli. "Aber du kannst keinen Menschen kontrollieren. Vertrauen bedeutet, das Risiko einzugehen, verletzt zu werden."

Ein Satz wie aus einem Therapeutenhandbuch – hilfreich, aber leider in Sannas Welt nur Deko. Sanna wollte vertrauen. Ehrlich. Aber ihre Vergangenheit hatte sich wie eine klebrige Tapete über ihre Gegenwart gelegt. Ihre Unsicherheit war wie ein Virus, der sich langsam durch alles fraß.

Dann kam der Tiefpunkt. Der erste von vielen weiteren.

Sanna begnügte sich nicht mehr mit dem grünen Punkt. Nein, sie ging einen Schritt weiter: Sie begann Screenshots zu machen. Und schickte sie an Melli. „Siehst du das?! Hier war er online, dann wieder nicht, und jetzt wieder! Was bedeutet das?" Melli verdrehte die Augen. "Es bedeutet, dass er ein Handy hat, Sanna. Sonst nichts.",„Aber warum schreibt er dann nicht?!" – Panik in der Stimme.

„Weil er vielleicht mit jemandem redet, arbeitet oder einfach keine Lust hat, ständig zu texten?", konterte Melli. Der Geduldsfaden? Bereits ausgefranst. „Du analysierst das wie ein CIA-Agent auf Crack."

Doch Sanna war überzeugt, dass sie Recht hatte. Ihre Fantasie war inzwischen ein Netflix-Thriller: Vielleicht lenkte Joe absichtlich von etwas ab? Vielleicht bereitete er gerade seinen Abgang vor?

„Ja, oder er führt ein Doppelleben, ist ein russischer Spion und schmuggelt nebenbei Goldbarren aus Osteuropa. Hast du mal daran gedacht?", frotzelte Melli.

Doch Sanna ignorierte den Sarkasmus. „Genau! Er könnte doch wirklich eine andere haben! Vielleicht hat eine Ex-Freundin ihm geschrieben und jetzt bahnt sich da was an!"

Melli rieb sich die Schläfen. „Okay, wenn das der Fall ist, wirst du es sowieso bald herausfinden. Aber bis dahin – bitte hör auf, mich mit jeder Sekunde seines Online-Status' zu bombardieren."

Zu spät. Sanna war tief drin.

Sie saß auf ihrer Couch, starrte auf WhatsApp. Joe war online. Wieder. Und er schrieb nicht mit ihr. Ihr Magen verkrampfte sich. War es eine alte Freundin? Eine neue Kollegin? Oder jemand, der bereits in seinem Bett lag, während sie hier saß und sich innerlich zersetzte?

„Melli, ich weiß nicht, was ich machen soll", tippte sie. Melli ließ sich Zeit. Wahrscheinlich mit einem Augenrollen, das Muskelkater verursachte.

„Warte einfach ab, bis ihr euch seht. Du machst dich doch nur selbst fertig."

Das war so typisch Melli. Die Ruhe in Person. Die Schweiz unter den Freundinnen. **Sanna dagegen war das emotionale Äquivalent einer Feuerwerksfabrik mit Kurzschluss.**

„Er sagte, er geht schlafen. Und dann ist er über eine Stunde online. Melli, das ist doch nicht normal, oder?!"

„Vielleicht schreibt er mit einem Kumpel oder scrollt durch Memes. Oder – ganz verrückte Idee – schläft er schlecht und schaut aufs Handy?!" Sarkasmus-Level: Melli.

„Aber dann könnte er mir ja einfach sagen, mit wem er schreibt. Das macht man doch so. Ich habe so Angst, dass er mich nicht mehr richtig will…"

„Du analysierst zu viel. Lass ihn doch einfach mal atmen. Und nein, es ist nicht üblich, andere zu informieren, mit wem man gerade schreibt."

Aber Sanna konnte nicht. Sie überlegte, Joe zu fragen, warum er noch wach war. Wusste aber, dass es klammern würde. Also ließ sie es – fürs Erste. Stattdessen wandte sie sich erneut an Melli.

„Meinst du, ich kann ihn fragen, ob er sich wirklich sicher mit uns ist? Dass er keine andere will?"

„Oh ja, das kommt sicher total locker rüber. Super subtil."

Sanna ignorierte den Sarkasmus. Sie vergrub das Gesicht in den Händen. Die Paranoia hatte sie längst fest im Griff.

Am nächsten Morgen – Wunder über Wunder – war sie früh wach. Und natürlich galt ihr erster Gedanke Joe. Sie überprüfte nochmal seine Online-Zeiten in ihren Screenshots. 01:02. 02:34. 03:11. Und dann: Funkstille. Bedeutete vermutlich, dass er eingeschlafen war. Oder bewusst den Flugmodus aktiviert hatte. Oder gestorben war. Alles war möglich.

„Melli, ich habe mir seine Online-Zeiten angesehen… da ist doch was faul."

„Sanna… hör auf. Bitte. **Das wird langsam creepy.**"

„Aber er war so oft online!"

„Vielleicht hat er eine verdammte Serie geschaut oder einfach gedankenverloren gescrollt. Oder, crazy Theorie: Er hat mit jemandem geschrieben, aber es muss nicht direkt ein Seitensprung sein."

„Aber es fühlt sich so an!"

„Weil du es dir so zurechtdrehst."

Sanna konnte es nicht lassen. Schließlich schrieb sie nur: „Hast du gut geschlafen?" – und wartete. Er antwortete erst nach einer halben Stunde: „Ja, ganz okay. Bin nur öfter aufgewacht und konnte dann nicht gut wieder einschlafen."

Sanna starrte auf die Nachricht. Melli hatte Recht. Sie zerstörte sich selbst. Aber sie konnte nicht aufhören.

Und das Drama drehte sich weiter.

Sie hatte ein Problem. Kein modisches. Kein logistisches. Ein existenzielles. „Habe ich ihn jetzt schon zu früh nach dem nächsten Treffen gefragt und wirke bedürftig?"

„Kann ich das ansprechen?", tippte sie an Melli.

„Ich finde, man macht es entweder direkt beim Abschied oder wartet bis zum nächsten Tag", kam Mellis Urteil schließlich.

Sanna atmete erleichtert aus. Also fragte sie morgen. Alles war wieder gut. Für fünf Minuten.

Doch die nächste Krise ließ nicht lange auf sich warten: Joe würde bei seinem „Bro" übernachten. Bro – für Sanna das neue Synonym für "versteckte Affäre".

„Wie finde ich raus, ob das stimmt?", fragte sie mit der Dringlichkeit eines FBI-Verhörs.

„Nein, rausfinden ist Blödsinn. Du solltest vertrauen."

Vertrauen. So ein hübsches Wort. So unbrauchbar in Sannas Realität.

Kapitel 4 – Tinder-Gate

Doch dann kam das eigentliche Drama. Das große TINDER-GATE.

Sanna hatte entdeckt, dass sich die Entfernung in Joes Tinder-Profil geändert hatte. Das bedeutete nur eins: Er hatte die App geöffnet. Geöffnet! Denn nur dann aktualisiert sich die Entfernung. In Sannas Welt gleichbedeutend mit einem digitalen Seitensprung.

„Er sagt, es gibt keine andere", versuchte Melli zu beschwichtigen.

„Aber wenn es ihm ernst wäre, dann hätte er Tinder gelöscht!", konterte Sanna wie ein Staatsanwalt im Schlussplädoyer.

„Vielleicht will er sich nicht eingeengt fühlen."

„Aber er hat es GEÖFFNET!"

Melli rollte vermutlich so heftig mit den Augen, dass sie sich für einen Moment in eine andere Dimension beförderte.

Die Nacht endete – wie so viele – mit einem Text voller Verzweiflung.

„Findest du es zu viel, wenn ich ihm jetzt einfach so zwischendurch ein ‚Danke Schatz, dass du bist wie du bist, es war so wundervoll mit dir' schicke?"

Sanna ließ sich nicht beirren. Sie wollte Liebe. Sie wollte Gewissheit. Sie wollte, dass Joe ihre Zweifel mit einer Welle aus Zärtlichkeit wegspülte. Und das bitte täglich. Mehrfach. Und bitteschön sofort!

Stattdessen kam eine knappe Antwort:

„Ja, war schön. Gute Nacht, Babe."

Kein Kuss-Emoji. Kein „Ich vermisse dich". Nur dieses dahingetippte „Gute Nacht".

Und so begann die nächste Krise…

Sanna starrte auf die Nachricht. „Ja, war schön. Gute Nacht, Babe." Das war alles? Nach zwei Wochen voller Herzklopfen und nächtlicher Telefonate – jetzt das? War sie plötzlich zur Randnotiz in seinem Leben geworden?

Melli hatte sie gewarnt. Mehrfach. Aber Melli war in einer stabilen Beziehung, in der es keine Emoji-Dramen gab, keine Statusüberwachungen. Melli wusste nicht, wie sich dieses Gefühl anfühlte: Wenn jede noch so kleine Abweichung zum Weltuntergang mutiert.

Selbst in ihrer toxischen Beziehung damals – mit Chris, dem Narzissten mit dem großen Charme und der noch größeren inneren Leere – war es nicht ganz so schlimm gewesen. Ja, auch Chris hatte sie verändert, sie unsicher gemacht. Sanna wusste nie, woran sie war, bekam manchmal tagelang keine Antwort. Also hatte auch sie hin und wieder den Online-Status gecheckt. Melli war nicht generell kontrollierend, aber Chris hatte sie so sehr verunsichert, dass sie es nicht anders aushielt. Aber sie hatte sich nie dabei ertappt, eine handschriftliche Strichliste über Emojis zu führen, an seiner Wohnung vorbeizufahren oder alle befreundeten Instagram Konten täglich auf Likes und Kommentare zu überprüfen.. Sanna schon.

Melli erinnerte sich an diesen einen Dialog. Ein Glanzstück.

„Melli, vorgestern hat er mir 14 Emojis geschickt. Heute nur fünf. Also… wenn man das so liest… meinst du, seine Gefühle lassen nach?"

Melli hatte einen kurzen Blackout. Nicht aus Schock. Aus Selbstschutz.

Und dann war da noch das Thema Spitznamen.

Joe schrieb: „Babe, ich bin platt, ich ruf dich morgen an."

Sanna antwortete mit: „Gute Nacht, Schatz."

Schatz. Nach nur 2 Wochen.

Mitten in einem Gespräch über seine Müdigkeit
und die Tatsache, dass er keine Lust hatte, ihre Stimme zu hören.
Ein „Schatz" wie aus dem Familienkombi mit Winterreifen.
Nicht erotisch. Nicht zärtlich. Und absolut nicht kreativ.
Eher: pragmatisch-abheftbar.

Melli hatte Gänsehaut bekommen.
Nicht aus Rührung.
Aus Fremdscham.

Denn sie wusste, was dahintersteckte.
Dieses „Schatz" war keine Liebeserklärung.
Es war ein Versuch der Festlegung.
Ein verbaler Ring.
Für eine Situation,
die nach wie vor eher aussah wie:
Wir daten lose und ich hab mein Handy nachts auf Flugmodus.

Sanna aber glaubte,
wenn sie nur oft genug Schatz schrieb,
dann würde es sich verwandeln.
In etwas Echtes.
In einen Mann, der zurückruft,
der nicht immer platt ist,
und dessen Emoji-Bilanz konstant über zehn bleibt.

Doch Melli wusste längst:
Wer Gefühle zählen muss,
hat keine mehr, auf die man sich verlassen kann.

Kapitel 5 – Herz aus Pappmaché

„Ich schwöre dir, wenn er mir morgen nicht direkt schreibt, raste ich aus", schrieb Sanna.

Melli: „Oh ja, das klingt nach einer hervorragenden Strategie."

Sanna wachte mit einem dumpfen Gefühl im Bauch auf. Sie griff zum Handy – kein neuer Chat. Aber: Joe war online gewesen. Nicht bei ihr. Natürlich nicht bei ihr.

„Melli, er war online, aber er hat mir nichts geschrieben!"

„Vielleicht hat er sich den Wetterbericht angeschaut."

„Melli, das ist nicht witzig. Er ignoriert mich."

„Okay, dann vielleicht… weil er nicht das Bedürfnis hatte, dir sofort zu schreiben?"

„Das ist doch nicht normal! Am Anfang hat er mich immer direkt angeschrieben. Und jetzt? Jetzt muss ich warten wie eine Irre."

„Vielleicht ist er in einer Beziehung. Mit sich selbst. Und hat Hobbies."

Sanna ignorierte den Sarkasmus. Wie sollte sie das jetzt bei Joe ansprechen, ohne komplett irre zu wirken?

Sie entschied sich für Diplomatie:

Guten Morgen, Schatz! Hoffe, du hast gut geschlafen! Ich freue mich so auf unser Treffen heute ❤

Abgeschickt. **Jetzt begann das Zittern**. Und das Warten.

Die Minuten schleppten sich dahin wie Jahre im Mittelalter. Joe war online. Und schrieb – NICHT.

„Melli, er ignoriert mich! Ich wusste es!"

„Sanna, es sind 30 Minuten vergangen. Er ist kein WhatsApp-Chatbot."

Dann endlich:

„Guten Morgen! Ja, hab gut geschlafen. Bis später!"

Das war es? Kein Herz? Kein Hauch von Vorfreude? Nur ein lapidares „Bis später"?

„Melli, das ist doch nicht normal! Am Anfang war er so euphorisch. Sollte der Jagdtrieb nicht bleiben, selbst wenn man zusammen ist?"

„In einer Beziehung jagt man nicht mehr. Man hat die Beute schon."

„Oh mein Gott, ich bin Beute?!"

„Das war eine Metapher."

„Also bin ich jetzt langweilig für ihn? Ich wusste es! Ich bin ihm zu sicher! Ich hätte mich rarmachen sollen!"

„Oder – gewagte Theorie – du könntest dich einfach normal verhalten, statt ständig irgendwelche Strategien anzuwenden."

Aber das war nicht Sannas Stil. Sie musste jegliches Vorgehen planen und den Verlauf steuern. Zu oft hatte sie Fehler gemacht und die Männer waren wieder weg. Bei Joe würde sie genau richtig vorgehen. Das richtige Maß aus Nähe und Distanz. Sanna, die fleischgewordene Traumfrau. Sie wollte ALLES für ihn sein, egal wie sehr sie sich anpassen musste.

Mit zittrigen Händen schminkte sich Sanna zum vierten Mal neu. Alles musste stimmen. Vielleicht rettete dieser Abend alles. Vielleicht ruinierte er alles. Sie musste sexy aussehen, wie eine Rockerbraut. Darauf stand er. Sie hörte zwar nur Schlager aber das war Nebensache.

Als sie Joe sah, schlug ihr Herz schneller. Er küsste sie zur Begrüßung – aber war es anders? War es nicht mehr so wie am Anfang? Hatte er kurz gezögert?

„Hey, alles okay?", fragte er, während sie nebeneinander auf der Couch saßen.

„Ja, klar", log Sanna und fühlte sich, als würde ihr Herz aus Pappmaché bestehen.

Es musste raus. Jetzt oder nie.

„Ähm… Joe?"

„Mhm?"

„Mir ist aufgefallen, dass du in den letzten Tagen nicht mehr so oft sagst, dass du mich lieb hast oder dass du mich vermisst…"

35

Er seufzte. „Sanna…"

Oh Gott. Nur ihr Name. Kein: „Babe." Kein: „Was ist los?" Kein: „Mach dir keine Sorgen." Nur: „Sanna".

„Es ist doch nicht so, dass sich meine Gefühle verändert haben", begann er langsam.

NICHT SO?! Also ein bisschen doch?!

„Aber ich bin einfach nicht der Typ, der das ständig schreibt."

„Aber am Anfang hast du es doch auch gemacht…"

„Ja, aber am Anfang verhält man sich eben anders. Das heißt doch nicht, dass ich dich weniger mag."

Sanna schluckte. War das jetzt sein Weg, ihr zu sagen, dass er sich langweilte?

„Ich will doch einfach nur wissen, ob du dich noch genauso wohlfühlst wie vorher."

Joe sah sie an und lächelte. „Natürlich tue ich das."

„Dann kannst du das ja auch mal sagen."

Er legte die Hand auf ihr Bein. „Ich hab das Gefühl, du machst dir zu viele Gedanken."

Zu viele Gedanken?! DAS WAR DER UNTERGANG IHRER WELT UND ER SAGTE, SIE MACHE SICH ZU VIELE GEDANKEN?!

„Ich will einfach nur wissen, ob alles okay ist…"

Joe küsste sie auf die Stirn.

„Ja, alles ist okay."

Seine Stimme war ruhig. Warm. Fast zu sanft.

Und trotzdem: In Sanna spannte sich etwas an. So, wie ein Tier im Wald, das einen Ast knacken hört.

War wirklich alles okay?

Oder war das genau der Satz, den Männer sagten, wenn sie längst innerlich ausgecheckt hatten – aber noch zu feige waren, das offizielle Protokoll der Trennung zu unterschreiben?

Sanna lag neben Joe im Bett wie eine tickende Zeitbombe. Ihre Gedanken waren die Funken, ihr Herz das Dynamit.

Jede kleine Verzögerung in der Antwort.
Jedes fehlende Emoji.
Jede Nuance im Tonfall.

Beweise.
Beweise, dass etwas nicht stimmte.
Beweise, dass Joe sich veränderte.
Dass er sie nicht mehr *wirklich* wollte.

Sie legte das Handy weg.
Hob es wieder hoch.
Legte es nochmal weg.
Nahm es wieder.

Und dann – wie ferngesteuert –
gab sie in die Google-Suchleiste ein:

„Was bedeutet Stirnkuss?"

Sie fand: Ein Stirnkuss ist eine der innigsten Formen der Zuneigung. Er steht für tiefes Vertrauen, emotionale Nähe und den Wunsch nach Geborgenheit.

Sanna las es dreimal.
Langsam senkte sich etwas Beruhigendes über ihren aufgewühlten Verstand.

Also... vielleicht doch.
Vielleicht war *alles okay.*
Vielleicht war sie gerade wieder nur zu schnell im Kopf.

Am nächsten Morgen saß Sanna mit Joe beim Frühstück. Sie tat so, als wäre alles in Ordnung, aber ihre Hände zitterten leicht. Ihr Blick wanderte immer wieder zu seinem Handy, das neben seinem Teller lag – ruhig, unschuldig, als wäre es nicht das Objekt ihrer größten inneren Unruhe.

Und dann passierte es.

Er zeigte ihr eine Amazon-Seite – irgendwas Belangloses, ein technisches Gadget, das angeblich sein Leben verbessern sollte. Doch während er das Handy schwenkte, sah Sanna es. Dieses eine, kleine, ikonische Symbol. Tinder. Eine Benachrichtigung. Klar, sichtbar, rot umrandet wie das Leuchten eines Alarmsignals.

Ihr Herz raste, als hätte jemand einen Startschuss gegeben. Ihr Magen zog sich zusammen, ihre Gedanken wirbelten los wie ein aufgescheuchter Bienenschwarm. War das der Beweis? Der Moment, den sie so lange befürchtet hatte?

Sie zwang sich, sich nichts anmerken zu lassen. Tat interessiert, nickte zu dem Gadget, murmelte etwas Unverbindliches. Doch in ihrem Innersten tobte ein Orkan.

Als Joe aufstand, um sich noch einen Kaffee zu holen, griff Sanna sofort nach ihrem Handy. Ihre Finger zitterten leicht, als sie Melli schrieb:

„Er hat Tinder-Nachrichten! Ich wusste es! Ich wusste es einfach!"

Melli antwortete fast sofort. „Atme. Es könnte auch einfach nur eine Match-Benachrichtigung sein."

„Nein! Er hat gesagt, er nutzt es nicht mehr! Warum ist es dann da?!"

„Dann frag ihn halt."

Sanna starrte auf den Bildschirm. So einfach. So rational. Aber ihr Kopf war nicht mehr im Modus für Logik. Sie dachte an all die Gespräche, in denen er ihr versichert hatte, sie sei die Einzige. Dass er kein Interesse mehr an anderen habe. Und jetzt? Jetzt ploppte Tinder auf seinem Display auf wie ein hässlicher Stachel.

Als Joe zurückkam, zwang sie sich zu lächeln. Ihr Lächeln fühlte sich an wie ein Pflaster auf einer platzende Arterie. Sie redete über alles Mögliche – das Wetter, ihre To-do-Liste, sogar über das blöde Amazon-Gadget. Nur nicht über das, was wirklich in ihr vorging.

Aber am Nachmittag war es nicht mehr auszuhalten. Der Druck in ihrer Brust wurde zu groß.

„Sag mal… warum hast du eigentlich noch Tinder-Benachrichtigungen?"

Sie versuchte, es beiläufig zu sagen, so als würde sie nach dem Wetterbericht fragen. Doch innerlich war sie kurz vor der Explosion.

Joe zuckte nicht einmal. „Ach, die App ist noch drauf, aber ich benutze sie nicht mehr richtig."

Nicht mehr richtig. Eine dieser Antworten, die so vage war, dass sie alles und nichts bedeuten konnte.

„Aber... warum bekommst du dann Nachrichten?"

Er seufzte. „Manchmal schickt Tinder einfach Benachrichtigungen. Das heißt nichts."

„Aber wenn du es nicht nutzt, warum löschst du es dann nicht?"

Jetzt legte Joe die Gabel zur Seite. Seine Miene wurde härter. „Sanna, was ist los mit dir? Warum dieser Stress?"

„Weil es für mich nicht unwichtig ist. Ich habe Angst, dass du weitersuchst", sagte sie leise. Sie spürte, wie ihre Stimme zitterte, wie ihre Finger sich an der Tischkante festklammerten.

Joe stand auf, kam zu ihr, nahm ihr Gesicht in die Hände. Sanft, fast liebevoll. „Sanna, ich bin mit dir zusammen. Warum reicht dir das nicht?"

Sie wusste es nicht. Vielleicht, weil es sich nie so richtig angefühlt hatte. Vielleicht, weil ihre Angst zu groß war, um ihm zu glauben. Vielleicht, weil sie tief in sich drin spürte, dass irgendetwas nicht stimmte.

Am Abend lagen sie nebeneinander im Bett. Still. Zu still. Nicht das vertraute, ruhige Schweigen, sondern das angespannte, unausgesprochene Schweigen nach einem Kampf. Joe drehte sich irgendwann zur Seite, murmelte ein „Gute Nacht". Kein Kuss. Kein „Ich hab dich lieb".

Sanna starrte an die Decke. Ihr Herz fühlte sich schwer an. Vielleicht war das der Anfang vom Ende. Vielleicht hatte sie es mal wieder kaputt gemacht, bevor es richtig begonnen hatte.

Aber war es wirklich ihre Schuld? Oder war da doch etwas, das sie richtig spürte?

Mit dieser Frage schlief sie ein – wenn man dieses flache Dösen zwischen Gedanken und Grübeleien überhaupt Schlaf nennen konnte.

Am nächsten Morgen musste sie mit Joe reden. Sie bekam keine Tinder-Benachrichtigungen. Sie hatte Tinder überhaupt nur noch nicht gelöscht, weil sie ihr „Match" und die ersten zaghaften Worte zwischen ihnen hütete wie einen Schatz. Aber sie schrieb seit drei Tagen schon mit keinem mehr und dementsprechend kamen auch keine Benachrichtigungen auf ihr Handy. Also MUSSTE bei ihm etwas faul sein.

Joe seufzte.

Diese Art Seufzen, bei der man sich fragt, ob jemand Luft holt oder innerlich schon auszieht.

„Sanna, bitte... ich hab keine Kraft für diese Diskussion. Nicht schon wieder."

„Nicht schon wieder?" Ihre Stimme kippte.

„Wir hatten die noch gar nicht. Du sagst, du bist verliebt – und hast Tinder auf deinem Handy?!"

Joe richtete sich auf. Der warme Blick vom Vorabend war verschwunden. Stattdessen: Müdigkeit. Reizbarkeit. Und ein Hauch Fluchtinstinkt.

„Sanna... es ist alles zu viel. Wirklich."

Er stand auf, ging ins Bad. Kam zurück.

Sah sie nicht an, als er den Satz sagte, der etwas in ihr zerbrechen ließ:

„Ich bin erst seit ein paar Monaten getrennt. Die Beziehung mit Sabine hat mich ausgelaugt. So viel Drama, Kontrolle, Vorwürfe... Ich kann das nicht nochmal. Ich suche eine Beziehung, in der ich zur Ruhe kommen kann. Wo sich alles leicht und entspannt anfühlt."

Sanna schluckte.

„Ich bin aber nicht Sabine."

„Nein", sagte Joe. „Aber es fühlt sich langsam genauso an."

Stille.

Schmerzhafte, ohrenbetäubende Stille.

„Du schreibst mir zwanzigmal am Tag, du analysierst jedes Emoji, du willst wissen, was ich wann denke... Ich check das nicht mal bei meiner Mutter. Und dann diese ganzen absurden Fragen…."

Sanna fühlte, wie sich ihre Kehle zuschnürte.

„Ich… ich hab einfach Angst, dass ich dir egal bin."

„Und genau *das* ist das Problem", sagte Joe.

„Du bist so sehr mit Angst beschäftigt, dass für uns gar kein Raum mehr bleibt. Wir sitzen im Garten und halten Händchen und anstatt einfach den Moment zu genießen kommt: Mit wem hast du zuletzt so Händchen gehalten? Fandest du mich anfangs interessanter? Bereust du es, nach rechts gewischt zu haben? Erfülle ich deine Erwartungen?"

„Das sind doch nur harmlose Fragen."

„Ich brauche Zeit, um mir meiner Gefühle klar zu werden. Ich werde dir noch mitteilen, ob ich etwas bereue." Er griff nach seinem Schlüsselbund.

Nicht, weil er gehen wollte – sondern weil er *sie* zur Tür bringen wollte. Die Subtilität war tödlich.

Sie zog sich die Jacke an. Starr. Wortlos.

Am Auto küsste er sie noch. Wieder auf die Stirn.

Wie ein Abschied.

Und damit war das Ende der Frisch-verliebt-Phase eingeläutet.

Joes wunderbare Worte, die Sanna dieses Hochgefühl gaben, wurden zunehmend seltener. Stattdessen schlichen sich neue Töne ein – leise, scharf, messerspitz.

Kritik. Abwertung. Immer verpackt in vermeintliche Nettigkeit.

Nachrichten wie:

„Mach dich nicht immer so verrückt, sonst wird das mit uns nie entspannt."

(Übersetzung: Du bist anstrengend. Du bist das Problem.)

Oder:

„Kannst du nicht mal ein bisschen lockerer sein? Andere Frauen kriegen das auch hin."

(Übersetzung: Du bist nicht gut genug. Andere wären besser.)

Oder:

„Ich mag dich echt, aber dieses Drama killt halt alles Schöne zwischen uns."

41

(Übersetzung: Deine Gefühle sind Drama. Deine Verletzlichkeit ist zerstörerisch.)

Oder das besonders perfide, scheinbar liebevolle:
„Ich will ja, dass wir klarkommen, aber du musst halt an dir arbeiten."
(Übersetzung: Du bist kaputt. Und wenn es scheitert, ist es deine Schuld.)

Und jedes Mal, wenn so eine Nachricht kam, rutschte Sanna ein Stück tiefer.

Tiefer in den Gedankenstrudel:

„Ich bin falsch."

„Ich muss mich ändern."

„Wenn ich das nicht hinkriege, verliere ich ihn."

Die zarten Flügel, die sie anfangs ausgebreitet hatte, wurden ihr jetzt einzeln ausgerissen.

Nicht mit einem Schlag.

Sondern langsam.

Mit chirurgischer Präzision.

Immer so dosiert, dass sie hoffte, das nächste Mal würde es wieder schön.

Wenn sie sich nur noch ein bisschen mehr anpasste.

Sanna konnte sich nicht beruhigen. Die Worte von Joe hallten in ihrem Kopf nach: „Ich brauche Zeit, um mir meiner Gefühle klar zu werden." Sie wusste genau, was das bedeutete. Sie hatte das Spiel schon oft genug durchgemacht – Männer, die sich nach und nach entzogen, bis sie irgendwann ganz verschwanden. Ghosting auf Raten, höflich verpackt in Phrasen.

Aber Joe war anders. Oder?

Er hatte ihr gesagt, dass sie ihm wichtig war und er eine Frau wie sie noch nie getroffen hatte. Widersprach das nicht dem Gedanken, dass er sie verlassen wollte?

Trotzdem meldete er sich nicht.

Sanna beobachtete sein Online-Verhalten. Alle zwanzig Minuten. Online – aber nicht bei ihr. Sie wusste, dass sie es nicht tun sollte. Aber sie konnte nicht anders. Es war wie ein innerer Zwang, der stärker war als jeder Appell an ihre Würde.

„Das sieht doch nicht nach Gefühlschaos aus, oder?", schrieb sie an Melli. „Wenn er sich entscheiden müsste, hätte er dann nicht eher das Bedürfnis, mit mir zu reden?"

Melli antwortete mit der gedanklichen Müdigkeit eines Menschen, der viel zu oft dieselbe Diskussion geführt hatte. „Nicht unbedingt. Er braucht halt Raum, um nachzudenken."

Raum. Sanna hatte das Gefühl, dieser Raum sei ein Vakuum, das sie zerquetschte.

Schließlich hielt sie es nicht mehr aus. Sie musste etwas tun. Irgendetwas. Also schrieb sie ihm:

„Schatz, kannst du mir eine Tendenz geben? Ob es mit uns weitergeht oder nicht? Ich halte diese Ungewissheit kaum aus."

Minuten vergingen. Dann eine Stunde. Schließlich kam seine Antwort:

„Ich weiß es noch nicht, Sanna. Ich muss erst herausfinden, ob ich mit all dem klarkomme."

Kapitel 6 – Die Kontrolle übernimmt

All dem? Sie wusste genau, was er meinte. Ihr Bedürfnis nach Nähe. Ihre ständigen Fragen. Ihr Kontrollwunsch, der aus der Angst geboren war. Ihr starres Denken und die Unfähigkeit nachzuvollziehen, wie jemand sich anders verhalten und empfinden konnte als sie selbst. Und obwohl sie es längst geahnt hatte, fühlte sich diese Formulierung an wie ein Schlag in die Magengrube. Sie hätte ihm ihre Ängste nicht mitteilen sollen. Aber er hatte immer gesagt er will sie GANZ. Mit allem, was dazugehört.

Am Abend nahm Joe dann doch ihren Anruf an. Seine Stimme klang müde, als hätte er zu viele Gedanken zu oft durchgekaut. Sanna versuchte, sich zusammenzureißen, nicht zu flehen, nicht zu weinen. Nur zu verstehen.

„Ich verstehe, dass du nachdenken musst", sagte sie. „Aber wenn du mich wirklich willst, dann ist das doch wichtiger als alles andere, oder?"

Er zögerte.

„Sanna, es ist nicht so einfach. Ich fühle viel für dich, aber ich muss mir sicher sein, dass wir auf Dauer funktionieren. Ich will nicht in eine Beziehung gehen, die ich nach ein paar Monaten wieder beende."

Er wich ihr aus. Sagte nicht: Ich will dich. Aber auch nicht: Ich will dich nicht.

„Du wirktest traurig beim Abschied", flüsterte sie.

„Ja, weil mir das alles nicht leichtfällt."

Aber nicht, weil er sich für sie entschieden hatte.

Am Ende des Gesprächs sagte er nur: „Ich melde mich Mittwoch oder Donnerstag."

Kein „Ich vermisse dich". Kein „Ich freue mich auf dich". Nur ein vager Hinweis auf eine Entscheidung, die sie längst ahnte.

Sanna wusste, was passieren würde. Sie hatte es schon zu oft erlebt. Männer, die sich leise entzogen. Die gingen, aber nicht direkt. Die sie zwangen, es am Ende selbst zu beenden – mit zitternder Stimme und zerrissenem Herz.

Aber diesmal würde sie nicht den ersten Schritt machen.

Diesmal würde sie warten.

Und vielleicht – ganz vielleicht – würde Joe sich doch noch für sie entscheiden.

In der Nacht lag sie wach. Das Handy auf ihrer Brust. Er war um 21:30 Uhr zuletzt online gewesen. Danach: nichts. Kein „Gute Nacht", kein Emoji. Nichts.

„Vielleicht schläft er einfach?" Melli hatte das geschrieben, als Sanna ihr um 3:56 Uhr verzweifelt geschrieben hatte. Aber Sanna wusste es besser. Joe war nicht der Typ, der früh schlafen ging. Joe war der Typ, der mitten in der Nacht aufstand, um sich ein Bier zu holen oder über irgendein albernes Fußballspiel zu philosophieren.

Aber jetzt? Funkstille.

Ihr Magen krampfte sich zusammen. Vielleicht war er bei einer anderen. Vielleicht flüsterte er ihr in diesem Moment dieselben Worte zu, die einst für Sanna bestimmt gewesen waren.

Sie griff zum Handy. Keine Nachricht. Keine Aktivität. Nichts. Also schrieb sie:

„Schatz, ich hoffe, du hast gut geschlafen. Ich vermisse dich."

Keine Reaktion. Kein blauer Haken. Kein „online". Nur Leere.

„Er ignoriert mich!", schrieb sie an Melli.

„Oder er schläft. Du weißt schon – das, was normale Menschen um vier Uhr morgens tun."

Zwei Minuten später öffnete Sanna erneut WhatsApp. Immer noch kein Update. Kein Haken. Kein Herz.

„Ich dreh durch!", tippte sie.

Melli wollte nicht diejenige sein, die einer frisch Verliebten das Herz in kleine, realistische Stücke zerlegte – nur wegen eines schlechten Bauchgefühls.

Aber genau das hatte sie: ein Gefühl von Nebel. Nicht Sturm.

45

Kein Donnerschlag. Sondern diese leise, diffuse Abwesenheit, die alles bedeckt, bis man nicht mehr sagen kann, was echt ist.

Joe war nicht grausam. Nicht manipulativ im klassischen Sinne.

Er war einfach nicht da.

Nicht greifbar. Nicht verlässlich.

Und genau das war das Gift.

Denn man muss kein Narzisst sein, um Sanna kaputt zu machen.

Es reicht, uneindeutig zu sein.

Immer gerade so präsent, dass Hoffnung bleibt.

Und nie genug, um sich wirklich sicher zu fühlen.

Melli wusste: Für jemanden wie Sanna war genau das der Untergang.

Sanna brauchte Tiefe, Klarheit, eine Richtung. Und ganz ganz viel Bestätigung. Bestätigung, dass sie die einzige Frau auf der Welt ist, die sein Interesse verdient. Alle anderen uninteressant und unattraktiv. Und das am besten 24/7.

Joe aber war ein **Vielleicht** in Menschengestalt.

Und **Vielleicht** ist der grausamste Beziehungspartner von allen.

Aber tief in ihr war da schon der Satz,
den sie irgendwann laut sagen würde:

„Er bewunderte dein Feuer.

Aber nicht, weil er dich wärmte –

sondern weil er wusste, wie schön es aussieht, wenn jemand langsam verbrennt.

Am Morgen kam keine Nachricht. Stattdessen scrollte Sanna durch Instagram. Nichts Neues von Joe – bis auf einen neuen Kommentar unter seinem Fußball-Selfie.

„Stark gespielt, Bro! 😊"

Von einer Frau. Blond. Sportlich. Natürlich.

„Melli! Eine Tussi hat sein Bild kommentiert!"

„Oh Gott. Ich wusste es. Sie planen sicher schon die Hochzeit. Hast du das Aufgebot geprüft?"

„Ich meine es ernst!"

„Ich auch. Du brauchst Hilfe."

Am Nachmittag rief sie ihn an. Das Freizeichen zog sich ewig.

„Ja?"

Kein „Hey, Babe". Kein „Wie geht's?" Nur ein tonloses „Ja?"

„Ich… wollte nur hören, wie's dir geht."

„Sanna… ich hab viel nachgedacht."

Nicht gut. Niemals gut.

„Du bist… intensiv."

Intensiv?!

„Das ist doch nichts Schlechtes?"

„Nicht unbedingt. Aber du bist sehr emotional. Und das ist manchmal… viel."

„Also willst du eine Zimmerpflanze?"

„Das meine ich nicht so…"

„Doch, genau das meinst du."

Stille.

„Ich weiß nicht, ob ich das auf Dauer kann."

Der Satz, der alles zerschlug.

Sie zwang sich zu sagen: „Dann sag es mir. Jetzt."

Er: „Lass mich noch einen Tag nachdenken."

Sie: „Okay."

Und dann war er weg.

Sanna starrte auf das leere Display. Keine Nachricht. Kein Anruf. Nur diese wabernde Leere.

Er war online. Aber nicht bei ihr.

Sie lud einen Status hoch:

Manchmal muss man jemanden loslassen, um zu sehen, ob er bleibt.

Nichts. Keine Reaktion.

Sie lud einen neuen Status:

Manche Menschen erkennen zu spät, was sie verlieren.

Wieder keine Reaktion.

Er war online. Er sah es nicht.

Und das war Antwort genug.

Kapitel 7 – Beziehungsstatus: komplizierter als erlaubt

Sanna saß auf dem Sofa, das Handy fest in der Hand, während ihre Gedanken unaufhörlich um Joe kreisten. Sie hatte Melli wieder und wieder gefragt, ob es noch eine Chance gab, ob Joe ihre Statusmeldungen vielleicht als zarte Annäherung interpretierte. Ob es schlimm war, wenn er ihren Status nicht anschaute.

Doch Mellis Antworten waren nur noch karg und kühl, das einst mitfühlende „Ach Sanna…" war längst einem seufzenden Realismus gewichen. Aber das war jetzt egal. Sanna musste einen Weg finden. Eine Strategie. Einen Hebel. Es MUSSTE einen Weg geben, Joe umzustimmen. Er hatte es schließlich auch gefühlt. Diese Magie zwischen ihnen.

Joe hatte irgendwann mal – zwischen Tür, Angel und einem seiner ach so bedeutungsschwangeren Halbsätze – gesagt, dass er ihr freches Grinsen liebe. Nur so dahin. Wahrscheinlich beim Zähneputzen. Oder während er parallel seine E-Mails checkte.

Aber für Sanna war das ein heiliger Gral. Ein Code. Eine göttliche Offenbarung, was *er* liebte. Und wer *sie* deshalb jetzt zu sein hatte.

Also grinste sie. Frech. Immer mit etwas krausgezogener Nase. Immer der gleiche Gesichtsausdruck. Perfektioniert.
Auf Fotos.
Eins, zwei, drei, vier.
Täglich.

Ein Lächeln wie auf Bestellung – geliefert direkt ins digitale Postfach seines Desinteresses. Hauptsache, er bekam das, was er angeblich liebte. Weil Liebe ja heißt, dem anderen jeden Wunsch von den Lippen abzulesen – und sich dabei selbst Stück für Stück zu löschen. Nur wie alles, was man im Überfluss erhält, verliert sich mit jedem weiteren Bild etwas von der Wirkung. Nach 20 Grinsefotos sagt man eben nicht mehr „Oh, ich liebe dieses freche Grinsen, was für ein außergewöhnliches Foto".

Und noch blöder, wenn der andere nicht mal antwortet.

Kein „Wow".

Kein „Du siehst toll aus".

Nicht mal ein „Gesehen".

Dann war sofort Holland in Not.

„War das zu viel?"

„War das Bild doof?"

„Hat er jemand anderen gesehen, mit einem noch *frecheren* Grinsen?"

Und die Schleife begann von vorn: neue Fotos, neuer Filter, neuer Lippenstift – dieselbe Leere.

Denn was Sanna nicht verstand:

Man kann niemanden dazu bringen, *mehr* zu lieben, indem man sich immer *weniger* selbst ist. Und in der Regel schätzen Menschen auch nicht die Dinge besonders wert, mit denen sie zugeschüttet werden, sondern Ausnahmen, besondere Momente. Sanna verstand es aber, jede Besonderheit zu etwas maximal Gewöhnlichem zu degradieren, indem sie es wiederholte, bis es eben nicht mehr besonders war. Auch die größte Delikatesse wird eben irgendwann langweilig, wenn man sie täglich serviert bekommt. Und Joe bekam serviert, was auch immer er nur andeutete zu mögen. Der Minirock gefiel ihm? Sanna würde von nun an täglich Miniröcke tragen. Er mochte Franzbrötchen? Es würde sie jeden zweiten Tag geben. Er mochte dass sie die Haare offen trug? Das war nun die Standardfrisur.

Sanna öffnete WhatsApp und betrachtete ihren Status. Seit Tagen hatte sie subtile Botschaften gepostet – traurige Songzitate, tiefsinnige Bilder, melancholisch ausgeleuchtete Selfies mit bedeutungsschwangeren Ein-Wort-Unterschriften. Doch heute hatte Joe ihn nicht einmal angesehen. Das nagte. Es nagte wie ein Holzwurm an ihrer letzten Selbstachtung.

Vielleicht schaut er absichtlich nicht mehr, weil er nicht sehen will, wie schlecht es mir geht", redete sie sich ein.

Sie hatte keine Kontrolle mehr über die Situation, und das machte sie wahnsinnig. Also musste sie ihn dazu bringen, zu reagieren. Irgendwie. Irgendwas musste doch in ihm ausgelöst werden können.

Ihr Herz raste. Sie öffnete Tinder. Und dann der Schock: Er hatte sein Profil geändert. Die Kinder waren raus. Die Worte *„Feste Beziehung gesucht"* waren weg.

Er suchte weiter.

Die Kälte kroch in ihre Glieder. Es fühlte sich an, als würde ihr Körper sie im Stich lassen, als würde ihr Herz jeden Moment aufhören zu schlagen.

„Er will mich nicht mehr", flüsterte sie in die Dunkelheit.

Doch noch bevor dieser Gedanke sich richtig setzen konnte, bevor sie es wirklich akzeptieren konnte, klammerte sich eine andere Stimme in ihrem Kopf an das letzte bisschen Hoffnung.

Vielleicht hatte er Angst. Vielleicht war es eine Phase. Vielleicht musste sie nur… **etwas tun**.

Sanna wusste es jetzt. Sie musste es nicht mehr hinterfragen. Sie fühlte es in jeder Faser ihres Körpers: Joe hatte eine andere. Die Uhrzeiten passten, sein Verhalten passte, seine distanzierten Antworten passten. Alles in ihr schrie danach, dass er in genau diesem Moment eine andere Frau in den Armen hielt, mit ihr lachte, sie küsste. Sie konnte es förmlich sehen – wie er mit diesem zufriedenen, selbstgefälligen Lächeln aufs Handy blickte, ihre unbeantworteten Nachrichten ignorierte und sich dabei insgeheim amüsierte.

Sanna konnte nicht still sitzen. Ihr Kopf dröhnte, ihre Gedanken rasten. Jede Minute ohne eine Nachricht von Joe fühlte sich an wie eine Stunde, jede Stunde wie eine Ewigkeit. Es gab keine Ablenkung, die sie lange genug aus dieser Hölle der Ungewissheit riss.

„Er hat eine andere da", schrieb sie erneut an Melli.

„Oder er will einfach nur seine Ruhe", kam die nüchterne Antwort.

Sanna biss sich auf die Unterlippe, während ihre Augen über den Chatverlauf huschten. Sie suchte nach Zeichen, nach

Hinweisen, nach einer verdammten Bestätigung für das, was sie ohnehin wusste.

„Warum kann er dann nicht einfach sagen, was los ist? Warum hält er mich in der Schwebe?"

„Weil er sich vielleicht nicht traut, es klar auszusprechen. Oder weil er es selbst noch nicht weiß."

„Nein. Er weiß es längst." Sanna spürte, wie ihre Wut wuchs. „Er will mich nur warmhalten, falls es mit der Neuen nichts wird. Er hat mich schon ersetzt."

„Vielleicht geht es nicht darum, dass er dich ersetzt. Vielleicht geht es darum, dass er dich nicht mehr idealisiert."

Sanna hielt inne. Ihr Herz klopfte schneller.

„Was meinst du?"

„Er hat dich anfangs auf ein Podest gestellt. Du warst perfekt für ihn. Und dann kamen die ersten Probleme, die ersten Zweifel. Er hat gesehen, dass du nicht nur die Frau bist, die ihn bewundert und liebt, sondern auch die, die misstrauisch ist, kontrolliert, klammert."

Sanna atmete schwer. „Ich bin nicht misstrauisch. Ich habe einfach nur erkannt, dass er ein Lügner ist!"

„Vielleicht ist er das. Vielleicht auch nicht. Aber unabhängig davon, wirst du dich mit all dem Misstrauen selbst zerstören. Und ihn mit dir."

Sanna schloss die Augen. Ihr Verstand kämpfte gegen ihr Herz.

„Vielleicht ist er ein Narzisst", fügte Melli hinzu.

Sanna blinzelte. Ihr Herz raste. „Meinst du das ernst?"

„Er hat dich in den Himmel gehoben, war völlig euphorisch, hat dich auf ein Podest gestellt – und dann kam der Bruch. Erst hat er dich angehimmelt, jetzt bist du ihm zu viel. Das ist typisch. Erst Lovebombing, dann Abwertung."

„Aber… kann man mit einem Narzissten nicht auch glücklich werden? Ich meine… er hat doch gesagt, ich erde ihn. Ich tue ihm gut. Sowas sagt doch kein Narzisst, oder?"

Melli schloss die Augen. Natürlich. Der Klassiker. Wenn sie es oft genug wiederkäute, musste es doch irgendwann seine Persönlichkeit umkehren.

„Doch. Genau das sagen sie. Die sind großartig mit Worten."

„Aber vielleicht meint er es ja… bei mir… wirklich ehrlich?"

Melli hatte keine Kraft mehr für Wattebällchen.

„Chris hat damals gesagt, ich sei Balsam für seine Seele. Hat mich trotzdem zerrieben."

„Also… kann er sich mit mir ändern? Vielleicht ist er keiner. Vielleicht verhält er sich nur so", murmelte Sanna verzweifelt.

Melli holte tief Luft.

„Fehleinschätzungen gibt es. Klar. Aber selbst wenn er keiner im klinischen Sinn ist – dieses Verhalten ist toxisch. Und du hängst da drin wie in einem Drogensog."

„Also müsste ich Schluss machen?"

„Das wäre deine einzige Rettung. Aber ich weiß, dass du's nicht schaffst."

„Ich bin einfach verrückt nach ihm…", tippte Sanna.

„Genau. Und das ist das Problem. Du willst, dass er sich ändert – für dich. Aber es geht ihm nicht um dich. Es geht ihm um das Gefühl, das du ihm gibst. Es ist transaktional. Kein echter Bezug. Keine Tiefe."

Sanna schluckte schwer. „Also glaubst du nicht, dass er mich liebt?"

„Ich glaube nicht, dass er zu echter Liebe fähig ist."

„Aber… das wäre dann ja alles umsonst gewesen. Jeder Moment eine Lüge?"

„Nein. Er lügt nicht. Nicht im klassischen Sinne. Er *glaubt*, das sei Liebe. In seinem Kopf ist es das. Nur: Diese Form von Liebe tut dir nicht gut. Sie saugt dich aus, macht dich leer, abhängig, kaputt."

Sanna starrte auf ihr Handy.

„Was ist, wenn er sich doch noch ändert? Wenn ich ihn halten kann?"

Melli schüttelte innerlich den Kopf.

Sanna will das Spiel gewinnen. Nicht den Mann.

„Wenn er jemand ist, der geht, nur weil es nicht mehr perfekt ist… dann wäre er sowieso gegangen", schrieb sie.

Sanna wusste, dass Melli recht hatte. Doch die Erkenntnis machte es nicht leichter. Sie fühlte sich wie ein Ertrinkender, der mit aller Kraft um sich schlug, während das Wasser über ihn zusammenschlug.

Sanna: „Soll ich heute noch einen Status posten? Vielleicht etwas Positives? Oder besser gar nichts?"

Melli kannte das Spiel.

Oh ja. Das Spiel mit dem Status.

Sanna spielte es oft.

Ein einziges Wort – **"Ende"** – als Statuszeile.

Ein komplett schwarzes Profilbild.

Ein Songzitat wie: "Ich war nie genug, aber immer zu viel."

Und dann kam zwei Stunden später die empörte Nachricht: „Keiner hat gefragt, was los ist."

Natürlich nicht, dachte Melli.

Weil niemand mehr wusste, ob es ein Hilferuf war, eine Trotzreaktion oder einfach nur wieder das Drama-Thermometer auf Stufe 9.

Sanna war Expertin darin, **subtile Schreie** zu senden – also so subtil wie ein Feueralarm im Hochhaus.

Aber in Wahrheit war es eine Generalprobe für eine Reaktion, die nie kam.

Oder zumindest nicht von denen, von denen sie es wollte.

Sogar Fotos hatten immer eine Botschaft. Es war immer genau festgelegt, was sie damit sagen und wie sie rüberkommen wollte. Und natürlich hatte man das gefälligst auch richtig zu interpretieren.

Und Joe?

Der war nicht nur nicht interessiert.

Der **erkannte** das Spiel. Und er mied es. Er gab ihr gezielt nicht die gewollten Reaktionen. Wenn Sanna melancholische Selfies postete – perfekt ausgeleuchtet, mit verheulten Augen und einem Hauch Lippenstift – dann war das keine "Verarbeitung", das war ein **Testballon**.

Ein einziger Zweck: Reaktion provozieren.

Am besten von ihm.

Am besten in Form von Mitleid, Bedauern oder einem spontanen Anfall von vermissender Sehnsucht.

Aber Joe reagierte nicht.

Weil er entweder zu feige war, zu taktisch – oder einfach zu gleichgültig.

Und Melli?

Melli wollte ihr ins Handy schreien: **„DU HAST KEINE STATUSBOTSCHAFT – DU HAST EINE DIGITALE PRESSERMITTEILUNG MIT NOTRUFTASTE!"**

Denn natürlich war der manipulative Zweck deutlich.

Viel zu deutlich.

Kein bisschen subtil. Kein bisschen „zufällig".

Es war wie ein trauriges Plakat mit Leuchtschrift und Wehklagen-Soundtrack.

Und genau das machte Druck.

Auf Joe.

Auf alle.

Auf Melli. Melli verstand Joes Reaktion. Oder besser Nicht-Reaktion. Sie ignorierte schließlich selbst diese versteckten Botschaften. Wenn Sanna etwas wollte, sollte sie persönlich ankommen anstatt beleidigt abzuwarten, bis sie gefragt wird.

Aber Sanna verstand das nicht.

Für sie war ein nicht-gesehener Status nicht einfach nicht gesehen.

Es war ein Urteil. Ein Signal. Ein Statement.

Und wenn Joe doch mal schaute?

Dann war es ein Zeichen.

Vielleicht denkt er nach. Vielleicht vermisst er sie.

Und wenn er nicht schaute?

Dann war es auch ein Zeichen.

Dass er sich distanziert. Dass er sie ignoriert. Dass er etwas zu verbergen hat.

Melli wusste längst:

Für Sanna war alles ein Zeichen.

Und immer ein Anlass, irgendetwas zu tun.

Melli antwortete fast sofort:

„Gar keinen. Er sollte sich fragen, was du machst. Wenn du dauernd postest, weiß er es ja."

Sanna biss sich auf die Lippe. Das ergab Sinn. Aber nichts zu tun war die schwerste aller Entscheidungen.

„Aber er soll doch sehen, dass es mir schlecht geht!"

„Nein! Das ist das Schlechteste, was du tun kannst. Das macht ihn nicht traurig. Das nervt ihn. Das bestätigt nur, was ihn eh schon überfordert hat."

Sanna starrte auf den Bildschirm. Ihre Finger schwebten über der Tastatur.

„Aber wenn ich etwas Schönes poste? Mit Freunden? Oder ein Bild, das zeigt, dass ich trotzdem Spaß habe?"

„Ja, wenn du willst, dass er denkt, du bist drüber hinweg. Aber das willst du doch auch nicht, oder?"

Sanna seufzte. Melli hatte recht. Natürlich hatte sie recht. Aber nichts tun? Sie würde innerlich platzen.

Sie scrollte durch ihre alten Statusbilder. Blieb bei einem hängen: ein Foto von ihr und Joe, vor einer Woche. Couch, Sofadecke, Köpfe aneinander gelehnt. Glücklich. Zu offensichtlich, dachte sie. Zu viel Risiko.

Sie suchte weiter. Fand ein Bild: ein leeres Weinglas auf einem Tisch, schummriges Licht, viel Schatten. Dazu schrieb sie

Manche Abende fühlen sich leerer an als andere

Perfekt. Nicht direkt. Aber deutlich. Sie lud es hoch. Und wartete. Aktualisierte. Schaute, wer es angesehen hatte. Joe? Nein. Immer noch nicht. Minuten verstrichen. Eine Stunde. Nichts.

Panik. Kälte im Magen.

„Er schaut meinen Status nicht mehr… Ich glaube, er will mich vergessen."

„Oder er will sich einfach nicht damit beschäftigen. Du solltest es auch lassen."

Sanna ignorierte den Rat. Löschte den Status wieder. Er war zu schwach. Zu poetisch. Sie brauchte einen Treffer.

Ein Bild mit einem anderen Mann? Zu riskant. Ein Lächeln? Zu falsch. Etwas, das er mochte. Etwas, das ihn an sie erinnerte. Ein Foto von ihr – Lieblingsbild. Dazu die Worte:

Nichts essen

Sie drückte auf „Teilen".

Jetzt musste er reagieren. Jetzt musste er. Er musste sich doch Sorgen machen, dass sie seinetwegen nichts essen kann. Das konnte er nicht einfach so stehen lassen.

Sie aktualisierte, wartete, aktualisierte wieder. Joe blieb unsichtbar.

„Warum schaut er ihn nicht? Ich verstehe das nicht! Wenn ihm doch was an mir liegt, dann müsste er doch neugierig sein, oder?"

„Vielleicht ist er beschäftigt. Oder will sich nicht damit befassen.

„Aber er hat doch gesagt, er vermisst mich! Das kann doch nicht plötzlich weg sein!"

Melli ließ sich mit der Antwort Zeit.

„Doch. Kann es. Vor allem, wenn du nicht aufhörst, ihn zu bedrängen."

„Aber als ich mich ganz am Anfang zwei Tage nicht gemeldet hab, weil mein Handy kaputt war, da hat er mich doch auch vermisst!"

„Ja. Zwei Tage. Jetzt gibt es alle halbe Stunde einen neuen Status von dir. Das reicht nicht, um Sehnsucht wachsen zu lassen. Du bist ständig präsent – Nachrichten, Status, Gedanken – er hat gar keine Chance, dich zu vermissen."

Sanna fühlte den Kloß im Hals.

„Aber das kann doch nicht alles einfach weg sein… Er MUSS mich vermissen, ich tu das schließlich auch bei ihm"

„Nur weil es so war, das heißt nicht, dass es bleibt. Liebe ist kein Stein. Sie bewegt sich. Manchmal weg."

Sanna schnaubte.

„Er wird mich vermissen. Spätestens morgen. Wenn er mich sieht. Wenn er merkt, was er verloren hat."

„Sanna, so funktioniert das nicht. Er kann dich erst vermissen, wenn er dich nicht mehr hat. Und du bist noch da. In seinem Handy. In seinem Kopf. Dauerpräsent."

„ Aber wenn ich ihn nicht an mich erinnere, dann vergisst er mich vielleicht."

Sie starrte ins Leere. Sie verstand die Logik. Aber ihr Herz verstand nichts. Sie hielt es nicht aus „nichts" zu machen, waren doch ihre Statusmeldungen gerade die einzige Verbindung zu ihm. Sie müsste nur den genau den richtigen Spruch finden, dann würde er verstehen.

„Ich will einfach, dass er das fühlt, was ich fühle. Dass er merkt, wie leer es ohne mich ist."

„Und dafür müsstest du ihm genau das zeigen: Nichts. Leere. Funkstille. Kein flehendes *Bitte melde dich*, kein digitales Heulkrampf-Ballett.
Du willst, dass er sich fragt, was du machst? Dann hör auf, ihm stündlich per Status mitzuteilen, wie viele Tränen du heute geweint hast.
Aber du? Du lässt keine Frage offen. Du bist ein offenes Buch mit Neonmarkierungen, Inhaltsverzeichnis und Push-Benachrichtigung.
Er weiß, wie's dir geht – weil du's ihm in Endlosschleife sendest. Weißt du, was das bei ihm auslöst? Keine Sorge. Kein Mitleid. Nur: Ruhemodus."

Sanna ließ das Handy sinken. Die Worte hallten nach. Es war das Schwerste, was sie je tun musste: still sein. Während ihr Innerstes schrie. Nein, das konnte nicht richtig sein. Er musste erfahren, dass sie ihn vermisst und dann würde er ganz sicher zugeben, dass es auch bei ihm so sei. Also begann sie zu tippen:

WhatsApp-Verlauf zwischen Sanna und Joe – Dienstag 14.18 Uhr

Sanna:

Denke viel an Dich, vermiss dich…

Joe:

Ist das so?! Ich werde jetzt gleich ne Runde Biken gehen.

Sanna:

Warum schmetterst du das gerade so ab? Da sage ich dir, dass ich dich vermisse und du gehst null darauf ein. Mit so einer Antwort hätte ich niemals gerechnet. Jeder hört gerne schöne Worte, du weißt doch wie das ist!?

Joe antwortete nicht.

Kapitel 8 – Bühne der Hoffnung

Montag. Der Tag, an dem alles anders werden sollte. Sie hatten sich in einem Café verabredet, um noch einmal über alles zu reden. Sanna stand vor dem Spiegel, fuhr sich mit zitternden Fingern durch die Haare und versuchte, das zu glätten, was in ihr selbst längst zerzaust war. Heute würden sie sich sehen. Heute, nach all den vagen Nachrichten, dem Schweigen, den Status-Spielchen und dem Gefühl, nichts mehr wert zu sein.

Er hatte zugesagt. Ein Treffen. Kein großes, kein romantisches, kein bedeutungsschweres Date – ein neutrales, sachliches Gespräch, wie er es formuliert hatte. Aber für Sanna war es alles.

Sie hatte sich innerlich hundert Mal vorgestellt, wie er reagierte, wenn er sie sah: Dass sein Blick weich wurde, dass er plötzlich erkannte, was er verlieren würde. Dass er vielleicht zögernd ihre Hand nahm. Vielleicht ein Kuss. Vielleicht Tränen. Vielleicht ein Wunder.

„Vielleicht liebt er mich ja wirklich. Er hat nur Angst", murmelte sie vor sich hin, während sie ihren Lippenstift auftrug, als könne ein perfekter Schmollmund ein gebrochenes Herz kitten.

Melli hatte ihr geschrieben: „Sanna. Geh da nicht mit dieser Erwartung hin. Es ist keine Liebeserklärung. Es ist ein Gespräch."

Als sie vor dem Café auf ihn wartete, zitterten ihre Knie leicht. Jedes Paar Schuhe, das sie auf dem Pflaster hörte, ließ ihr Herz schneller schlagen. Und dann kam er. Joe. Jeans, Lederjacke, dieses leicht angespannte Lächeln, das schon beim ersten Treffen gleichzeitig Nähe und Distanz ausgestrahlt hatte.

„Hey", sagte er und umarmte sie halbherzig.

„Hi", brachte sie hervor. Ihr Herz schlug so laut, dass sie befürchtete, er könnte es hören.

Sie bestellten Kaffee. Sagten belanglose Dinge. Er fragte, wie es ihr gehe. Sie log: „Ganz gut." Er nickte. Keine weiteren Fragen.

Sie beobachtete ihn. Jede Mikroregung. Jeden Atemzug. Versuchte, Zeichen zu lesen, wie ein Archäologe, der einen Fund interpretieren will, der sich einfach nicht entschlüsseln lässt. Sie hatte mal gelesen, dass sich die Pupillen erweitern, wenn man jemanden sehr mag, also studierte sie seinen Blick und bekam regelmäßig einen Schreck, wenn er ins Licht sah und sich seine Pupillen verkleinerten.

Dann, als die Tasse halb leer war und ihr Puls längst durch die Decke ging, sagte sie leise:

„Ich vermiss dich."

Er hob den Blick. Schaute sie an. Kein Lächeln. Kein Schmerz. Nur ein neutraler Ausdruck.

„Sanna… ich weiß. Aber… ich glaube nicht, dass ich dir das geben kann, was du brauchst."

Bumm.

Sanna schluckte. Wollte nicken. Stark sein. Aber ihre Stimme kam schneller als ihr Stolz:

„Ich brauch doch gar nicht viel. Ich will nur… wissen, dass du mich willst. Dass du das auch willst."

Joe seufzte. „Ich weiß es einfach nicht. Ich bin überfordert. Es ist alles zu viel. Deine Erwartungen, deine Unsicherheiten… ich hab das Gefühl, ich kann es dir nie recht machen."

Du konntest es mir recht machen. Du hast nur aufgehört, es zu versuchen, dachte sie. Aber sie sagte:

„Ich wollte nie, dass du dich unter Druck fühlst. Ich… ich hatte nur Angst, dich zu verlieren."

Er nickte. „Ich versteh das. Aber genau das passiert gerade. Weil es mich erdrückt." **Erdrückt.**

Wieder dieses Wort. Als wäre sie ein Gewicht, das man abschütteln muss.

Sie trank den Rest ihres Kaffees in einem Schluck. Es schmeckte bitter.

„Also war's das?", fragte sie leise.

Joe zögerte. „Ich weiß es nicht. Ich kann es dir gerade nicht geben. Vielleicht… mit Abstand."

Abstand. Das euphemistische Codewort für Schluss.

Sanna nickte. Tat so, als würde sie es akzeptieren. Als hätte sie verstanden. Als wäre sie reifer, als sie war.

Und dann verabschiedeten sie sich. Keine Umarmung. Kein Blick zurück.

Als er verschwunden war, ließ sie sich auf die nächste Bank fallen. Holte ihr Handy raus. Tippte Melli.

Sanna: Wir haben geredet. Er sagt, er weiß es nicht. Dass ich ihm zu viel bin. Dass er Abstand braucht.

Melli: Es tut mir leid. Das klingt, als hätte er sich entschieden – nur will er es nicht direkt sagen.

Sanna: Ich weiß. Ich hab's gespürt. Aber ich kann es nicht akzeptieren. Ich kann nicht glauben, dass das alles war.

Melli: Manchmal ist es das. Und das macht es nicht weniger schlimm.

Sanna legte das Handy weg. Und öffnete Instagram. Suchte nach seinem Profil. Neue Story: ein Lied. Emotional. Traurig.

Ihr Herz machte einen Satz.

Vielleicht war da doch noch etwas. Vielleicht war das sein Code an sie. Ein trauriges Liebeslied!

Und irgendwo in ihr regte sich wieder Hoffnung. Gegen jede Vernunft.

Melli starrte auf Sannas Nachricht und wusste: Das war nicht das Ende. Noch lange nicht. Nicht, weil da noch Hoffnung war – sondern weil Sanna nicht loslassen konnte, ohne alles versucht zu haben. Sie war jetzt in der Phase der Gegenbeweise. Der Beweisführung. Der großen inneren Verteidigungsrede gegen das Scheitern. Und wenn Worte sie in diesen Abgrund geführt hatten, dann würde sie jetzt versuchen, sich mit Worten wieder herauszuziehen.

Melli konnte es nicht verhindern.

Kapitel 9 – Kontrolle über das Unkontrollierbare

Es gab einen Fortschritt, Sanna und Joe schrieben sich wieder. Sanna wollte sich absichern. Sie wollte verhindern, dass ihre eigenen Gedanken sie überwältigten, also schrieb sie alles auf – einen Brief an Joe, in dem sie ihre Gefühle ordnete, ihre Argumente zurechtlegte, ihre Hoffnung auf ein Happy End in klare, unumstößliche Worte fasste. Wenn sie es ihm nur richtig erklärte, wenn sie ihm nur die Bedeutung ihrer Verbindung vor Augen führte, dann musste er doch begreifen, dass sie zusammengehörten.

Mein allerliebster Schatzi,

Ich weiß, ich bin manchmal zu viel. Zu emotional, zu fragend, zu nah.

Aber ich bin so, weil ich dich liebe. Und weil ich weiß, dass es da etwas zwischen uns gibt, das größer ist als Worte, Zweifel oder schlechte Tage.

Ich spüre dich in jeder Zelle, auch wenn du nicht da bist. Ich denke an dich, wenn ich einschlafe, und wache mit dir im Kopf auf. Du hast etwas in mir berührt, das kein anderer je gesehen hat.

Ich weiß, du brauchst Raum. Zeit. Rückzug.

Und ich will dir das geben, wirklich. Aber du musst auch verstehen, dass meine Fragen nicht aus Misstrauen kommen – sondern aus Angst, dich zu verlieren.

Wenn du wüsstest, wie weh es tut, auf eine Nachricht zu warten, während du online bist...

Ich will dich nicht kontrollieren, Schatz – ich will dich nur verstehen.

Und manchmal braucht es eben Antworten, um das Herz beruhigen zu können.

Wenn du einfach liebevoll auf meine Fragen reagieren würdest, müsste ich ja gar nicht so viel denken, so viel fühlen, so viel weinen.

Ich weiß, ich mache es dir nicht immer leicht. Aber auch ich bleibe – bei dir, mit dir, für dich. Auch wenn's schwer wird.

Ist das nicht Liebe? Wenn man nicht wegrennt, sondern sich noch fester an den anderen klammert, wenn's wehtut?

Du hast mal gesagt, du hast noch nie so eine Frau wie mich getroffen.

Weißt du noch?

Ich glaube dir das.

Und ich glaube auch, dass wir etwas haben, was andere nie verstehen würden.

So etwas findet man nur einmal. Und wenn man es wegwirft, kommt es nicht wieder.

Ich bin kein einfacher Mensch. Aber ich bin ein liebender Mensch. Und ich liebe dich mit allem, was ich bin.

Auch wenn du mich gerade auf Abstand hältst.

Auch wenn du nicht schreibst.

Auch wenn du tust, als wäre alles „zu viel".

Ich bleibe trotzdem.

Bitte bleib du auch.

In Liebe, Sehnsucht und voller Hoffnung,

Dein Babe. Für immer.

Sanna ♥

Melli kämpfte kurz gegen einen Brechreiz an. Kann man sich noch mehr anbiedern als Sanna das tat?

Doch der Brief allein reichte Sanna nicht. Die Unsicherheit nagte weiter. Wie sollte sie sich verhalten, wenn sie ihn wiedersah? Wie subtil durfte sie nach Zuneigung fragen, ohne bedürftig zu wirken? Wie viel Distanz musste sie wahren, um begehrenswert zu bleiben? Alles musste kontrolliert werden. Mit dem perfekten Outfit, der perfekten Körpersprache und den perfekten Worten, würde alles wieder gut werden. Sanna musste nur die perfekte Formal dafür finden. Melli würde das sicher wissen.

„Wie würdest du das morgen machen? Ich bin sehr aufgeregt gerade."

„Zu ihm fahren und reden. Und halt den Brief geben."

So einfach. So pragmatisch. Sanna las die Nachricht mehrfach, als müsste sie in der Kürze einen tieferen Sinn entdecken. Aber da war keiner. Keine Zauberformel, kein garantierter Weg zurück in Joes Herz.

Also begann sie erneut zu analysieren. Suchte nach Mustern in seinen Worten. Nach Veränderungen in seiner Emoji-Nutzung. Nach Kuss-Smileys, die plötzlich fehlten.

„Mir fehlen die Kuss-Smileys", schrieb sie.

Melli blieb sachlich. „Das sind nur Emojis. Du vermisst die Sicherheit, die sie dir geben."

„Ja. So meine ich das ja."

Sanna war überzeugt, dass Gefühle sich verschlüsselt in Sprache ausdrückten.

Dass sie sich manifestierten in der Wahl der Worte, der Emojis. Dass es einen Code gab – irgendwo zwischen „Hey, wie geht's?" und „Gute Nacht, Babe" –, der, einmal geknackt, die ganze Wahrheit offenlegen würde.

Und wenn sie ihn nur oft genug analysierte, ihn sezierte wie ein sprachliches Insekt unter dem Mikroskop, dann würde sie alles verstehen.

Joe.

Seine Gefühle.

Ihre Geschichte.

Alles.

Dass sie selbst dabei täglich ein ganzes Feuerwerk aus unterschwelligen Botschaften zündete – subtile Statusmeldungen, schwermütige Zitate, kryptische Songtexte mit passiv-aggressivem Unterton – sah sie nicht als Teil des Problems, sondern als gerechtfertigten Beziehungsjournalismus.

Wenn sie Gefühle in jedes Komma legen konnte, dann musste Joe das gefälligst auch.

Und wenn sie Tag und Nacht zwischen den Zeilen schrieb, dann hatte er bitteschön zwischen den Zeilen zu antworten.

Denn wer ständig Signale sendet, erwartet eben auch Empfang.

Aber Joe spielte nicht nach ihren Regeln.

Er sagte Dinge wie: „Ich brauche noch Zeit, aber es soll sich in die richtige Richtung entwickeln."

Sanna hörte nur das, was ihr Hoffnung gab:

Er sagt nicht explizit, dass er keine Beziehung will.

Er hat Gefühle für mich.

Er verbringt gerne Zeit mit mir.

Er hält sich die Tür offen.

Also bedeutet das: Es wird irgendwann wieder eine Beziehung geben.

Und Sanna gab nicht auf. Nicht, wenn es um Hoffnung ging.

„Aber wenn er mich doch lieben würde, dann…?", fragte sie Melli.

„Dann hätte er nicht Schluss gemacht", sagte Melli. Trocken. Logisch. Grausam vernünftig.

Doch Sanna war längst in einem ganz anderen Film.

Sie hörte auf, auf Worte zu achten – und begann stattdessen, Atmosphären zu sezieren.

Sie klammerte sich an jeden Halbsatz, jeden Chatverlauf, jedes „Babe", als hinge ihr Seelenheil daran.

Ein simples „Wie war dein Tag?" wurde zur romantischen Ballade.

Ein „Sorry, bin müde" zum Psychodrama.

Es musste doch irgendetwas bedeuten.

Irgendetwas, das ihr erklärte, warum er ging – aber sie gleichzeitig nicht ganz losließ.

Warum er sich entfernte – aber doch jeden Tag schrieb.

Warum er ihr sagte, es sei vorbei – aber auf ihr Profilbild klickte.

Sie wollte nicht nur wissen, ob er sie noch liebte.

Sie wollte einen **Beweis**.

Am besten gerichtsverwertbar.

Eine Liste mit Anzeichen, Zitatstellen, Meta-Ebenen.

Eine Theorie. Eine Logik. Einen Sinn.

Nicht die Wahrheit.

Sondern eine, die sie ertragen konnte.

Gleichzeitig wusste sie längst, dass sie sich am Rand einer emotionalen Klippe befand – und dass sie mit jeder weiteren Nachricht einen Schritt näher an den Abgrund trat.

„Ich habe echt Sau-Angst, dass ich in ein paar Tagen wieder da stehe, wie letztes Wochenende."

„Du wirst jetzt mit der Situation und Unsicherheit leben müssen. Versuch einfach, nicht so viel nachzudenken", schrieb Melli.

Nicht nachdenken. Ein Satz wie aus einem anderen Universum. Für Sanna war Denken Überleben. Kontrolle. Struktur. Hoffnung. Das Nachdenken zu unterlassen war, als würde man ihr die Luft abschnüren. Er war morgens das erste, was sie nach dem Aufwachen dachte und schlief abends mit Gedanken an ihn ein. Auch dazwischen drehte sich so gut wie jeder Gedanke um Joe.

„Wollte er mich wirklich, würde er mich als Stärkung sehen und nicht als zusätzlichen Ballast."

Aber das war es. Für Joe war Nähe Verpflichtung. Sanna war ihm zu viel, zu intensiv, zu fragend. Sie war Emotion in Reinform, und er war ein Mann, der lieber in Fragmenten liebte – nur dann, wenn es ihm passte.

Sanna glaubte fest daran, dass sie das Ruder noch herumreißen konnte. Wenn sie ihm zeigte, dass sie stark war. Dass sie sich zurücknehmen konnte. Dass sie ihm den Raum gab, den er brauchte, während sie gleichzeitig präsent blieb. Die perfekte Mischung aus Geduld und Nähe. Aus „Ich bin da" und „Ich halte mich zurück".

Er würde es irgendwann erkennen. Dass sie genau die Richtige war.

Aber Joe wollte keine Verantwortung für ihre Gefühle. Er wollte Zärtlichkeit ohne Konsequenzen, Nähe ohne Tiefe. Sanna hingegen wollte ein Ganzes – und bekam nur Teile.

„Aber warum verbringt er dann so gern Zeit mit mir?" „Aber warum sagt er dann, er hat Gefühle?" „Aber warum nennt er mich Babe, wenn er doch keine Beziehung will?"

Für Sanna war Liebe ein Entweder-Oder. Entweder ganz oder gar nicht. Schwarz oder weiß. Und dass Joe sich bequem in der Grauzone eingerichtet hatte, machte sie wahnsinnig. Für ihn war es ein nettes Arrangement. Für sie war es die Hölle auf Raten.

Gleichzeitig tat sie alles, um sich in dieser Hölle zu halten.

Als sie Melli schließlich fragte: „Ich weiß ja nicht, was ich sagen soll, wenn mich jemand fragt, wer er ist? Mein Freund ist es ja dann nicht. Und EIN Freund trifft es halt auch nicht." – kam eine Antwort, die wie ein Schlag klang.

„Entweder du nimmst es so hin oder du setzt ihm die Pistole auf die Brust, was das endgültige Ende bedeuten könnte."

Aber das war das Problem. Sanna konnte es nicht hinnehmen. Und sie konnte auch nicht gehen.

Sie war gefangen in einer Geschichte, die sie selbst nicht mehr schrieb. Eine Nebenrolle in einem Drama, dessen Hauptdarsteller sich jeden Abend entschied, ob er überhaupt noch mitspielen wollte.

Sie nahm ihr Handy und tippte eine Nachricht an Joe: „Wenn du keine Gefühle mehr hast, dann sag's wenigstens. Ich ertrag diese Unklarheit nicht mehr."

Sanna lag auf dem Bett und starrte auf ihr Handy. Ihr Herz raste, ihre Hände wurden feucht. Joe hatte ihre Nachricht immer noch nicht gelesen. Seit Stunden. Das war nicht normal. Nicht bei ihm.

Sie versuchte sich selbst zu beruhigen. „Das stresst schon wieder", hatte Melli gesagt. „Lass sowas sein."

Aber sie konnte es nicht sein lassen. Wie denn auch? Es war, als würde sie ersticken. Joe hatte noch NIE einfach nichts geschrieben. Egal, was war – sie hatten immer ein bisschen Kontakt gehabt. Auch in der „Pause". Auch, wenn er bei jemandem war. Immer ein „Gute Nacht" oder ein kurzes „Schlaf gut". Und jetzt? Gar nichts.

„Er liest nicht mal", schrieb sie an Melli. „Das ist doch scheiße."

„Es ist jetzt anders. Ihr habt keine Beziehung mehr", antwortete Melli nüchtern. „Sowas wird jetzt halt auch anders werden."

Sanna biss sich auf die Lippe. Ihr Magen zog sich zusammen. „Ich glaube echt, dass er mich manipuliert. Dass er mir die Entscheidung leichter machen will, damit ich von selbst gehe. Dass ich ausspreche, dass es endgültig ist, damit er freie Bahn für die Nächste hat."

War das sein Plan? Wollte er sie absichtlich langsam loswerden, indem er sich immer weiter entzog, bis sie nicht mehr konnte?

„Nein", schrieb Melli. „Ich denke, ihm war das alles zu viel. Zu verpflichtend. Deswegen ist er weg von der Beziehung und meldet sich weniger."

Sanna starrte auf den Satz, als müsste sie ihn auswendig lernen. Der Druck auf ihrer Brust wurde schwerer.

„Und kann das trotzdem wieder werden?" tippte sie.

„Ja – wenn du jetzt nicht klammerst oder Druck machst."

Sanna spürte, wie ihr die Tränen kamen. Aber wie sollte sie keinen Druck machen, wenn jeder Muskel in ihrem Körper nach Nähe schrie?

„Aber es wird nie wieder wie vorher, oder? Mit rund um die Uhr schreiben?"

„Eher nicht. So wie ganz am Anfang ist es bei keinem später."

Ein Stich. So schmerzhaft, dass ihr kurz übel wurde.

Wie konnte sie ihn so sehr vermissen?

Dann vibrierte das Handy. Eine Nachricht. Von Joe.

Ihr Herz machte einen Satz. Ihre Hand zitterte, als sie das Display entsperrte. War es eine Erklärung? Eine liebevolle Geste? Ein kleines Zeichen, dass sie sich umsonst gesorgt hatte?

68

„Ok."

Mehr nicht.

Sie starrte auf das eine Wort. Es fühlte sich an wie ein Schlag ins Gesicht.

Melli schrieb ihr: „Es ist normal. Du machst das Drama."

Aber nein – es war nicht normal. Nicht bei Joe. Sie kannte ihn. Spürte ihn. Und etwas stimmte nicht.

Sie starrte auf das Display. Es blieb still.

Also tippte sie zögerlich:

„Soll ich morgen kommen oder lieber nicht?"

Sie las die Nachricht fünfmal, bevor sie sie abschickte. Es klang erbärmlich. Flehend. Sie hasste sich dafür. Aber sie konnte nicht anders. Wenn sie es nicht fragte, würde sie durchdrehen.

Wieder vergingen Minuten.

Dann kam die Antwort.

„Wie du willst."

Wie du willst.

Ein Satz wie eine Rückhand. So höflich wie gleichgültig. Er ließ alles offen – und damit ließ er sie allein.

Sanna atmete flach. Ihr Magen krampfte sich zusammen.

Aber sie wusste, was das bedeutete. Keine Ablehnung war immerhin noch kein Nein.

Also schrieb sie nur:

„Okay. Ich komm dann."

Joe antwortete nicht mehr.

Aber sie würde fahren.

Und vielleicht – vielleicht würde er erkennen, was sie ihm bedeutete, wenn sie wieder vor ihm stand.

Kapitel 10 – Drei Gänge Hoffnung

Sanna klammerte sich an das Einzige, was sie noch tun konnte: einen Plan. Wenn sie ihn emotional nicht erreichen konnte, dann vielleicht über die Atmosphäre. Über Erinnerungen. Über etwas, das in ihm ein gutes Gefühl auslöste. Etwas, das ihn an das erinnerte, was sie verband, was sie waren. Oder was sie sein könnten.

„Hast du eine Idee, mit was ich Joe überraschen könnte? Etwas Schönes, das ihn ablenkt? Irgendwas, das ihm zeigt, dass es sich lohnt?"

Mellis Antwort kam verzögert, vermutlich nach einem tiefen Seufzer:

„Eine Unternehmung? Oder was meinst du genau?"

Sanna tippte sofort:

„Ja, draußen wär schön. Ruhig. Vielleicht ein Picknick. Hauptsache, er lässt sich weiter auf mich ein."

Sie dachte an den kleinen See, an dem sie einmal stundenlang gesessen hatten, Hand in Hand, während die Sonne unterging. An dem Tag hatte er gesagt: „Ich fühl mich sicher bei dir." Vielleicht erinnerte er sich daran. Vielleicht fühlte er es noch. Vielleicht würde er es wieder fühlen – wenn die Stimmung stimmte.

Also schmiedete sie einen Plan: ein 3-Gänge-Menü, liebevoll selbstgemacht. Vorspeise, Hauptgang, Dessert. Kerzenlicht. Ein Picknick am See oder, falls es regnete, eine improvisierte Variante auf dem Wohnzimmerboden mit Decken und Kissen. Sanfte Musik. Ein bisschen Magie.

„Meinst du, das ist schön genug? Dass er sich freut?"
„Klingt gut", schrieb Melli.

Sanna fühlte einen kleinen Hoffnungsschimmer. Einen Hauch von Kontrolle über das Chaos. Sie schrieb eine Einkaufsliste, suchte passende Rezepte. Joe liebte Pasta. Und Schokolade. Und den Geruch von frischem Basilikum.

Aber bevor sie überhaupt mit den Vorbereitungen beginnen konnte, kam die Nachricht, die alles kippte:
„Ich will nichts Warmes essen."

Sanna starrte fassungslos aufs Handy.

„Er hat mir das Drei-Gänge-Menü versaut", tippte sie an Melli. „Einfach so."

Mellis Antwort war nüchtern:
„Dann mach es doch einen Tag später zu Mittag."

Sanna schluckte. „Ich wollte aber Kerzenlicht."
Ihre Finger zitterten. Es war nicht nur das Essen. Es war das Gefühl, dass er sich wieder entzog. Dass er nicht wollte. Dass er sie nicht an sich heranließ – nicht mal durch die Mühe, die sie sich machte.

Am nächsten Tag war sie endlich bei ihm. Doch er war nicht bei ihr. Nicht wirklich. Er saß am PC, scrollte, chattete, machte irgendwas, aber nicht mit ihr. Schaute kaum hoch.

„Er ist gar nicht richtig da", schrieb sie an Melli. „Er macht irgendwas. Sitzt vor dem Bildschirm, sagt kaum was. Ich spür ihn nicht."

Sie hasste dieses Gefühl. Diese Unsicherheit. Dieses ständige Rätseln: War sie gerade zu viel – oder schon wieder nicht genug?

Sie hätte schreien können. Stattdessen saß sie einfach da. Und wartete darauf, dass er sich ihr zuwandte. Nur für einen Moment. Nur ein Blick. Nur ein Funke Hoffnung.

Die Eskalation ließ nicht lange auf sich warten.

Joe war sauer geworden. Wegen Spülwasser. Sie hatte ihm beim Abspülen helfen wollen.

„Siehst du, und das sind genau solche Kleinigkeiten...", hatte er gesagt. Seine Stimme war scharf, genervt. Wie ein Lehrer, der zum zehnten Mal dieselbe Frage erklärt.

„Er hatte einen Plan und ich hätte ihn fragen sollen, ob ich was in sein Spülwasser tun darf", schrieb Sanna an Melli, fassungslos.
Spülwasser. Ernsthaft.

Sie konnte nicht glauben, dass sie das gerade diskutierten. Nicht einen Beziehungsbruch, nicht eine Affäre – Spülwasser.

„Wenn er deshalb mal hinwirft, ist es mehr als albern", schrieb sie, mit dieser Mischung aus Trotz und Verzweiflung, die inzwischen all ihre Nachrichten durchzog.

Aber Melli wusste: Es ging nie um das Wasser. Es ging auch nicht ums Abtrocknen. Oder ums Nachfragen.

Es ging um Kontrolle.

Macht.

Territorium.

Denn Joe war ein Mann mit Prinzipien. Prinzipien in Anführungszeichen, natürlich. Was Melli als red flags einordnete, wertete Sanna liebenswerten Ordnungsfimmel.

Er verlangte zum Beispiel, dass das Klopapier exakt **30 Zentimeter tief** von der Halterung hing – nicht 29, nicht 31, sondern exakt 30.

Dass **nach dem Duschen die Shampooflaschen abgetrocknet** wurden, weil sonst Wasserflecken– Gott bewahre – an der Flasche zurückblieben.

Dass die **Mikrowelle nach dem Benutzen offen stehen bleibt**, damit das Kondenswasser „entweichen kann".

Und dass, wenn Sanna mit **ihrem eigenen Auto durch seine Gegend fuhr**, sie bitteschön **den Weg nahm, den er ihr vorher erklärt hatte** – und nicht irgendeine spontane Nebenstraße, die ihr Google Maps vorgeschlagen hatte.

Es waren keine Bitten. Es waren Regeln.

Unausgesprochen oft, aber gnadenlos durchgesetzt.

Nicht mit Lautstärke, sondern mit Rückzug. Mit Missmut. Mit eisigem Schweigen.

Sanktion statt Kommunikation.

Und Sanna?

Passte sich an.

Tropfenweise. Zentimeterweise.

Wurde leiser, geschmeidiger, kontrollierter.

Legte sich innerlich zurecht, was sie künftig **nicht mehr sagen, nicht mehr fragen, nicht mehr anders machen** würde – nur um nicht wieder diesen Blick zu kassieren.

Nur um nicht wieder zu spüren, dass er sich von ihr „einengt" fühlte.

Sie wollte es richtig machen.

Alles richtig machen.

Damit er blieb. Damit er nicht flüchtete durch die nächste Tür, die sie zu spät zugemacht hatte.

Es ging nie um Spülwasser.

Es ging um Macht.

Und Sanna spielte mit – wie eine Frau, die glaubt, wenn sie sich nur perfekt genug faltet, passt sie vielleicht irgendwann in die Form, die jemand anders für sie vorgesehen hat.

Und dann kam Tinder.

„Er war wieder auf Tinder."

Diese Worte hallten in ihrem Kopf wie ein böser Ohrwurm. Warum? Warum brauchte er das? War sie ihm nicht genug?

Und doch, so widersprüchlich es auch war, wollte er sie nicht ganz gehen lassen. Er suchte Augenkontakt. War sanft. Erzählte ihr Dinge, die er sonst niemandem erzählte.

„Es ist mehr als nur vögeln", hatte er gesagt.

Aber was war es dann?

Sanna war gefangen. Zwischen Nähe und Distanz, zwischen Hoffnung und Angst. Zwischen dem Blick, der sie auffing – und dem Schweigen, das sie zerfraß.

Sanna war bei ihm. Auf seinem Sofa. Neben ihm. So nah – und doch nicht greifbar.

Ihr Herz klopfte so laut, dass sie sicher war, er musste es hören. In ihrer Tasche: der Brief.

Kein Vorwurf, kein Betteln – sondern ein letzter Versuch, das Ungesagte zu sortieren. Eine Botschaft in klaren Worten. Mit Herzblut. Und Hoffnung.

Er sollte verstehen, was sie fühlte. Dass sie nicht irgendeine war. Sondern die, die bleibt. Die, die ihn liebt. Die, die sich noch nicht hat wegdrücken lassen.

„Ich hab dir was geschrieben… kannst du ja vielleicht später lesen", sagte sie leise und reichte ihm das Kuvert.

Joe nahm es. Kein Zögern, aber auch kein echter Blick. „Wenn es dir wichtig ist, dann gerne."

Nur das. Keine Frage, was drinsteht. Kein warmes Nicken. Kein „Danke".

Ein Satz wie eine Büro-Mail mit Grußformel.

Sie blieb noch eine Weile sitzen. Smalltalk. Künstliche Normalität. Dann stand sie auf.

Er umarmte sie. Flüchtig.

Und plötzlich war sie draußen. Allein. Mit pochendem Kopf und Herz.

Kaum saß sie im Auto, schrieb sie Melli: „Ich hab ihm beim Abschied den Brief gegeben."

Die Antwort kam erst nach ein paar Minuten. Knapp. „Wenn du einfach mal entspannt wärst – das wäre das, was es rettet."

Sanna starrte auf die Nachricht.

Entspannt? Wie denn, wenn alles so wackelig war?

Wenn jede Berührung eine Prüfung war, jeder Blick ein Rätsel, jede Geste ein Ratespiel?

„Jetzt wohl nicht mehr", tippte sie zurück.

Und bevor der Brief überhaupt gelesen war, war Sanna schon wieder mitten im Gedankenstrudel.

„Ich glaube, er wollte, dass ich es sage. Dass ich sage, dass ich ihn liebe."

„Nein", antwortete Melli. „Das glaube ich nicht."

„Doch. Er hat so geschaut. Als wollte er, dass ich es ENDLICH sage."

Sanna analysierte alles. Wieder.

Sein Blick, als sie ging. Die Tonlage, als er „gerne" sagte. Die Sekunden, die er brauchte, um den Umschlag zu nehmen.

Sie interpretierte jeden Blick, jede Geste. Googelte Mimik. Analysierte Lippenbewegungen. Suchte nach Zeichen in Schweigen und sprachliche Muster in seinen Pausen.

Sie googelte Mikroausdrücke.

Las Artikel über unbewusste Körpersprache.

Starrte auf sein Gesicht in ihrer Erinnerung, als würde dort die Wahrheit eingraviert sein.

Aber Joe?

Der würde Joe bleiben.

Ein sanftes Streicheln über den Rücken. Eine zärtliche Berührung am Morgen. Ein liebevoller Blick. Und dann wieder Funkstille. Nicht offiziell zusammen aber getrennt waren sie auch nicht. Zumindest verhielten sie sich nicht so. Es gab Kuscheln, Sex, Intimität.

Sanna war zerrissen. Wie lange konnte man das aushalten? Wie lange, bis sie entweder ihn verlor – oder sich selbst?

Sanna wollte Romantik.

Aber nicht irgendeine.

Die Deluxe-Version.

Mit Morgennachricht.

Mittagsfrage.

Abendsentimentalität.

Sie wollte, dass Joe schrieb:

„Ich spüre deine Hände auf meiner Haut."

„Ich vermisse deinen Duft."

„Wie war dein Tag, mein Licht, mein Stern, mein Universum?"

Stattdessen schrieb er:

nix.

Und das war für Sanna ein Notfall.

Ein Beziehungserdbeben.

Denn „das ist gar nichts mehr", wie sie schrieb.

Keine Verliebtheitsworte.

Kein Zuckerguss.

Keine literarische Lovestory im Chatfenster.

„Kann doch nicht normal sein, dass das schon weg ist?" fragte sie.

Melli schüttelte innerlich den Kopf so kräftig, dass ihr Nacken knackte.

„Doch. Das ist normal."

„Also… das mit dem 'Wie war dein Tag'… könnte man machen. Aber dieses 'Hände auf Haut' – das ist halt Phase 1. Welcome to Reality. "

Vielleicht war es das, was Sanna eigentlich suchte – nicht Joe selbst, sondern das Gefühl, gesehen zu werden. Gemocht zu werden. Als Person, nicht als Problem. Aber was Sanna sah, war nur, was sie für ihn sein wollte. Und das war selten genug sie selbst.

Kapitel 11 – Bleib bitte trotzdem

Sanna war noch nicht fertig.
Sie hatte ein romantisches Regelwerk im Kopf.
Eine Art Paartherapie-Bibel auf rosafarbenem Papier.

„Wenn man jemanden liebt", schrieb sie,
„dann schreibt man ihm zuerst.
Vor allen anderen.
Der erste und der letzte Gedanke des Tages **gehören** dem
Partner."

Melli las das.
Und sah plötzlich vor sich:
Ein Beziehungsgericht.
Mit festen Uhrzeiten für Gefühle.
Mit Beweissicherungspflicht durch Emojis.
Mit Pflichtnachrichten bei Tagesbeginn und Schlafenszeit.
Liebe als To-do-Liste.

Sanna erklärte weiter,
dass das für sie „eh klar" sei.
Weil: So macht man das doch.
Oder? Und Joe hatte nicht einfach abends noch irgendwem nach
ihr zu schreiben.

Melli schrieb trocken:
„Da gibt's keine Regel für. Und kein Recht drauf.
Nix gehört irgendwem."

Was sie meinte war:
Das hier ist kein Disney-Film.
Und du bist nicht die Hauptfigur,
die Liebe auf Bestellung bekommt,
wenn sie nur fest genug daran glaubt.

„Er hat die Nachricht von mir von 13:40 gelesen. Das war
halt keine Frage. Er antwortet nur auf Fragen. Aber eben habe
ich was gefragt, er war wieder online, aber meldet sich nicht…
Mach mir Sorgen."

Natürlich machte sie sich Sorgen. Sanna machte sich *immer* Sorgen. Atmete Joe, machte sie sich Sorgen. Atmete er nicht – noch mehr.

Dann kam der nächste Schwall.

„Er hat heute Morgen so geguckt, beim Reden. Die Lippen so aufeinander gepresst, als ob was sagen wollte… Was Wichtiges."

Melli blinzelte. Ernsthaft? Jetzt analysierte sie schon seine Lippen?

„Kann ich da mal nachfragen?"

Melli tippte: „Natürlich kannst du ihn fragen."

Aber Sanna ließ es nicht gut sein.

„Findest DU das blöd? Also wenn ich frage? Wenn ich schreibe: Hey, ich hör ja nix mehr von dir. Ist alles ok? Du hast heute so geschaut, als ob du mir noch was sagen willst."

Melli verzog das Gesicht. Sie wollte Ja schreiben. Aber sie wusste, Sanna würde es sowieso tun.

„Natürlich ist es etwas merkwürdig", schrieb sie.

„Was ist merkwürdig?"

„Das zu fragen."

„Wieso genau?"

Melli ließ das Handy sinken. Atmete. Sagte sich, dass sie eine gute Freundin sein wollte.

„Weil man sich nicht ständig melden muss", schrieb sie. Und wusste, dass es nicht ankommen würde.

Sanna war längst tiefer drin. „Ich google viel"

Melli schloss die Augen. Sie konnte nicht mehr.

„Man kann einen Menschen nicht googeln", schrieb sie. „Und auch keine Liebe."

Doch Sanna hörte nicht auf.

„Ist es komplett falsch, wenn ich frage, ob alles okay ist?"

„Nee", tippte Melli. „Aber es ist trotzdem falsch. Weil du es nicht *wirklich* wissen willst. Du willst eine Reaktion. Du willst *ihn*."

„Natürlich wird man misstrauisch, wenn man 3 Stunden lang nichts vom anderen hört. Das ist normal, das würdest DU auch".

„Nein, Sanna."

Nein. Das **ist nicht** normal. Das ist nicht mal annähernd gesund. Drei Stunden Funkstille sind kein Notfall.
Kein Alarmsignal. Kein Grund, ein digitales Verhör zu starten.
Es sei denn, du hast eine Fernbeziehung mit einem Herzschrittmacher.

Nein, Sanna. **Ich würde das nicht.**
Er war drei Stunden lang nicht erreichbar, nicht weil er dich vergessen hat –
sondern weil er ein **Leben** hat.
Eins, das nicht rund um dein Gedankenkarussell kreist.
Eins, das sich nicht meldet, nur weil du still implodierst.

Du verwechselst Liebe mit Dauerpräsenz.
Zuneigung mit Push-Benachrichtigung.
Verbindlichkeit mit einem online-Zeitstempel.

Du willst Kontrolle. Du willst Beweise.
Du willst das Gefühl abwehren, dass du austauschbar bist –
indem du ihn **festnagelst**, digital, emotional, zeitlich, körperlich.

Aber so funktioniert keine Beziehung.
So funktioniert eine Geiselverhandlung.

Und während du denkst, dass drei Stunden Abwesenheit eine Frechheit sind,
denkt er, dass drei Stunden Pause **endlich mal Ruhe** bedeuten.

Also nein, Sanna.
Du sprichst nicht für uns alle.
Du sprichst für dein verletztes inneres Kind, das panisch nach Bestätigung ruft –
und dafür Tinder, WhatsApp und das Leben anderer Menschen als Live-Ticker missbraucht.

Sanna verstummte für einen Moment. Aber dann kam die nächste Frage.

„Meinst du immer noch, er ist ein Narzisst?", fragte Sanna.

Melli schloss die Augen. Nicht, weil sie müde war – sondern weil sie sich zwingen musste, nicht zu antworten, wie sie es dachte: „Nur ein bisschen, so wie man nur ein bisschen Herpes hat."

Stattdessen atmete sie durch. Und dachte.

War Joe ein Narzisst?

Nein. Wahrscheinlich nicht klinisch. Nicht nach Handbuch. Nicht mit Diagnose-Codierung und DSM-V-Stempel drauf. Aber was sich da zusammenbraute – das war **definitiv nicht mehr nur Bindungsangst**. Nicht mehr dieses flatterhafte „Ich weiß nicht, was ich will"-Gedöns, das Erik damals geliefert hatte – ewiger Junggeselle, freiheitsverliebt, völlig überfordert von Nähe, aber immerhin ehrlich.

Joe aber... **Joe war anders.**

Und ja – **Joe zeigte inzwischen ganz klar narzisstische Züge.**

Melli wusste, dass man mit diesem Begriff vorsichtig sein musste.

Dass die **narzisstische Persönlichkeitsstörung** eine ernsthafte Diagnose war, mit einem ganzen Katalog von Kriterien: Größenwahn, fehlende Empathie, pathologisches Anspruchsdenken, Manipulation, Neid, eine bröselnde Selbststruktur, die unter der Oberfläche brodelte.

Aber es gab eben auch **narzisstisches Verhalten ohne Störung**. Und das war **nicht weniger toxisch**. Im Gegenteil. Weil es oft subtiler war. Und genau deshalb schwerer zu fassen. Kein offenes „Ich bin der Geilste", sondern: „Du bist falsch, wenn du nicht funktionierst."

Melli erinnerte sich, wie sie das selbst erlebt hatte – bei Chris. Auch kein Narzisst mit Aktenzeichen. Aber ein Meister im Verdrehen, Kleinmachen, Zurückziehen.

Und vor allem: ein Meister der **emotionalen Unverfügbarkeit bei gleichzeitiger Nähe-Behauptung**.

Genau das erkannte sie jetzt bei Joe wieder.

Dieses **Doppelsignal**. Nähe bei Tageslicht, Rückzug bei Nacht. „Ich will dich" – aber nur, solange du mir nicht zu nahe kommst. „Du bist besonders" – aber wehe, du verhältst dich dann auch so.

Und wenn du versuchst, Klarheit zu bekommen – bist du das Problem.
Dann bist du anstrengend. Zu viel. Zu kontrollierend.

Und das war der Moment, wo der Schalter kippte.
Wo es **nicht mehr um Bindungsangst ging**, sondern um **Macht**.
Um Kontrolle.
Darum, wer entscheidet, wie viel Nähe gerade erlaubt ist.
Und darum, dass diese Entscheidung **immer** bei Joe lag.

Das war kein Spleen mehr.
Das war kein „Er ist halt ein bisschen eigen".
Das war der Anfang von dem, was man irgendwann Gaslighting nennt.
Und es begann – wie immer – **mit scheinbar kleinen Dingen.**

Melli dachte: Er wird dich nicht schlagen. Nicht anschreien. Nicht beleidigen. Aber er wird dich in so viele kleine Einzelteile zerpflücken, dass du irgendwann denkst, du seist der Fehler. Wie falsch sie damit lag, würde sie erst viele Monate später erkennen,

Und Sanna?
Die fragte trotzdem weiter.
„Aber was, wenn er einfach sensibel ist?"
„Was, wenn ich ihm zu schnell zu viel war?"
„Was, wenn ich mich einfach besser anpasse?"
Und Melli hätte gern geantwortet:
Dann wirst du irgendwann perfekt passen – in ein Leben, das du nicht willst.

„Er hat zumindest narzisstische Züge", sagte Melli schließlich.

„Ist das dann schlimm?"

„Schlimm ist relativ. Es wird halt nie 100 % toll werden."

Und das war es. Es würde allein schon nie 100 % toll werden, weil Sanna keine 100 % Ruhe hatte. Weil sie immer alles spürte, alles deutete, alles überanalysierte. Weil Joe sie nicht auffing, sondern gleiten ließ – zwischen den Fingern, durch den Nebel, ins Nichts.

Und als Sanna dann sagte, sie hätte das Gefühl, dass Joe sich *bockig* zurückzog und bald *wieder ankäme*, weil er ja nur *überfordert* sei...

Melli konnte es nicht mehr hören. Nicht noch eine Schleife. Nicht noch ein Loop. Nicht noch ein Spülwasserkrieg.

Kapitel 12 – Kein Entkommen

Joe spürte, dass sich etwas verdichtete.
Nicht in ihr – in ihm.
Diese Mischung aus Schuld und Genervtsein, aus Mitleid und Überforderung.
Sanna war ihm wichtig. Irgendwie. Aber wichtig fühlte sich anders an, wenn jeder Satz mit Erwartung aufgeladen war.
Wenn jede Nachricht zur Prüfung wurde.
Wenn Nähe nichts mehr war, das sich von selbst ergab – sondern etwas, das man herstellen, erklären, rechtfertigen musste.
Er wollte kein schlechter Mensch sein.
Aber er wollte auch nicht jeden Tag sagen müssen, warum er nicht geschrieben hatte.
Und genau deshalb sagte er oft: gar nichts.

Sanna lag auf dem Sofa, das Handy fest in ihrer Hand verankert, als wäre es der letzte Draht zur Realität. Ihre Gedanken kreisten unaufhörlich um Joe. Seit dem letzten Abend hatte er sich kaum gemeldet. Kein „Gute Nacht", kein „Schlaf schön", nicht mal ein beiläufiges Emoji. Ein ausgelassenes „Gute Nacht" war kein Zufall, sondern ein Zeichen für abnehmendes Interesse. Ein verspätetes „Guten Morgen" bedeutete nicht, dass Joe einfach mal länger geschlafen hatte – es war ein stilles Signal, dass er auf dem Absprung war.

Er hatte doch gesagt, dass es ihm wichtig sei, den Kontakt zu halten. Hatte er nicht? Oder hatte sie sich das eingeredet?

Immer wieder öffnete sie den Chat. Keine neuen Nachrichten. Keine blauen Haken. Kein „zuletzt online".

Melli musste das erfahren, sie würde das verstehen: „Es ist seit einigen Tagen anders. Er hat immer Gute Nacht geschrieben. IMMER. Und darum verstehe ich es nicht. Es tat einfach gut. Und wenn er es weglässt, fehlt es voll. Ist nicht ganz... Weißt du wie ich meine? Kein guter Start in den Tag, und Einschlafen ist auch komisch. **Das ist einfach nicht Joe…**"

Melli wusste genau, wie es weitergehen würde. Sanna würde eine Nachricht schreiben, in der sie Joe vorsichtig darauf ansprach. Joe würde ausweichend oder genervt reagieren. Sanna würde es als Bestätigung ihrer Angst nehmen und die nächste Runde in der Spirale drehen.

Und so schrieb Sanna. Eine Nachricht, nicht zu direkt, nicht zu weich. Ein Hauch von Vorwurf, aber noch in Watte verpackt.

„Guten Morgen. Du hast dich ja gar nicht mehr gemeldet…habe UNSER „Gute Nacht" vermisst ⊗ Hoffe, das wird heute anders."

Sie starrte auf den Text, bevor sie auf „Senden" drückte. Dann lehnte sie sich zurück, als hätte sie gerade eine Mine entschärft.

Würde er antworten? Und wenn ja – wie?

Minuten vergingen. Dann Stunden.

Sanna ergänzte: „Wir wollten noch Bilder austauschen und dann kam keine Reaktion von dir. Ich habe kein Bild gekriegt. Und wolltest du etwa keins mehr? Es kann doch nicht sein, dass du keine Fotos mehr möchtest? Hat sich etwas verändert? Und wir sagen uns IMMER Gute Nacht. Und gestern keine lieben Worte, wie ich sie von dir kenne. Das war sehr schwer für mich, das bist doch nicht du. Das alles ging mir im Kopf herum und ich habe viel wachgelegen. Und mit meiner lieben Nachricht heute Morgen, wollte ich nur, dass wir uns heute wieder mehr UNS widmen. Das musst DU doch auch wollen. Auch dir muss unser Gute Nacht fehlen."

Keine Reaktion.

Sanna spürte, wie die Unruhe sich in ihr ausbreitete wie feiner Staub, der sich auf alles legte. Sie versuchte sich abzulenken, aber ihr Blick wanderte immer wieder zum Handy.

Was, wenn er die Nachricht absichtlich ignorierte?

Was, wenn er sie wirklich auslaufen ließ?

Was, wenn das „UNS" längst nur noch in ihrem Kopf existierte?

Immer wieder checkte sie den Chat. Die Nachricht war gelesen. Kein Antwortzeichen. Keine drei Punkte. Einfach – nichts.

Der Tag verging zäh wie Kaugummi unter Schuhsohlen. Sanna starrte immer wieder auf ihr Handy, zwang sich zwischendurch, nicht sofort zu reagieren. Vielleicht war Joe einfach beschäftigt. Vielleicht las er die Nachricht später noch mal und antwortete dann.

Aber mit jeder Stunde, die verstrich, spürte sie es deutlicher: Etwas stimmte nicht.

Am Abend war ihre Geduld erschöpft. Sie hatte nicht gedrängt. Sie hatte freundlich geschrieben. Liebevoll sogar – mit einem Hauch Enttäuschung, ja, aber doch nur, um ihm zu zeigen, dass sie ihn vermisste.

Und trotzdem: keine Reaktion.

Sie griff zum Handy und schrieb an Melli:

„Ich versteh nicht, wie man meine lieben Worte falsch verstehen kann. Das war doch nett formuliert, oder?"

Melli antwortete nach einigen Minuten:

„Also… nett, ja. Aber halt auch mit einem deutlichen Hauch Vorwurf."

„Ich wollte nur sagen, dass ich gehofft hab, wir schreiben heute wieder normal. Das ist doch kein Vorwurf?!"

„Du sagst, es sei „kein Vorwurf", aber am Ende läuft es immer darauf hinaus, dass er sich falsch verhalten hat und etwas tun soll, um dich zu beruhigen".

Sanna starrte auf den Chat. Ihre Stirn zog sich zusammen. So hatte sie es wirklich nicht gemeint. Oder… hatte sie?

„Aber darf ich das nicht sagen, wenn es mir halt auffällt? Ich hab ja gar nichts verlangt. Nur gehofft."

„Du darfst alles sagen. Aber wenn du so formulierst, kommt's halt als unterschwelliger Vorwurf rüber. Und er zieht sich eh schon zurück."

Sanna biss sich auf die Lippe. Ihr Herz schlug schneller. Sie scrollte zurück zu ihrer Nachricht. *„Hoffe, das wird heute anders."* Wie konnte das falsch rüberkommen?

Aber jetzt, wo sie es mit Mellis Augen sah, klang es nicht mehr nur liebevoll. Es klang nach Erwartung. Nach unausgesprochener Kritik.

„Er hat's bestimmt falsch verstanden. Er hat doch eh grad ständig das Gefühl, dass ich ihn einengen will…"

„Ja. Und mit sowas fühlt er sich wieder genau da."

Sanna ließ das Handy sinken. Sie hatte nur einen Satz geschrieben. Und als er nicht reagierte, hat sie das eben noch erklärt, damit er nichts missversteht – aber vielleicht war genau das der Tropfen gewesen. Oder der Nagel. In was auch immer zwischen ihnen noch heil war. Sie reagierte nicht direkt auf Mellis Erklärung. Stattdessen steuerte sie direkt auf den nächsten Punkt in ihrer Endlosschleife zu.

„Wer weiß denn, was er wirklich macht? Er hat immer noch Tinder. Ein riesiges Vertrauensproblem! Kann man das nicht verstehen? Wenn er nur mich will, dann würde er das doch löschen, allein um mir zu helfen, mich zu beruhigen."

Melli atmete tief durch. Sie musste sich zwingen, ruhig zu bleiben. Am liebsten hätte sie in Großbuchstaben zurückgeschrieben.

„Sanna. Wenn er dich wirklich betrügen wollte, würde er Tinder auch dann behalten, wenn du ihn mit vorgehaltener Waffe dazu bringen willst, es zu löschen. Wir hatten das Thema jetzt… wie oft?"

„Aber wenn es so ist, ist es einfach schlimm. Und noch schlimmer ist, dass ich das jetzt einfach hinnehmen muss. Ich mach ja nicht Schluss. Aber es fühlt sich einfach scheiße an".

„Also entweder du hältst es aus – oder du ziehst Konsequenzen. Alles dazwischen ist macht dich wahnsinnig. Und mich auch."

Aber Sanna wollte sich nicht entscheiden. Sie wollte weitermachen. Genauso. Jeden Tag mit derselben Frage: Liebt er mich – oder betrügt er mich?

2 Tage später. Sanna schrieb:

„Er hat mich mitgenommen zu seiner Maklerin, die die Wohnung von ihm und seiner Frau verkauft."

BREAKING NEWS!

Joe hatte Sanna tatsächlich mitgenommen. Nicht in ein romantisches Hotel. Nicht auf eine Überraschungsreise. Nein – zu einem Gespräch mit einem Makler. Über Grundbuchauszüge. Teilungserklärungen. Sanierungsrücklagen.

Sanna war euphorisch.

„Das ist schon krass, oder?!", schrieb sie. „Ich meine – so richtig offizieller Rahmen!"

Melli, die zu diesem Zeitpunkt mit nassen Haaren vor ihrer Waschmaschine saß, starrte aufs Display.

„Findest du? Ich fände das vor allem stinke langweilig."

Aber Sanna war nicht zu bremsen.

Für sie war das nicht nur ein Immobilientermin. Es war ein Ritterschlag. Eine Beziehungserklärung.

Ein *öffentliches Bekenntnis*, das – in ihrer Vorstellung – mindestens so ablief:

Joe streift ihr im Maklerbüro zärtlich eine Haarsträhne hinters Ohr. Hält ihre Hand fest. Flüstert der Maklerin zu: „Meine Freundin."

Und dann: Stolzes Lächeln.

Besitzanzeige erfolgreich gesendet.

Die Realität?

Joe sprach mit der Maklerin in diesem höflich-aufgeschlossenen Ton, den Sanna nur schwer ertrug – dieses weiche Timbre, das bei ihr immer gleich Alarm schlug. Warum musste er lächeln? Ging das nicht neutraler? Das war viel zu flirty. Als Sanna ihm die Hand auf den Oberschenkel legte – dezent, aber mit Anspruch – schob er sie beiseite.

Nicht grob. Aber eindeutig.

Als sie sich dann noch bei ihm einhaken wollte, wischte er sie förmlich weg, mit einem dieser flüchtigen Bewegungen, die mehr sagen als hundert Worte: *Jetzt nicht, Sanna.*

Doch für Sanna war das eine persönliche Katastrophe.

In ihrem Kopf:

„Er will nicht, dass sie denkt, wir gehören zusammen. Er will sich offenhalten, was passiert, wenn sie ihn sexy findet."

Dass Nähe in so einem professionellen Rahmen einfach unangebracht war?

Kam ihr nicht mal im Ansatz in den Kopf.

„Also ich finde, er hätte mir ruhig einen Kuss auf die Stirn geben können. Oder mich mal in den Arm nehmen. Ich meine – das ist doch ein symbolischer Termin! Die Wohnung von IHR, der Exfrau", schrieb sie später an Melli.

Melli schluckte ihr Lachen runter.

Ein Kuss. Beim Immobilienverkauf.

Fehlte nur noch, dass Joe ihr während der Vertragsbesprechung am Ohrläppchen knabbert oder sie auf den Schoß nimmt, während die Maklerin die Teilungserklärung durchgeht.

Aber Sanna war enttäuscht. Gekränkt. Alarmiert.

In ihrer Welt war *jede unterlassene Zärtlichkeit ein Statement.*

Und wenn Joe sie nicht berührte, dann *musste* es daran liegen, dass er sich noch nicht festlegen wollte. Oder schlimmer: Dass er längst an jemand anderen dachte.

„Der hätte doch zeigen können, dass ich ihm gehöre", flüsterte sie später ins Handy.

Als ginge es nicht um eine Eigentumswohnung.
Sondern um einen Treueschwur.

„Ich möchte, dass er mich in seine Familie einführt. Er weiß, wie sehr mir das fehlt. Ich fühl mich, als würde er mich verstecken. Er lässt mich auch nicht seine Kinder kennenlernen."

„Weil er sich nicht sicher ist, Sanna. Wie oft soll ich dir das noch sagen?"

„Aber ich versteh's nicht. Wenn doch alles wieder gut ist…"

„Es ist nicht "wieder gut". Es läuft was zwischen euch, aber es ist keine feste und stabile Beziehung"

Melli ließ das Handy sinken. Sie konnte nicht mehr. Sanna wollte keine Lösungen. Sie wollte Schleifen. Und sie erwartete, dass Melli mitfuhr. Immer wieder. Dieselben Gedanken. Dieselben Zweifel. Dieselben Fragen.

Und dann kam eine Katastrophe: Joe hatte das Treffen abgesagt – wegen seiner Kinder. Magen-Darm. Dazu der Geburtstag seiner Ex-Frau.

„Seine Ex hat heute Geburtstag. Der Kleine hat Magen-Darm mit Fieber. Und trotzdem soll Joe ihn holen?! Ich versteh das nicht. Warum feiert die Geburtstag und schiebt ihr krankes Kind durch die Gegend?!"

„ Fürs Kind ist das sicher nicht ideal. Aber wenn sie Pläne hat… na ja, kann man auch irgendwo verstehen".

„Nee. Geburtstag geht nicht vor! Find das kacke. Fürs Kind, für ihn, und für uns am Allermeisten! Die muss doch mal sehen, dass die uns das treffen damit kaputtmacht"

Melli verdrehte die Augen.

„Sanna. Das geht dich schlichtweg nichts an. Sie ist nicht für dich oder Joes Dating-Leben verantwortlich. Wenn das Treffen ausfällt, hast du halt Pech."

Aber Sanna hatte – wie immer – ihre eigene Theorie.

„Kann auch sein, dass das mit dem Kind nur ein Vorwand ist. Damit er mir Montag sagen kann, dass er jetzt auch Magen-Darm hat. Und in Wirklichkeit fährt er zu einer anderen."

Melli starrte auf den Bildschirm. Tief durchatmen.

„Dass sich was verändert hat, ist eine Sache. Aber ihm zu unterstellen, dass er tagelang eine Intrige plant, um dir abzusagen, ist einfach nur paranoid."

„Naja. Aber warum ist es dann anders geworden?"

„Weil sich jede Beziehung verändert. Es bleibt nie wie am Anfang. Also mach einfach normal weiter."

„Ich WILL aber, dass es wie am Anfang bleibt. Und da ist immer noch Tinder! Und das belastet mich sehr. Ich hab ihn drauf angesprochen – er hat es immer noch. Und unterwegs wieder geöffnet. Wie soll ich denn da keine Gedanken haben?!"

„Da kann ich dir auch nicht helfen"

„Siehste! Weil du auch weißt, dass es scheiße ist!"

Melli schnaubte. Sanna hörte nur, was sie hören wollte. Immer.

Ach Sanna. Natürlich willst du seine Familie kennenlernen. Seine Kinder. Seine Freunde. Seine Goldfische. Am besten seine Steuerberaterin.
Nicht, weil du neugierig bist – sondern weil du sichtbar sein willst.
Du willst Teil seines Lebens sein. Offiziell. Eingetragen. Mit Namensschild und Gruppenfoto.

Denn solange du nicht in diesen inneren Kreis kommst, fühlst du dich wie die Geliebte auf Probezeit.
Wie ein optionales Add-on, das man jederzeit wieder deinstallieren kann.

Und ja, natürlich ist dir das wichtig. Nähe. Zugehörigkeit. Bestätigung.
Aber lass uns ehrlich sein: Es geht hier nicht um ihn oder seine Familie. Es geht um **dich**.

Du willst, dass er dir mit dieser Geste endlich sagt:
„Du bist nicht irgendeine. Du bist die, die bleibt."
Also schiebst du ihn subtil – oder auch nicht so subtil – in Richtung Verbindlichkeit.
Einführung in die Familie ist für dich kein Kennenlernen – es ist ein unterschwelliger Heiratsantrag.

Und dieser Schlüsselanhänger mit Foto?
Nein, das war kein „kleines Geschenk". Das war kein süßer Liebesbeweis.
Das war eine **Beziehungsmaßnahme mit Aufforderungscharakter**.

Nicht einfach: „Hier, ich dachte, du freust dich."
Sondern: „Hier, trag das – öffentlich, dauerhaft, unübersehbar."

Ein Foto von ihr.
Nicht neutral, nicht beiläufig – sondern sorgfältig ausgesucht, retuschiert, romantisch überhöht.
Ein Bild, das schreit: „Ich bin die Freundin. Und ich bin es wert, gezeigt zu werden."

Und dann – der Super-GAU:

Er macht den Anhänger nicht sofort dran.

Oder schlimmer: Er sagt, der sei „ein bisschen groß".

Oder dass sein Schlüsselbund „eh schon zu schwer" sei.

Was bei ihm bloß ein praktisches Argument ist,

wird bei Sanna zur existenziellen Katastrophe:

Ablehnung.

Nicht des Anhängers. Nicht des Fotos. Sondern **ihrer selbst.**

„Vielleicht findet er das Foto zu hässlich. Vielleicht bin ich zu aufdringlich. Vielleicht will er gar nicht, dass mich jemand sieht."

Und zack – ist sie wieder im Kreislauf.

Weil: **Wenn er sie nicht öffentlich zeigt, liebt er sie nicht.**

Denn so funktioniert es doch in Sannas Welt:

Was man liebt, das zeigt man.

Was man zeigt, das sichert man.

Was man sichert, das gehört einem.

Und wenn er das nicht tut, dann bleibt nur eine Konsequenz:

Sie muss mehr tun.

Noch präsenter sein.

Noch mehr „zufällige" Posts mit Insider-Referenz.

Noch ein Bild mit bedeutungsschwangerem Unterton.

Noch ein Beweis, dass **sie die Richtige ist.**

Denn wenn er sie nicht sichtbar macht,

dann muss sie halt sichtbar **sein.**

Laut.

Unübersehbar.

Unausweichlich.

Und irgendwann – hat sie nicht mehr ihn im Herzen,

sondern nur noch ihre **eigene Beweiskette.**

Kapitel 13 – Beweisjagd

Sanna saß auf ihrem Bett, das Handy fest umklammert, als sei es ein Rettungsanker. Ihr Blick war starr, der Raum um sie herum schien zu verschwimmen. Sie hatte schon wieder zu viel gedacht, zu viel analysiert, zu viel gefühlt. Und doch war da dieser unstillbare Hunger nach Sicherheit – nach einer Antwort, die das Chaos in ihr endlich zur Ruhe bringen würde.

„Also… ich hab ihm gestern Abend geschrieben: ‚Schlaf gut, ich hab dich lieb.'"

„Okay. Und?"

„Er hat geschrieben: ‚Ich hab dich auch lieb.'"

„Oh, das ist doch schön."

„Nein! Melli! Er hat nicht ‚Gute Nacht' geschrieben! Nicht mal ein Emoji! Nichts! Einfach nur: ‚Ich hab dich auch lieb.'"

„Er hat gesagt, dass er dich lieb hat."

„Aber nicht UNSER Gute Nacht! Immer. Und jetzt? Jetzt kommt einfach nur ein trockenes ‚Ich hab dich auch lieb'? Ohne alles? Ohne Gefühl?!"

„Du meinst… weil er die Grußformel weggelassen hat, ist jetzt… was genau? Apokalypse? Beziehungstod?"

„Ja, Melli! Es ist, als hätte er innerlich schon abgeschlossen! Es bedeutet ihm einfach nichts mehr." „Sanna. Er hat dir gesagt, dass er dich auch lieb hat. Das ist eine positive Nachricht. Und du schiebst jetzt Drama, weil er nicht die exakt richtigen Worte runtergebetet hat?"

„Es war UNSER Gute Nacht. Wenn das nicht mehr kommt, ist das wie… als würde er unser Lied nicht mehr mitsingen."

„Ach so. Und das nächste Mal, wenn er nicht mehr 'Euer Lied' mitsingt, trennst du dich? Oder wartest du erst, bis er 'Gute Nacht' mit Punkt schreibt, statt mit Herzchen?"

„Du verstehst das nicht. Das war unser Ritual. IMMER! Und er hält sich nicht mehr dran. Das heißt, er zieht sich zurück."

„Sanna. Das Einzige, was hier ein Zeichen ist, ist dein Alarmpegel bei winzigen Abweichungen. Du behandelst seine WhatsApp-Nachrichten wie ein Tatort – jedes Wort wird seziert, jede Abweichung ist ein Mordverdacht."

„Ich wollte doch nur, dass er mich vermisst." „Dann hör auf, ihm jede verdammte Emotion als Pushnachricht zu schicken. Vielleicht vermisst er dich irgendwann, wenn er mal NICHT weiß, was du gerade fühlst. Oder trägst."

„Ich hätte es einfach gebraucht… dieses ‚Schlaf gut, Babe'…"

„Du brauchst Therapie. Und einen Mann, der dich nicht nur dann lieb hat, wenn er exakt denselben Text schreibt wie letzte Woche."

„Aber es gab auch was Gutes! Wenn er Schatz oder Schatzi sagt, das hat doch dann eine tiefere Bedeutung, oder?", schrieb sie an Melli. „Also… ich kann schon davon ausgehen, dass er das nicht ohne tiefe Gefühle meint?"

Sie wartete. Sekunden, die sich dehnten. Dann ploppte die Antwort auf dem Display auf.

„Nein. Kosenamen bedeuten nichts. Null. Sie spiegeln nicht automatisch echte Gefühle wider."

Sanna schluckte. Wieder ein Kartenhaus, das in sich zusammenfiel.

„Das zwischen euch ist toxisch. Punkt."

Sanna starrte auf den Satz. Dieses Wort hallte nach wie ein Echo im Schädel.
Toxisch.

„Warum ist es dann toxisch?", schrieb sie zurück. „Ist es wieder zum Scheitern verurteilt? Oder wie meinst du das?"

Für Melli war das eindeutig. Es ist immer das gleiche Muster.

Am Anfang ist es himmlisch – und danach fühlt es sich an wie eine Kombination aus Mathe-LK, russischem Roulette und Hungerstreik. Man hat das Gefühl, endlich angekommen zu sein – aber landet eigentlich nur im Free-Fall einer Gefühlsachterbahn mit kaputten Bremsen.

93

Toxische Beziehungen funktionieren nach einem simplen biologischen Prinzip: Hormon-Cocktail.

Das ständige Wechselspiel aus Nähe und Rückzug, Zuckerbrot und Schweigen, Euphorie und Ohnmacht produziert im Gehirn eine Achterbahnfahrt aus Dopamin, Cortisol und Adrenalin. Dein Belohnungssystem denkt, du hast die Liebe deines Lebens gefunden – dabei bist du einfach nur hormonell zugerichtet wie nach drei Espresso, zwei Wodka und einem Bungee-Sprung in emotionaler Abhängigkeit.

Und weil das so intensiv ist, verwechselt man es mit Tiefe. Mit Seelenverwandtschaft. Mit Schicksal. Aber das ist kein Schicksal – das ist Stress. Sie hatte es bei Chris so gefühlt. Vom Verstand her wusste sie schon damals, was da ablief, aber die Gefühle hörten einfach nicht auf den Verstand.

Eine gesunde Beziehung dagegen? Die fühlt sich vielleicht weniger aufregend an, aber sie ist beständig. Gleichmäßig. Verlässlich. Da muss man nicht auf Kosenamen achten oder Emojis zählen wie beim Liebesbingo.

In einer gesunden Beziehung fragst du dich nicht täglich: „Meint er es ernst?" Du fragst dich, ob ihr heute Pizza oder Pasta esst. Und das ist verdammt viel besser.

Das eigentliche Problem ist, dass wir Frauen emotionale Intensität für emotionale Bedeutung halten.
Wenn's weh tut, wenn's einen zerreißt, wenn man weint, zittert, hofft, bangt – dann muss es doch echt sein, oder?
Falsch.
Intensität ist kein Beweis für Tiefe. Es ist nur ein Beweis für Chaos.

Auch ein Wohnungsbrand ist intensiv. Und keiner nennt das dann „Wärme".
Ein Nervenzusammenbruch ist emotional – aber keine Liebeserklärung.

Joe gibt dir keine Tiefe. Er gibt dir Verwirrung.
Und dein ganzes System interpretiert das als Leidenschaft, weil du gelernt hast, dass Liebe wehtun muss.

Aber Liebe, Sanna, tut nicht weh.

Sie gibt Frieden. Keine Panik.

Du brauchst kein Feuerwerk. Du brauchst jemanden, der bleibt, auch wenn der Himmel mal grau ist.

Die drei kleinen Punkte, die Melli als „schreibend" markierten, zogen sich. Dann kam kein Satz – sondern ein ganzer Gedankenschwall. Wie so oft, wenn Melli zu viel wusste und zu wenig Hoffnung hatte: „Toxisch ist dieses Auf und Ab. Sicherheit – Panik – Sicherheit – Panik. Eine gesunde Beziehung fühlt sich ruhig an. Stabil. Ohne, dass du jeden zweiten Tag Angst haben musst, dass er dich verlässt."

Sanna legte das Handy kurz ab, schloss die Augen. Atmete flach. Es stimmte. Sie wusste es. Und trotzdem...

„Aber wenn er mich wirklich liebt...", murmelte sie halblaut. Der Gedanke endete im Nichts. In sich selbst erstickt.

Ein paar Minuten später hatte sie sich wieder gefangen – oder besser gesagt: weiter verstrickt. Sie tippte weiter, suchte nach Bestätigung, nach Hinweisen auf seine Unehrlichkeit.

„Ich mach mir schon wieder Sorgen...", schrieb sie. „Er sagt, es geht ihm gut, aber er meldet sich nicht. Die Kilometer bei Tinder sind noch da, wo er vorher war. Ich kann nur hoffen, dass alles stimmt, was er gesagt hat."

Melli antwortete knapp: „Also nochmal zum Mitschreiben: Er sagt, er kann sich nicht treffen, weil sein Kind Magen-Darm hat. Und du denkst, das ist eine Ausrede, um sich heimlich mit einer anderen zu treffen?"

Sanna starrte auf die Worte. Sie fühlte sich ertappt – aber nicht beruhigt.

„Naja... es wäre ja nicht das erste Mal, dass Männer lügen", schrieb sie zurück.

Doch Melli war nicht bereit, in die Spirale mit einzusteigen.

„Man kann Joe vieles vorwerfen. Aber zu glauben, er hat ein komplettes **Fake-Magen-Darm-Szenario** inszeniert, ist echt next level."

Aber für Sanna fühlte es sich nicht „next level" an. Es fühlte sich real an. So real wie der Kloß in ihrem Hals.

„Der Kleine war gestern noch todkrank… und heute läuft er angeblich rum, als wär nichts gewesen", schrieb sie. Ihre Finger zitterten leicht beim Tippen.

Melli reagierte trocken. „So ist Magen-Darm. Einen Tag todkrank, am nächsten topfit. Das passiert. Ständig."

Aber Sanna ließ nicht locker.

„Naja… aber dass das alles langsam nicht mehr ehrlich klingt, kann man doch verstehen, oder?"

„Was soll denn bitte daran unehrlich sein?", kam es zurück. „Der Typ muss rund um die Uhr auf dich reagieren, sonst glaubst du sofort, dass irgendwas nicht stimmt. Das ist das eigentliche Problem."

Sanna biss sich auf die Lippe. Ihr Blick fiel wieder auf die Anzeige bei WhatsApp. Joe war online. Aber er las nicht.

„Er schreibt auch viel weniger als früher", murmelte sie. „Und wenn er dann endlich liest, kommt garantiert wieder sowas wie: ‚Die Kinder wollten beim Essen nicht fotografiert werden' oder ‚Jetzt schlafen sie schon'…"

Ach ja. Die Foto-Frage.
„Mach doch ein Bild von den Kindern beim Essen."
Nicht, weil Sanna sich für die Kinder interessiert.
Nicht, weil sie wissen will, ob sie genug Gemüse essen.
Sondern, weil ein Foto der ultimative Beweis wäre: **Sie sind da. Wirklich. Echt. Live.**

Denn in Sannas Universum ersetzt ein Kinderfoto den Lügendetektor.
Und wenn **kein** Bild kommt?
Dann heißt das nicht etwa: „Die Kinder wollten nicht fotografiert werden."
Oder: „Sie schlafen schon."
Sondern: **Da ist eine andere Frau. Punkt.**

Denn wenn Joe ehrlich wäre und die Kinder wirklich bei ihm– **dann hätte er ein Foto geschickt.**

Klar. Logisch. Wie immer.

Denn alle ehrlichen Männer beweisen ständig mit Smartphone-Aufnahmen, dass sie gerade nicht fremdgehen.

Melli erinnert sich.

An das Mal, als sie Gartenpolster vergleichen musste.

Ja, **Gartenpolster**.

Joe hatte ein Bild aus einem Garten geschickt.

Sanna wollte wissen, ob es wirklich Lucas Garten war.

Also sollte Melli auf Facebook, Instagram und Google nach Bildern von Lucas Garten suchen, um das Polster-Muster abzugleichen.

Einer der wenigen Momente, wo sie Sanna Grenzen setzte.

Und dann war da dieses eine Foto.

Joe mit Hund.

Am rechten Rand eine unscharfe Stelle im Hundefell.

Für Sanna war es sonnenklar:

Da war vorher eine Frauenhand.

Die Joe wegretuschiert hatte.

Nicht etwa abgeschnitten – nein. Nicht ein anderes Foto verschickt. Oder gar keins – wie wenn er die Kinder „nicht hat".

Retuschiert.

Digital entfernt.

Wie bei CSI – nur mit mehr Wahnsinn und weniger Beweiskette.

Sanna fühlte sich nicht ernst genommen. Ihre Sorgen wuchsen weiter.

„Ich weiß einfach nicht, woran ich bin!", schrieb sie.

„Dann frag ihn. Direkt", kam es zurück.

„Ja, aber dann macht er vielleicht Schluss…"

„Dann hast du zwei Optionen", antwortete Melli. „Du hältst den Mund und lebst mit deiner Unsicherheit. Oder du stellst Fragen und riskierst Konsequenzen. Aber du kannst nicht beides gleichzeitig tun. Jeden Tag Detektiv spielen und erwarten, dass das eure Bindung stärkt."

Sanna schloss die Augen, atmete ein, atmete aus. Es war alles zu viel. Und gleichzeitig zu wenig.

„Ich denk einfach dauernd an ihn", schrieb sie schließlich. „Ich kann's nicht abstellen."

„Weil du es nicht willst."

„Doch…! Aber ich kann's nicht."

Und dann kam dieser Moment, in dem Melli klar wurde, dass sie das alles schon einmal erlebt hatte. Mit Chris. Und dass Sanna jetzt genau dort war – in der emotionalen Geiselhaft. Der Dopaminfalle. Der Abhängigkeit mit Zuckerguss.

Kapitel 14 – Emotionale Geiselhaft

Melli kannte das. Oh ja.
Dieses „Ich denk einfach dauernd an ihn" war kein romantischer Satz.
Es war ein **Symptom**.

Man denkt nicht dauernd an jemanden, weil man ihn so sehr liebt. Man denkt dauernd an jemanden, weil das Gehirn in einer emotionalen Geiselhaft steckt.

Wie ein Raucher, der aufhören will –
aber der Körper schreit nach Nikotin.
Nur dass es hier nicht nach Zigaretten schreit,
sondern nach **Joe**.
Nach einem Ping.
Nach einem Status.
Nach einem „Babe".
Oder einem fucking Stirnkuss.

Das hat nichts mit echter Verbindung zu tun. Das ist Neurochemie. Klassische Dopamin-Dysregulation. Die Belohnung kam anfangs in Schüben – groß, euphorisch, unberechenbar. Jetzt sucht das Gehirn verzweifelt nach dem nächsten Kick. Und denkt deshalb: Dauerhaft. An. Ihn.

Melli erinnerte sich.
Nach **Chris** war es genauso.
Er war toxisch. Manipulativ.
Und trotzdem saß er wie ein fetter, selbstgefälliger Kater in ihrem Kopf.
Tagelang.
Obwohl sie schon längst wusste, dass er nicht gut für sie war.
Obwohl sie gehen **wollte**.

Aber bei Sanna?
Da war kein Wollen.
Da war nur: **Joe**
Und wie soll ein Gehirn zur Ruhe kommen,
wenn es **ständig mit dem Feind kuschelt?**

Wenn selbst beim Zähneputzen irgendwo im Hinterkopf
ein Schatten von Joe mit auf der Bürste sitzt?

Die Wahrheit ist:
Gedanken gehen nicht von allein.
Man muss sie **ersetzen. Umlenken. Raustragen.**
Aber dafür bräuchte Sanna erst mal etwas anderes im Kopf als
Joe.

Melli konterte: „Ich hab meditieren gelernt, um nicht mehr
rund um die Uhr an Chris zu denken."

„Ja schön für dich", schrieb Sanna. „Aber ich hab keine Zeit
dafür."

„Du hast Zeit, stundenlang Chatverläufe zu analysieren,
Nachrichten durchzukauen, jeden Satz von ihm zu interpretieren
– aber keine Zeit für Selbstreflexion? Merkste selbst, oder?"

Sanna antwortete nicht. Stattdessen schrieb sie an Joe:

„Mein Schatz, bitte bitte nicht böse sein, aber hast du meine
Frage nach einem Foto absichtlich ignoriert? So ein Foto geht
doch schnell. Und du fragst ja gar nicht mehr nach Fotos von
mir? Ich dachte du liebst mein freches Grinsen. So kenn ich dich
gar nicht. **Das bist doch nicht du.** Aber nicht genervt sein, ich
frag ja nur ganz lieb"

Joe bemerkte ihre Unsicherheit. Vielleicht sogar ihre Angst.
Aber er sagte nichts. Worte in diesem Spiel waren zu Waffen
geworden – und er hatte keine Lust mehr, verletzt zu werden.
Also schwieg er. Wieder mal. Für Sanna ein Rätsel, für ihn ein
Selbstschutz. Joe versprach Nähe. Johannes zog sich zurück.

Kapitel 15 – Karies, Kränkungen und Kontrollwahn

Melli hatte Schmerzen. Heftige, pochende Schmerzen. Der Zahnarzt hatte ihren Zahn gezogen, und nun zählte sie jede Minute, bis sie endlich ins Bett konnte. Doch sie hätte es besser wissen müssen – in Sannas Welt gab es keine Zahnschmerzen, keine erschöpften Freunde, keine Grenzen. Nur ihre Bedürfnisse. Und sie brauchte unbedingt ein perfekt bearbeitetes Foto. Sie in Unterwäsche, vor ihr ein Glas und eine Flasche Whiskey.

„Ich kann aber heute nicht dein Foto bearbeiten", schrieb Melli mit letzter Kraft.

„Ok", kam es zurück.

Für einen kurzen Moment keimte Hoffnung auf. Vielleicht hatte Sanna verstanden. Vielleicht würde sie dieses eine Mal Rücksicht nehmen. Doch diese Hoffnung wurde exakt 53 Minuten später zerstört.

„Ich zähle die Minuten, bis ich Ruhe habe. Die haben heute meinen Zahn gezogen und ich habe Schmerzen", schrieb Melli noch einmal, in der Hoffnung, dass es diesmal ankam.

„Tut mir leid. Gute Besserung. Fahre."

Das war alles. Kein Mitgefühl. Keine echte Anteilnahme. Nur eine Floskel – und dann weiter im Ego-Film. Doch Sanna wäre nicht Sanna, wenn sie nicht in der Zwischenzeit eine weitere bahnbrechende Entdeckung gemacht hätte.

„Voll auffällig, dass seine Online-Zeiten nur dann sind, wenn er wegen mir online war! ☹ Ich hab es heute mal beobachtet. Also nicht minütlich oder stündlich, aber ab und an reingeschaut – und er immer dann online, wenn er mir geschrieben hat. Dazwischen: nichts."

Es war wirklich ein Phänomen.

Vorher war das Problem:

„Er ist ständig online und schreibt mir nicht."

Jetzt, wo er **nicht mehr ständig online** ist,
sondern nur dann, **wenn er ihr schreibt** –
ist es auch verdächtig.

Willkommen im Hobbykeller der paranoiden
Selbstbestätigung.
Es war wie eine selbstgebastelte Verschwörung,
in der jedes Detail **Beweis** war –
nur nie für das, was wirklich war.

Melli sah's kommen.
Das große ABER.
Das *„Ich hab's ja nicht stündlich überprüft"*
– was übersetzt bedeutet: alle 17 Minuten, plus Nachtbonus.

Und weil Joe nun **nur noch** online war,
wenn er *mit Sanna kommunizierte,*
war das der neue Alarmknopf.
Denn: Warum ist er sonst **nicht** online?

Verheimlicht er was?

Schreibt er der Neuen per Brieftaube?

Hat er etwa eine **Zweitnummer,**
auf der er **heimlich online** ist,
während er auf der ersten nur ihr schreibt?

Melli seufzte.
Diese digitale Detektivarbeit war keine Liebe.
Das war ein **Live-Stream ins eigene Verderben.**

Er war nicht online?

Beweis.

Er war online?

Beweis.

Er antwortete schnell?

Beweis.

Er antwortete langsam?

Beweis.

Am Ende war nicht Joe das Problem.

Sondern das Gefühl,

dass alles, was er tat, ein Zeichen für Rückzug und Verlassen war.

Doch Logik war kein Teil dieser Realität. Und während Melli versuchte, irgendwie durch den Schmerz zu kommen, drehte sich Sannas Gedankenkarussell weiter.

„Also, du kannst das heute nicht mehr machen? Weißt du auch nicht, wann?"

Melli starrte fassungslos auf den Bildschirm. Ernsthaft?

„Nein, ich weiß das nicht."

Und dann der Gipfel:

„Na toll. Dann bekomm ich das nicht fertig. Ich mein's nicht böse, aber ist schon komisch, und schade, dass du da nicht helfen willst/kannst, wie auch immer. Kommt mir vor, als hätte ich dich verärgert, weil mir gestern die eine Farbe nicht gefiel oder dass du denkst, ich wüsste deine Hilfe und Zeit nicht zu schätzen... irgendwie komisch, weil es ja wirklich für dich vom Können her ein Leichtes ist... und nicht mal lang dauert."

Melli atmete tief durch. Sie hatte starke Schmerzen. Sie hatte Kinder, die sie versorgen musste. Und Sanna? Sanna machte ihr ein schlechtes Gewissen – weil sie keine Fotos bekam.

„Dein Ernst? Was ist an ‚Ich hab keine Zeit' nicht zu verstehen? Ich hab dir gestern geholfen, da hatte ich Zeit. Ich kann nichts dafür, dass du es heute unbedingt mit vollem Glas wiederholen musst, und finde es krass, dass du mir jetzt vorwirfst, dir nicht helfen zu wollen. Mega undankbar."

„Also dass ich undankbar bin, lass ich mir nicht unterstellen."

Natürlich. **Opferrolle aktiviert.**

„Keine Zeit, ja, verstehe ich. Aber ich weiß auch, dass es für dich, weil du es kannst, kaum Zeit in Anspruch nimmt."

Da war es. Dieses herrlich subtile „Du kannst das doch – also tu's auch".

„Ich habe starke Schmerzen. Ich liege mit Schmerzen im Bett. Ich kann jetzt keine Bilder bearbeiten."

„Hab halt gedacht, es ginge doch noch mal am Abend vielleicht. Ich denke eben immer so, wie ich selbst handeln würde und ich würde mir immer irgendwie Zeit nehmen."

Natürlich. Der egoistische Vergleich. Wenn Sanna es gemacht hätte, dann musste Melli es gefälligst auch tun.

„Schade, dass ich dir immer nur scheiße rüberkomme."

Klassischer Sanna-Move. Wenn Kritik kommt – ab in die Märtyrerrolle.

Am Abend schließlich hatte Melli sich breitschlagen lassen. Trotz Schmerzen. Trotz allem.

„Übrigens – so viel zu ‚mal eben'. Ich hab jetzt schon zwei Stunden an deinen Fotos rumgemacht, weil immer was nicht stimmte."

Und natürlich stimmte nie was. Nie. Nicht das Licht („ich seh aus wie 'ne Leiche"), nicht der Hintergrund („das sieht aus wie in 'ner Reha-Klinik"), nicht die Sättigung („das wirkt irgendwie… billig"). Es war ein Live-Testlauf für „Germany's Next Instagramfilter", nur ohne Glamour, ohne Jury – und mit Sanna als ständig unzufriedener Endgegner.

Sie wollte dramatisch, aber nicht düster. Sanft, aber nicht weichgezeichnet. Natürlich, aber trotzdem maximal optimiert. Irgendwo zwischen Editorial-Shooting und Engelserscheinung – halt einfach „echt, aber schöner". Melli hatte inzwischen mehr Bildbearbeitungs-Apps auf dem Handy als Sanna Selbstzweifel.

Und wenn Melli dann – voller innerer Selbstverleugnung – glaubte, das perfekte Bild gefunden zu haben, kam Sannas Rückmeldung prompt: „Ich weiß nicht… irgendwas an der Wand hinten irritiert mich." Oder:

„Irgendwie ist das zu hell… aber auch zu dunkel. Weißt du, was ich meine?"

„Das ‚mal eben' ist doch so nicht gemeint. Nur, dass du es generell eben kannst. Und weißt wie. Ich nicht. Aber, Melli, ich kann nicht mehr als dir dankbar sein, und dir das ehrlich sagen, und auch so meinen."

Ah ja. Es war also alles **ganz anders gemeint**. Sanna hatte es **nicht so gesagt**. Sanna meinte es **immer nur nett**. Und wenn Sanna sich unverschämt verhielt, dann lag es daran, dass Melli das falsch verstand.

„Ich kann mich nicht immer passend ausdrücken, das weißt du doch, und ist selten blöd gemeint."

Melli schloss die Augen. Es war immer dasselbe.

Am nächsten Morgen war alles bereits wieder vergessen – außer Mellis Zahnschmerzen, die hielten sich hartnäckig – und Sanna war mal wieder auf Wolke 7.

„Er hat jetzt ein Bild von mir als Vorschau, wenn ich ihn anrufe. Das im String!"

Melli hielt inne. Sie hatte gerade die Spülmaschine ausgeräumt, das Kleinkind war im Trotzmodus, Basti wartete auf eine Antwort zu den Abendplänen – und dann so was.

„Es ist eine nette Geste."

Doch das reichte Sanna nicht. Natürlich nicht.

„Meinst du nicht, dass das *mehr* bedeutet? Gefühle? Liebe? Dass ich ihm wichtig bin? Sonst nimmt man doch kein Bild im String, oder?"

Melli schüttelte den Kopf.

„Du kannst doch nicht in *alles* etwas hineininterpretieren. Das ist einfach so nicht möglich. Du machst das bei jedem Brötchen, bei jeder Nachricht, bei jedem Emoji. Das ist Quatsch."

„Dann bedeute ich ihm halt nix. Macht er sicher mit jeder", kam es patzig zurück."

„Nein. Aber man kann auch ein Bild hübsch finden, ohne damit gleich ein tiefes Gefühl zu verbinden. Vielleicht findet er's halt… sexy. Du interpretierst alles zu Tode. Wenn er Eier isst, wenn er sich nicht meldet. Wenn er pupst. Alles bekommt Bedeutung. Und jetzt wird ein Kontaktbild zur romantischen Geste? Komm schon. Es *kann* was bedeuten. Muss es aber nicht. Und du kannst es nicht wissen, ohne Kontext. Menschliches Verhalten ist komplex."

„Aha. Nur sexy. Nicht besonders. Ist okay. Du gönnst mir einfach nicht, dass er mich liebt."

„Vielleicht besonders, ja. Aber nicht emotional. Und wenn du schon vorher weißt, was du hören willst, dann frag mich nicht. **Ich bin keine Bestätigungsmaschine**."

„Ist nicht wahr", kam es beleidigt. „Aber egal, wie positiv irgendwas ist – bei dir hab ich immer das Gefühl, kein Mann kann mich jemals wirklich lieben. Für dich bin ich nur die, die bettelt und klammert."

Und dann:
Der Vergleich. Natürlich.

„Mal ehrlich, würdest du bei Basti nicht auch denken, er meint es ernst, wenn er sowas macht? Wenn du ihm wichtig wärst, würdest du doch merken, dass das echte Liebe ist! Du würdest dich doch auch doof fühlen, wenn man dann zu dir sagt: ‚Nette Geste, aber heißt nichts'. Denk mal so!"

Melli runzelte innerlich die Stirn. Ein Bild in der Vorschau bedeutete gar nichts – außer vielleicht, dass Sanna in seinem Kopf exakt denselben Platz einnahm wie die Nacktposter früher in Bundeswehrspinden: Sexuelle Verfügbarkeit, hübsch gerahmt. Keine „echte Liebe". Objektifizierung im Hochformat.

„Du willst nicht meine Meinung, sondern, dass ich deine bestätige. Wenn du einfach nur hören willst, dass er dich liebt, dann brauchst du *mich* nicht. Ich bin nicht da, um dein Wunschkonzert zu spielen."

Nächster Tag: Sanna war aufgeregt wie vor einem Bewerbungsgespräch. Nur dass es nicht um einen Job ging, sondern um die endgültige Weihen des „UNS". Sie war sich sicher: Die Therapeutin würde endlich sagen, was sie selbst schon seit Wochen dachte – dass es nun wirklich an der Zeit sei, dass Joe sie seinen Kindern vorstellte. Und seiner Familie. Und überhaupt. Dass er ihr endlich Vertrauen schenken müsse. Ihre Fragen ehrlich beantworten. Und zwar nicht irgendwann. Sondern jetzt. Hier. In diesem Gespräch.

Joe saß wie immer mit unbewegter Miene neben ihr auf dem Stuhl. Die Beine lässig übereinandergeschlagen. Der Blick neutral.

Vielleicht etwas genervt. Vielleicht auch einfach leer. Sanna interpretierte das als gesunde Anspannung.

„Also", begann sie atemlos, kaum dass sie saßen, „uns geht's eigentlich gut, nur ich wünsch mir halt... also, ich denke, es wäre wichtig, wenn ich seine Kinder mal kennenlernen dürfte. Wir sind ja schon eine Weile zusammen."

Joe zuckte kaum merklich die Schultern. Die Therapeutin nickte verständnisvoll, faltete ihre Hände im Schoß und fragte: „Was genau wünschen Sie sich durch das Kennenlernen?"

„Na, einfach, dass ich dazugehöre", sagte Sanna. „Dass es verbindlicher wird. Ich meine, wir sind doch ein Paar."

Die Therapeutin drehte sich langsam zu Joe. „Und wie geht es Ihnen mit dem Gedanken?"

„Ich finde, es ist noch zu früh", sagte Joe knapp. „Meine Kinder haben schon einiges durch. Ich will sie nicht überfordern."

Sanna lächelte gequält. „Aber... es wäre ja kein Überfall. Ich kann ja auch erstmal nur... also, am Spielplatz oder so?"

Die Therapeutin nickte wieder. „Ich kann Ihren Wunsch gut verstehen. Und gleichzeitig finde ich es sehr nachvollziehbar, dass Joe hier vorsichtig ist. Das hat nichts mit Ihnen persönlich zu tun."

Sanna schluckte. „Aber es geht doch auch um UNS."

Joe sagte nichts. Die Therapeutin ebenfalls.

Sanna versuchte es mit einem neuen Thema. „Und... ich frage halt manchmal Dinge. Also, wenn er spät online ist oder so... ich frag halt nach. Weil ich wissen will, ob alles okay ist. Aber er blockt dann ab. Ich denk dann halt schnell, da ist was. Ich denk einfach viel. Aber das ist doch normal?"

Ein kurzer Blick zur Therapeutin. Hoffnungsvoll.

„Vertrauen bedeutet, solche Fragen auch mal aushalten zu können, ohne Kontrolle auszuüben", sagte diese ruhig. „Ihre Gedanken sind verständlich, aber Joe muss sich nicht für jede WhatsApp-Aktivität rechtfertigen."

Sanna lächelte gequält. „Ich mein's ja nicht böse. Ich bin nur...
manchmal eben unsicher. Sollte er dann nicht einfach antworten?,
um mich zu beruhigen? Damit es mir besser geht?"

Joe sah zur Uhr. Die Therapeutin nickte abschließend. „Es ist
wichtig, dass Sie lernen, auch mit Unklarheiten umzugehen."

Als sie später draußen standen, sagte Sanna leise: „Na, das
war doch eigentlich ganz gut, oder?"

Joe sagte nur: „Ich hab doch gesagt, sie wird das mit den
Kindern verstehen."

Sanna nickte, während ihr innerlich alles zusammenfiel.

Melli las die Nachricht. Dann las sie sie nochmal. Und musste
sich sehr zusammenreißen, um nicht in ihr Kissen zu beißen.
„Also, so richtig sinnvoll war das Gespräch bei der Therapeutin
nicht..." – Nein, das war nicht sinnvoll. Es war ein Paradebeispiel
dafür, wie man sich mit Anlauf selbst demontiert.

Sie hätte wetten können, dass Sanna dort aufkreuzte mit der
Hoffnung, die Therapeutin würde wie ein Disney-Orakel den
Finger erheben, Joe ansehen und sagen: „So, mein Freund, jetzt
sei aber mal verbindlich und antworte gefälligst auf ihre 27
Kontrollfragen am Tag!" Und dann? Stattdessen bekam Joe auch
noch Rückendeckung. Völlig zurecht. Und Sanna? Saß da wie ein
beleidigter Teenager, dem man die Klassenfahrt gestrichen hatte.

Diese absurde Erwartung, die Therapeutin würde Partei
ergreifen. Als ginge es hier um ein Beziehungsgericht, bei dem
man Punkte sammeln konnte. Und das Beste: Sanna interpretierte
Joes Anwesenheit als ultimativen Liebesbeweis. „Wäre ich ihm
nicht wichtig, wäre er ja nicht mitgekommen." Melli wäre fast
vom Stuhl gefallen. In ihrer Welt bedeutete das maximal passives
Erdulden. Aber gut, Sanna bastelte sich ihre Welt ja gern zurecht.
Mit viel Glitzer, rosa Schleifen – und einer dicken Schicht
Realitätsverweigerung.

Melli notierte gedanklich: „Das therapeutische Gespräch:
Wenn Wunschdenken auf Wirklichkeit trifft – und
Wunschdenken ganz laut weint."

Kapitel 16 – Zwei Kondome zu wenig

Sanna hatte endlich ihre Chance. Der Moment, auf den sie insgeheim seit Wochen gewartet hatte, war gekommen: Joe war beim Reha-Sport, seine Wohnung war leer – und sie war mittendrin.

Also tat sie, was in ihren Augen jede Frau tun würde, die eine ernsthafte Beziehung führen will. Sie zählte die Kondome. Mehrmals.

Mit forensischer Akribie inspizierte sie das Nachttischkästchen, zog die Schublade langsam auf, als könnte sie eine Alarmanlage auslösen, und griff zur Packung. Eine 16er-Packung. Zwei davon hatte sie selbst mit Joe benutzt. Danach hatte sie wieder die Pille genommen. Jetzt waren noch zwölf übrig. Zwölf.

„Ich habe endlich mal die Kondome gezählt. Ich hab sogar zweimal gezählt", schrieb sie Melli, als wäre das ein wissenschaftlich beglaubigtes Siegel.

Melli starrte auf ihr Handy. Es war absurd. Aber so absurd, dass sie schon nicht mal mehr überrascht war.

„**Endlich** mal die Kondome gezählt?", tippte sie zurück. „Du hast das geplant?"

„Häh? Wieso geplant? Ich habe doch schonmal erklärt, dass ich bei der nächsten Packung besser drauf achten muss... Hatte nie die Gelegenheit! Aber jetzt konnte ich endlich zählen!"

Melli schüttelte innerlich den Kopf. Sanna sah sich offenbar als Ermittlerin im Dienst der romantischen Wahrheit. **CSI: Liebesparanoia.**

„Wenn dir sowas mit fehlenden Kondomen passiert wäre, hättest du beim nächsten Mal doch auch geschaut!", schrieb Sanna mit voller Überzeugung.

Vielleicht. Vielleicht hätte Melli das früher auch getan. In anderen Zeiten. In einem anderen Leben.

„Ja, vermutlich schon", räumte sie ein. „Ich hab früher ja auch mal in Bastis Handy geguckt. War auch nicht okay, aber ich hatte Gründe. Heute mache ich gar nix mehr."

Es war die Wahrheit. Heute hatte sie Ruhe. Doch Ruhe war ein Konzept, das Sanna schlicht nicht verstand.

„Was mach ich denn jetzt?", kam es prompt zurück.

Melli überlegte kurz, ob sie Sanna ein Abo für einen GPS-Tracker schenken sollte. Mit Live-Kamera. Vielleicht auch ein kleines Mikrofon für die Unterwäsche. Irgendetwas, das ihr rund um die Uhr Beweise liefern konnte.

„Meinst du, er hätte mich heute zu seiner Mutter mitgenommen, wenn er es nicht ernst meinen würde? Oder wenn er eine zweite Alte hätte?", fragte Sanna.

Melli wollte spontan mit Sarkasmus antworten – etwas in Richtung: „Klar, Betrüger stellen ihre Affären grundsätzlich den Eltern vor, um das Lügen noch komplizierter zu machen." Aber sie ließ es.

„Nee, glaube nicht", schrieb sie stattdessen knapp.

Sanna war beruhigt. Für etwa anderthalb Minuten.

Dann kam der nächste Gedankenblitz:

„Ich hoffe einfach mal, dass er zwei Kondome nur für uns mal unterwegs mit hatte… keine Ahnung."

Natürlich. Joe, der vorausschauende Abenteurer, der für alle Eventualitäten gerüstet war – spontane Parkplatz-Quickies inklusive. Melli seufzte.

Und als wäre das noch nicht genug, begann Sanna wieder, sein Online-Verhalten zu analysieren.

„Aber so oft, wie er eigentlich am Handy ist… fällt es schon auf, dass er kaum noch online ist!!!", schrieb sie in Großbuchstaben der inneren Verzweiflung.

Melli konnte es kommen sehen.

„Wenn er eine zweite Karte bzw. ein zweites WhatsApp benutzt, nur um nicht aufzufallen, dann schon!"

Natürlich. Joe hatte also nicht einfach mal sein Handy weggelegt oder beschlossen, einen handyfreien Abend zu machen. Nein – Joe hatte sich eine zweite SIM-Karte besorgt, ein paralleles WhatsApp-Konto eingerichtet, heimlich mit einer anderen Frau geschrieben und dabei darauf geachtet, dass Sanna bloß keinen Verdacht schöpfte.

Die Szene in Mellis Kopf war filmreif: Joe auf dem Klo, mit zwei Handys in der Hand, das eine für Sanna, das andere für die „andere". Im Hintergrund lief dramatische Musik, während er zwischen den Geräten hin und her switchte wie ein geübter Agent in geheimer Mission.

Und als krönender Abschluss dieser Schnüffel-Odyssee:

„Er war gerade wieder auf dem Klo online."

Melli starrte auf ihr Handy.

Es war soweit.

Die letzte Grenze war überschritten.

Joe durfte nicht mal mehr in Ruhe scheißen.

Sanna war in Alarmbereitschaft. Ihre inneren Detektoren hatten angeschlagen. Sie hatte wieder etwas entdeckt – etwas, das man auf gar keinen Fall übersehen durfte.

„Angeblich wollte er biken gehen… war aber wieder auf Tinder. Ich fass es nicht!", schrieb sie an Melli.

Melli las die Nachricht und seufzte. Es war wieder soweit. Joes Onlineaktivität wurde zur staatstragenden Angelegenheit erklärt.

Die Möglichkeiten waren überschaubar:
1. Joe hatte beim Biken Tinder geöffnet – vielleicht beim Verschnaufen auf einer Bank.
2. Er war gar nicht biken gewesen, sondern hatte sich mit einer anderen getroffen.
3. Oder – die wahrscheinlichste, aber auch langweiligste Variante – er hatte die App einfach noch auf dem Handy.

Melli tippte auf Nummer 3. Aber Sanna war nicht für langweilige Erklärungen zu haben.

„Wie kann ich das Problem lösen?", fragte sie dramatisch.

Melli hätte fast „Lösch die App für ihn" geschrieben. Doch sie wusste: Das war Sanna zu riskant. Dafür hätte sie ihn konfrontieren müssen. Und was, wenn er das als Eingriff empfand? Oder – noch schlimmer – Schluss machte?

„Es macht mir Angst, dass er nur wartet, bis wer Besseres kommt!", schrieb Sanna.

Ah ja. Die klassische Panik. Der Beziehungsmarkt als Arena, in der man nur so lange bleibt, bis eine Option mit besseren Werten vorbeikommt. Sanna sah sich selbst als Platzhalterin – gut, aber austauschbar.

„Natürlich will ich ihn nicht verlieren (!!!!!)", kam es kurz darauf. „Aber das macht mich wahnsinnig, scheiß Tinder!"

Melli atmete tief durch. Sie wusste, dass es nicht bei Tinder bleiben würde.

Und richtig:

„Und was soll ich denken, wenn zwei Kondome fehlen?!", schoss es als nächstes auf ihr Display.

Da war es. Das ewige Trauma. Die zwei fehlenden Gummis – das Zentrum aller Verschwörungstheorien.

„1000 Gründe, wo die sein könnten", tippte Melli.

„1000? Ich bin auf drei gespannt?!", kam es sofort zurück.

Gut. Spielten wir das Spiel.

1. Vielleicht waren sie einfach unter das Bett gerollt.
2. Vielleicht hatte Joe sie einem Freund gegeben – Männer machten so etwas.
3. Vielleicht hatte er sie in einen anderen Rucksack gepackt und vergessen.
4. Oder, dachte Melli trocken, vielleicht war es eine internationale Tinder-Kondom-Verschwörung, geleitet von einem geheimen Rat aus Polyamorie-Aposteln und Skater-Babes.
5. Wer sagt eigentlich, dass es noch dieselbe Packung war? Womöglich hatte er sich bereits mit der dritten Packung die Seele aus dem Leib gevögelt. Aber das verschwieg Melli,

Sanna würde sonst noch anfangen, Markierungen an die Packung zu zeichnen.

Und Melli wusste: Sanna würde keine dieser Erklärungen annehmen. Selbst wenn Joe sein Handy in einen Safe einschließen, sich GPS-verfolgen lassen und ein Unbedenklichkeitszertifikat von Tinder persönlich überreichen würde – Sanna würde trotzdem zweifeln.

Weil es nicht um Joe ging. Nicht um Tinder. Nicht um zwei Kondome.

Es ging um Sanna.

Und ihre Angst, nicht genug zu sein.

Aber dann…

kam der Moment.

Der eine, alles verändernde Moment:
Sanna hatte beim Inlineskaten einen Krampf.
Sie weinte.
Und Joe?

Joe holte ein Kühlpad.

Ganz ohne Aufforderung.
Er kümmerte sich.
Er sah sie.
Er reichte ihr Fürsorge wie eine Praline.

Und plötzlich war alles wieder im Lot.
Fast.
Also – **innerlich zerrissen**, aber immerhin mit etwas Eis auf dem Schienbein.

„Das beeindruckt mich", schrieb Sanna.
„Und als wir auf der Heimfahrt Lieder gehört haben,
die er früher mit seiner Ex gehört hat…
da meinte er, er wolle schauen, wie sich das mit mir anfühlt."

Wie romantisch.

Musikalische A/B-Vergleiche zwischen Ex und Neuer.

Ein audiophiles Bewerbungsgespräch um die Position der Lebenspartnerin.

Melli las das alles und wollte sich ein neues Gehirn zulegen. Eins ohne Dauerschleife.

Denn was Sanna erzählte, war kein Wunder.
Es war der **Mindeststandard** an Mitgefühl.
Nicht der Nobelpreis.
Nicht mal ein Trostpreis.

Melli schrieb:
„Das ist nix Besonderes. Es wäre erschreckend, wenn er das NICHT machen würde."

Aber Sanna wollte keine Klarheit.
Sie wollte Zustimmung.
Bestätigung.
Am besten mit Herzchen-Emoji.
Und einer Signatur von Melli:
„Ja. Er liebt dich wirklich."

„Ich will dich nicht überzeugen", behauptete Sanna.
„Ich frage nur nach deiner Meinung."

Was sie meinte war:
Sag bitte endlich, dass ich mir das alles nicht nur schönrede.
Sag bitte, dass ein Typ mit Tinder auf dem Handy und Kühlkompressen im Herzen vielleicht doch der Richtige ist.

Melli blieb kühl.
Sachlich.
Und dachte:

Du versuchst gerade, aus einem kaputten Puzzle ein Hochzeitsfoto zu basteln.

Kapitel 17 – Die magischen drei Worte

Sanna war perplex. Völlig perplex. Geradezu fassungslos.

Warum?

Weil Joe das Unfassbare getan hatte. Er hatte am Telefon gesagt: **„Ich liebe dich."**

Und jetzt? Jetzt war Sanna nicht etwa glücklich, gerührt oder irgendwie befreit. Nein – sie war in Panik.

Melli, die gerade versuchte, mit einem schiefen Kopfkissen und Restkaffee einen Anflug von Konzentration zusammenzukratzen, starrte auf ihr Handy.

Also noch mal von vorn:
Joe, Mr. Tinder-Unentschlossen, der König der Halbsätze und Andeutungen, hatte *Ich liebe dich* gesagt – und Sanna fiel in eine existenzielle Krise.

„Ich bin völlig überfordert. Was mache ich jetzt?!", tippte sie.

Melli wollte schon schreiben: *Vielleicht einfach akzeptieren, dass dein Freund dir gesagt hat, dass er dich liebt?*, aber sie wusste, dass das für Sanna zu viel Logik auf einmal gewesen wäre.

Also vorsichtig:
„Es erwidern?"

Doch Sanna war längst weiter.

„Naja, er sagte es eben am Telefon. Ist doch jetzt rum, oder nicht? Vielleicht hat er es aus Versehen gesagt?"

Melli schloss kurz die Augen.
Natürlich. Liebe – dieser emotionale Ausrutscher. Fast so schlimm wie ungewolltes Rülpsen.

Sanna: „Und was ist, wenn er es doch nur aus Versehen gesagt hat? Zwickmühle total!"

Was tun, wenn man versehentlich geliebt wird?

„Er hat ja auch was getrunken", kam es noch.
„Daher weiß ich nicht, ob er es ernst meinte."

Melli atmete tief durch.

Sanna wollte einen Promille-Rechner für Liebeserklärungen. Erst ab 0,5 ‰ galt nichts mehr, unter 0,3 war es okay?

Sie schrieb:

„Nach was du für richtig hältst. Habe echt keinen Kopf für sowas grad."

Falsche Antwort. Natürlich.

„Das macht mir Angst, dass ihm das mit mir jetzt zu viel wird, und er Schluss macht."

Melli versuchte, das Puzzle zusammenzusetzen.

Was war passiert?

- Joe hatte gesagt: Ich liebe dich.

- Sanna hatte es nicht erwidert.

- Danach: Funkstille. In Sannas Logik sah das so aus: Joe hatte sich verplappert → jetzt bereut er's → sie hat es nicht erwidert → er denkt jetzt, dass sie nicht stabil genug ist → er wird Schluss machen.

Melli: „Quatsch"

Sanna: „Aber warum ruft er mich nicht an?! Er kann doch immer mit mir reden! Ich wäre auch sofort hingefahren! Soll ich ihm das anbieten?"

Melli las die Nachricht dreimal.

Nein, Sanna. Du bietest ihm bitte nicht an, nachts mit blinkenden Herzballons vor der Tür zu stehen, nur weil er einmal drei Wörter gesagt hat.

Also tippte sie diplomatisch:

„Nein, gibt keinen Grund. Gib ihm etwas Zeit. Lass ihn in Ruhe."

Was natürlich bedeutete: *Sanna wird ihn in exakt sieben Minuten wieder anschreiben.*

Und tatsächlich:

„Aber morgen früh, wieder nach ihm fragen? Fragen, ob er gut geschlafen hat, ihm einen guten Morgen wünschen? Und dann weiter langsam mit ihm schreiben?"

Langsam.

Ein schönes Wort. Nur hatte es in Sannas Welt dieselbe Halbwertszeit wie ein TikTok-Video.

„Langsam" bedeutete bei ihr:

- morgens eine Nachricht
- fünf Minuten später ein Herz-Emoji
- nach zehn Minuten ein Kontrollblick auf die Onlinezeit
- nach 15 Minuten eine Nachfrage: „Alles gut bei dir?"

Und wenn keine Antwort kam?

Emotionaler Großalarm.

Melli starrte auf ihr Handy. Sie wusste genau, wie das weiterging.

Und sie wusste:

„Ich lieb dich" war für Sanna nicht das Ziel.

Es war nur die nächste Kurve auf ihrer Achterbahnfahrt zwischen Hoffnung und Panik.

Und plötzlich – eine neue Katastrophe.

Sanna schrieb, als würde die Welt untergehen:

„Und jetzt bekomm ich keine Ruhe. Joe war so aufgedreht, so gut gelaunt, wollte mich Montag sehen, seine Mutter mag mich, seine Schwester weiß nun von uns… UND JETZT SOWAS!!!"

Jetzt sowas?

Was genau war passiert?

Hatte Joe sich von ihr getrennt?

Hatte er ein geheimes Tinder-Date organisiert?

War er unter mysteriösen Umständen verschwunden?

War ein Tornado durchs Wohnzimmer gefegt?

Nein.

Er hatte sich seit ein paar Stunden nicht gemeldet.

Und damit war für Sanna das emotionale Armageddon ausgebrochen.

Melli tippte – routiniert, erschöpft, vorhersehbar:
„Es war alles gut. Mach doch nicht wieder aus dem Nichts eine Inzenierung

Doch Sanna konterte mit einer Logik, die man nur in ihrem Universum finden konnte:
„Naja, das Drama macht ja oft er."

Nein, Sanna.

Nein.

Das Drama machte nicht er. Das Drama machte sie.

Melli stellte sich für einen Moment vor, wie es wäre, wenn Sanna in einer stabilen, ruhigen Beziehung lebte. Wahrscheinlich würde sie jeden Morgen mit einem Notizblock aufwachen und eine Liste erstellen:

„Welches apokalyptische Szenario konstruiere ich heute?"

- Meldet sich Joe nicht? → Er hat eine andere.
- Meldet er sich doch? → Er tut nur so.
- Sagt er „Ich lieb dich"? → War sicher ein Versehen.
- Sagt er es nicht? → Liebt mich nicht mehr.
- Ist er gut drauf? → Hat sich gerade verliebt.
- Ist er schlecht drauf? → Will Schluss machen.

Egal, was Joe tat – es war **immer** verdächtig.

Melli rieb sich die Schläfen, als könnte sie damit die Spirale in Sannas Kopf stoppen.
„Denk an die Sachen, die gut waren."

Sanna reagierte wie ein trotziges Kind, dem man einen Strohhalm als Lösung gegen ein Feuer anbietet:
„Und was bringt das?"

Oh nein.

Oh **nein**.

Melli hatte den ultimativen Fehler gemacht.

Sie hatte Logik benutzt.

Sanna:

„Glaubst du nicht, dass das für ihn ein Grund ist, dass er morgen geht?!"

Ja, Sanna.

Ganz bestimmt.

Joe wird morgen aufwachen und denken:

„Oh nein, ich habe versehentlich gesagt, dass ich sie liebe – wie peinlich! Ich muss mich SOFORT trennen!"

Melli konnte nicht mehr.

„Kein Grund."

knapp. Genervt. Endgültig.

Sanna:

„Und wenn er es trotzdem tut?!"

Melli knallte das Handy auf den Tisch.

Wenn dieser Mann sich jemals trennen sollte, dann nicht wegen Tinder oder zwölf fehlenden Kondomen – sondern, weil er den ewigen Kreislauf aus Unsicherheit, Verdächtigungen und Kontrollwahn einfach nicht mehr aushielt.

Er, der sich selbst als freiheitsliebend beschrieb.

Der angeblich niemandem Rechenschaft schuldete.

Der sich schnell eingeengt fühlte und lieber andeutete als sagte.

Dieses ständige Fragen, Rückversichern, Kontrollieren.

Diese Frau, die ihn digital wie seelisch umkreiste, immer auf der Suche nach einem Beweis, dass er noch da war.

Melli hätte längst Reißaus genommen.

Und zwar schreiend.

Aber Joe blieb. Reagierte. Antwortete. Schob ein „Ich brauch Raum" hinterher und genoss es doch, wie sie an ihm hing.

Und da wurde Melli etwas klar.

Vielleicht gefiel Joe das sogar.

Diese grenzenlose Hingabe, die ständige Verfügbarkeit, die Bereitschaft, alles zu tun, zu warten, zu verzeihen, sich anzupassen.

Er musste nichts fordern – sie kam von selbst.

Und obwohl er vielleicht längst den Respekt verloren hatte, war das Gefühl, so wichtig zu sein, **einfach zu verlockend.**

Melli erkannte das.

Weil sie es kannte.

Von sich.

Mit Chris war sie nicht anders gewesen.

Er verschwand.

Manchmal für Stunden. Manchmal für Tage.

Kein „Bin grad raus", kein „Melde mich später".

Einfach: Stille.

Aber online. Sichtbar. Unerreichbar.

Und sie?

War zerflossen in diesem toxischen Zwischenraum aus Hoffnung und Selbsterniedrigung.

Sie, die sonst wirklich eine entspannte Partnerin war – locker, vertrauensvoll, großzügig mit Nähe und Freiraum.

Sie wurde kontrollierend, eifersüchtig, fahrig, emotional überdreht.

Nicht, weil sie so war.

Sondern weil er sie so werden ließ.

Aber Sanna?

Sanna war nie entspannt gewesen.

Schon am Anfang wollte sie jede Minute wissen, wo Joe war, wie er dachte, ob er fühlte, ob er sie vermisste.

Sie war **wie ein offener Nerv**, der bei jeder Regung Alarm schlug.

Und Joe?

Joe war wie Alkohol auf genau dieser Wunde.

Er verstärkte, was ohnehin schon wund war.

Mit jeder Pause, jedem Schweigen, jeder halbgaren Antwort wurde Sanna noch empfindlicher, noch panischer, noch abhängiger.

Was früher Unsicherheit war, wurde jetzt Paranoia.

Was früher Bedürftigkeit war, wurde jetzt ein Fulltime-Kontrollsystem.

Es war nicht einseitig toxisch.

Keiner von beiden war nur Täter oder nur Opfer.

Sie riefen das Schlechteste ineinander hervor.

Sie tanzten einen Tanz, der von außen wie Leidenschaft aussah –
und von innen wie schleichender Selbstverlust.

**Das, was Joe und Sanna hatten, war wechselseitig
toxisch.**

Zwei Menschen, die sich gegenseitig triggern, bestätigen,
zerstören – und dabei noch Liebe sagen.

Ein Teufelskreis im Tarnmantel von „tiefer Verbindung".

Melli hatte ein Gefühl.

Eine Ahnung, was da noch kommen würde.

Nicht sofort.

Nicht morgen.

Aber irgendwann.

Wenn Joe seine Macht ganz ausspielte.
Und Sanna ihre Grenzen ganz verlor.

Dann würde aus Drama eine Spirale.

Und aus der Spirale ein Absturz.

Und niemand würde sagen können, sie hätte es nicht
kommen sehen.

Kapitel 18 – Ghosting oder Unfall?

Joe war mit seinen Kindern im Schwimmbad. Also wurde sie ausgeschlossen, sie durfte die Kinder schließlich nicht kennenlernen.

Fünf Stunden Funkstille.

Für die meisten Menschen bedeutete das: Leben. Termine. Kinder. Ruhe.

Für Sanna bedeutete es nur zwei Optionen:

1. Joe ghostet sie und macht wortlos Schluss.

2. Joe ist im Schwimmbad tragisch ertrunken.

Dazwischen existierte nichts.

„Ich denke, entweder macht er auf Ghosting und Schluss, ohne Worte... oder es ist was passiert."

ES GAB KEINE ANDERE ERKLÄRUNG!

Melli versuchte tapfer, einen Funken Realität in die brodelnde Gefühlsapokalypse zu bringen.

„Basti hat sich 30 Stunden nicht gemeldet letztes Wochenende. Na und? Er war halt beschäftigt."

Aber Sanna winkte ab.

„Das ist nicht Joes Art."

Klar. *Nicht seine Art.*

(Das war übrigens auch der Standardsatz, wenn Joe exakt dieselben Dinge zum fünften Mal tat...)

Und dann kam er – der emotionale Super-GAU.

„Ich habe immer wieder einfach Angst, dass er Schluss macht."

Melli, mittlerweile routiniert im Umgang mit Sannas innerem Weltuntergang, antwortete trocken:

„Schon klar. Und deshalb willst du jetzt panisch neben dem Handy sitzen, während er vermutlich gerade nasse Badelatschen sortiert?"

Sanna schwieg kurz. Vielleicht – nur vielleicht – hatte Melli ja recht... ... ... Nein.

„Joe meldet sich halt immer weniger. Am 2. Tag nach dem Kennenlernen hat er 87 Nachrichten geschickt.
Siebenundachtzig! Gestern waren es 12. Nur 12 Nachrichten an einem ganzen Tag!"

„Da lerntet ihr euch gerade erst kennen. Natürlich ist das da noch mehr als jetzt".

„Es gibt noch genug an mir kennenzulernen. Er weiß ja auch gar nicht wie mein Tag war und was ich so gemacht habe. Das ist auch interessant."

Melli stellte sich Sannas Tagesablauf vor. Wie sie morgens um 7:03 Uhr mit der gleichen Dringlichkeit aufs Handy starrte wie andere auf einen positiven Schwangerschaftstest.
Wie sie sich dann durch Joes Onlinezeiten, Nachrichtenzahl und Emoji-Verhalten wühlte, während sie gleichzeitig versuchte, so zu tun, als hätte sie ein Leben.
Wie sie nebenbei Essen kochte, dabei aber drei Freundinnen parallel schrieb – alle mit derselben Frage in leicht abgewandelter Form:
„Glaubst du, er meint das ernst, wenn er nur ein ‚Hey' schreibt?"

Sie arbeitete nicht, war aber im Drei-Schicht-System online.
Morgens zur Statuskontrolle.
Mittags zur Tinder-Beobachtung.
Abends für das große Drama-Double-Feature: „Wieso schreibt er nicht?" gefolgt von „Was soll ich jetzt posten?"

Ein echtes Multitasking-Wunder:
Haushalt machen, Kaffee trinken, halblaut seufzen, strategisch Selfies planen – und dazwischen 47 Screenshots an Melli und Co., als wäre sie in einer toxischen Influencer-Doku. Super spannender Alltag, Joe würde ganz sicher von diesen Erlebnissen erfahren weollen…

Ja, dachte Melli trocken.
Da gibt's noch ganz, ganz viel an dir kennzulernen. Vor allem die Dinge, die du ihm nicht zeigst.

„Aber Melli… es kann doch wieder mehr werden, oder?"
„Nein."
„Nein? Also… er wird weiter so wenig schreiben?"

„Vielleicht schreibt er mal wieder zwei, drei Tage häufiger–
und dann geht's wieder abwärts. Wie immer."

„Aber kann ich ihn denn wenigstens fragen, warum das auf
einmal so wenig ist?"

„Klar kannst du das. Du kannst ihn auch fragen, ob er
heimlich ein Einhorn im Keller hält. Die Antwort wird genauso
nichtssagend sein."

„Aber bist du dir WIRKLICH sicher, dass er ein Narzisst ist?
Er war doch so… lieb."

„Ich kenne ihn nur aus deinen Erzählungen und seinen
Sprachnachrichten. Aber nach dem, was ich da höre: 90 Prozent.
Und die restlichen 10 Prozent sind nur Hoffnung in
Glitzerpapier."

„Oh… was war denn bei den Sprachnachrichten? War da
was Auffälliges?"

„Na ja – dieses konstante 'Du übertreibst, ich hab keinen
Bock auf Stress, du machst alles kaputt…' Also alles liegt bei dir.
Immer. Und die Art wie er das sagt ist echt nicht nett"

„Was müsste anders sein, damit du ihn nicht mehr für einen
Narzissten hältst?"

„Er müsste ein anderer Mensch sein. Ein grundlegend
anderer Mensch."

„Er hat ja gesagt, er will nur Gutes… Kein Scheiß mehr.
Vielleicht liegt seine Art einfach an der Trennung, dem Unfall,
den Kindern, der Wohnung, der Ex, der Arbeit, dem Wetter, dem
Rückstau auf der A3…"

„Nein."

„Aber… vielleicht war seine Ex ja wirklich schlimm. Das
erzählt er jedenfalls."

„Natürlich war sie schlimm. Wie alle Ex-Frauen aller
Narzissten. Komischerweise."

„Boah, ich weiß… aber… es ist doch normal, dass ich nicht
will, dass er ein Narzisst ist, oder? Ich will doch nur, dass wir eine
Chance haben. Eine Zukunft."

„Nur weil du das nicht willst, ändert sich nichts an dem, was ist."

„Aber was ist, wenn ich ihn ganz liebevoll bitte, mehr auf mich einzugehen? Wenn ich sage: 'Bitte sei weniger egoistisch, bitte sag mir öfter was Schönes, bitte hör auf, immer Fehler zu suchen. Bitte antworte einfach auf meine Fragen'? Und er sagt dann: 'Okay.' Und macht's auch?!"

„Dann hast du einen neuen Disney-Film gedreht. Mit dem Titel *Prinz Arsch kommt zur Vernunft*. Läuft aber nur in deinem Kopfkino."

„Aber... du bist dir ja auch nicht 100% sicher."

„Sanna. Wenn dir meine Antworten nicht gefallen, dann frag mich bitte nicht. Ich bin mir ziemlich sicher. Und selbst WENN er kein Narzisst ist, ist er immer noch ein egozentrisches Arschloch."

„Ich war einfach so glücklich mit ihm... und jetzt zeigst du mir, dass es besser wäre, wenn ich's beende. Aber ich will ihn nicht verlieren."

„Du hast nur Halt, wenn du direkt neben ihm liegst. Alles dazwischen ist immer Wechselbad aus Warten, Hoffen und Weinen. Sobald du nicht bei ihm bist, beobachtest du ihn panisch und bist voller Angst"

„Aber er lobt doch! Er sagt, ich koche gut. Und als ich mit ihm 30 km Rad gefahren bin, hat er 'gut gemacht!' gesagt. Er hat mich geküsst!"

„Wow. Ein Küsschen fürs Funktionieren. Ich hoffe, du hast es dir eingerahmt."

„Und er sagt, es sei Luxus, wie ich ihn verwöhne. Mit Kraulen! Und er hat sich bedankt, dass ich ihn zur Werkstatt gefahren habe. Man verlässt doch niemanden, der einen jeden Tag mindestens 30 Minuten lang krault."

„Sanna... du ziehst dich an Momenten hoch, in denen er sich einfach *minimal anständig* verhält. Das ist nicht Liebe. Das ist, wie wenn jemand dir nach drei Ohrfeigen einen Keks gibt – und du rufst: 'Er liebt mich!'"

125

„Aber… aber vielleicht ist er gar keiner! Vielleicht nur…
ähnlich. Und er kann sich ändern! Mit MIR!"

„Sanna. Es gibt keinen magischen Satz, keinen perfekten
Moment, kein Argument, das aus einem Narzissten einen guten
Partner macht. Was du suchst, ist keine Lösung – sondern eine
Ausrede, um zu bleiben."

Sanna hatte Joe geschrieben. Wieder einmal. Viele
Nachrichten, verteilt über Stunden. Nicht aus Bosheit, nicht weil
sie provozieren wollte – sondern weil sie wartete. Auf ihn. Auf
ein Lebenszeichen. Auf einen dieser kleinen Textfunken, die ihr
bewiesen, dass sie noch Teil von Joes Welt war.

Sechs Stunden. Keine Antwort. Und als sie kam, war sie kalt.
Knapper als sonst. Kein Herz. Kein Smiley. Kein Echo auf ihre
Gefühle.

Und als sie vorsichtig fragte, ob alles okay sei, kam nur ein
knappes: „Zu viel."

Zu viel?

Sanna verstand die Welt nicht mehr. Was war zu viel? Ihre
Gedanken? Ihre Gefühle? Ihre Art zu schreiben?

„Bin ich jetzt wieder die Doofe?", schrieb sie an Melli.
Melli antwortete so direkt wie immer:
„Ich finde die Texte, die du schreibst, einfach nur anstrengend
und schrecklich. Zu viel ist da noch eine verdammt nette
Bezeichnung."

Sanna war verletzt. Verwirrt.
„Puh. Warum das denn?"
„Warum kannst du nicht einfach mal entspannt sein?"
„Ich empfinde das doch gar nicht als Diskussion oder stressig…"
„Ja, aber dein Gegenüber vielleicht!", entgegnete Melli. „Frag
dich mal, warum Leute immer so auf dich reagieren."

Sanna schwieg für einen Moment. Dann schrieb sie wieder.
„Ich habe einfach nicht die Fähigkeit, zu erkennen, was zu viel
ist. Für mich sind das ganz normale Fragen. Ich würde sie
beantworten. Ohne genervt zu sein."

Aber es war mehr als das.

Es ging nicht nur um die Fragen.

Es ging um das ständige Hinterfragen. Das Interpretieren. Das Sezieren jeder Regung.

„Warum kannst du euer Treffen nicht einfach so annehmen, wie es war, ohne es jetzt kaputt zu analysieren?"

„Weil ich Angst habe!", hätte Sanna am liebsten geschrien.

Weil sie dachte, wenn sie nicht alles hundert Mal durchleuchtet, übersieht sie vielleicht den Moment, in dem es kippt. In dem sie wieder nicht genug ist. In dem sie verlassen wird.

„Ich will doch nur wissen, warum er mich gestern nicht angefasst hat", schrieb sie schließlich.

„Und wieder fängst du mit dem gleichen Thema an", kam es zurück. „Du fragst alles immer wieder."

Sanna versuchte zu erklären.

„Wenn ich nicht frage, denkt er trotzdem, dass was ist. Also kann ich auch gleich fragen. Dann weiß er wenigstens, was los ist."

„Oder du erträgst es einfach mal. Und ziehst nicht alle anderen in deinen Kopfzirkus rein."

Aber das konnte Sanna nicht. Sie konnte nicht ertragen.

Denn in ihrem Inneren pochte die Angst wie ein schlecht verheilter Bruch.

Und dann fiel das Wort: Tinder.

Das ständige Hintergrundrauschen.

„Wenn er mich so lieben würde, wie er sagt... hätte er die App gelöscht. Dann müsste ich nicht ständig denken, ich sei nicht schön genug. Nicht dünn genug. Nicht genug."

Melli blieb kühl.

„Das ist DEIN Problem. Nicht seins. Du machst DEINE Gedanken zu SEINEM Job."

Und Sanna, verletzt, schrieb:

„Ich arbeite doch so hart an mir. Du hast keine Ahnung, was ich geschafft hab seit Joe..." Ja, dachte Melli. Du zögerst jetzt ein paar Minuten lang, bevor du eine Frage stellst, weil du oft genug gehört hast, das es nervt. Und dann stellst du die Frage trotzdem.

Aber es half nichts. Joe war auch an diesem Abend wieder abwesend. Keine Nachricht. Keine Antwort.

Sanna wurde klein. Wieder.

Wollte schreiben. Wollte fragen. Tat es nicht.

Und doch waren die Gedanken da:

Hat er eine andere? War ich nur ein Trostpflaster?

„Wie hoch ist denn die Wahrscheinlichkeit, dass er fremdgeht?", tippte sie an Melli.

„Es gibt keine Wahrscheinlichkeit dafür", kam es zurück. „Man kann Verhalten nicht ausrechnen wie eine Matheaufgabe. Klar gibt es Statistiken, aber die sagen halt nichts über den einzelnen aus."

Aber genau das versuchte Sanna doch die ganze Zeit.

Eine logische Formel für die Liebe zu finden.

Eine Berechnung, die ihr beweist, dass sie bleiben darf.

Dass sie endlich gut genug ist. Dass es einfach nicht sein, kann, dass er fremdgeht.

Und dann hatte Sanna eine Eingebung:

Joe hatte Tinder nicht, um dort Frauen zu suchen.

Er hatte Tinder,

um zu sehen,

ob **sie** es tat.

Logisch, oder?

Wozu sollte ein Mann mit aktiver Tinder-App sonst auf sein Handy schauen?

Genau.

Weil er heimlich ihre Kilometer trackt.

Um herauszufinden, ob sie **auch** auf Tinder geht.

Weil er Angst hat, sie zu verlieren. Angst, dass sie mit anderen Männern schreibt. Sie hatte einfach nur die falschen Schlüsse gezogen.

Das war Liebe, eindeutig.

Zwar nicht in Worten.

Auch nicht in Gesten.

Und definitiv nicht in irgendeiner gezeigten Regung.

Aber tief drin, da war sie.
Die große, stille, tinderspionierende Liebe.

Melli las die Theorie
und konnte nicht anders,
als sich zu fragen,
ob man Tinder bald als psychologisches Diagnosewerkzeug
nutzen könnte.

Sanna hatte längst akzeptiert, dass Joe **nie nachfragt**.
Nie wissen will, mit wem sie schreibt.
Nie ihre Stories anschaut.
Nie ihre Launen bemerkt.

Aber das musste doch Taktik sein.
Oder?

„Er fragt halt nicht, weil er nicht zugeben will, dass es ihn interessiert.“
Sanna, 17:23 Uhr.
Self-Delusion-Level: Olympisch.

Für Melli war das Ganze so absurd,
dass sie sich nur noch innerlich kopfschüttelnd zurücklehnte.

Sanna wollte Eifersucht.
Hoffte auf Besitzansprüche.
Weil Liebe für sie bedeutete:
„Du darfst mich nicht verlieren wollen.“

Und wenn Joe das nicht zeigte,
dann **baute sie sich eben einen Beweis.**
Aus Inaktivität.
Aus GPS-Daten.
Aus Nicht-Gesagtem.

Sie redete sich ein,
dass Tinder auf seinem Handy **ihr** galt.
Nicht anderen Frauen.
Nicht neuen Chats.
Nicht… dem, wofür Tinder nun mal gemacht ist.

Nein.
Er wollte nur sehen, ob sie noch da war. Sie so überwachen,
wie sie es auch bei ihm tat. Und sicherlich war der Arme voller
Angst, sie zu verlieren, konnte das nur nicht so zeigen. Und die

Distanz kam dadurch, dass er Angst hatte verletzt zu werden,
falls sie ihn verlassen sollte.

Das war romantisch,
wenn man tief genug tauchte –
und den ganzen Müll ringsherum einfach ausblendete.

Doch die Selbstberuhigung hielt nie lang.

Spätestens wenn Joe wieder kommentarlos offline ging,
nicht antwortete,
nicht fragte,
nicht „wie war dein Tag" schrieb,
kam sie.

Die Angst.

Und dann hieß es wieder:
Er schreibt sicher mit einer.
Oder mit zwei.
Vielleicht mit fünf.

Der Mann, der angeblich aus Angst um sie Tinder behielt,
war plötzlich doch einfach nur…
genau wie alle anderen.

Aber nur kurz.

Denn dann fand Sanna wieder irgendeine Nachricht,
irgendeinen flüchtigen Blick,
irgendein **„wie hast du geschlafen"**,
und formte daraus ein Märchen.

**Und das reichte für weitere zwölf Stunden Selbstbetrug.
Mindestens.**

Kapitel 19 – Kriegsschauplatz Liebe

Sanna war nicht der Typ Mensch, der einfach aufgab.

Nicht in der Schule.

Nicht im Job.

Nicht in ihren toxischen Beziehungen.

Liebe war doch etwas, **für das man kämpfte.** Oder?

Oder?

Sie saß auf dem Bett. Das Handy in der Hand.

Mellis letzte Nachricht war noch ungelesen.

„Du bist genug. Oder du bist es nicht."

Aber was, wenn sie es **nicht** war?

Dann musste sie **mehr tun.**

Genau.

Mehr. Nicht weniger.

Nicht loslassen, sondern noch mehr geben.

Noch näher ran. Noch mehr Herzblut. Noch mehr „Ich liebe dich", Teelichter und WhatsApp-Nachrichten pro Minute.

Denn Sanna war bereit.

Bereit für den nächsten Beziehungs-Krieg. Bereit zu kämpfen, um gesehen zu werden.

Nur eins wusste sie noch nicht:

Dass man nicht gewinnt, wenn man den Gegner mit Liebe erschlägt.

Man steht am Ende nur allein da.

Mit einer rosa Teelichthalterung in der Hand.

Und sehr viel Schmerz im Herz.

Die rosa Teelichthalterung war das Symbol des Untergangs.

Als wäre das emotionale Schlachtfeld nicht schon rauchend genug, kam jetzt der ultimative Beziehungsknaller.

Sanna: *„Ich hatte ihm eine rosa Teelichthalterung mitgebracht."*

DAS. WAR. ES.

DER BEGINN VOM ENDE.

DER UNWIDERRUFLICHE DÄMON DER DEKORATION.

Ein rosa Teelicht.

Kein Duftkerzen-Overkill.

Kein Herzchen-Wandtattoo.

Nur ein kleines, zartes, harmloses Ding – und doch der ultimative Beziehungsprüfstein.

Sanna: *„Er sagt, das würde ihn einengen.“*

EINENGEN.

Als hätte sie ihm einen Heiratsantrag gemacht.

Oder sein Sofa gegen ein pastellfarbenes Samtmodell eingetauscht.

Oder – noch schlimmer – die Fernbedienung dekorativ in ein Makramee gehäkelt.

Aber gut.

Man muss fair bleiben.

Vielleicht war es für Joe **wirklich einfach zu viel.**

Nicht, weil er etwas verheimlichen wollte.

Nicht, weil er heimlich nächtliche Tinder-Orgien veranstaltete.

Sondern weil eine rosa Teelichthalterung **nicht in seine Wohnung passte.**

Nicht zu seinem Stil. Nicht zu seiner Vorstellung von Eigenraum. Ihm einfach nicht gefiel.

Weil es vielleicht für ihn einfach **fremdbestimmt** wirkte, wenn jemand Deko platzierte, bevor überhaupt klar war, was das zwischen ihnen war.

Und das war sein gutes Recht.

Seine Wohnung wirkte auf den ersten Blick wie aus einem Einrichtungskatalog:

Dunkle Ledersessel, ein makellos aufgeräumtes Bücherregal, exakt mittig ausgerichtete Fernbedienungen auf dem Wohnzimmertisch.

Aber auf den zweiten Blick sah man es:

Diese Ordnung war kein Stil – sie war Verteidigung.

Gegen Chaos. Gegen Kontrollverlust. Gegen das Leben selbst.

Alles hatte seinen millimetergenauen Platz. Der Wasserkocher stand parallel zur Kante der Arbeitsplatte. Die Handtücher im Bad waren nach Größe sortiert und exakt gefaltet. Selbst die Schuhe im Flur standen in mathematischer Präzision nebeneinander.

Nicht aus Liebe zur Ästhetik.

Sondern aus der stummen Panik, dass jede Verschiebung ein neuer Beweis dafür wäre, dass sein Leben schon einmal entgleist war.

Eine rosa Teelichthalterung?

Ein Affront.

Ein plötzlicher Farbfleck auf seinem mühsam weißen Rauschen.

Sie gehörte nicht in sein System.

Nicht in diese Festung aus Symmetrie und Kontrolle, die er sich nach der Ehe wie eine schusssichere Weste gebaut hatte.

Er mochte nichts, was weich war.

Nichts, was sich nicht berechnen ließ.

Und deshalb störte ihn der bloße Gedanke, dass jemand ohne seine Erlaubnis etwas eingefügt hatte.

Etwas, das ihn daran erinnerte, wie leicht das, was er mühselig zusammengebaut hatte, wieder zerbrechen konnte.

Und Sanna hatte den rosa Teelichthalter **nicht einfach nur so** mitgebracht.

Oh nein.

Das war kein Deko-Gegenstand.

Das war ein **Statement.**

Ein **territoriales Markierungsobjekt.**

Ein leuchtender Leuchtturm im Meer der Unverbindlichkeit.

Ein flammendes Symbol ihrer Anwesenheit.

Ein stummer Schrei an jede potenzielle Fremdfick-Kandidatin, die vielleicht einmal in Joes Wohnung tapsen sollte:

„Hier wohnt ein vergebener Mann! Gehe zurück, du Tinderhexe!"

Sanna hatte dieses Teelicht **gezielt** platziert – nicht irgendwo, nein, sichtbar.

Am besten direkt auf dem Couchtisch.

Oder noch besser: **auf dem Nachttisch.**

Damit keine andere Frau, die versehentlich in Joes Nähe geraten könnte, auch nur den Hauch eines Zweifels hatte, dass er sich bereits in einer **festen, monogamen, ehrlichen und emotional sicheren Beziehung** befand.

Aber was machte Joe?

Er lehnte es ab.

Er sagte, das sei **„einengend."**

EIN ROSA TEELICHT.

Und Sanna spürte: Für ihn war es **zu viel.**

Zu schnell. Zu eindeutig.

Vielleicht war er wirklich jemand, der seine Räume neutral hielt.

Vielleicht war das nicht gegen sie. Sondern **für sich.**

Aber in ihrem Kopf war der Alarm längst losgegangen.

Wenn er das Teelicht nicht wollte – dann wollte er **sie** nicht.

Dann wollte er nicht, dass jemand es **sieht.**

Dann wollte er **keine Spuren.**

Dann wollte er **keine Frau, die seine Wohnung verändert.**

Dann wollte er nicht, dass die anderen Frauen, die er mit in seine Wohnung nahm, sie bemerkten.

ENDSTUFE ERREICHT.

Ein rosa Teelicht hatte ihr inneres Kartenhaus zum Einsturz gebracht.

Nicht, weil Joe es ablehnte – sondern weil sie in dieser Ablehnung all das sah, was sie fürchtete:

Nicht genug zu sein.

Nicht gewollt zu sein.

Nicht sichtbar zu sein.

Oh, Sanna war am Boden. Und zwar so tief unten, dass selbst ein Presslufthammer keinen weiteren Weg nach unten gefunden hätte. Aber es sollte noch schlimmer kommen.

Er hatte es nicht aufgehängt.

DAS verdammte Bild. Jenes, das Melli nicht schnell genug bearbeiten wollte. Dieses aufwendig belichtete, extra weichgezeichnete Dessous-Foto mit dem Whiskey, auf Leinwand gezogen, im 30x40er Format – und nicht mal das günstige von dm. Nein, Sanna hatte bei einem Künstler auf Etsy bestellt, der auch "Haustierporträts im Barockstil" anfertigte. Und Joe? Der hängte es nicht auf. Nicht im Schlafzimmer. Nicht im Wohnzimmer. Nicht mal in den Keller.

Er sagte, es sei schön, aber hielt es versteckt. Angeblich weil seine Kinder wenige Monate nach der Trennung keine Frau in Unterwäsche bei ihm sehen sollten. Ausrede, dachte sich Sanna. Joe wollte es eindeutig wegen anderer Frauen nicht aufhängen.

Genauso wenig wollte er den Schlüsselanhänger mit ihrem Gesicht drauf – weniger ein Geschenk als ein amtlicher Besitznachweis.

Eine Art Miniatur-Leasingvertrag zum Mitnehmen.

Sanna hatte ihn ihm nicht einfach geschenkt.

Sie hatte ihn ihm überreicht wie eine Hundemarke.

Mit unausgesprochenem Kleingedruckten:

„Hier. Trag mich. Zeig mich. Und wehe, du tust so, als wärst du noch frei."

Es ging nie um den Anhänger.

Es ging um den Beweis.

Darum, dass jeder – ausnahmslos jeder – sehen sollte:

Er gehört zu jemandem.

Er ist vergeben.

Und zwar an Sanna.

Seine Familie, seine Freunde, selbst die Tankstellenkassiererin sollten ihn zukünftig beim Zahlen sehen und denken:

„Ach guck, der ist ja auch unter der Haube."

Und für Sanna wäre es jedes Mal ein stiller Sieg gewesen.

Jedes Klackern des Schlüssels ein kleines, rasselndes

Liebesbekenntnis.

Ein ständiges, unfreiwilliges „Ja, ich habe eine Freundin und ja, sie ist genau diese Frau hier."

Joe aber wollte keinen tragbaren Liebesbeweis.

Er wollte seine Ruhe.

Einen Autoschlüssel, keinen Reminder an eine Beziehung, die sich immer öfter anfühlte wie ein schlecht geölter Panzer.

Und zu allem Überfluss hatte er auch noch ein Problem mit dem harmlosen Klaps auf den Hintern, den sie ihm vor seiner Mutter verpasst hatte.

"Unangemessen", hatte er gesagt.

"Peinlich", hatte er hinterher geflüstert.

Sanna dagegen fand es süß. Verspielt. Paarmäßig.

Joe fand es... öffentlichkeitswirksam unangenehm.

Und dann dieses *Nicht-Küssen* vor der Mutter.

Sanna hatte sich innerlich schon vorgestellt, wie seine Mutter sagen würde:

"Oh, ihr seid aber süß zusammen! Du machst Joe so glücklich, er kann ja kaum die Finger von dir lassen."

Stattdessen war da ein angespannter Gesichtsausdruck bei Joe – und ein Schritt zurück, als ihre Lippen sich ihm näherten.

Als hätte sie ihm einen Heiratsantrag gemacht statt einem leidenschaftlichen Kuss.

Natürlich – theoretisch war es nachvollziehbar, dass Joe vor seiner Mutter nicht wild rumknutschen wollte. Schließlich gibt es wenige Gesprächsthemen, die beim Familienkaffee unangenehmer sind als: „Wie war eigentlich euer Zungeneinsatz beim ersten Kuss?" Aber bei Sanna reichte schon ein millimeterweiches Ausweichen – und in ihrem Kopf brüllte es: SCHÄMT ER SICH FÜR MICH?! Für sie war jede unterlassene Berührung kein Anzeichen von gutem Benehmen, sondern der Beweis, dass er sie höchstens heimlich lieben konnte – so heimlich, dass es am besten niemand je erfahren sollte.

Er schämte sich ihrer.

Oder schlimmer noch:

Er wollte nicht, dass jemand – speziell jemand mit zwei X-Chromosomen – auch nur ahnte, dass er vergeben war.

Sie wollte Sichtbarkeit.

Er wollte Privatsphäre.

Sie wollte Zweisamkeit mit Festivalcharakter – er eher so *Silent Disco im Keller.*

In Sannas Kopf war längst klar: Wenn es nach ihr ginge, würde sie das Dessousbild auf **eine Autobahnbrücke hängen.** Und den Schlüsselanhänger gäb's in der limitierten Freundes-Edition mit integriertem Pfefferspray für Nebenbuhlerinnen.

Am liebsten würde sie die **große Plakatwand mieten**, direkt an der Hauptstraße, mit dem Text:

"Joe – vergeben. Feste Beziehung. Keine Bewerbungen mehr! Diese Frau ist die einzige, die er will."

Und ihr Gesicht daneben. Im Brautkleid.

Oder wenigstens mit einem Herzfilter.

Aber Joe?

Der war noch nicht so weit.

Oder nie.

Sanna: (vorsichtig) „Also… ich fand das gestern nicht schön. Diese Sprüche die du mir gegenüber gebracht hast. Du hast gesagt, *Was kannst du eigentlich außer gut aussehen?* Ich fühl mich einfach nicht respektiert."

Joe: (grinst) „Alter, du brauchst echt mal 'nen Humortransplantat. War'n Witz. Entspann dich."

Sanna: (verletzt) „Aber ich hab doch neben dir gesessen und geweint. Still. Und du hast's nicht mal bemerkt…"

Joe: (achselzuckend) „Ich hab halt grad nicht drauf geachtet. Kann ja nicht ständig Emotionen raten. Du bist eh dauernd irgendwas."

Sanna: (flüstert) „Ich hab extra was getrunken, weil ich wusste, ich darf dich nicht anfassen. Du hast meine Hand weggeschoben, als ich dich streicheln wollte…"

Joe: (genervt) „Vielleicht weil es anstrengend ist, wenn du immer klammerst. Nähe auf Kommando funktioniert nicht, Sanna."

Sanna: (flehend) „Aber ich brauch das… deine Nähe, deine Reaktion, deine Worte… sonst dreh ich durch. Ich frag doch nur, weil ich Angst hab…"

Joe: (sarkastisch) „Du fragst, weil du paranoide Filme im Kopf hast. Nicht weil du wissen willst, wie's mir geht."

Sanna: „Das stimmt nicht! Ich sorge mich doch… „

Joe: „Weil ich manchmal einfach meine Ruhe will. Muss ich dir jetzt 'nen Zeitplan schicken, wann ich dich süß finde und wann nicht?"

Sanna: (kleinlaut) „Ich dachte, du liebst mich. Oder… vielleicht noch nicht, aber dass du es könntest. Irgendwann. Ich will nur wissen, wo wir stehen. Ob das hier… das *UNS*… eine Zukunft hat."

Joe: (trocken) „Sanna. Du machst aus jeder verfickten Tagesstimmung einen Beziehungsstatus. Ich hab dir gesagt, ich will das nicht. Du kannst es trotzdem nicht lassen."

Sanna: (zitternd) „Ich weiß… es tut mir leid… Ich halt's nur so schwer aus, wenn du weg bist. Ich fühl mich wie… als würd ich in der Luft hängen."

Joe: (kalt) „Dann schreib halt ein Tagebuch. Oder ruf deine Therapeutin an. Aber ich bin nicht dein emotionale Notfallbetreuung."

Sanna: „Ich bin einfach so unsicher. Ich frag mich, ob du überhaupt vermisst, wenn ich nicht da bin."

Joe: (sarkastisch) „Natürlich. Ich hab mich auch schon nackt in deine Decke gewickelt und weinend Adele gehört."

Sanna: (verletzt) „Warum machst du dich über mich lustig…? Ich geb dir alles, was ich hab."

Joe: (verächtlich) „Das ist Teil des Problems. Kein Mensch will alles. Ich will Luft. Kein Dauerabo mit Drama."

Sanna: „Dann sag mir doch bitte einfach, was du brauchst… Ich will doch nur, dass es funktioniert. Dass du bleibst."

Joe: „Sanna. Wenn du so weitermachst, schieb ich dich freiwillig meinem Trauzeugen unter. Der steht auf bedürftige Frauen."

Sanna: (erstarrt) „Warum tust du mir das an…? Ich… ich liebe dich doch."

Joe: (steht auf) „Ja. Und ich liebe meine Ruhe."

Kapitel 20 – Ins Dunkel

Sanna saß im Schneidersitz auf ihrem Bett, das Handy wie ein heiliger Talisman in der Hand. Auf dem Display flimmerte der Chatverlauf mit Melli. Ihre Finger zitterten leicht. Ihr Herz pochte zu laut. Zu schnell. Zu hoffnungsvoll.

Sie wollte einfach nur, dass Joe sie liebte.
Nicht irgendwie. Sondern ganz. Ohne Fragezeichen.
Sie wollte ihm zeigen, dass sie die Richtige war – die Beste, die Schönste, die, die bleibt, wenn alle anderen gehen.
Und tief in ihr regte sich die alte Illusion: Vielleicht merkt er es ja einfach noch nicht.

Vielleicht braucht er nur einen letzten Beweis. Einen letzten Impuls. Etwas, das ihn endlich begreifen lässt, was sie wirklich bedeutet.

Melli reagierte trocken. „Du bist doch nicht in einem Casting", hatte sie geschrieben. „Entweder liebt er dich – oder er tut es nicht."
Aber für Sanna fühlte sich das anders an.
Es *war* ein Casting. Ein Wettbewerb, wo es nur eine einzige Gewinnerin geben konnte.
Ein Wettkampf mit unsichtbaren Gegnerinnen. Und ihre Konkurrenz lauerte überall.
Ein täglicher Kampf um Aufmerksamkeit, Nähe, Zugehörigkeit.
Und Joe?
Er war Jury, Moderator und Publikum zugleich – mit undurchschaubarem Blick. Nur verschränkte Arme, spöttisches Hochziehen einer Augenbraue und dieser Blick, der mehr sagte als Worte:
"Überzeug mich. Wenn du kannst."

Sanna spielte.
Lächeln. Flirten. Zärtlichkeiten.
Wie eine verzweifelte Teilnehmerin, die spürt, dass der Recall längst ohne sie geplant ist.

Und Joe?
Der lehnte sich nur zurück und ließ sie zappeln.

Bewertete jede Geste, jede Regung, jeden Fehler – als wäre ihr Wert ein Quotient aus sexy, loyal und verfügbar.

In seinen Augen war Sanna nie genug.

Nie locker genug. Nie heiß genug. Nie „cool" genug.

Wenn sie ihm zu sehr auf die Pelle rückte: klammernd.

Wenn sie sich zurückzog: desinteressiert.

Wenn sie sich bemühte: peinlich.

Sanna passte sich an.

Die Mikrowelle blieb offen, weil es ihn störte, wenn sie zu war.

Ein Teelichthalter – rosafarben, zu feminin, zu symbolisch – wanderte diskret in den Schrank zurück.

Er hatte gemeint, das wirke einengend.

Und Sanna wusste sofort: Er meinte *sie*.

Ihr Dessousbild. Ihr Wunsch, sichtbar zu sein. Ihre leise Hoffnung, dass vielleicht mal eine Frau – irgendeine Frau – sein Zuhause betrat und sich sofort fragte:

„Ah. Da wohnt jemand mit ihm."

Genau das wollte sie.

Spuren hinterlassen. Beweise schaffen.

Nicht für Joe. Sondern für alle möglichen Nebenbuhlerinnen, die vielleicht irgendwann auf seinem Sofa saßen. Der Teelichthalter war nicht nur rosa – er war ein stiller Platzhirsch.

Doch jetzt stand er im Schrank.

So wie Sanna.

Unsichtbar.

Vorzeigbar nur nach Bedarf.

Sie kümmerte sich.

Massierte ihn, obwohl ihre Finger schmerzten.

Putze seine Kaffeemaschine, als hinge ihr Leben davon ab.

Brachte Essen, das er mochte, auch wenn sie selbst kaum Hunger hatte.

Alles war auf ihn ausgerichtet – jede Geste, jedes Wort, jede verschluckte Sorge.

Sie forderte nichts.

Gab alles.

Und wartete.

Wartete auf das Zeichen, das nicht kam.

Joe meldete sich nicht.

War online – aber nicht bei ihr.

Das Display blieb leer.

Und Sannas Kopf füllte sich stattdessen mit Fragen.

War er mit einer anderen im Chat?

War sie längst raus aus dem Spiel?

Sie fühlte sich als würde man ihr sagen, dass all ihr Sehnen, all ihr Tun falsch sei.

Dass Liebe nicht durch Einsatz verdient wird.

Sondern einfach… da ist.

Oder eben nicht.

Aber Sanna glaubte das nicht.

Sie war überzeugt: Wer nicht kämpft, hat verloren.

Sie wollte kämpfen.

Auch wenn sie längst dabei war, sich selbst zu verlieren.

Es begann mit einem „Bin müde, ich meld mich später" – und dann kam nichts mehr.

Mit einem „Muss früh raus" – als Ersatz für jedes Gespräch.

Mit einem „Nicht jetzt, bitte" – wenn sie zaghaft die Hand nach ihm ausstreckte.

Sanna spürte es.

Nicht als Donnerschlag, sondern als leises Bröckeln.

Wie Haarrisse in einer Wand, die plötzlich Licht durchließen – nur war es kein Licht, sondern Kälte.

Er wich ihr aus.

Nicht offensichtlich, aber bestimmt.

Wenn sie sich an ihn schmiegte, blieb sein Körper still. Starr.

Wenn sie versuchte, ihn zu berühren, sagte er manchmal sogar: „Lass das bitte."

Und das traf sie mehr als jede Ohrfeige.

Sanna hörte auf, es zu versuchen.

Sie hielt ihre Arme bei sich, als wären sie gefährlich.

Wie jemand, der gelernt hatte, dass Zärtlichkeit zur Strafe führt.

Sie wusste, dass eine weitere Berührung nicht Nähe brachte,

sondern Distanz. Nicht „Ich brauch dich", sondern „Ich will meine Ruhe."

Also rückte sie ab.

Nicht nur mit dem Körper. Auch mit ihrer Stimme. Ihren Fragen. Ihrer Hoffnung.

Sie massierte ihm trotzdem den Nacken, wenn er Schmerzen hatte.

Kochte sein Lieblingsessen, auch wenn sie selbst keinen Hunger spürte.

Schrieb in Zeiten der Abwesenheit „Ich vermisse dich", löschte es aber wieder. Und gelöschte Nachrichten hasste Joe.

Stattdessen wartete sie.

Auf den Blick, den Satz, das Zeichen, das ihr sagen würde: Ich bin noch hier.

Aber es kam nichts.

Aber es kam nichts.

Joe war anwesend – aber nicht mehr da.

Er sprach nicht über seine Gedanken.

Er fragte nicht nach ihren.

Er trank sein Bier, blickte aufs Handy.

Sie saß daneben.

Lächelnd. Schweigend.

Und spürte, dass sie längst allein war – obwohl er neben ihr saß.

Also stand sie irgendwann kommentarlos auf und ging ins Schlafzimmer.

Allein.

Ins Dunkel.

Nicht, weil sie schlafen wollte.

Sondern als stumme Inszenierung.

Als stummes "Merkst du was?" in Zimmerlautstärke.

Eine Reaktion provozieren. Eine Rückeroberung erhoffen.

Eine kleine Prüfung, die er – wie immer – nicht bestand.

Er kam nicht.

Sanna erzählte es später mit zitternder Stimme, als wäre sie auf offener Bühne zusammengebrochen und das Publikum hätte nicht mal geklatscht.

Sie dachte, dieser stille Rückzug – allein ins dunkle Schlafzimmer
– wäre ein Signal.

War es auch.

Aber eher eins mit der subtilen Subtilität eines Feueralarms.

Und Joe?

Joe roch das Drama, bevor sie das Licht ausknipste.

Und blieb demonstrativ sitzen.

Nicht aus Bosheit.

Aus Strategie.

Denn manipulatives Rückzugsverhalten kann man nur dann
effektiv einsetzen, wenn der andere mitspielt.

Und Joe spielte nicht.

Joe spielte nie, wenn er nicht der Regisseur war.

Und irgendwann fragte sie sich nicht einmal mehr selbst,
warum sie noch blieb.

Denn wenn man einmal angefangen hat, sich kleiner zu machen,
hört man irgendwann auf zu merken, wie wenig man noch da ist.

Nächster Tag

Sanna war außer sich. Mal wieder.

Diesmal ging es um ein Treffen von Joe mit einem Kumpel.
Ohne sie.

„Nur wir zwei. Männerabend." So hatte er es genannt.

Schon das allein war für Sanna ein kaum auszuhaltender Affront
– aber sie hatte, zähneknirschend, geschwiegen.

Weil sie gelernt hatte, dass offene Eifersucht zu Streit führte.

Und Streit führte zu Rückzug.

Und Rückzug bedeutete: Kein Herzchen, kein Stirnkuss, kein
„Ich vermisse dich".

Doch was sie hinterher erfuhr, war – aus ihrer Sicht – der
blanke Wahnsinn:

Die Ehefrau des Kumpels war wohl zeitweise im selben Raum
gewesen. Hatte mit am Tisch gesessen und sogar mitgeredet.

Das war der Moment, in dem Sanna innerlich explodierte.
Nicht, weil Joe sie ausgeschlossen hatte. Sondern weil *eine andere
Frau* dabei gewesen war.

Und wenn *sie* nicht dabei sein durfte, dann dürfe *auch keine andere* dabei sein. Nicht mal die Ehefrau seines Kumpels.

Das sei, so ihre Logik, „ein absolutes No-Go".

Melli rieb sich die Schläfen.

„Wie genau hast du dir das vorgestellt, Sanna?", fragte sie trocken.

„Dass Joe sagt: 'Hey, sorry, meine Freundin durfte nicht mitkommen – aber du auch nicht, okay? Das ist ein Männerabend. Jetzt geh bitte aus deinem eigenen Wohnzimmer.' Oder dass der Kumpel sagt: 'Schatz, du störst, verpiss dich mal für zwei Stunden'?"

Sanna verstand nicht, was daran so absurd war. Schließlich schickte Joe sie auch raus, wenn er Besuch bekam.

„Wenn er sagt, er will keine Frauen dabei haben, dann soll da auch keine Frau sitzen!", schrieb sie empört.

„Das ist sonst einfach respektlos!"

Melli schüttelte den Kopf.

Wieder einmal hatte Sanna die Welt in ihr absurdes Schwarz-Weiß-Raster gezwängt.

In dem sie Richterin war. Und Gesetzgeberin. Und moralische Instanz.

Und dann kam der eigentliche Skandal. Der Punkt, an dem sich Sanna endgültig in den Mittelpunkt ihres eigenen Universums katapultierte:

„Ich hab Joe gefragt, ob sie über mich gesprochen haben. Weißt du, was er gesagt hat?

NICHT EIN WORT.

Ich war gar kein Thema. Nicht mal ein einziges Mal.

Kein 'Wie geht's deiner Freundin?', kein 'Was macht ihre Arbeit?' Nichts."

Für Sanna war das wie emotionale Auslöschung.

Ein Abend, an dem ihr Freund Zeit mit einem anderen Menschen verbrachte – *ohne dass sie darin vorkam.*

Wie konnte man nur? Und dann war auch noch eine Frau dabei. Eine echte Frau. Mit Brüsten.

Melli starrte ungläubig aufs Handy.

Sie wusste nicht, ob sie lachen oder weinen sollte.

Dieses Maß an Selbstbezogenheit war… erschreckend.

Natürlich war es kein Problem, wenn man mal gerne wissen wollte, ob der Partner sich für einen interessiert. Oder ob er mit Freunden über einen spricht.

Aber das hier?

Das war Kontrollwahn, gekleidet als Liebesbedürfnis.

Das war: Ich bin das Zentrum – alles dreht sich um mich. Immer. Zu jeder Tages- und Nachtzeit. Und wehe, jemand redet über etwas anderes.

„Sanna…", schrieb Melli.

„Du kannst nicht verlangen, dass du Gesprächsthema bist, sobald dein Freund einen anderen Menschen trifft."

Aber Sanna zweifelte stattdessen *Mellis* Haltung an.

„Wenn Basti das machen würde – du würdest das auch nicht einfach hinnehmen!", warf sie ihr vor.

Melli schüttelte den Kopf. „Doch. Würde ich. Weil ich kein Überwachungsstaat bin."

Aber das verstand Sanna nicht. Wollte sie auch nicht.

Und Melli wurde einmal mehr klar:

Da stimmt was nicht. Nicht nur mit Joe. Auch bei Sanna.

Da war etwas Pathologisches. Etwas, das dringend therapeutisch aufgearbeitet gehörte.

Nur leider hatte Sanna auch das schon mal versucht.

Ergebnis?

„Ich war bei einer Therapeutin. Aber die war ständig anderer Meinung als ich."

Natürlich war sie das.

Denn eine gute Therapeutin nickt nicht alles ab, sondern hält Spiegel vor.

Und Sanna hatte keine Lust, hineinzusehen.

Melli wusste: Solange keine Einsicht da war – solange Sanna lieber Joe umerziehen als sich selbst hinterfragen wollte – war jede Therapie zum Scheitern verurteilt.

Kapitel 21 – Eier und andere Beweise

Sonntag
Ein unschuldiger Wochentag für die einen – für Sanna der ultimative Trigger.

Es war jedes Mal dasselbe: Kaum näherte sich das Ende ihrer Besuchszeit bei Joe, verwandelte sich der einst so aufmerksame Mann in eine Mischung aus Wetterbericht und Kühlschrank – kühl, vorhersehbar und emotionslos.

Kein Sex.
Kein Streicheln.
Kein „Ich werd dich vermissen".

Aber ein Ei.
Immer ein Ei.

Sanna hatte es bemerkt. Natürlich. Sie bemerkte *alles*.

Den Rest der Woche: Keine Eier. Kein Frühstücksei, kein Omelett, nicht mal Rührei oder ein Eibrot.

Aber Sonntagmorgen, wenn sie ihre Sachen zusammenpackte, sich innerlich bereits auf den kalten Abschied vorbereitete – **zack**: Ei. Hühnerei. Freilandhaltung.

„Melli, es ist doch auffällig! Die ganze Woche will er nichts. Und dann, wenn ich fahr, isst er ein Ei. Und rasiert sich. Überall."

Melli starrte aufs Handy. Las die Nachricht. Noch mal. Und atmete langsam durch, wie eine Therapeutin auf einer Lachgasparty.

„Du glaubst also, er bereitet sich mit Eiweißaufnahme und Ganzkörperrasur auf sein Fremdgeh-Abenteuer vor?"

„Er produziert Spermien, Melli. Für… na du weißt schon. Für den Montag"

Melli blinzelte. „Du meinst, als wär's ein 90er-Jahre-Tamagotchi, dem man vorher ein Ei geben muss, damit es Liebe zeigen kann? Das ist das absurdeste, was du jemals vermutet hast, ich kann mir nicht erklären, wie man da rauf kommt."

„Na er möchte dann genug Sperma haben"

147

„Der einzige noch denkbare Grund dafür wäre, wenn er ein Kind zeugen wollte"

„Na es soll halt genug sein, damit es nach was aussieht. Und damit die andere nicht merkt, dass er schon mit mir etwas hatte. Also muss er das dringend nachfüllen"

Melli schüttelte den Kopf. Dass Männer stolz auf ihre Potenz sind und auch die Größe ihre Gemächts ewig ein Thema ist, ist ja klar, aber dass man mehr Sperma produzieren will, wo sich das eh ständig nachbildet, hatte sie noch nie gehört. Und sie war früher durchaus kein Kind von Traurigkeit gewesen.

Aber Sanna war fest entschlossen. Der Eier-Sonntag war kein Zufall.

Das war Biochemie. Das war männliche Strategie.

Ein Ei – und schon war er frisch für die nächste.

Und als ob das nicht schon verdächtig genug wäre: **Keine Morgensex-Initiative.**

Normalerweise gab es zumindest ein müdes Fummeln, eine halbherzige Erektion im Halbschlaf – irgendwas.

Aber heute?

Nichts.

Nicht mal ein „Na, wie hast du geschlafen?"

Und während Joe sich seelenruhig seine Eier einverleibte, rasierte er sich mit einer Gründlichkeit, die Sanna fast beleidigte. Er hatte die gleiche Körperpflege betrieben wie er es bei ihr am Anfang getan hatte. Heute nicht mehr. Sie bekam piekende Stoppeln und wer auch immer sein Montags-Date war durfte sich über glatte Haut freuen.

Sanna wollte ein sanftes Gespräch. Ein bisschen Nähe. Ein kleines „Ich liebe dich" zur Beruhigung, damit sie auf der Rückfahrt nicht wieder zwanzig Statusbilder posten musste.

Aber Joe?

Der wollte sein verdammtes Ei. Und Ruhe.

Kaum war Sanna zu Hause angekommen, vibrierten die ersten Nachrichten aufs Handy.

Bestimmt will er nur wissen, ob ich gut angekommen bin, dachte sie. Kleiner Check-in. Liebevolle Geste. Kuss-Emoji vielleicht.

148

Was kam, war dies:

„Und danke auch, dass du MEINE Sonnencreme mitgenommen hast."

„Du hast nicht einfach etwas einzupacken, wenn du hier wegfährst. Ich hab die Kinder hier, falls du das vergessen hast. Die kommen heute."

Sanna starrte auf das Display.

Kein *„Gut angekommen?"*, kein *„Ich vermiss dich schon"*.

Nur Sonnencreme.

Vorwurf.

Empörung.

Sie tippte hilflos:

„Vorhin hast du noch gesagt, ich soll mich immer eincremen… Ich dachte, ich nehm meine mit, und du nimmst die Kindersonnenmilch. Ich hab sie doch selbst gekauft."

„Ich werd' bestimmt nicht Kindersonnenmilch benutzen. Schlag dir das mal schön aus dem Kopf"

„Ich bin kein Kind."

„Ist halt wieder typisch. Du denkst nie an andere. Ich hab das Gefühl du denkst überhaupt nicht"

„Jetzt kann ich zusehen, wie ich Sonnencreme besorgt kriege. Danke, dass du meinen Kindern unsere gemeinsame Zeit verdirbst und jetzt Supermarkt statt Schwimmbad angesagt ist."

„Wie blöd bist du eigentlich?"

Sanna kämpfte mit Tränen. Er klang wie ein verärgerter Lehrer, nicht wie ein Partner.

Sie schrieb an Melli:

„Das ist fies. Kein Liebesgruß, kein gar nichts. Nur Sonnencreme. Ich bin grad so geschockt."

Melli brauchte zwei Sekunden.

„Ernsthaft? Sonnencreme? Denkt der, Kindersonnencreme nimmt ihm die Potenz oder was?"

„Sorry, aber wie sehr kann man sich in seinem Ego verletzt fühlen, weil jemand eine Flasche Lotion mitnimmt?"

„Was kommt als Nächstes? Trennung wegen falsch eingestelltem Duschkopf?"

Sanna:

„Er flippt richtig aus. Er sagt, das zeigt, wie egoistisch ich bin…
Und dass ich nie mitdenke."

„Dabei war es MEINE Creme!"

Melli (trockener als die Sahara):

„Klar, logisch. Sonnencreme einkaufen – das ist eine
Zumutung ersten Grades.

Man hätte ja auch gleich fragen können:

'Hey Schatz, hast du Lust, heute ein kleines Experiment in
seelischer Grausamkeit mit den Kindern zu machen?'

Kein Wunder, dass er ausgerastet ist.

Ich mein – eine neue Sonnenmilch holen?

Das zerstört natürlich sofort das zarte emotionale
Gleichgewicht der kompletten Familie.

Direkt danach hätten sie alle Therapieplätze buchen können."

Mellis Gedanken, irgendwann zwischen Augenrollen und
einem Kaffee:

Sie spürte es mit jeder Faser – Joe wurde immer toxischer.
Nicht nur unnahbar. Nicht nur wankelmütig. Nicht nur das
personifizierte Vielleicht.
Sondern aktiv bösartig.
Dieses Maß an übersteigerter Empörung, an inszenierter
Kränkung – das war kein simpler Konflikt.
Das war Machtdemonstration.
Narzisstische Eskalation, Stufe: Erhabene Krümelsuche.
Sanna hätte auch den falschen Deckel auf die Zahnpasta
gemacht, er hätte es als Angriff auf seine Existenz gewertet.

„Es geht nicht um Sonnencreme. Es geht nie um
Sonnencreme. Es geht um Kontrolle. Und um Macht. Und
darum, dass du dich schlecht fühlst – ohne dass er je sagen muss,
dass du schuld bist."

Dann kam der eigentliche Tiefpunkt:
Sanna schickte Joe eine Nachricht. Ruhig. Verständlich.
Versöhnlich.

„Ich möchte, dass du dich beruhigst und wir wieder normal reden. Das hier ist kein Grund für Stress. Ich hab es nicht böse gemeint."

Joes Reaktion?

Funkstille.

Ein Haken.

Kein Gelesen. Kein Zeichen. Keine Reaktion.

Melli starrte ins Leere.

Ihr Sarkasmus war plötzlich erschöpft.

Was sagt man jemandem, der eine Beziehung führt, in der Sonnencreme die Hölle entfacht?

Sie schrieb:

„Er ist ein Narzisst, Sanna. Und du bist nicht seine Partnerin. Du bist sein Spielball. Du darfst nur leuchten, wenn er dich anknipst."

„Und wenn du aus Versehen die falsche Creme mitnimmst, ist das wie ein Machtverlust. Und weißt du, was narzisstische Männer am wenigsten ertragen können? Wenn man ihnen nicht ständig bestätigt, dass sie der Nabel des Sonnensystems sind."

Sanna las. Und schwieg.

Aber das war es, was Melli dachte:

Joe hatte ihr gerade klargemacht, dass selbst Lotion eine Waffe sein konnte.

Und dass Sanna jederzeit zur Zielscheibe wurde – wenn sie nicht funktionierte.

Perfekt. Unterwürfig. Nützlich.

Und Sanna?

Die schrieb an Melli:

„Ich glaub, er will, dass ich Schluss mache… Damit er der Gute bleibt."

Melli schüttelte den Kopf.

Und dachte:

„Oder damit er sich später als Opfer inszenieren kann, wenn er der Nächsten erklärt, dass du ihn immer so enttäuscht hast.

Und er sich *leider* trennen musste. Dann bist du auf einmal die bösartige Ex, wie jetzt seine Frau."

Zwei Tage zuvor hatte Joe noch von Urlaub mit ihr gesprochen. *"Wenn du magst, fahren wir gemeinsam."*
Sanna hatte das „wir" gehört wie ein Hochzeitsgelöbnis.
Er meinte sie. Und sich.
In einem Satz.
Gemeinsam.

Und heute? Heute war sie laut Joe eine egoistische Sonnenmilchräuberin. Die *"einfach so"* Sachen einpackt. Ohne zu fragen. Ohne zu denken. Ohne Rücksicht.

Sanna wischte sich eine Träne weg.
Er war doch noch so süß gewesen…
Er hatte gesagt, sie sei schöner als seine Ex. Und **weniger scheiße**.
Das konnte kein Narzisst sein.
Ein Narzisst sagt sowas nicht. Oder?

Melli, innerlich längst am Rande einer Zynismusvergiftung, schüttelte gedanklich den Kopf.
„Ein Mann, der seine Freundin schlägt, ist vermutlich auch mal nett. Hält ihr vielleicht die Tür auf. Bringt Blumen. Fragt, ob sie gut geschlafen hat.
Das macht die Schläge trotzdem nicht ungeschehen.
Ein paar freundliche Gesten verwandeln keinen Schläger in einen Softie.
Genauso wenig wie ein paar vermeintlich liebevolle Momente aus Joe plötzlich einen verlässlichen Partner machen. Er ist, was er tut. Und das meiste, was er tut, tut weh."

„Ich denke, es ist mein Fehler. Vielleicht beendet er es jetzt. Ich hab's kaputt gemacht."

„Er beendet gar nichts. Er will Drama. Das ist seine Art, Nähe zu erzeugen: Chaos. Schuld. Einschüchterung."
„Du sollst dich klein fühlen. Und dich entschuldigen. Am besten für alles seit 1997."

Sanna schüttelte den Kopf, aber irgendetwas in ihr klammerte sich weiter fest.

Er hatte doch gesagt, er liebt ihre „Ecken". Ihren „Titsch".
Er hatte gelacht. Gesagt, sie sei stark. Verrückt. Etwas
besonderes.
Er hatte doch über Urlaub gesprochen…

„Vielleicht ist das mit der Creme einfach ein Trigger. Weil er
sich nicht gesehen fühlt."

Melli las. Und starrte in ihr Handy.

Täuschung in Reinform.

Delusion deluxe.

Sanna hatte offenbar wieder ein Monatsabo auf
Selbstverleugnung abgeschlossen.

„Er macht gar nichts bewusst. Er ist einfach so. Es ist nichts
gelogen. Es ist einfach nur narzisstisch instabil."

„Aber… aber… vorhin hat er noch gesagt, dass ich eine tolle
Frau bin. Dass ich anders bin. Dass er mich will."
„Vielleicht gibt er mir nur das zurück, was seine Ex verdient
hätte? Vielleicht ist das alles ein Schutzmechanismus?"

„Aha. Therapie by Revanche. Süß. Und was bist du in dem
Szenario? Der Sandsack?"
„Oder der emotionale Rebound-Schuhabtreter?"

Sanna ignorierte das.

„Ich will nicht glauben, dass er Narzisst ist. Ich will nicht
wieder von vorne anfangen. Nicht nochmal…Und außerdem:
Seine Mutter mag mich!"

Melli denkt aber spricht es nicht aus:

Na dann – Schwiegermuttersiegel! Jackpot! Scheiß auf Empathie –
Hauptsache die Schwiegermutter findet dich nett.

Dann kam der Anruf. Joe.

Sanna meldete sich mit einem nervösen Lächeln. Vielleicht
würde er sich entschuldigen.

Falsch gedacht.

Joe: „Ich bin halt ein Korinthenkacker, ja – aber dann brauch
ich auch, dass du dich entschuldigst. Weil du den Fehler gemacht
hast. Nicht ich."

153

Sanna stand der Mund offen. Wie paralysiert.

Er klang nicht mal sauer. Nur... überzeugt. Von sich. Und seiner Sonnencreme-Philosophie. Und er verlange eine Entschuldigung.

Später berichtete sie Melli von dem Gespräch.

„Ich war so überrumpelt... hab mich entschuldigt, um meine Ruhe zu haben. Ich konnte nicht mehr denken."

„Ja klar. Weil er dich schon so eingeschüchtert hat, dass du für alles die Verantwortung trägst. Auch für die Wetterlage und den Rückgang der Bienenvölker. Natürlich. Diese grausame Demütigung durch Kindersonnenmilch. Er sollte sich einen Trauerflor um die Flasche binden."

„Aber es lief doch gut. Eigentlich..."

„Gut? Das läuft wie ein versehentlich gestarteter Raketenabschuss. Mit dir im Triebwerk."

„Ich will nur, dass er mir wieder schreibt. Dass er meine Nachrichten liest... Ich hab ihm geschrieben: ‚Bitte lies meine Nachrichten wieder, und schreibe mir, wie du kannst. Du bedeutest mir sehr viel. War das okay?"

„Nein. Das war eine Demutsbitte an den Sonnencreme-Gott. Der sitzt gerade vermutlich mit Luca auf dem Balkon, cremt sich mit Erwachsenen-Lotion ein und lacht über die Nachricht."

„Aber ich hab ihm vorhin doch noch gesagt, dass ich ihn lieb hab... Und dann kam nichts zurück also fragte ich ihn, warum er es nicht erwidert. Und da sagt er nur: ‚Was ist das denn für eine Frage? Du brauchst auch immer Bestätigung?!'"

„Ja. Weißt du warum? Weil er dich damit kontrollieren kann. Mal gibt er dir was – dann wieder gar nichts. Und du läufst wie ein Bluthund hinter jeder kleinen Geste her."

„Aber... ich liebe ihn. Und ich... ich kenne niemanden, der solche Worte nicht erwidert. Ich versteh's einfach nicht..."

„Weil du einem leeren Akku ein Ladegerät zeigst und hoffst, er lädt sich durch Liebe auf."

Sanna saß auf dem Sofa, die Stirn in Sorgenfalten gelegt, das Handy wie einen Talisman zwischen den Fingern. Sie starrte auf den letzten Haken unter ihrer Nachricht. Nur einer. Keine zwei.

Kein „Gelesen". Kein „Antwortet …". Keine Rückmeldung.
Nicht einmal ein Emoji in Sicht.

„Vielleicht ist es ein Machtspiel?", schrieb sie an Melli.
„Vielleicht gibt er mir gerade das, was er seiner Ex geben wollte,
weißt du? Sozusagen Umleitung des emotionalen Sondermülls.
Weil sie ihn so verletzt hat."

Melli tippte zurück, kurz und trocken wie ein altes
Knäckebrot:
„Kann sein. Aber was ändert's?"

„Er liest ja nicht mal mehr meine Nachrichten, so kenne ich
ihn nicht. Das ist nicht Joe", jammerte Sanna, als wäre das ein
Notruf an die UN.

„Dann bringt's auch nix, wenn du noch mehr schreibst", kam
es von Melli, inzwischen mehr gelangweilt als besorgt.

„Er liest sie IMMER auf der Uhr!", insistierte Sanna.

Sieht man ja, dachte Melli.

Doch Sanna war schon beim nächsten Plan:
„Findest du *miss you* doof? Einfach so?"

Melli verdrehte die Augen. „Du willst doch eh nur, dass er's
zurückschreibt. Und genau deshalb tut er's nicht. Und du musst
ihm nicht ständig sagen, wie viel er dir bedeutet. Er weiß es. Es
ist nichts Besonderes mehr, wenn man's alle drei Stunden sagt."

„Ich möchte nur mal, was hören von ihm, ich vermiss ihn.
Ich will ja nicht 24/7 schreiben, aber alle 4,5,6 Stunden ist mir
DANN … DEFINITIV zu wenig."

Es war 20:19 Uhr, und Sanna stand kurz vor der Implosion.
Joe hatte die Nachricht noch immer nicht gelesen.
Seit Stunden.
Also *wirklich* seit Stunden.
Nicht Minuten. Nicht „kurz beschäftigt".
Stunden.

Und das hatte er noch **nie** getan.
Nie. Nie nie nie.
Sanna war sich sicher:
So. War. Es. Noch. Nie.

Dass sie das *jede Woche* behauptete,
war dabei nebensächlich.

Er hatte IMMER geschrieben.
Spätestens nachdem die Kinder schliefen.
Das war sein Muster. Sein Versprechen. Sein... Rhythmus.
Und heute?
Stille.

Während Sanna innerlich Formulierungen jonglierte,
hatte sie längst Tränen in den Augen,
einen Kloß im Hals,
und die feste Überzeugung, dass sie am liebsten sterben würde.
Weil Joe nicht auf sein Handy geschaut hatte.

Aber Sanna ließ sich nicht aufhalten.
Nicht vom gesunden Menschenverstand.
Nicht von Realitätsabgleich.
Nicht mal von der Tatsache, dass Joe sie regelmäßig wie ein
lästiges Pop-up-Fenster behandelte.

„Ich lieb ihn ja," schrieb sie.

Klar. Und der Hund, der täglich beißt, hat halt auch ganz
süße Ohren.

Sanna lebte emotional gesehen in einem Disneyland mit
Stromausfall. Sie klammerte sich an die Idee, dass Joe nur
deswegen so unnahbar war, weil er heimlich innerlich zerbrach.
Oder weil seine Ex-Frau ihm einst zu wenig Aufmerksamkeit
geschenkt hatte und er das als besonders gefühlvoller Mensch
einfach nicht verkraftete. Oder weil das Universum ihn dazu
zwang, ihre Nachrichten zu ignorieren.

Dabei war die Wahrheit schlicht:
Joe wollte seine Ruhe. Joe hatte kein Interesse. Joe nutzte
Machtspiele wie Sonnencreme: reichlich und täglich.

Aber Sanna?
Sanna wollte nicht verstehen. Sie musste einfach noch ein
paarmal schreiben, wie sehr er ihr fehlt, wie viel er ihr bedeutet
und wie schön es mit ihm ist, dann würde er das endlich
erwidern!

Sanna spielte an einem kaputten Automaten weiter, in der Hoffnung, irgendwann kommt doch noch der Hauptgewinn.

Kapitel 22 – Verdachtsfälle

Es war nur ein Satz.
Eine kleine Nachricht.
Aber für Sanna war es ein Donnerschlag.

„Sorry, Schatz. Konnte nicht telefonieren. War noch schnell mit den Kids Eis essen."

Eis.
Joe.
Eisdiele.

Etwas stimmte nicht.

Er hasste Eisdielen.
Nie hatte er mit ihr dort sitzen wollen. Nie hatte er Lust gehabt.
Und jetzt, plötzlich, war er dort gewesen?

Ein Riss zog sich durch ihre Gedanken.
Was, wenn es nicht nur mit den Kindern war?
Was, wenn er dort mit jemand anderem saß?
Was, wenn er sich gerade einen Ausweg bereitete – den weich gepolsterten Übergang zu einer neuen?

Sanna starrte auf den Chatverlauf. Suchte nach Unstimmigkeiten.
Nach Sekunden, nach Wörtern, die nicht zu seinem üblichen Stil passten.

Melli antwortete nüchtern:

„Ich sehe nichts Verdächtiges. Aber bei ihm – trau ich's ihm zu."

Ein Satz wie ein Schlag.
Denn es bedeutete:
Es war nicht nur ihre Paranoia.
Nicht nur ihr ängstliches Hirn im Alarmmodus.

Da war eine reale Möglichkeit.
Eine, die zu Joe passte.
Eine, die sie sich lange nicht hatte eingestehen wollen.

Und wieder wurde ihr bewusst:
Vertrauen war in dieser Beziehung keine Basis.

Es war eine Hypothese.

Eine, die täglich aufs Neue bewiesen werden musste.

Und jeden Abend aufs Neue zerbrach.

Oh Sanna, das war mal wieder ein Auftritt ins Leere.
Ein Röckchen, ein Top – exakt sein Geschmack. Sie hatte sich zurechtgemacht wie zur Misswahl im Vorgarten, nur dass die Jury wieder mal nicht erschien. Statt bewundernden Blicken, statt einem „Wow, du siehst toll aus", kam... nichts. Kein Zucken. Kein Kompliment. Kein „Du bist wunderschön". Nicht mal ein *anstandsbedingtes* „Hübsch siehst du aus".

Joe kam vom Biken.
Verschwitzt, zufrieden, in seiner Joe-Welt.
Und Sanna?
Sie stand da, mit Lippenstift und leiser Hoffnung, als wäre das ein Ritual, das endlich den „Ich liebe dich"-Zauber auslösen würde.

Doch stattdessen bekam sie nur den Kontrast in Reinform:
Sie lobte *ihn*.
„Du riechst gut. Du siehst gut aus."
Und er? Reagierte wie auf einen Wetterbericht.
„Danke."
Trocken. Nutzlos. Gefühlskalt wie eine Parkuhr.

Natürlich bohrte es in ihr. Natürlich kam die Frage: „*Meinst du, das meint er nicht böse?*"
Aber seien wir ehrlich –
Joe meinte es **nicht** böse.
Er meinte es einfach gar nicht.

Denn Joe war **nicht der Typ**, der zurückgibt.
Nicht emotional. Nicht verbal. Nicht in diesen Momenten, die Sanna sich so sehr ausmalte.
Und nein, das war nicht immer narzisstisch – manchmal war es einfach nur...
emotional untertourig.

Aber das ist das eigentlich Tragische: Sanna interpretierte
jedes Schweigen als Urteil,
jede ausbleibende Reaktion als Ablehnung,
jeden fehlenden Blick als: "Du bist mir egal."

Und was dann passierte, war das typische Muster: Sie fragte sich, *ob er sie liebt,*
ob sie nicht *einfach zu viel erwartet,*
ob sie vielleicht *doch noch was tun kann,*
damit *er endlich fühlt, was sie fühlen will.*

Melli wusste längst, wie diese Gedankenspirale aussah.
Und sie wusste auch:
Sanna versuchte, einen Stein zum Singen zu bringen.

Aber der Stein war einfach nur… ein Stein.

„Ich kann nicht entscheiden. Ich bin nicht mehr in der Lage, so zu entscheiden, dass es mir gut geht."

Sanna saß da, das Handy heiß in der Hand. Ihr Herz raste.
Sie wusste nicht mehr, was richtig war. Was falsch. Was überhaupt noch real war.
Sie wollte ihn nicht verlieren.
Aber sie wollte auch nicht in dieser Hölle weiterleben.
Und irgendwo tief in ihr – ganz, ganz leise – flüsterte eine Stimme, dass es nie an ihr gelegen hatte.
Aber diese Stimme war zu schwach gegen das Dröhnen der Angst.

Sie musste nachsehen.
Nur ein Blick.
Ein letzter.
Sie öffnete Tinder.
Sein Profil – verändert. Wieder. Ein neues Foto. Eines dass SIE gemacht hatte. Das Lächeln, das ihr galt, zweckentfremdet für sein Balzritual.

Ein Kältestrom lief ihr über den Rücken.
Er hatte gelogen. Natürlich hatte er gelogen.
Er war online gewesen. Aktiv.
Er suchte weiter. Nach was – oder wem auch immer.

„Ich bin nicht seine Frau. Ich bin eine Station. Vielleicht sogar nur ein Lückenfüller."

Sie wollte Melli schreiben. Wollte sagen: „Ich dreh durch."
Oder: „Ich kann nicht mehr." Oder vielleicht nur: „Sag was."

Aber alles, was ihr einfiel, war:
„Wer bin ich eigentlich?"

Joe rief an.
Sanna nahm ab wie ferngesteuert.
Ihre Stimme klang ruhig.
Ihre Gedanken – ein Trümmerfeld.

„Schatz... ich hoffe, die Frage ist okay... Ich will einfach nur wissen... bist du glücklich mit mir?"

Einatmen.
Schweigen.
Dann diese Stimme, langsam und kalkulierend:

„Warum fragst du das?"

„Weil ich es wissen will."

Stille.

„Sanna, wir haben eine Beziehung. Ich stell dich meiner Mutter vor. Ich verbring Zeit mit dir. Du sollst nicht immer alles hinterfragen."

Hinterfragen.
Ein Wort, das in Joes Welt gleichbedeutend war mit: **Mach kaputt.**

„Und Tinder?"

Ihre Stimme zitterte nicht. Nur ihr Herz.

„Ach komm schon, Schatz. Das ist nichts. Ich geh da nie drauf."

Aber sie hatte es gesehen.
Die App war geöffnet worden. Das Profil verändert.
Er wusste, dass sie es wusste.
Und er log.

„Du musst aufhören, so zu zweifeln. Das macht alles kaputt."

Genau.
Das war der Kern.
Die dunkle Krone all ihrer Ängste.
Dass **sie** es war, die alles zerstörte.
Dass **sie** der Grund war, wenn er sich entzog.

„Ich liebe dich", flüsterte sie.

161

Er seufzte.

„Ich dich auch."

Es klang nicht wie Liebe.

Es klang wie: *Na gut.*

Wie: *Wenn du es brauchst.*

Wie: *Lass mich jetzt in Ruhe.*

Sanna saß auf der Bettkante, das Handy in der Hand verkrampft wie ein letzter Halt.

Joe war nicht einfach nur ein Mann.

Er war Projektionsfläche. Hoffnung.

Er war ihr Exit aus einer Vergangenheit, die sie abschütteln wollte.

Und sie würde ihn retten.

Wenn sie nur stark genug war.

Wenn sie nur die perfekte Mischung fand: aus Sanftheit und Widerstand.

Nicht zu viel. Nicht zu wenig.

„Er braucht Grenzen."

„Er will Paroli."

„Er hat bei seiner Ex geliebt, dass sie ihm Kontra gab."

Sie war nicht wie seine Ex.

Sie war besser.

Sie würde es beweisen.

Sie würde **die** Frau sein – die, die ihn nicht kaputtmachte, sondern heilte. Er selbst hatte ja schon einmal gesagt, sie sei „weniger scheiße" als die Ex. Und mit der war er 13 Jahre zusammen. Dann könnte das mit ihnen noch länger halten.

Joe war kein schlechter Mensch.

Er war nur… kompliziert.

Ein Hitzkopf, ja.

Aber auch zärtlich.

Er hielt sie manchmal, wenn sie weinte.

Er sagte, dass sie klug sei.

Dass sie ihn herausfordere.

Dass sie sein Gegenstück sei.

Aber dann kamen die Nächte.

Die Momente, in denen sie sich an ihn schmiegte – und er sich abwandte.

„Lass das bitte", sagte er.

Nicht unfreundlich.

Aber kalt.

Grenzend.

Final.

Sie fragte nicht. Vorübergehend.

Weil sie gelernt hatte: **Fragen zerstören.**

Seine Worte hatten sich eingebrannt.

Wie Narben auf weichem Gewebe.

„Sowas kann alles zerstören."

Was genau?

Dass sie Nähe suchte?

Dass sie fragte?

Dass sie ihn noch lieben wollte?

Sanna wusste, dass sie nicht klammern durfte.

Dass Männer Freiheit brauchten.

Dass man nicht zu fordernd sein durfte.

Dass man ruhig bleiben musste, auch wenn man innerlich schrie.

Aber sie wusste auch, dass es nicht normal war,
nachts in einem Bett zu liegen
neben dem Mann, den man liebt,
und sich zu fühlen wie ein Störgeräusch.

War es?

Sie musste es Melli sagen.

„Er hat wieder sein Profil geändert."

Keine Überraschung mehr.

Nur dieses kalte Stechen, irgendwo zwischen Magen und Brustbein.

Der Moment, in dem die Hoffnung wieder mal auf den Boden klatschte – wie ein Glas, das man viel zu oft hat fallen lassen.

Und trotzdem…

war da dieser eine Gedanke: *Vielleicht war's ein Versehen.*

Vielleicht hat er nur die App versehentlich geöffnet.

Vielleicht ist das alles gar kein Zeichen.

Vielleicht.

Aber Melli glaubte nicht an *Vielleicht*.

Ein Tinder-Profil ändert sich nicht zufällig.

Es ist kein nervöser Daumen, der auf dem Sofa ausrutscht und plötzlich die Beschreibung löscht, die Kinder aus den Bildern radiert und „Feste Beziehung gesucht" in „Mal sehen, wohin es führt" verwandelt.

Niemand wacht schlaftrunken auf, greift nach dem Handy, und zack – ohne es zu merken – ersetzt er die gemeinsame Urlaubsaufnahme mit einem Sixpack-Spiegelselfie im Fitnessstudio.

Ups.

Kann ja passieren.

Das Ändern eines Profils ist eine Kunst.

Eine Performance.

Eine kleine, digitale Selbstinszenierung – mit Botschaft.

Und mit maximaler Wirkung.

Melli wusste das.

Sanna wollte es nicht wahrhaben.

Sanna klammerte sich lieber an den Gedanken, Joe hätte **versehentlich** die App geöffnet, sie **versehentlich** aktualisiert, **versehentlich** neue Bilder hochgeladen, **versehentlich** seine Kinder gelöscht, **versehentlich** das Wörtchen „Beziehung" entfernt – und dann **versehentlich** auf „Speichern" getippt.

Klar. Kann ja mal passieren.

So wie man versehentlich eine Bewerbung schreibt.

Oder versehentlich heiratet.

„Gehen. Ganz einfach. So lässt man sich nicht behandeln."

„Ich will ihn aber nicht verlieren."

„Du verlierst dich selbst, wenn das so weitergeht."

„Ich muss ihm sagen, dass ich das alles bemerkt habe. Mit dem Profil und den veränderten Kilometern. Und dann fragen, wozu er Tinder noch nutzt"

„Ähm… das kommt super creepy kontrollierend rüber."

„Naja, wie würdest DU das formulieren, dass es halt nicht so rüber kommt?"

„Ich kann keinen solchen Satz erfinden. Einen Satz zu finden, der das nicht scheiße rüberkommen lässt, ist wie zu versuchen, jemandem heimlich eine Fußfessel anzulegen – aber so zu tun, als wäre es ein Freundschaftsarmband. Sei einfach direkt, wenn du es schon ansprechen musst"

Doch Sanna war nicht Melli. Sie wollte *nicht* direkt sein. Sie wollte elegant misstrauisch sein. Die elegante Eifersüchtige. Die, die einen halben Vorwurf als Gefühl formuliert und sich dabei charmant entschuldigt.

Also hatte sie es angesprochen.

So weichgespült wie möglich:

„Das mit Tinder macht's mir manchmal ein bisschen schwer, locker zu bleiben."

Ein bisschen schwer.

Nicht: *Ich überwach dein Profil wie eine kriminelle Analystin.*

Nicht: *Ich habe einen Screenshot-Ordner mit Kilometerständen.*

Aber Joe war nicht blöd. Und definitiv nicht locker.

„Find ich scheiße, dass du mir sagen willst, ich soll Tinder löschen", hatte er gesagt.

„Hab ich nie gesagt", erwiderte sie.

„Doch, indirekt. Kommt so rüber."

Sie hätte ihn schlagen können. Nicht weil er log – sondern weil er so verdammt geschickt darin war, ihr *seine* Unzuverlässigkeit als *ihren* Kontrollwahn zu verkaufen.

Tinder war nur das Symptom.

Das Fieberthermometer, das anzeigte, wie brüchig das Fundament war.

Und Sanna saß da – mit einem Thermometer im Mund – und redete sich ein, dass 39,8 Grad vielleicht auch einfach „ein bisschen warm" seien.

Aber Sanna musste ihm **irgendwie** zeigen, dass sie verletzt war.

Reden ging ja nicht. Gefühle offen ansprechen? Uff, gefährlich.

Zu groß die Angst, dass Joe dann wieder von „negativer Energie" faselte
und ihr den Gesprächszugang wie ein Türsteher vorm Club verweigerte.

Also musste ein Zeichen her.
Ein stilles, aber bedeutungsvolles Zeichen.
Und da kam ihr der *perfekte Plan*:

Das. Profilbild. Löschen.

Ja.
Weil Männer bekanntlich emotionale Feinfühligkeit auf atomarer Ebene besitzen.
Weil sie sofort spüren, wenn ein kleines JPEG verschwindet.
Weil ihnen dann siedend heiß einfällt:
„Oh Gott, hab ich sie etwa verletzt? Sie hat kein Bild mehr! Ich sollte anrufen. Und weinen. Und alles wiedergutmachen."

Klar.

Joe, der emotionale Seismograf.
Er schlägt bei jedem gelöschten Icon sofort Alarm.
Herzschlag, Schuldeingeständnis, Beziehungsgespräch – alles ausgelöst durch ein Pixelbild.

Melli hatte ihr geschrieben: *„Für einen Mann bedeutet das einfach gar nichts."*
Und gemeint war: **Null. Nada. Niente.**
Aber Sanna war längst im nächsten Akt ihres inneren Dramas.
Sie redete von Gesprächen, die sie „nicht führen könne", weil er eh nicht zuhöre.
Und dann – der Höhepunkt –
kam sie auf die Idee, mit Joes Mutter zu reden.

Seiner. Mutter.

Nicht, um zu petzen.
Natürlich nicht. Sanna wollte ja nur mal *ganz unauffällig* nachfragen.
Wie sie Tinder so findet.
Ob sie das… sagen wir mal… *problematisch* fände,
wenn ihr Sohn während einer Beziehung auf Partnersuche bleibt.
Vielleicht – ganz vielleicht –

würde sie dann mit ihm sprechen.

Ihm ins Gewissen reden.

Ihm Tinder verbieten,
so wie früher die Playstation nach schlechten Noten.

Sanna nannte das *sich einen Rat holen.*

Melli nannte es: **emotionale Fremdsteuerung über den Umweg Mama.**

Denn wer braucht schon Selbstachtung,
wenn man auf die moralische Richtlinie einer Frau setzen kann,
deren größter Erziehungs-Coup offenbar darin bestand,
einen emotional tauben Egomanen großzuziehen?

Sanna stellte sich das wahrscheinlich so vor:
Die Mutter legt Joe beim Kaffee die Hand auf den Arm,
blickt ihn tief an und sagt:
„Du, also das mit Tinder… das finde ich nicht so schön. Die Sanna liebt dich doch."

Und Joe sagt dann natürlich:
„Oh Mama, du hast recht. Ich lösche die App sofort und heirate sie."

Ach, Sanna.

Die Hoffnung stirbt zuletzt.

Bei ihr allerdings… stirbt sie gar nicht.

Melli hatte's versucht. Wirklich.

„Ich find's schwierig, da die Mutter reinzuziehen."
Was sie dachte, war:

Das hier ist kein Beziehungsgespräch. Das ist 'Bauer sucht Rat'.

Mit Schwiegermutter-Backdoor und emotionalem Spürsinn durch Küchentisch-Weisheiten.

Und dann kam, wie immer, Sannas tiefster Punkt:

„Du klingst, als wär ich ihm nur zum Vögeln gut genug."

Melli hatte nicht so *geklungen.*
Sie hatte es gemeint.

Weil es die Wahrheit war.

Erst kam der Sex. Dann der Rückzug. Dann ein bisschen Sorge –
aber nur, wenn's nicht unbequem wurde.

So eine, die sich gut sagen lässt, ohne etwas zu tun.

Sanna sollte über Nacht bleiben, weil er sich „Sorgen" machte.

Wie rührend.

Oder vielleicht, weil er keinen Bock hatte, den Abend mit Abschiedssätzen zu verschwenden

und es praktischer war, wenn sie einfach blieb.

Kein Aufwand, kein Hin und Her, kein Gewissen nötig.

„Aber er hat auch schöne Seiten", hatte Sanna geschrieben.

Natürlich hat er die.

Eine Mausefalle glänzt auch, bevor sie zuschnappt.

Ein schönes Gehäuse macht noch lange kein gutes Innenleben.

Aber Sanna sah das nicht.

Sie klammerte sich an das Glitzern

und ignorierte das Zucken.

„Ist doch auch dumm, das wegzuwerfen."

Und Melli dachte nur:

Dann musst du halt mit dem Mist leben.

Kapitel 23 – Splitter der Wahrheit

Ein neues Wochenende. Wieder Joe. Wieder der stille Kompromiss zwischen Hoffnung und Bauchweh.

Sanna fuhr wie gewohnt zu ihm – jedes zweite Wochenende gehörte ihr, weil die Kinder bei der Ex waren. Unter der Woche durfte sie für zwei, manchmal drei Tage reinschlüpfen in Joes Welt. Wie ein Gast im Hotel seiner Zuneigung – Zimmer mit Aussicht auf Nähe, Check-out jederzeit möglich. Dieses Mal war es anders.

Joe war anders.

Nicht böse, nicht gemein – aber leer. Nicht mehr auf Empfang, sondern auf Flugmodus. Und das Schlimmste: Er ließ sein Handy liegen. Einfach so. Auf dem Küchentisch. Auf der Couch. Manchmal im Bad. Sogar beim Duschen.

„Früher", sagte Sanna zu sich selbst, „hat er's sogar zum Müllrausbringen mitgenommen."

Das konnte nicht stimmen. Das war ein Zeichen.

Ein stilles Alarmsignal, das in ihrem Kopf lauter schrillte als jede Sirene.

Er war auch still. Kein Wort zu viel. Kein Kommentar, keine lustigen Anekdoten vom Tag. Und dann der Sex. Oder besser: das, was davon übrig war. Früher hätte er sie auf den Esstisch gezogen, noch bevor sie die Schuhe ausgezogen hatte. Jetzt? Jetzt war einmal täglich das neue Maximum. Und sogar das nicht sicher.

Er hatte sie *abgewiesen*. Sanna. Die Frau, die ihm mal *zu heiß* war.

Sie schrieb Melli.

„Denkst du, er geht fremd?"
„Hat er dir gesagt, er tut's nicht?"
„Ja."
„Dann sag ich dir was:
1.   Er hat's früher getan.
2.   Er hat stark narzisstische Züge.

Und er hat selbst gesagt, du würdest es nicht merken, wenn er's täte."

Sanna stockte. Sie las die Nachricht dreimal. Dann schrieb sie:

„Aber du hast mal gesagt, dass das früher war. Dass Menschen sich ändern können."

„Ja. Hab ich. Und ich hab auch gesagt: Ich weiß nicht, ob er's tut.
Aber statistisch gesehen: Wer einmal fremdgeht, geht eher nochmal. Und du weißt es nicht. Du weißt es nur, wenn du's wissen willst. Und das willst du nicht."

„Doch. Natürlich. Aber ich würde es merken! Ich spüre das!" Melli stöhnte.

Melli wusste, wie absurd dieser Satz war. „Ich würde es merken" – das hatten sie alle gesagt. Auch sie selbst.

Damals, mit Chris. Dem Meister der Doppelleben. Der stolz verkündet hatte, dass seine Exfreundin und seine Affäre in derselben Bar arbeiteten – und nichts voneinander wussten. Weil er ein so „guter Lügner" war. So hatte er es genannt. Guter Lügner – als wäre es eine Superkraft.

Und Melli? Sie war die lockere Affäre. Kein Monogamie-Vertrag, keine Ansprüche. Nur Kuscheln, Kaffee und gelegentlich ein Orgasmus. Als es mit ihnen begann, war er Single, sie hatte sich also nichts vorzuwerfen. Dann auf einmal gab es eine Freundin, von der sie aber erst Wochen später erfuhr. Aber sie wusste auch, dass der Freundin von ihm Treue wichtig war und er sie eiskalt belog. Trotzdem lief das Ganze fast 4 Monate lang relativ „entspannt" (abgesehen von gelegentlichen Ghosting-Episoden).

Bis sie plötzlich Gefühle bekam. Und unbequem wurde.

Und Chris? Begann zu lügen. Nicht, weil es nötig war. Sondern weil es in seiner DNA lag. Er hatte seine neue Freundin schon drei Monate lang parallel zu Melli gehabt – und das hatte sie erst mehrere Monate später bemerkt, als die Freundin ihr 6-Monatiges Beziehungsjubiläum postete.

Nein, man merkt es Narzissten nicht an, wenn sie lügen. Weil sie es selbst glauben.

„Aber Joe ist ehrlich. Wenn er lügt, würde ich das spüren!"

„Er hat dir schon gesagt, dass du's *nicht* merken würdest."

„Ja. Aber er hat das nur so gesagt. Aus Spaß. Als Witz."

„Sanna. Wenn ein Krokodil sagt: Ich fresse dich nicht. Und du steigst ins Wasser – bist du dann überrascht, wenn du keine Beine mehr hast?"

Stille im Chat.

„Ich will nur wissen, ob ich ihm vertrauen kann…"

„Du willst, keine Einschätzung, sondern nur das hören, was dir ein besseres Gefühl gibt.
Aber das kann ich nicht.
Er ist in deinem Kopf. Und er wohnt dort mietfrei.
So wie früher bei mir Chris. Der *so* gut log, dass ich mich heute noch frage, ob er überhaupt existiert hat."

Melli dachte weiter über Chris nach. Über diese seltenen, fast schon absurden Momente der Echtheit, die sie trotz allem an ihn banden. Nicht wegen, sondern **trotz** allem.

Denn ja – da war so viel Bullshit. So viele Stunden, in denen er nicht antwortete. Nachrichten, die er ignorierte. Liebesgeständnisse, auf die Schweigen folgte. Und trotzdem hatte sie ihn verteidigt, sogar vor sich selbst. Weil es diese **Splitter von Wahrheit** gab. Diese Sekunden, in denen die Fassade kurz flackerte.

Zum Beispiel, als er eines Nachts um drei völlig aufgelöst bei ihr anrief. Panik in der Stimme. Irgendwas mit einem Gerichtstermin, einem verlorenen Job oder seiner Mutter – sie wusste es nicht mehr genau. Aber sie war da. Wie immer. Wie bestellt. Und nicht mal das hat er gedankt. Er erwartete es einfach.

Oder der Geburtstag. Sie hatte ihm liebevoll gratuliert – mit Herz, Emojis und einem Foto – und seine Antwort war: **„Schick mir keine Nachrichten mehr, du ziehst mein Datenvolumen."**

Melli hätte den Chat löschen sollen. Hat sie aber nicht. Die Meinung hat sie ihm dennoch gesagt. Vermutlich auch etwas, warum sie irgendwann unbequem wurde.

Und doch – da waren auch diese **einzelnen, verstörend klaren Bekenntnisse**, die sie nie ganz losließen.

„Ich liebe niemanden", hatte Chris mal gesagt. Ganz ruhig. Ganz sachlich.

„Nicht meine Eltern. Nicht meine Ex. Niemanden. Ich benutze Menschen – mehr nicht."

Ein anderes Mal:

„Jeder ist ersetzbar. Man geht ein Stück gemeinsam – dann war's das. Warum macht ihr Frauen da so ein Drama draus?"

Oder diese Szene, in der er von seiner Ex sprach, als sie sich umzog. Melli war dabei. Und Chris machte eine Kotzbewegung hinter ihrem Rücken.

„Wenn sie mal richtig in den Arsch gefickt würde, würd sie vielleicht wieder freundlicher gucken."

Das war kein Spaß. Das war er.

Und dann – der krasseste Moment von allen.

„Mein Traum ist, einer Frau zum Abschied ins Gesicht zu spritzen und zu sagen: So. Jetzt kannst du gehen."

Melli wusste, dass das keine Show war. Kein Sarkasmus. Keine Provokation.

Das war Wahrheit. Roh. Hässlich. Ehrlich.

Und dann gab es noch den Moment, in dem sie als Psychologin eine Grenze überschritt und sagte:

„Bei dir ist in der Kindheit gewaltig was schiefgelaufen."

Er wurde still. Sah sie an. Und sagte nur:

„Ich war sehr allein."

Nichts weiter. Kein Witz. Kein Schutzreflex. Nur dieser eine Moment.

Vielleicht war es das, was sie festhielt. Dieses **eine Mal** Menschlichkeit in einem Meer aus Kälte.

Natürlich, Chris war ein Narzisst. Ein verdammter Blender. Aber Melli hatte ihn durchschaut – dachte sie. Bis sie selbst fiel.

Als sie Gefühle bekam. Als sie **nicht** mehr die coole, unverbindliche Affäre war, sondern zu viel wollte.

Ab da log er. So wie bei allen anderen.

Deshalb glaubte sie kein Wort, wenn Sanna sagte, sie würde es merken, wenn Joe lügt.

Man merkt es nicht.

Nicht bei Narzissten. Die glauben ihren Mist selbst – und verkaufen ihn so überzeugend, dass du irgendwann glaubst, du bist verrückt, wenn du zweifelst.

Melli wusste das. Sie war durch.

Aber Sanna?

Sanna glaubte noch, sie könnte sich an der Wahrheit festhalten, wenn sie nur tief genug bohrt.

Dabei stand sie schon längst bis zum Hals in der Lüge. Und nannte es Liebe.

Und Sanna?

Die hatte an diesem Wochenende einen geradezu obsessiven Appetit auf Eier.

Freitagabend zwei Spiegeleier.

Samstag chinesische Pfanne mit Ei.

Dann ein Kuchen – natürlich mit Ei.

Und als krönender Snack: drei hartgekochte.

Am Sonntag war keins mehr da.

Nicht ein einziges.

Joe würde also diesmal ohne sein Frühstücksei auskommen müssen.

Wenn sie alle Eier aufaß, konnte er ja nicht fremdgehen. Zumindest nicht an diesem Montag.

Kapitel 24 – Joes wahres Gesicht

Sanna lag im Bett, umgeben von Kissen wie eine Prinzessin in einem Festungskern. Nur dass das Schloss kein Happy End kannte – und der Prinz nicht ritt, sondern simste. Vielleicht. Vielleicht auch nicht. Joe hatte ihr geschrieben, dass er sich noch meldet – vor vier Stunden. Das Profil auf Tinder zeigte 73 km Entfernung an. Eine neue Entfernung, die kannte sie noch nicht. Er war also nicht bei seinem Kumpel und nicht zuhause. Eigentlich ist das alleine bereits höchst alarmierend, dass sie je nach der bei Tinder angezeigten Entfernung wusste, wo er war. Aber Sanna erwähnte diese Dinge, als wäre es das normalste der Welt und gehöre zu jeder Beziehung wie Turteln und Jahrestag.

Sie seufzte, biss sich auf die Unterlippe, löschte und schrieb dieselbe Nachricht zum vierten Mal neu.

Am Ende schickte sie einen langen Text, den sie selbst als „nicht böse gemeint" deklarierte. Natürlich war er es nicht. Es war eine Bitte. Ein Schluchzen in Buchstaben. Und wie immer, wenn sie etwas Wichtiges ansprach, schloss sie mit einem Satz, der wie eine Fußnote ihres Selbstwerts klang: *„Ich möchte nicht weg müssen, nur weil ich DAS frage…"* Joe kündigte inzwischen immer häufiger an, dass er Schluss machen werde, wenn sie weiterhin solche Dinge frage. Vermutlich wollte er auf diese Weise ihre Fragerei in den Griff bekommen, allerdings war die ja nur ein Symptom von Sannas Unsicherheit und diese würde durch solche Aussagen eher noch schlimmer als besser.

Joes Antwort kam prompt. Kurz. Abwertend. Ohne einen Funken Verständnis.

„Du willst nicht weg müssen? Dann *frag* doch sowas nicht!"

Sanna saß mit zitternden Händen im Bett, so dass der Text vor ihren Augen verschwamm.

„Aber ich wollte nur verstehen, warum du Tinder noch hast. Ich muss das doch einfach verstehen. Es war ja keine Unterstellung, dass du fremdgehst."

„Doch. Genau das hast du impliziert." Seine Stimme war schneidend. „Immer dieselbe Leier. Du und dein Misstrauen."

„Ich… Ich fühle mich einfach nicht gut damit. Es gibt mir das Gefühl, dass du… nach was Besserem suchst."

„Weißt du, was ich suche? Ruhe."

Sanna schluckte.

„Aber kann es sein, dass du das Zurückschreiben vergisst, wenn deine Kinder bei dir sind? Weil du abgelenkt bist? Oder schreibst du dann absichtlich nicht zurück? Fühl mich dann nicht gut, wenn ich so lange auf eine Antwort warten muss."

„Wenn du willst, dass ich bleibe, dann hör auf mit der Scheiße. Immer dieses Gejammere. *Warum hast du nicht geantwortet? Warum warst du auf Tinder? Warum hast du mich nicht vermisst?* Boah, Sanna. Du gehst mir auf den Sack. Ich will das nicht hören! Ich VERBIETE dir solche Fragen. Sonst bist du garantiert weg!"

„Ich… Ich will dich nicht verlieren", flüsterte sie.

„Dann lass es endlich. Vielleicht kannst du das einfach nicht abstellen. Vielleicht bist du wirklich ein bisschen… krank im Kopf, ja?"

Später.

Melli starrte aufs Handy. Die Nachrichten von Sanna prasselten wie Platzregen auf sie ein.

„Er hat mich gefragt, ob ich ein bisschen krank im Kopf bin!", schrieb sie. „Ich darf ihm jetzt nicht mehr schreiben… Vielleicht darf ich morgen früh wieder…"

Melli ließ das Handy sinken. „**Darf**…Ich kotz gleich", murmelte sie in die Dunkelheit ihres Zimmers.

Dann antwortete sie:

„Sanna. Das ist keine Beziehung mehr. Das ist ein Regime."

Sanna versuchte zu retten, was nicht mehr da war. Sie schrieb:

„Aber ich will nur, dass er sich wieder beruhigt…"

„Du willst, dass ein Mensch sich beruhigt, der dich gerade gefragt hat, ob du geistig krank bist, weil du dich verletzt fühlst. Merkst du noch was?"

175

„Ich weiß. Aber ich liebe ihn.“

„Du liebst jemanden, der dich umerzieht wie ein störrisches Haustier.“

„Ich weiß nicht mehr, was richtig ist. Wie kann ich ihn denn besänftigen und es retten, ohne mich kleinzumachen? Das muss doch irgendwie gehen“

„Du willst, dass er bleibt, ohne dich kleinzumachen? Das geht nicht. Du willst ein rotes Kleid, das aber bitte grün sein soll.“

Später in der Nacht. Noch ein Versuch.

Sanna schrieb Joe: „Ich wollte nicht vorwurfsvoll sein. Ich habe nur gefragt, ob du Dinge manchmal vergisst, wenn du deine Kinder hast.“

„Ich hab dir gesagt, dass ich sowas nicht hören will. Wenn ich sage, dass ich sowas nicht hören will, dann sollst du’s lassen. Merken. Kapiert?“

„Aber darf ich dann nie fragen, was mich beschäftigt?“

„Du bist anstrengend. Boah man. Ich will schlafen.“

Sanna lag stundenlang wach. Sie hatte sich entschuldigt. Dafür, dass sie verletzt war. Dafür, dass sie nachfragte. Dafür, dass sie fühlte. Joe hatte gesagt, sie solle keine WhatsApp schreiben. Und sie hielt sich dran. Gehorsam. Wie ein dressiertes Tier, das hofft, für artiges Verhalten irgendwann mit Liebe belohnt zu werden.

Nächster Tag: Sanna war empört. Nein – sie war verletzt. Und beleidigt. Und verwirrt. All das gleichzeitig.

Joe hatte gerade *mitten im Telefonat* mit ihr abgebrochen. Einfach so. Ein anderer Anruf war reingekommen, „jemand, den er lange nicht gesprochen“ hatte, und zack – weg war er. Ein abruptes „Ich ruf später zurück“ (was natürlich nicht passiert war), und sie saß da. Mitten im Satz. Mitten in einem Gefühl.

„Würdest du dir das gefallen lassen, wenn Basti dich am Telefon abwürgen würde, nur weil jemand anderes anruft?“, hatte sie sofort empört an Melli geschrieben.

Melli hatte trocken zurückgetippt:
„Ja. Weil die anderen ja viel seltener anrufen. Und weil es

einfach… nicht wichtig ist, wenn wir gerade einfach nur plaudern."

Nicht wichtig? Das war der Stich ins Herz. **Nicht wichtig?** *SIE?* **Nicht wichtig?** Hatte Melli völlig den Verstand verloren?

Sanna war entsetzt. Noch vor wenigen Monaten hatten sie stundenlang telefoniert. Zwei Stunden täglich – Minimum. Joe hatte über alles gesprochen. Über sein Leben, seine Gedanken, seine Träume. Und sie natürlich auch. Sogar über völlig absurde Themen wie, ob man Bananen auch rückwärts schälen könne. Sie hatten gelacht. Verbundenheit gespürt. Nähe. Damals hatte sie sich *wie die wichtigste Person in seinem Universum* gefühlt.

Und jetzt? Jetzt wurde sie weggedrückt, weil irgendein Typ, den er vor drei Jahren mal auf einem Festival kennengelernt hatte, plötzlich „kurz durchklingelte". Als wäre sie die Nebenrolle in ihrer eigenen Beziehung.

„Ich finde einfach, einem sollte der Partner doch wichtiger sein", hatte sie geschrieben.

Melli, wie immer ungerührt, antwortete: „Man muss nicht alles vergleichen und analysieren. Es geht um ein verdammtes Telefonat. Du redest eh jeden Tag mit ihm – das ist nichts Besonderes mehr."

Sanna verstand das nicht. Für sie *war* das besonders. Noch immer. Jede Nachricht, jedes Emoji, jedes verdammte Telefonat. Alles war ein kleines Zeichen, ob es noch Liebe war oder schon der Weg ins emotionale Abstellgleis.

„Ist dir dein Gespräch mit Basti auch nicht wichtig?", hatte sie gefragt.

„Schon", schrieb Melli. „Aber ich würde auch Leuten den Vorzug geben, die ich seltener spreche. Als Paar hat man nicht ständig Wichtiges zu besprechen. Meistens jedenfalls. Und das kann auch mal warten."

Sanna starrte auf den Bildschirm. *Nichts Wichtiges? Kann warten?* Sie konnte das nicht fassen. Für sie war jede Minute mit Joe wie Sauerstoff. Ohne ihn fühlte sich alles grau an. Unverbunden. Irgendwie bedeutungslos. Und jetzt sollte sie es „nicht so ernst nehmen"? Sie würde den Bundeskanzler persönlich abwürgen, wenn Joe anriefe, sollte aber akzeptieren, für ihn nur zweite Wahl zu sein?

Sie tippte weiter. Ließ ihrem Frust freien Lauf.

„Er palavert den ganzen Tag mit jedem. Muss sich jedem mitteilen. Aber wenn ich was erzähle, ist's uninteressant. Ich fühle mich total… unbedeutend."

Melli antwortete knapp, sarkastisch wie immer:
„Der wird halt nicht ultra gespannt sein, was du wohl zu erzählen hast. Das ist halt Alltag. Der Zauber vom Kennenlernen ist vorbei. Willkommen in der Realität."

Sanna warf das Handy aufs Sofa. Dann hob sie es wieder auf. Sie fühlte sich gekränkt. Verletzt. Ausrangiert wie ein Lieblingspulli, den man irgendwann nur noch zum Schlafen anzieht. Nicht gespannt. Joe weiß ja gar nicht, was sie so gemacht hat, ob sie einkaufen war, was sie gegessen hat, ob sie an ihn gedacht hat… Da sei man doch natürlich gespannt drauf.

Und am schlimmsten: Sie hatte das Gefühl, dass sie *wieder* etwas falsch gemacht hatte. Dass sie *zu viel* wollte. *Zu wichtig* sein wollte. Dass sie einfach… zu *sie selbst* war.

Aber war das wirklich zu viel verlangt?
War es wirklich irrational, sich zu wünschen, nicht mitten im Satz durch ein „Wart mal kurz, ich ruf dich später an" ersetzt zu werden?

Sie weinte. Und schrieb Melli:

„Ich hab Angst. Ich will nur die sein, bei der er bleibt.."

„Dann mach dich weiter klein", kam zurück. „Aber erwarte nicht, dass ich dir weiterhin dabei helfe."

Am nächsten Morgen fragte Sanna vorsichtig:

„Was soll ich ihm schreiben? Vielleicht etwas mit: Ich hoffe, du hast gut geschlafen…"

Melli las es. Dann schrieb sie:

„Vielleicht schreibst du einfach: Danke, dass ich dir ab sofort keine Fragen mehr stellen darf. Ich bin ab jetzt einverstanden mit allem, was du tust. Sogar mit Tinder. Und wenn du mich morgen verlässt, ist das auch okay. Hauptsache, ich hab heute nichts falsch gemacht."

Sanna schickte drei weinende Emojis. Und dann wirklich einen Brief an Joe. Nicht ironisch. Nicht sarkastisch. Sondern voll Angst. Voll Liebe. Voll Verleugnung.

Schatz... Ich weiß, ich bin manchmal viel. Zu laut, zu emotional, zu kontrollierend, zu fragend... Aber das ist doch nur, weil du mir nicht egal bist. Weil du mich nicht egal bist!

Ich liebe es, wenn du mich neckst. Wenn du „pssst" sagst, aber trotzdem lächelst. Wenn du mir die Hand gibst – auch wenn du daneben stehst, schweigst, oder gerade innerlich schon wieder in deinem Kopf verschwindest.

Was ich mir wünsche, **Schatz?** Nicht viel. Nur... dich. Nicht perfekt. Nur da. Nicht ohne Fehler. Nur ehrlich. Nicht jeden Tag antwortend – aber fühlend. Für mich. Für das UNS.

Schatz, Ich will keine Kontrolle. Ich will Vertrauen. Ich will nicht alles wissen. Nur, dass du bleibst. Ich will nicht perfekt sein – nur perfekt für dich.

Ich liebe dich. Trotz allem. Gerade deswegen. Dein Huhn

Sie hoffte immer noch, dass man auch mit Narzissten glücklich werden kann. Man muss sich halt nur genug Mühe geben.

Kapitel 25 – Offline gegangen

Der Chat war noch da.
Bei Sanna.
Komplett.
Vom allerersten „Hi“ bis zur letzten „Meld dich“-Panikattacke.
Sie hatte ihn gespeichert, archiviert, analysiert.
Emotionales Beweismaterial auf über 8.000 Zeilen.
Ein Denkmal. Ein Mahnmal. Ein Liebeslogbuch.

Sie las ihn regelmäßig.
Verglich Formulierungen.
Zählte Smileys.
Suchte nach dem Punkt, an dem es kippen musste.
Kompilierte Gifs, die er früher öfter schickte.
Erstellte innerlich Tabellen.

Früher: 3x „♥“ pro Woche.

Jetzt: maximal ein „☺“, wenn überhaupt.

Und dann kam der Schock:
Joe hatte den Chat nicht mehr.

Ein neues Handy.
Datenübertragung fehlgeschlagen.
Alles weg.
„Ist doch nicht schlimm“, hatte er gesagt.

Nicht schlimm.
Nicht. Schlimm.

Für Sanna war das wie:
„Ich hab unsere gemeinsame Erinnerung versehentlich ausradiert,
aber hey, lass uns über was anderes reden.“

Er wollte nicht mal schauen,
ob man das irgendwie retten konnte.
Keine Google-Suche.
Kein „Mist, war mir wichtig“.
Nichts.

Sanna saß da mit Tränen in den Augen
und fragte sich, wie man so **gefühllos** sein konnte.

Denn für sie war dieser Chat nicht einfach ein Verlauf.
Es war ihre Geschichte.
Ihr Halt.
Ihre letzte Sicherheit,
dass das, was sie fühlte, wirklich passiert war.
Schwarz auf weiß. Emoji auf Emoji.

Und er?
Er hatte *nicht mal versucht*, es zu rekonstruieren.
Kein Screenshot. Kein Bedauern.
Er wollte lieber sein neues Handy einrichten.
Während sie im Nebenraum stand,
kochte, heulte, wischte –
und nebenbei innerlich zerbröselte.

Melli schrieb:
„Er braucht den Chat nicht. Er liest da nicht drin."
Der wahre Skandal war nicht der Datenverlust.
Sondern die Gefühlskälte.
Die mangelnde Gedenkminute.
Das fehlende Bestürzen.

Sanna wollte, dass er trauert.
Über das digitale Nichts.
Dass er sagt: *„Oh nein, unser Chat – unser ganzes Wir – weg!"*
Und stattdessen sagte er:
„Ist doch nicht schlimm."

Ein Satz,
der für Sanna klang wie:
„Du bist mir nicht wichtig."

Und für Melli?
Wie:
**„Du führst Beziehung wie ein Aktenordner.
Und bist beleidigt, wenn der andere nicht mit sortiert."**

Sanna war davon ausgegangen, dass Joe abends im Bett liegt
und wieder und wieder ihre Chatverläufe las. Sich an die Anfänge,
an die lieben Worte erinnerte. Sie tat das schließlich auch Aber
Joe las nicht im Chat!

Mit dem neuen Handy kam – natürlich – auch **Tinder.**
Ein Schelm, wer Böses dabei denkt.
Oder einfach nur Melli,
die sich fragte, warum jemand, der eine ernsthafte Beziehung
führen will,
eine Dating-App *aktiv neu installiert.*
Nicht versehentlich.
Nicht automatisch.
Nein, **installiert.**
Mit Passwort, Zustimmung zu Nutzungsbedingungen,
und – wie Joe erklärte –
einfach „irgendwas angeklickt".
   Klar.
Wie man das eben so macht,
wenn man aus Versehen auf einer Sex-Partnerbörse landet.
   Sanna hatte Zweifel.
Ganz leise natürlich.
Also... nur etwa 50 Nachrichten lang.
Sie schrieb:
„Vielleicht... hat er ja nur aus Versehen Tinder wieder installiert?
Weil das Icon auf dem neuen Handy automatisch da war...?
Oder weil er 'Twitter' eingeben wollte und sich vertippt hat...?"
   Melli antwortete mit dem schriftlichen Äquivalent eines leeren
Blicks:
„Keine Ahnung."
Was sie dachte, war:
Wenn Dummheit wehtäte, würde das hier gerade schreien.
   Doch Sanna ließ sich nicht beirren.
Denn Joe hatte schließlich einen Grund.
Einen echten.
Einen *emotionalen Konter* deluxe:
*„Weil du mich 4,5-mal darauf angesprochen hast, lasse ich es jetzt erst recht
drauf."*
   Logik aus dem Lehrbuch toxischer Trotzköpfe.
Wegen Nachfragen bleibt Tinder.
Nicht, weil er sucht.

Nicht, weil er matcht.
Sondern aus Prinzip.

Sanna fand's… na ja… nicht so toll.
Aber sie hielt fest:
„Vielleicht ist er ja gar kein richtiger Narzisst."

Nein. Natürlich nicht.
Er ist einfach nur ein zärtlicher, sensibler, tiefer Mensch
mit einem extremen Hang zu manipulativen Machtspielchen.
Aber hey – er hat eine Leinwand für sie gekauft!
Und gesagt, sie kämpfe wie eine Löwin!
Klar liebt er sie.
Er ist nur emotional blockiert.
Wegen der Kinder.
Wegen der Trennung.
Wegen der Sterne.
Wegen dem Horoskop.
Wegen des neuen Handys.
Oder weil der Mond heute im siebten Haus steht
und seine Gefühle gerade in der Warteschleife sind.

Melli saß fassungslos da.

Aber eines stand noch im Raum: Joe wollte nicht, dass Sanna
am nächsten Tag kommt.
Er hatte „Sachen zu erledigen".
So sagte er es.
Vage. Allgemein.
Also natürlich ein sicheres Zeichen dafür,
dass er eine andere Frau treffen würde.
Oder?
Oooder?

Kapitel 26 – Beziehungs-FBI

Sanna roch den Verrat.
Nicht, weil es Hinweise gab –
sondern weil sie immer überall Hinweise witterte.
„Wenn ein Mann so stottert… ist das nicht fast immer was Beschissenes?"
fragte sie Melli –
in voller Überzeugung, eine rhetorische Bombe gezündet zu
haben.

Sanna war schon im persönlichen inneren Krimi.
Joe hatte gesagt, er wolle *vielleicht* zum Bike Discount.
Dort waren sie mal gemeinsam gewesen.
Damals hatte er sich ausführlich von einer Verkäuferin beraten
lassen –
blond, sportlich, gut gelaunt.
Sanna hatte damals schon innerlich gewütet,
während sie lächelnd so tat, als interessiere sie sich auch für
Helme.

Und jetzt – wollte er da **alleine** hin?
Obwohl er bereits alles Mögliche an Bikezubehör besaß?
Einen Helm, zwei Pumpen, fünf Reinigungsmittel und eine
fucking Luftpistolenkartusche?
Der Beweis war erdrückend.
Niemand geht aus freien Stücken **noch mal** in diesen Laden.
Nicht einfach so.
Nicht ohne Grund.
Nicht ohne… **andere Frau.**

„Sachen erledigen."
Der Klassiker unter den Alibi-Floskeln.
Der perfekte Deckmantel für Seitensprünge, Tinder-Dates,
oder – schlimmer noch – spontane Begeisterung für eine neue,
noch nicht durchanalysierte Verkäuferin.

Sanna überlegte, ob sie ihm schreiben sollte.
Etwas, das sanft klang,
aber klar machte, dass sie **alles** wissen wollte.
Eine Nachricht wie:

„Schatz... ich weiß, es ist vielleicht dumm, aber bitte sei ehrlich, ja? Wenn du nur sagst: Sachen erledigen... ich weiß dann einfach nicht, was du tust. Ich bin so unruhig. Kannst du mir bitte genau sagen, wann du wo bist und was du da machst? Und vielleicht auch kurz durchgeben, wenn du da bist und wenn du wieder losfährst? Nur damit ich mir keine Gedanken mache..."

Natürlich würde sie sich trotzdem Gedanken machen.

Denn was Joe sagte, war zweitrangig.

Wichtiger war, **ob es stimmte.**

Und dafür brauchte sie Fakten.

Abläufe. Zeitfenster. Screenshots. GPS-Daten.

Oder wenigstens einen verdächtigen Versprecher.

Ehrlich sein – das war, was sie sich wünschte.

Aber was sie meinte, war:

Mach dich gläsern.

Oder ich denke mir den Rest.

Und der wird schlimmer. Viel schlimmer.

„Du würdest doch auch wissen wollen, was er wirklich macht, wenn Basti dir so eine vage Aussage liefern würde", schrieb sie.

Melli antwortete knapp:

„Nö. Ich bin nicht so ein Kontrollfreak."

Was sie meinte war:

Ich hab ein Leben. Und Vertrauen. Und keine Lust, mich bei jedem „Ich erledige was" in ein FBI-Verhör zu verwandeln.

Für Sanna war Zeit ein zweischneidiges Schwert: Entweder sie gehörte ihr – oder sie war verdächtig.

„Zeit für sich", wie Joe sie nannte, war für sie längst kein legitimer Wunsch mehr, sondern ein persönlicher Affront. Ein Angriff auf das „UNS". Denn in Sannas Welt bedeutete jede Minute ohne sie automatisch: Zeit für sich. Und Zeit für sich bedeutete: Freiraum. Und Freiraum bedeutete: Gefahr.

Arbeitszeit? War natürlich Zeit, die Joe **für sich** hatte. Schließlich war sie nicht dabei, und wer wusste schon, ob die "Wiedereingliederung" nicht auch eine versteckte Ausgliederung ihrer selbst war?

185

Zeit mit den Kindern? Auch Zeit für sich. Denn Sanna war nicht dabei, also konnte Joe ja rein theoretisch auch über alles andere nachdenken – oder schlimmer: jemanden treffen.

Zeit mit einem Kumpel? Zeit für sich. Wer wusste denn, ob dieser "Kumpel" nicht eine Umschreibung für eine neue Tinderbekanntschaft war?

Als Joe sagte, er wolle Mittwoch „mal einen Abend ganz für sich haben", stand für Sanna fest: Das war nicht okay. „Du HAST doch schon Zeit für dich!", hatte sie ihm entgegengeschleudert. „Gestern mit dem Kumpel, morgen mit deinen Kindern, tagsüber bei der Arbeit – wie viel Zeit brauchst du denn noch?!"

Joe hatte sie nur müde angesehen und gemurmelt, dass er eben auch mal allein sein müsse. *Allein.*

Ein Wort, das für Sanna wie eine kalte Ohrfeige klang.

Sanna hatte inzwischen selbst ein Bike. Und eine Angel. Und sämtliches Zubehör.

Nicht, weil sie das wirklich wollte. Sondern weil sie ihn wollte.

Weil sie an seinen Hobbys teilnehmen musste. Teilhaben. Verschmelzen.

Joe sollte schließlich nie wieder alleine Biken gehen müssen. Oder Angeln. Oder atmen.

Er hatte jetzt Sanna.

Sein maßgeschneidertes Abziehbild.

Sein Schatten in Funktionskleidung.

Sie war bereit, sich durch Schlammwüsten zu kämpfen, Mückenangriffe zu ertragen, bei fünf Grad in der Dämmerung an irgendeinem Tümpel zu kauern – Hauptsache, sie war dabei.

Hauptsache, Joe hatte keinen Grund mehr, sich jemals wieder alleine oder – schlimmer noch – mit einem Kumpel zu treffen.

Denn Gesellschaft sollte nicht optional sein. Sie sollte verpflichtend sein. Und zwar exklusiv: mit ihr.

Sanna wollte alles sein.

Sein Sportkumpel.

Sein bester Freund.

Sein Angelpartner.

Sein Thermoshirt, wenn's kalt wurde.

Sein Getränk, wenn er Durst hatte.

Sein verdammter Sauerstoff.

Und wehe, er wollte irgendwas oder irgendwen außerhalb dieser vollständigen Symbiose.

Dass es gesünder wäre, eigene Interessen zu bewahren, mal getrennt was zu unternehmen, sich hinterher davon erzählen zu können – wie Erwachsene das so machen –

wollte Sanna nicht hören.

Nicht heute.

Nicht morgen.

Nicht zwischen zwei Fischen und drei Selfies auf dem Mountainbike.

Trennung? Individualität? Persönlicher Freiraum?

In Sannas Welt hieß das:

"Du liebst mich nicht genug."

Und dann das Handy.

Er hatte sich doch verabschiedet. Hatte gesagt, er wolle schlafen. Hatte gegähnt, sich verhaspelt, sogar versprochen, ihr morgen auf die Nachricht zu antworten. Aber: Sein Handy war **noch an**. Sie hatte es gesehen. Zwei blaue Haken. Um 22:55 Uhr. Und das war mindestens **17 Minuten nach dem offiziell verordneten Tiefschlaf**.

Sanna konnte es nicht fassen. Er hatte ihr das Schlafen nur vorgespielt. Das Handy *war noch an*!

Also musste sie schreiben. Fragen. Nachbohren. Vielleicht auch einen kleinen Liebesbrief senden. Und alles mit „Schatz" beginnen. Immer.

Schatz,

das war ganz ungewohnt gestern. Du machst doch sonst immer direkt dein Handy aus, wenn wir uns Gute Nacht sagen. Ich hab mich einfach gewundert, dass es noch an war. Bist du doch noch wach geblieben? Ich will gar nicht nerven, nur… ich war so verunsichert. Und du weißt doch, wie ich bin.

Sie schickte es. Bereute es. Schrieb gleich noch eins hinterher.

Schatz, ich wollte dir doch nur noch sagen, dass ich dich liebe. Dass ich wirklich alles tue, um dir gutzutun. Ich will nur dazugehören. Ich will wissen, dass es uns noch gibt – das „UNS". Bitte verzeih, wenn ich manchmal zu viel frage. Ich bin halt ich. Aber ich liebe dich dafür umso mehr.

Es war der Moment, in dem Melli sich ernsthaft fragte, ob es nicht langsam besser wäre, einen Psychiater dazuzuholen. Nicht für Joe. Für Sanna.

„Er hat gesagt, er will schlafen. Und dann war das Handy noch an."

Melli las diesen Satz dreimal. Und wusste nicht, ob sie lachen, schreien oder einfach den Laptop aus dem Fenster werfen sollte. War das hier noch Beziehungsdrama – oder schon ein digitales Kontrollspektakel auf Endstufe?

„Also wenn das Handy an ist, dann **ist er wach**. Und wenn er wach ist, dann **lügt er**, wenn er sagt, er schläft. Und wenn er lügt, dann macht er was heimlich. Und was man heimlich macht, ist in Beziehungen **immer sexuell**. Also Tinder. Oder eine andere. Oder Pornos. Oder… oder…"

Melli dachte nur: *Sie braucht keine Beziehung. Sie braucht ein Gerät, das Joe direkt mit einem Livetracker ausstattet. Und eine Elektrode, die piept, wenn er mit einer anderen spricht.*

Dass ein Handy auch **versehentlich** an bleiben konnte? Unvorstellbar.

Dass jemand vielleicht einfach den Akku leergehen ließ? Häresie.

Sanna betrachtete Joes Online-Status wie ein IT-Forensiker eine Datenpanne. Und Melli konnte nur noch denken: *Wenn du deinen Partner nach WLAN-Status liebst, ist dein Beziehungsakku schon längst im roten Bereich.*

Kapitel 27 – Das Ende von Tinder-Gate

Der Mensch braucht Geschichten.
Sanna hatte sich ihre gebaut. Eine, in der Joe sich bessert.
Eine, in der sie ihn durch ihre Liebe rettet.
Eine, in der Tinder am Ende deinstalliert wird – und zwar nicht,
weil sie es einfordert, sondern weil er *es selbst will.*
Weil er erkennt, wie wertvoll sie ist.
Weil er einsieht, dass sie *die Eine* ist.

Und dann?

Dann kam dieser Moment.

„Soll ich Tinder löschen?"

Der Herzschlag setzte aus.
Sanna spürte, wie sich etwas in ihr hob.
Etwas zwischen Erlösung und Ohnmacht.

Er hatte es gesagt.
Ganz ohne Drama. Ohne Vorwurf.
Einfach so.

„Soll ich Tinder löschen?"

Es war wie in einem verdammten Nicholas-Sparks-Film.
Der Moment, in dem der Mistkerl am Ende doch noch die Kurve
kriegt.
Der Zuschauer klatscht.
Die Heldin weint.
Der Abspann rollt.

Das Happy-End auf das sie immer gewartet hatte.

Aber das hier war kein Film.
Und Sanna hatte diesen Moment schon zu oft erlebt, um nicht zu
wissen:
Er wird es wieder installieren.

Sanna war high.
Nicht von Drogen.
Nicht von Champagner.
Sondern von Joe.
Von diesem einen, ganz besonderen Gefühl.

Dem Rausch, der sie an diesem Tag überrollte wie ein Liebes-Lastwagen:

„Kennst du das?"

schrieb sie Melli.

„Wenn man an einem einzigen Tag mehr fühlt als in drei Monaten?

Wenn das Herz fast explodiert und man denkt: DAS ist es jetzt.

Das ist echte, wahre, unglaubliche Liebe."

Sanna hatte Tränen in den Augen.

Vor Glück.

Vor Sehnsucht.

Vor… allem.

Melli saß auf dem Sofa.

Mit einer Wärmflasche.

Und tippte zurück:

„Nein. Und diese Highs sind ein Anzeichen für toxische Beziehungen. "

Denn für Melli war das kein romantischer Ausnahmezustand.

Sondern ein Warnsignal.

Emotionale Bipolarität in Reinform.

Gestern noch Tränen wegen „Sachen erledigen".

Heute ekstatische Euphorie wegen nichts Konkretem.

Mit Basti war es anders gewesen.

Gleichmäßiger.

Nicht so elektrisierend –

aber auch kein täglicher Seelensturm mit Tornadowarnung.

Sanna versuchte sich zu wehren:

„So Downs hab ich gar nicht mehr so krass… "

Doch Melli konnte nicht anders,

als den Kopf zu schütteln.

Denn ihre Chatnachrichten waren regelmäßig

eine Mischung aus Panik, Eifersucht,

Liebesbekenntnissen in Endlosschleife

und Todessehnsucht, wenn Joe mal nicht schrieb.

Und als krönender Abschluss kam Sannas letzter Satz:

„Hast recht. Er ist ja gerade schon wieder sauer. "

72 Minuten zwischen Liebes-Explosion und Realitätsabsturz.

Rekordverdächtig.

Sanna war verzweifelt.

Wieder einmal.

Joe war sogar sehr sauer.

Mal wieder.

Warum?

Weil sie die **Limetten für den Caipirinha falsch geschnitten** hatte.

Falsch. Geschnitten.

Nicht explodiert.

Nicht verätzt.

Nicht in Stacheldraht gewälzt –

nein, einfach... nicht gerieben, bevor sie sie kleingeschnitten hatte.

Aber dann – der Triumph.

Sie hatte *zurückgeredet.*

Ihm gesagt, er solle sich *nicht so anstellen.*

Dass man Rezepte **variieren** könne.

Dass der Caipi auch mit *rebellischen Limetten* schmecke.

Joe hatte geguckt.

Doof geguckt.

Und war dann ruhig.

Und das, dachte Sanna, war ein Fortschritt.

„Er lässt sich ja immer öfter darauf ein, was ich sage", schrieb sie. Als hätte sie gerade ein schwieriges Therapiegespräch geführt und nicht einfach einen cholerischen Cocktail-Fetischisten beschwichtigt.

Für Sanna war das der Beweis:

Er verändert sich.

Sie bewirkt etwas.

Er kommt „runter".

Weil sie so vernünftig argumentiert.

Melli dachte nur:

Du erklärst einem wütenden Gorilla, wie man richtig Obst

schält –
und freust dich, dass er nicht mehr brüllt.

Diese Woche war Sanna bei ihm.
Mit den Kindern.

Joe war distanziert.
Dann wieder charmant.
Dann wieder kalt.

Eine Achterbahnfahrt, bei der nur sie das Sicherheitsbügel-Gefühl vermisste. Natürlich blieb es nicht harmonisch. Nach einem solchen Zugeständnis musste Joe ihr einen Dämpfer verpassen.

„Ich kann nicht fahren."

Sanna hatte es nicht als große Bitte formuliert.
Nur leise. Fast entschuldigend.
Die Zahn-OP stand kurz bevor – mit Betäubung, mit Narkose, mit allem Drum und Dran.
Der Arzt hatte klar gesagt: **nicht alleine fahren.**

Aber Joe?

Der reagierte, als hätte sie gefragt, ob er mit ihr nach Bali auswandern möchte.

„Musst halt selbst schauen, wie du hinkommst und wieder heim."

Melli starrte auf den Chat.
Dann lachte sie. Hart. Trocken.
Ein Geräusch wie Sandpapier.

„Ernsthaft? Der Typ, der dich angeblich liebt, lässt dich nach einer OP mit dem Taxi fahren statt dich abzuholen?
Mit Restnarkose im Blut?
Was kommt als Nächstes? Sollst du dir auch selbst die Fäden ziehen?"

Er wollte sich nicht mal die fünf Minuten nehmen, um sie aus einer OP abzuholen.

Aber ja, klar.
Bestimmt ein liebevoller Partner.
Bestimmt nur ein Missverständnis.

Joe war nicht im Ausland. Nicht im OP-Saal. Joe war einfach zu Hause. Und hatte keinen Bock.

Joe war seit zwei Jahren krankgeschrieben.

Er war zu Hause. Jeden Tag.

Er hatte Zeit – unendlich viel Zeit.

Aber für Sanna?

Keine.

Nicht mal fünf Minuten, um sie mit benebeltem Kopf und tauber Gesichtshälfte aus einer Arztpraxis zu holen.

Aber Sanna?

Sanna war noch dabei, das Schönreden auf Olympia-Niveau zu betreiben.

Sie war die Weltmeisterin im mentalen Hochsprung über jede rote Flagge.

„Ich liebe diesen Kerl."

Melli ließ ihren Kopf in die Hände fallen.

Nicht sanft. Eher wie ein Vorschlaghammer der Verzweiflung.

„Nein, du bist süchtig nach ihm. Es fühlt sich an wie Liebe, ist aber keine."

Joe war keine Liebe.

Joe war ein Suchtmittel.

Er hatte Sanna in einen emotionalen Junkie verwandelt, der auf seine nächste Dosis Aufmerksamkeit wartete –

egal, wie scheiße er sie behandelte.

Egal, wie sehr er sie ignorierte.

Egal, wie klar die Welt außen herum schrie: **Lauf.**

Aber Sanna?

Sanna wollte bleiben.

Für den nächsten kurzen Höhenflug.

Für das nächste halbe Lächeln.

Für die nächste Nachricht mit „Schatzi", bevor wieder Funkstille herrschte.

Denn wer einmal auf Joe ist, kommt nicht so leicht davon los.

„Er hat halt viel zu tun... Ich will ihn nicht stressen... Vielleicht meint er das nicht so..."

Melli hatte keine Geduld mehr für diese Schleifen. Genau, der seit fast 2 Jahren krankgeschriebene Joe hatte „viel zu tun".

„Er meint es genau SO. Er hat einfach keinen Bock. Und er weiß, du kommst trotzdem. Du machst es trotzdem. Wie immer."

Die Wahrheit war simpel.
Und gerade deshalb so unerträglich.

Joe wollte keine Verantwortung. Keine Belastung.
Keine Frau mit OP-Terminen und Bitten.

Er wollte Sex. Nähe – aber bitte nur auf seine Art.
Er wollte Kontrolle. Nicht Pflege. Nicht Fürsorge.
Und ganz sicher keine rosa Teelichthalter oder Abholfahrten nach Betäubung.

Melli schrieb:
„Der Mann liebt niemanden außer seinen Komfort."
„Er will keine Partnerin. Er will eine Servicekraft ohne Ansprüche."

Sanna las es. Und schwieg. Denn irgendwo wusste sie es längst.

„Ich bin nur so zu dir, weil du mir nicht vertraust."

Sanna hatte es wieder gehört. Diesen Satz, den Joe wie einen alten Pulli ständig aus der Schublade zog, wenn's eng wurde.

Melli starrte auf den Bildschirm. Das konnte doch nicht wahr sein. Wieder dieser Klassiker.

„Er wird immer einen Grund haben", schrieb sie.
„Immer einen Vorwand, warum DU schuld bist. Nicht er."

Joe war nie einfach nur ein Arschloch. Nein – er war ein sensibles Wesen, das leider, leider nicht anders konnte, weil Sanna *mal wieder* so misstrauisch war.

Sanna verteidigte ihn. Johannes Natürlich. **Joe war sein Kostüm**. Und sie fiel auf die Rolle rein

Er sei doch sonst ganz anders.
Ganz liebevoll. Ganz weich. Ganz verletzlich.

Nur halt… nie, wenn's drauf ankam.

Melli seufzte.

„Der Mann, den du willst, existiert nicht."

„Die Version von Joe, die du dir ausmalst – das ist eine Fiktion. Kein Mensch."

Doch Sanna hörte das nicht. Oder wollte es nicht hören.

„Warum ist der SO?! Ich RAFF DAS NICHT?!"

Melli antwortete ohne Umschweife.

„Weil du ihm nichts bedeutest. Er nimmt nur die Vorteile mit"

Sanna war entsetzt.

Das konnte doch nicht sein. Das konnte doch nicht alles gewesen sein! „Welche Vorteile hat er denn von mir?!"

Melli zählte auf, wie eine gestresste Grundschullehrerin:

„Putzen. Sex. Gesellschaft. Unbezahlte emotionale Betreuung. Deine Zeit. Deine Hoffnung. Deine Erpressbarkeit. Macht und Kontrolle" Und dann der finale Satz:

„Wie es dir geht, ist ihm egal. Und er tut nichts für dich, was ihn minimal anstrengt."

Sanna starrte auf ihr Handy. Es stimmte schon, sie machte inzwischen den gesamten Haushalt für ihn, aber sie hielt sich ja auch häufiger dort auf, da war das doch selbstverständlich, oder?

Dann tippte sie:

„Hätte ich nach der Entschuldigung trotzdem gehen müssen?"

„Du hättest vor Monaten gehen müssen", schrieb Melli. „Aber nicht als Machtspiel. Sondern endgültig. Weil das keine Liebe ist. Sondern Missbrauch in hübscher Verpackung."

Sanna wusste, sie hatte recht. Und trotzdem blieb sie.

Am nächsten Tag, als Sanna sich wieder in eine Schleife des Zweifelns redete, kam sie mit der alten „Joe ist doch fürsorglich"-Theorie um die Ecke:

„Er war heute mit zum OP-Gespräch und holt mich nächste Woche auch ab. Ohne Probleme auf einmal. Er ist so ein Goldstück."

Aha. Also doch.

Joe, der Wohltäter.

Joe, der Held.

Joe, der spontane Ehrenmann, der plötzlich auftaucht, wenn der Karma-Druck zu groß wird.

Melli verzog das Gesicht.

„Okay, aber das ist jetzt auch nichts supertolles, sondern eigentlich selbstverständlich. Dass er es erst nicht wollte, ist der Hammer."

Einen Partner nach den **Minimalanforderungen** zu bewerten, war ungefähr so, wie sich über eine Fünf in Mathe zu freuen, weil es keine Sechs geworden ist.

Sanna: → „WOW! Er hat sich geändert!"

Nein, Sanna.

Er hat nicht „sich geändert".

Er hat nur **minimal weniger scheiße gebaut** als vorher.

Und du feierst es wie einen Heiratsantrag.

Du setzt den Maßstab inzwischen so niedrig, dass selbst ein ausbleibender Tritt wie eine liebevolle Geste wirkt.

Joe muss einfach nur *nicht komplett daneben benehmen*, und schon bekommt er Standing Ovations.

Melli seufzte.

Es war – wieder mal – hoffnungslos.

Wenn selbst eine **verweigerte OP-Abholung**, trotz Schmerzmittel im Blut und tauber Zunge, **nicht reichte**, um Joes Beziehungswert gegen Null zu setzen – was dann?

Ein Faustschlag in den Magen?

Ein Fremdgehen auf offener Straße?

Ein „Ups, du bist gar nicht die Einzige"?

Sanna würde wahrscheinlich auch das noch als Wachstumsmöglichkeit sehen.

Weil sie nicht Joe verliert, wenn sie geht.

Sondern die Illusion, dass er irgendwann doch noch der Mann wird, den sie sich so verzweifelt zusammengebastelt hat.

Kapitel 28 – Entschlossen gescheitert

Sanna starrte aufs Handy. Wieder keine Nachricht von Joe. Kein "Hab dich lieb", kein "Vermisse dich", kein Emoji mit Herzaugen, das sie sonst aufsaugte wie eine verdurstende Zimmerpflanze ihren letzten Tropfen. Aber diesmal sollte es anders werden. Diesmal würde sie nicht warten, hoffen, verzeihen – sie hatte einen Plan.

„Ich werde ihm sagen, dass er so nicht mit mir umzuspringen hat. Und wenn er dann Schluss macht, soll er...", tippte sie Melli.

Melli war skeptisch. Nicht aus Zynismus – aus Erfahrung.

„Das wäre gut, aber mal sehen, ob du das echt machst."

Sanna ließ sich nicht beirren. Nicht diesmal. Nicht wieder klein beigeben, sich entschuldigen für Dinge, die keine Entschuldigung brauchten. Sie fühlte die Stärke in sich aufsteigen wie ein Vulkan, der zu lange unter der Oberfläche gebrodelt hatte.

„Ich war immer stark und bleibe das auch", schrieb sie zurück. Und dann, mit Pathos, das ihr fast selbst Gänsehaut machte:

„Ich werde mit meinem Koffer kommen. Und dann lasse ich ihn entscheiden, ob ich ihn auspacke – oder ob er ihn mir vor die Tür stellt."

Es war ihre ultimative Geste. Kein Bitten mehr. Kein Kriechen. Nur ein Koffer. Und eine Grenze. Wenn er sie wollte, würde er das verdammt noch mal zeigen müssen.

Aber dann kamen sie wieder, die Stimmen im Kopf. Die Erinnerungen. An seinen Blick, wenn er sie ansah, als wäre sie das Einzige auf der Welt. An die Inliner-Situation, als sie fast gestürzt war und er sofort bei ihr war, sie auffing, festhielt, beruhigte. Seine Worte, sein Kichern, das alberne Geknuffe. Der Mann, der sie mit „Babe" ansprach und sie mit einem einzigen Blick zähmen konnte.

Und sie schrieb Melli:

„Er ist so mega fürsorglich… Er sieht mir an, wenn ich was

habe… Der Blick in meine Augen… Ich liebe das...“ Er war nie der Mann, den sie sah. Nur der Mann, den sie sehen wollte.

Melli antwortete nicht sofort. Sie hatte gesagt, sie habe keine Zeit. Aber wahrscheinlich hätte sie auch mit voller Freizeit geschwiegen. Was sollte sie dazu noch sagen? Die Schleife war alt. Ein neues Band, dieselbe Endlosschleife.

Doch diesmal... diesmal war da dieser Koffer. Und der stand für etwas, das neu war. Für die Möglichkeit, sich selbst ernst zu nehmen. Für das Versprechen, nicht wieder rückwärts zu kriechen in ein warmes Elend.

Noch lagen Tage dazwischen. Nachrichten. Telefonate. Zuckungen seines Charmes, Andeutungen von Nähe, sprunghafte Worte, die Hoffnung weckten – und gleichzeitig untergruben. Doch Sanna hatte ihn gepackt, diesen Koffer. Ob sie ihn am Ende wirklich schulterte, stand auf einem anderen Blatt.

Aber der Entschluss war da. Und das war, für sie, ein Anfang. Nun wollte sie aber zumindest alles dafür tun, dass es gut zwischen ihnen würde. Und Joe sie in der Zeit der Abwesenheit nicht vergaß.

Sanna hatte sich Mühe gegeben. Nein, mehr als das. Sie hatte Liebe verpackt. In kleine Tütchen. In Papier, das sie sorgfältig ausgesucht hatte. Handschriftlich beschriftet. „Wenn du mal kuscheln willst…“ – ein kleines Stofftier. „Wenn dir alles zu viel ist…“ – ein Minifläschchen Schnaps. „Wenn du an mich denkst…“ – ein getrocknetes Blütenblatt aus dem Park, in dem sie Hand in Hand spaziert waren.

Ein liebevolles Überraschungspaket. Für Joe. Der sie vermisste. Dachte sie.

Doch statt Freude kam ein Anruf. Ohne Begrüßung.

„Sag mal, hast DU mir ein Paket geschickt?!“

Sanna stockte. „Ja… ich wollte dich überraschen, weil wir uns doch diese Woche nicht sehen—“

„Ja, super Überraschung, echt! Ich war nicht da! Überraschung gelungen. Nur eben anders. Jetzt muss ich das in der Filiale holen! Hast du einen Knall?!"

Pause.

Er wartete nicht auf eine Antwort. Legte einfach auf. Sanna saß still da. In der Küche. Zwischen halb aufgegessenem Marmeladenbrot und einer halb aufgegebenen Hoffnung.

Aber sie gab nicht auf. Noch nicht. Natürlich nicht.

Sie dachte nach. Überlegte. Was könnte sie beim nächsten Mal tun, damit er wirklich merkt, wie sehr sie ihn liebt? Wie wichtig er ihr ist?

Dann kam ihr die Idee. Sie suchte nach einem Job. In seiner Stadt. Ein Halbtagsjob. Nichts Großes, aber es würde reichen, um mehr bei ihm sein zu können. Außer an den Kinderwochenenden wäre sie dann immer in der Nähe. Für ihn. Für „sie". Für *ihre* Liebe. Für das UNS.

Sanna war begeistert. Die Idee fühlte sich warm an. Wie ein Anfang. Wie der erste Schritt in ein gemeinsames Leben.

Beim nächsten Wiedersehen, nach einer zaghaften Begrüßungsumarmung, sagte sie es ihm. Lächelnd. Stolz.

„Ich hab was gefunden. Einen Job. In deiner Stadt."

Stille.

Dann brach es los.

„Was?! Sag mal, hast du sie noch alle? Du kannst doch nicht einfach so was entscheiden! Ich hab dich dann ja dauerhaft an der Backe! Das gibt der ganzen Beziehung einen faden Beigeschmack."

Und da fiel sie. Ihre kleine, mutige, rebellische Sanna. Zerschellte wie ein billig gepresstes Teelichtglas. Wieder nichts mehr da von Widerstand, Klarheit oder Rückgrat. Nur noch Scherben von Selbstwertgefühl, über die sie barfuß weiterlief.

Denn er hatte sie längst zu gut erzogen.

„Ich dachte wirklich, er freut sich über den Job", flüsterte Sanna am Telefon.

Ihre Stimme war brüchig.

„Ich dachte, er sieht das als Beweis, wie sehr ich ihn liebe."

„Und was hat er gesehen?", fragte Melli trocken.

Sie kannte die Antwort. Aber sie wollte, dass Sanna sie selbst ausspricht.

„Dass ich ihn einkesseln will. Dass ich ihm zu nah komme. Dass ich ihn... festnageln will. Er hat gesagt, er hätte mich dann *dauerhaft an der Backe*. Wortwörtlich."

Sanna lachte leise. Es klang wie ein Husten. Oder ein Aufgeben.

Und Sanna schrieb an Joe:

„Schatzi, bitte sag das nicht so, dass es dem Ganzen, nen faden Beigeschmack gibt. Ich habe niemals damit gerechnet, dass dich das auf irgendeine Art und Weise stören könnte, wenn ich in deiner Nähe nen Job suche, und dich einfach nur überraschen wollte. Ich bekam oft genug gesagt, dass ich nix kann, und zu doof bin. Seitdem mache ich das so, dass ich erst was sage, wenn es geklappt hat. Ich konnte nicht ahnen, dass dir das so wichtig ist, dass ich mit dir vorher drüber spreche. Das wusste ich nicht, und tut mir leid. Ich wollte nur zeigen: Hey, ich schaff das, was mir wichtig ist. Wusste wirklich nicht, dass du da so drüber denkst. Aber dann weiß ich das jetzt. Entschuldige...bitte. Ich meinte es doch nicht blöd. "

Und ihr Entschluss, sich nicht mehr so behandeln zu lassen, war weiter weg, als je zuvor.

Nach der Job-Sache war Sanna noch vorsichtiger geworden.

Sie traute sich kaum noch, eigene Entscheidungen zu erwähnen, ohne sie vorher in Watte zu verpacken.

Wenn sie ihm sagte, dass sie an etwas gedacht hatte, fügte sie sofort Sätze an wie:

'Nur so eine Idee, natürlich nur, wenn du das auch gut findest.'

Oder:

'Ich wollte dich nicht übergehen, ich hab nur kurz drüber nachgedacht, kann es aber auch lassen.'

Oder ganz schlimm:

‚Schatzi, bitte, bitte nicht böse sein oder dich aufregen, aber…'

Selbst bei Kleinigkeiten wie der Auswahl eines Restaurants oder der Farbe einer neuen Jacke tastete sie sich heran, wie ein Bombenentschärfer im Minenfeld.

Immer bereit, im Notfall sofort zurückzurudern, sich zu entschuldigen oder die eigene Entscheidung als 'blöden Impuls' abzutun.

Sanna lernte schnell:

Nichts einfach so entscheiden.

Nichts einfach so sagen.

Immer einplanen, dass der kleinste Widerstand eine Explosion auslösen konnte.

Melli sagte:

„Weißt du, wie das heißt, was du da machst?"

„Was denn…?"

„*Walking on eggshells.* Du richtest dein ganzes Verhalten danach aus, bloß nicht wieder eine seiner Zündschnüre zu berühren. Und davon hat er viele."

Und während Sanna erneut schwieg, dachte Melli an Chris. Und wie viele dieser Zündschnüre auch bei ihm überall verlegt gewesen waren.

„Walking on eggshells" – ein Begriff, den man irgendwann googelt, wenn man mit einem Narzissten zusammen ist.

Nicht weil man neugierig ist. Sondern weil man erschöpft ist.

Es bedeutet: Man bewegt sich ständig vorsichtig. Sagt nichts Falsches. Fragt nicht zu viel. Lächelt oft zu freundlich. Weicht Streit aus, nur damit er nicht wieder explodiert.

Nicht aus Angst. Sondern weil man einfach keinen Nerv mehr hat für seine Tiraden.

Bei Chris war das ähnlich gewesen. Melli hatte oft gedacht, sie sei immun gegen sowas. Schließlich war sie tough. Direkt. Kein graues Mäuschen.

Und trotzdem.

Einmal hatte sie ihm einen Café to go mitgebracht. Er: „Was soll der Scheiß? Ist doch rausgeschmissenes Geld."

Ein anderes Mal bemerkte sie beiläufig eine kleine Beule an seinem Rücken. „Vielleicht ein Abszess?"

Chris rastete aus. „Du hast nicht das Recht, über meinen Körper zu urteilen! Ich will sowas nicht hören". Nach den Ausrastern wurde sie mit mehreren Stunden Schweigen und Liebesentzug bestraft. Auch dafür gibt es ein Fachwort: Silent Treatment!

Und beim nächsten Mal schwieg Melli.

Nicht aus Feigheit. Sondern weil sie keinen Bock auf das Theater hatte. Sie merkte, wie sie ihn wie ein rohes Ei behandelte. Nicht, weil sie Angst hatte – sondern weil sie Frieden wollte.

Und bei Sanna war das nicht anders. Nur war da zusätzlich diese ständige Angst, verlassen zu werden. Immer.

Sanna lebte nicht auf Eierschalen. Sie baute ganze Straßenzüge daraus. Und versuchte gleichzeitig, darauf zu tanzen – barfuß, auf Zehenspitzen, mit einer brennenden Wunderkerze in der Hand.

Und jedes Mal, wenn sie dachte, sie hätte ihn erreicht, trat er mit voller Wucht auf einen dieser Schalenhaufen und schrie: „Warum liegen hier überhaupt Eierschalen?!"

Sanna bastelte neue Schalen. In Herzform. Mit Glitzer.

Kapitel 29 – Schwarz unterlaufen

Ein Kajalstift – schwarz, kompromisslos, verräterisch – lag im Mülleimer.

Sanna starrte auf das unscheinbare Ding zwischen benutztem Taschentuch und leerer Zahnseidepackung, als hätte sie gerade den letzten Hinweis in einem ungelösten Mordfall gefunden. Ihre Gedanken rasten. Ihre Hände zitterten.

Ein fremder Kajalstift. In seinem Bad. In *seinem* Müll.

„Es war ein fremder Kajal im Badmüll. Der Penis ist übrigens auch wieder rot. Und als ich ihn gefragt habe, wem der gehört, ist er ausgetickt."

Ein fremder Kajal und ein geröteter Penis – zwei Hinweise, die in etwa so dezent auf Untreue deuteten wie ein lodernder Großbrand auf ein Teelicht.

Und irgendwo zwischen Schminkabfall und Intimverfärbung stolperte Sanna weiterhin über die Frage: *Vielleicht bilde ich mir das alles nur ein?*

Melli hätte lachen können. Oder weinen.

Denn wer in einem Satz mühelos einen Beauty-Artikel und ein entzündetes Genital kombiniert, braucht keinen Schlussstrich – sondern einen Seuchenschutzanzug und einen neuen Lebensplan.

Natürlich ist er ausgetickt.

Was soll man sonst tun, wenn man bei einer so durchdachten Schmuggelaktion auffliegt?

Sanna stand wie betäubt im Bad. Der Geruch von Zahnpasta, Haargel und Fremdheit hing in der Luft. Ihr Herz raste.

Eine andere Frau? Hier? In *seinem* Badezimmer?

Es passte doch alles:

Das aggressive Abstreiten.

Die plötzliche Gereiztheit.

Und dann dieser… dieser Stift.

Sie schrieb Melli.

„Mir ist richtig schlecht. Ich komme kaum noch klar."

Melli antwortete trocken, ohne Umschweife.

„Also das find ich ziemlich eindeutig. Wenn er echt nicht dir gehört, dann war ne Frau bei ihm. Und er hat's dir nicht erzählt. Wer und warum, und ob er deswegen fremdgegangen ist, weiß man nicht, aber der Kajalstift wird nicht einfach durch ein Dimensionstor dort erschienen sein."

Sanna fühlte, wie ihr der Boden unter den Füßen wegrutschte. Ein einfacher Stift, der alles zerstörte. Oder offenbarte. Oder beides.

Joe, auf Konfrontation eingestellt, schoss sofort zurück: „Wem gehört der Stift?! Mir nicht! Was soll ich denn machen?! Es war niemand hier, ich weiß nicht, woher der kommt."

Und tatsächlich:

Joe wurde laut.

Joe wurde vorwurfsvoll.

Joe wurde... Joe.

„Du bist krank! Kontrollwahn! Du machst alles kaputt!"

Klassiker.

Taktikheft Seite 1, Kapitel: „Wie drehe ich den Spieß um, wenn ich erwischt werde."

Sanna schwankte.

War sie wirklich krank?

Oder nur wieder mal zu sensibel?

Zu misstrauisch?

Melli schrieb spät in der Nacht noch zurück:

„Das ist genau das, was Narzissten machen. Laut werden, damit du aufhörst zu fragen. Das macht er ständig. Immer wenn du unbequem wirst, was zugegeben nicht gerade selten ist, schreit er dich an. Um dich zu erziehen."

Doch Sanna hörte nicht auf.

Sie wollte es wissen.

Musste es wissen.

Und dann kam die nächste Version seiner Erklärung:

„Ich hab den unterm Klo gefunden. Und dann halt in den Müll geworfen."

Unterm Klo.

Natürlich.

Denn Kajalstifte neigen bekanntlich dazu, sich nachts heimlich unter Toiletten zu verstecken.

Melli schickte ihr nur einen Satz zurück:

„Du wirst offensichtlich verarscht – und suchst schon wieder nach etwas, das du glauben kannst."

Später, allein, legte sich Sanna aufs Bett.

Was, wenn…

…er den Stift extra dort hingelegt hatte, damit sie ihn *findet*? Damit sie *geht*, ohne dass er Schluss machen muss?

Melli hätte geklatscht, wäre es nicht so traurig gewesen.

„Macht doch keinen Unterschied. Wenn er dich loswerden will, ist es eh vorbei. Aber was du dir da zusammenreimst, ist absurd. Du willst so verzweifelt glauben, dass es anders ist, dass du mittlerweile **Verschwörungstheorien auf RTL2-Niveau** entwickelst."

Dann – zwei Tage später – die Auflösung.

Sanna meldete sich wieder. Diesmal kleinlaut.

„Melli? Ich bin ne blöde Kuh. Muss mich selbst schämen."

Melli ahnte, was kam.

„Ich hab meine Handtasche aufgeräumt… da waren meine alten Schminksachen drin. Einer der Kajalstifte war exakt der gleiche. Der ist mir wohl aus der Handtasche gefallen und ich hab ihn nicht gleich erkannt, weil ich den ewig nicht mehr benutzt habe"

Einatmen. Ausatmen.

Ein Beziehungs-Thriller in Dauerschleife – Betrug, Kontrolle, Panik. Und am Ende:

Ihr.

Eigener.

Kajalstift.

Das was sie von Anfang an "ganz sicher" ausgeschlossen hatte.

Melli antwortete nüchtern:

„Also wieder mal Drama umsonst. Du raubst mir langsam Lebenszeit.“

Wäre es wirklich nicht ihr Kajal gewesen, hätte das natürlich erneut ein klares Zeichen für Joes Unehrlichkeit geliefert. Ein weiterer, schmutziger Mosaikstein in einem längst fertigen Bild.

Aber da der Stift tatsächlich aus Sannas eigener Tasche stammte, kippte die Geschichte schlagartig.

Plötzlich war Joe unschuldig. Kajal-unschuldig. Nicht Gaslighting-unschuldig, nicht Anschreien-unschuldig, nicht Silent-Treatment-unschuldig, nicht Machtspielchen-unschuldig, nicht Ordnungswahn-unschuldig – aber immerhin: frei von falschen Kosmetik-Vorwürfen.

Ein Detail also, das ihn in genau diesem winzigen Punkt reinwusch. Dabei hätte es längst keinen neuen Beweis mehr gebraucht. Keine Kajal-Gate-Sondersitzung bis 3 Uhr morgens, keine Tränen, kein Kopfzerbrechen. Es lagen genug Gründe auf dem Tisch, die allein hätten reichen müssen, um diese Farce von einer Beziehung zu beenden – für Sanna und, wenn er ehrlich gewesen wäre, auch für Joe.

Aber anstatt das große Ganze zu sehen, stand Sanna nun vor diesem lächerlich kleinen Detail wie ein Angeklagter vor einem entlastenden Indiz.

Falscher Alarm. Kein fremder Kajal. Also auch keine legitime Wut. Kein Schlussstrich. Stattdessen: Drama umsonst. Bis tief in die Nacht. Wieder einmal.

Die Realität ist keine Frage der Beweise, sondern der Schmerzgrenze

Sanna starrte auf ihr Handy.
Ihre Finger zitterten leicht, als sie die Nachricht eintippte.

„Findest du es normal, dass man sagt: Es ist wieder gut, aber dann trotzdem noch nicht wieder kuscheln will, weil man doch noch enttäuscht ist? Ich darf ihn nicht anfassen. Wegen der Kajal-Sache“

Sie biss sich auf die Lippe. Ihr Magen fühlte sich an wie ein viel zu fest verknoteter Schlauch, durch den nichts mehr durchkam – kein klarer Gedanke, kein Gefühl, das nicht schon vergiftet war von Unsicherheit.

Sie wusste, dass es krank war, so zu denken.

Aber was, wenn sie recht hatte?

Das Display leuchtete auf.

Melli: „Eure Beziehung ist halt komplett destruktiv. Das nennt man Silent Treatment, er bestraft dich jetzt."

Sanna seufzte.

Das war nicht die Antwort, die sie gebraucht hatte.

Nicht heute. Nicht jetzt.

Sie wollte Trost.

Ein „Vielleicht meint er's ja doch gut".

Ein „Es ist halt seine Art".

Ein Pflaster für eine Platzwunde.

Aber es kam nichts. Nur diese brutale, schmerzend klare Wahrheit.

Gestern noch hatte Joe gesagt: „Es ist wieder gut."

Aber das bedeutete, wie immer: Er war nicht mehr wütend. Er ignorierte sie nicht mehr. Er ließ sie im selben Raum existieren.

Aber küssen?

Berühren?

Nähe?

Nein.

Das war zu viel verlangt.

Seine Zuneigung blieb eine schwer bewachte Festung, zu der Sanna nur Zutritt hatte, wenn sie sich vorher selbst erniedrigte.

Zwei Tage lang hatte sie unter dem Kajal-Verdacht gelitten.

Zwei Tage, in denen sie ununterbrochen davon anfing, die Stimmung vergiftete, heimlich weinte, sich in ihren Verdächtigungen verhedderte. Immer wieder Fragen stellte.

Und Joe?

Der Unschuldige?

Der war längst von ihrer Paranoia genervt.

Verständlich sogar.

Aber dann – sollte er doch bitte Konsequenzen ziehen. Schluss machen.

Nicht weitermachen, nur um sie zu bestrafen.

Nicht weiterleben in diesem Spiel aus Missachtung, Abwertung und Strafe.

Er konnte Sanna genauso wenig umerziehen, wie sie ihn ändern konnte.

Aber statt zu gehen, entschied er sich – wie immer – für die Machtspiele.

Für Kälte.

Für Demütigung.

Nichts an dieser Beziehung war gesund.

Es war eine Spirale ins Bodenlose:

Je schlechter Joe sie behandelte, desto mehr glaubte Sanna, sie sei schuld.

Je mehr sie an sich selbst zweifelte, desto verzweifelter klammerte sie.

Und je mehr sie klammerte, desto verächtlicher sah er auf sie herab.

Melli hatte große Bedenken.

Große Angst sogar.

Wie schlimm würde das alles noch werden, wenn nicht endlich einer den Schlussstrich zog?

Wenn nicht endlich einer sagte:

„Genug."

Aber niemand sagte es.

Noch nicht.

„Naja, er sagt, er verzeiht mir das mit meinem Schminkstift, aber fängt immer wieder davon an. Und dass ich ihn ein paar Mal auf seinen roten Penis angesprochen habe."

Sie starrte auf die Worte, die sie da gerade geschrieben hatte, und hätte lachen können, wenn es nicht so bitter gewesen wäre.

Der rote Penis. Stimmt ja, das stand ja auch noch ungeklärt im Raum.

„Er sagt, ich vertraue ihm nicht. Und dass er deswegen schon ein paar Mal darüber nachgedacht hat, es wirklich zu tun – fremdgehen – damit ich endlich sehe, wie sich das anfühlt."

Melli antwortete ohne Zögern:

„Irgendwann wird er es tun."

Sanna:

„Was macht dich so sicher?"

„Ich hab's selbst gemacht. Mein Ex hat mich auch dauernd beschuldigt. Wenn ich in die Stadt ging und es wagte, ein sexy Outfit und - noch schlimmer – schöne Unterwäsche zu tragen, unterstellte er mir, ich treffe mich mit einem anderen. Dabei war ich damals 100% treu. Irgendwann dachte ich: Dann kann ich's auch gleich tun. Ist nichts, worauf ich stolz bin, aber so war es nunmal."

Sanna schluckte.

Joe war kein Engel.

Das wusste sie.

Er hatte anderen Frauen schon mal nicht treu sein können.

Früher. In vergangenen Beziehungen.

Aber seiner Frau ist er immer treu gewesen. Das erzählte er oft.

So, als wäre das ein Gütesiegel.

Er _konnte_ also treu sein. Er hatte es bewiesen. Und das war ja schließlich seine Beziehung vor ihr gewesen. Und das Fremdgehen eine Jugendsünde. Da er über 13 Jahre lang mit seiner Frau zusammen war, musste das etwas in seinen späten 20ern gewesen sein. Lange zurückliegend. Bevor er sich fest gebunden hat. Bevor er Vater wurde.

Sanna sagte sich das immer wieder wie ein Mantra:

Joe kann treu sein!

Und als ob das nicht an Drama gereicht hätte, kam Joe mit dem nächsten Argument:

Er wolle jetzt Miete. Die Hälfte. Rückwirkend. Drei Monate.

Sanna erstarrte.

Sie dachte an die Nächte, die sie dort in den letzten drei Monaten verbracht hatte. Nur an jedem zweiten Wochenende. Jetzt hielt sie sich fast ständig hier auf, wegen ihres neuen Jobs, aber doch nicht in den letzten drei Monaten.

Sie erinnerte sich an seine Worte, dass das „hier" sein Zuhause sei. Dass sie nicht zu viel einnehmen solle.

Sich nicht „zu sehr einnisten" dürfe. Verlangte, dass sie ihre Zahnbürste jedes Mal mit nach Hause nahm anstatt sie bei ihm zu deponieren. Dass sie ihre Schmutzwäsche keinesfalls bei ihm waschen solle. Und dass er „keinen Bock" hatte, dass ihr Süßstoff für den Kaffee Platz in seinem Küchenschrank wegnimmt. Sie nahm also all diese Dinge in ihrem Koffer mit zu ihm und wieder mit zurück.

Aber zahlen?

Doch, dafür war sie dann gut genug.

Melli schrieb:

„Er sucht nach Wegen, dich auszubeuten. Wenn du schon keine Freude bist, sollst du wenigstens eine Einnahmequelle sein. Er will maximal von dir profitieren"

Und dann kam diese eine Nachricht, die Sanna beim Schreiben die Luft abschnürte:

„Jetzt will er Geld und dass ich putze – und gleichzeitig keinen Sex mehr. Ich weiß, das klingt blöd, aber das fühlt sich an wie… als wäre ich jetzt einfach nur noch Haushälterin."

Melli ließ keine Zweifel:

„Das *ist* genau das. Und du weißt es auch."

Sanna starrte auf den Bildschirm.

Dann fiel Sanna die Salbe wieder ein. Thema „roter Penis".

Joe hatte erklärt, der Sex müsse pausieren. Zwei Wochen.

„Wegen Restpipi unter der Vorhaut", hatte er gesagt.

Ja, richtig gelesen.

Rest. Pipi.

Melli legte das Handy kurz zur Seite, weil sie Angst hatte, es vor lauter innerer Explosion gegen die Wand zu schleudern.

Restpipi.

Reizung. Kortisonsalbe.

Kein Pilz, nein nein, natürlich nicht. Nur... „mal passiert".

Keine Auswirkungen vom Fremdvögeln.

Mhm.

Klar.

Und der Weihnachtsmann kriegt Ausschlag von zu viel Lamettastaub.

Natürlich war es theoretisch möglich.

Aber realistisch?

Es klang nach dem verzweifelten Versuch eines erwischten Teenagers, der beim Pornoschauen ertappt wurde und dann erklärte, er recherchiere für ein Bio-Referat über Fortpflanzung.

Melli ballte die Hände.

Denn sie wusste:

Hier ging's nicht um Hautreizungen. Oder die Beteiligung an der Miete.

Hier ging's um Respekt.

Oder besser gesagt: um den kompletten Mangel daran.

Joe schuf wieder einmal Unsicherheit.

Er drehte und wendete die Erklärungen, bis Sanna sich selbst wie ein lästiges Insekt fühlte.

Und er wusste genau:

Jede diffuse Ausrede, jede unausgesprochene Andeutung würde sie zermürben. Jedes Sexverbot würde sie dazu bringen, sich selbst infrage zu stellen.

Würde sie zwingen, die Schuld bei sich zu suchen.

Melli dachte bitter:

Wenn ein Mensch dich wirklich liebt, dann ist seine größte Sorge nicht, ob er sich blöd fühlt – sondern, ob du verletzt bist.

Joe?

Joe scherte sich keinen Dreck.

Sanna spürte es tief drin.

Natürlich spürte sie es.

Aber das Gehirn eines Menschen auf Entzug funktioniert nicht logisch.

Es funktioniert in Schleifen.

„Ich frag mich manchmal, ob er mir nicht einfach zeigen will: Du bist nicht wichtig genug, dass ich ehrlich bin", schrieb sie.

Und Melli las es.

Und sie dachte:

Er zeigt es dir nicht manchmal, Sanna. Er zeigt es dir jedes einzelne Mal, wenn er dich belügt, verhöhnt, ignoriert und dann so tut, als sei alles in deinem Kopf.

Aber Sanna fragte nicht mehr.

Sie vermutete.

Sie litt.

Und sie blieb.

Wie ein Hund, der bei jedem Tritt nur noch mehr am Türrahmen kratzt.

Denn in Sannas Welt war Joe immer noch der, der sie vielleicht rettete.

Obwohl er längst der war, der sie ertränkte.

Alles an ihm war Fassade. Nur die Verletzungen waren echt.

Und Sanna?

Sanna war müde.

Aber nicht müde genug, um zu gehen.

Sanna wollte sich „beruhigt fühlen".

Sie wollte hören, dass sein konzentriertes Schreiben am Handy einem Kumpel galt. Dass sie über's Biken oder Angeln sprachen. Sie wollte beruhigt sein. Angstfrei..

Natürlich nicht durch innere Sicherheit, Vertrauen oder gesunde Grenzen.

Sondern durch digitale Dauerüberwachung.

Am besten mit Empfangsbestätigung, Standortfreigabe und einem wöchentlichen Screenshot seines Chatverlaufs.

Aber sie wusste:

Direkt fragen ist… schwierig.

Denn es klingt halt schnell…

– wie das, was es ist:

ein Kontrollversuch mit Kuschelschleife.

„Wie kann ich das sagen, ohne dass es scheiße klingt?", schrieb sie.

Und Melli dachte:

Gar nicht.

Denn egal, wie man es verpackt –

„Sag mir bitte, wann, wie oft, mit wem und worüber du schreibst"

klingt immer irgendwie…

nach *Stasi light.*

Sanna wollte das nicht so nennen.

Sie wollte „Beruhigung".

Ein gutes Gefühl.

Vielleicht eine Emoji-Garantie.

So etwas wie:

weiße Taube = ich denke an dich

durchgestrichenes Handy = Akku leer, keine Panik

Sprechblase = ich schreibe mit jemandem, aber sie ist alt und hässlich

Aber Melli hatte keine Geduld mehr.

„Du hast mich das schon hundert Mal gefragt."

„Es gibt keinen Weg, wie man eine übergriffige Frage charmant stellt."

Punkt.

Doch Sanna ließ nicht locker.

„Was GENAU würdest du sagen, wenn du das mit Basti hättest?"

Als wäre es eine Frage der Formulierung.

Der Tonlage.

Des perfekten Einstiegs.

Vielleicht sowas wie:

„Hey, ich bin gerade super glücklich mit dir… könntest du mir bitte täglich sagen, mit wem du schreibst, wie oft und warum, damit ich emotional nicht implodiere? 😊"

Sanna nannte es „sich absichern".
Melli nannte es, in Gedanken:
eine Art paranoides Liebes-Bingo.
Bei dem Sanna so lange Felder ausfüllt,
bis sie wieder einmal die Gewissheit hat,
dass irgendwas nicht stimmt.

Und dann kam noch der Satz:
„Vielleicht muss ich bald gar nichts mehr fragen."
Mit dem unterschwelligen Hauch von Drama,
Verlust, Untergangsstimmung.

Melli schrieb nicht mehr viel.
Denn was hätte sie sagen sollen?
Sanna wollte keine Wahrheit.
Sie wollte einen Wortfilter,
durch den Kontrolle wie Zuneigung klang.

Und so blieb nur ein Gedanke:
Du kannst alles fragen – aber hör bitte auf, es Liebe zu
nennen.

Kapitel 30 – Kurzbesuch auf Wolke 7

Es war wieder so weit. Sanna schwebte.
Nicht einfach so. Sondern auf Wolke Sieben, mit Sternenstaub im Haar und rosaroten Glitzerblasen im Bauch.

Joe war lieb gewesen. Nein, nicht nur lieb – **so krass lieb**, wie sie es ausdrückte.
Er hatte bei seiner Familie von ihr erzählt. In Tönen, die klangen, als sei sie ein Geschenk des Himmels, als hätte er Sanna direkt aus der Kulisse eines romantischen Kinofilms heraus adoptiert.

"Wie er da redet...", sagte sie Melli in einer Sprachnachricht, ihre Stimme ein einziger Seufzer, "...ich hätte ihn am liebsten einfach nur umarmt, mich mit ihm ins Bett geworfen – ohne Sex – einfach nur zum Streicheln, Kraulen, Küssen... in seinen Armen liegen."

Für Sanna war das der Beweis.
Nicht nur, dass er sie mochte. Nein – **dass er sie fühlte**.
Dass sie angekommen war.
Dass es kein Zweifel mehr geben durfte.
„Ich glaube wirklich, er vermisst mich, wenn ich nicht bei ihm bin. Heute... heute kam das zum ersten Mal wirklich bei mir an. Wärst du an meiner Stelle nicht auch erleichtert und würdest ihm vertrauen?"

Melli antwortete knapp.
So wie immer, wenn sie wusste, dass jedes Wort ein Luftballon mit Nadelwirkung sein konnte.
„Nö, schon wegen Tinder nicht."

Sanna, überrascht:
„Was meinst du? Was würdest du denn machen, wenn du in meiner Lage wärst?"

Melli schrieb:
„Ich wäre nie in der Lage, in der du jetzt bist. Ich hätte längst gesagt: Mach das weg – oder ich bin weg."

Aber Sanna war nicht Melli.
Sie liebte. Und sie hatte Angst.

„Ich schaffe das nicht", schrieb sie. „Ich glaube, er würde dann sagen: Fick dich. Gibt genug. Und geht einfach, wenn ich ihm Tinder wegnehme."

„Ein Mann, der mich so einfach austauschen würde, kann mich mal", konterte Melli. „Da wäre mir seine Reaktion egal."

Doch das war Sannas Welt nicht.

In ihrer Welt war Joe derjenige, der entscheiden durfte, wann sie sich sicher fühlen durfte.

Und heute – **heute** – war ein sicherer Tag.

Ein Tag, an dem er bei seiner Tante oder Cousine oder Mutter offenbar Dinge über sie gesagt hatte, die sie mit Liebe tränkten.

Er hatte geschwärmt.

Sanna war stolz wie ein Kind mit einer Eins in Kunst.

„Wenn er das ehrlich sagt…", schrieb sie an Melli, „…dann geht man doch nicht fremd, oder?"

Mellis Antwort kam sofort.

Kalt. Direkt.

„Hör auf mit Analysen. Das kannst du daran nicht festmachen. Nicht am Eieressen, nicht am Familienessen, nicht am ‚Babe'-Sagen. Man kann trotzdem fremdgehen – oder eben nicht."

Aber Sanna hörte nicht auf.

Nicht mit Denken. Nicht mit Hoffen. Nicht mit Träumen.

„Ist es doof, ihn zu fragen, wie es sich für ihn anfühlt, zu spüren, wie sehr ich ihn liebe? Ob er das schon mal so gespürt hat?"

Eine naive Frage. Eine gefährliche. Eine Selbstmordmission im Schleier aus Romantik.

Melli kniff die Augen zusammen.

Na klar. Vergleichen wir uns doch mit seiner Ex. Mit der Frau, die seine Kinder geboren hat, seine Steuererklärungen unterschrieben und die er geheiratet hat.

Wie krank musste die eigene Selbstwahrnehmung schon sein, dass man dachte, dieser Wettkampf könne irgendetwas heilen?

Sanna wollte nicht einfach nur geliebt werden.

Sie wollte geliebter sein. Besser. Höher. Unersetzlich.

Als ob sie damit den Beweis in der Hand hielte, dass Joe sie niemals betrügen würde. Denn Sabine war er nicht fremdgegangen. Und wenn sie „besser" war als Sabine, dann würde er eben auch ihr niemals fremdgehen.

„Ich würde halt gern wissen…", schrieb Sanna schüchtern, „…ob er meine Liebe ehrlicher spürt. Als bei der Frau davor."

Wie sollte man Sanna erklären, dass das, was sie für Liebe hielt, in Wirklichkeit ein Feuerwerk aus Kontrollsucht, Klammern und Panik war? Sanna verwechselte ihre Angst mit Intensität. Ihre Verlassenheitsangst mit Tiefe.
Ihr klammerndes, übergriffiges, permanent existenzielles Brauchen – mit einer "besonders starken Liebe".

Natürlich spürte Joe sie.
Er spürte sie vermutlich mehr als jede Frau zuvor.
Ja, er spürte sie. Genauso wie man einen nervösen Mückenstich spürt: ständig, unangenehm, und nur mit dem dringenden Wunsch, endlich seine Ruhe zu haben.

Nicht als sanfte Nähe.
Nicht als wärmende Liebe.
Sondern als eine Last, die schwerer wurde, je mehr sie sich nach Leichtigkeit sehnte.

Das, was Joe spürte, war vermutlich mehr Fluchtreflex als Verbundenheit.
Mehr Erdrücken als Geborgenheit.
Sanna wollte ihre Angst veredeln.
Sie zu etwas Höherem machen.
Etwas, das ihn binden müsste – weil es so groß war, so tief, so absolut.

Melli atmete durch die Nase aus.

Langsam.

Kontrolliert.

Dann schrieb sie zurück:

„Liebe lässt sich nicht vergleichen wie Handytarife. Und selbst wenn – glaubst du ernsthaft, er hatte in 13 Jahren nie

Momente, wo er Sabines Liebe gespürt hat? Natürlich hatte er. Nur irgendwann war es eben nicht mehr genug."

Das war die bittere Wahrheit:

Nicht weil Sanna schlechter war.

Nicht weil Sabine besser war.

Sondern weil Joe einfach Joe war

Aber das war egal.

Denn Sanna lebte **für den Moment**.

Für diesen einen Samstag, an dem Joe sie nur „Babe" nannte und von ihr sprach, als sei sie das Beste, was ihm je passiert sei.

Für diesen Samstag, der nach Sommerregen roch und sich anfühlte wie Vanilleeis mit Sahne.

Und dann kam plötzlich der Durchbruch!

Sanna hatte es geschafft.

Fast ein Jahr waren sie nun zusammen, und endlich – endlich – hatte sie Joes Kinder kennengelernt: Max, zehn Jahre alt, Emma, acht.

Lange hatte er sich geweigert. Immer wieder betont, es sei „noch nicht sicher genug" mit ihr. Er wolle nicht, dass seine Kinder jemanden ins Herz schließen, der dann wieder verschwindet.

Ein Satz, der sich in ihr eingebrannt hatte wie eine implizite Drohung.

Und dann – ganz plötzlich, ganz typisch Joe – hatte er es beschlossen.

Sie durfte kommen.

Einfach so.

Ohne große Vorankündigung, ohne Erklärung für den Sinneswandel.

Sanna hatte es kaum fassen können.

Das musste bedeuten, dass er sich jetzt sicher war. Mit ihr. Mit ihnen.

Dass sie endlich bleiben durfte – richtig bleiben. Nicht mehr an kinderfreien Wochenenden herangekarrt werden und zwischendurch bei Freundinnen untertauchen wie ein blinder Passagier.

Ihr Ex hatte längst eine neue Frau an seiner Seite, und die wohnte inzwischen offiziell im alten Zuhause. Für Sanna gab es dort keinen Platz mehr – nicht einmal mehr symbolisch.
Aber jetzt? Jetzt konnte sie endlich **offiziell bei Joe einziehen**.
Fühlte sich auch nur gerecht an. Immerhin verlangte er ja auch die halbe Miete.

Aber es war alles schwieriger als erwartet.

Die Kinder waren da. Und mit ihnen: Distanz.
Keine Zärtlichkeiten vor Max und Emma. Keine Umarmungen, kein Kuss auf den Nacken, kein zufälliges Streifen im Vorbeigehen.
Immerhin mussten sie sich ja erst daran gewöhnen, dass da jetzt *jemand anderes* war. Jemand, der nicht ihre Mama war – aber sich an ihren Papa schmiegte.

Und das Schlimmste:
Kein Sex.

Nicht mal nachts. Nicht mal im Flüsterton. Nicht mal mit Tür zu.

„Ich schlafe nicht mit dir, wenn Max jede Sekunde reinkommen kann."
Joes Stimme war scharf. Endgültig.

Aber Sanna konnte es nicht glauben.
Sie wollte es nicht glauben.

Etwas in ihr weigerte sich, diese Erklärung zu akzeptieren.
Sie vermutete ein System. Eine Absicht. Er **wollte** nicht mit ihr schlafen und nahm die Kinder als Vorwand.

Und bald hatte sie einen Verdacht:
„Ich glaube, er hat Alexa so programmiert, dass Max jede Nacht aufwacht. Extra."
Die Worte schickte sie Melli in einer Sprachnachricht – als Flüstern, als halbe Verschwörung.

Melli antwortete nüchtern, fast schon genervt:
„Kinder wecken? Kompletter Blödsinn. Wie paranoid ist es bitt,

dass du glaubst, jemand weckt gezielt seine Kinder, um Sex entgehen zu können. Zumal er überhaupt kein Problem damit hat, dir irgendetwas ins Gesicht zu sagen. Das tut er ohne jede Rücksichtnahme."

Aber Sanna dachte weiter.

Sie dachte *immer* weiter.

Weil sie es nicht verstehen konnte. Weil sie es *verstehen wollte*.

Es musste doch eine Erklärung geben.

Ein Muster.

„Was soll ich denn machen? Kein Sex, solange die Kinder da sind, sagt er. Ich habe richtig gebettelt." schrieb sie schließlich.

Aber es war keine Frage.

Es war eine Kapitulation in Satzform.

Melli antwortete direkt, wie immer:

„Du respektierst nicht, dass er nicht will. Dann hat man eben ein paar Tage lang keinen Sex"

Pause.

„Hast du gar keinen Stolz?"

Stolz.

Was war das eigentlich noch mal?

Sanna konnte sich vage erinnern, irgendwann mal welchen gehabt zu haben.

Irgendwo zwischen „Ich liebe dich" und „Lass das bitte" hatte sie ihn verloren.

Was sie wollte, war einfach: Nähe.

Ein Beweis, dass sie noch existierte. In seinen Augen. In seinem Begehren. Das waren die einzigen Momente, in denen sie sich WIRKLICH GEWOLLT fühlt. In den Momenten gab es schließlich nur sie und ihn. Diese Momente waren der BEWEIS, dass er sie wollte. Es war kein Sexualtrieb, keine Lust, sondern – wie alles- eine Suche nach Bestätigung.

Aber Melli hatte recht.

Wie immer.

„Du läufst ihm halt nach. Du bist die, die alles will. Und er gewährt dir manchmal etwas."

Wie ein Leckerli.
Wie ein Gnadenakt.

Und Sanna nahm es.
Immer.
Weil es sich – für einen Moment – nach Liebe anfühlte.

Und dann… dann kam wieder so ein Moment.

Max lief lachend durch den Flur. Emma warf Kuscheltiere auf die Couch. Und mittendrin rief sie plötzlich, glockenhell, fröhlich, völlig beiläufig:
„Papa liebt dich, Papa liebt dich!"

Joe hatte gelächelt.
Nicht viel. Nur angedeutet.
Aber es reichte.

Sanna spürte, wie etwas in ihr aufleuchtete – wie eine Lichterkette in einem dunklen Raum.

Vielleicht doch.
Vielleicht ist es real.
Vielleicht wird alles gut.

Denn so funktionierte das System Joe:
Nicht zu viel geben.
Gerade genug.
Nie ganz.
Aber immer so viel, dass sie bleibt. Auch dafür gibt es ein Wort:
„Breadcrumbing". Das beschreibt genau das, was Joe immer tat:
Brotkrümel hinwerfen. Das Mindestmaß an Investition, damit Sanna blieb.

Sanna glaubte schließlich, einen Durchbruch zu haben.

„Ich liebe Joe, und ich *muss* ihm vertrauen", schrieb sie, als wäre es ein Mantra.
Ein therapeutischer Satz, den man sich vorsagt, bis man ihn irgendwann glaubt – oder so tut, als ob.
Wie jemand, der jeden Tag in den Spiegel schaut und flüstert:
„Ich bin stark."
Nicht weil er es fühlt.
Sondern weil er sonst zusammenbricht.

Melli sah die Nachricht. Und schwieg.

Denn sie kannte dieses Spiel.

Ein paar Tage vermeintlicher Frieden – und dann wieder der emotionale Tsunami.

Sannas Texte kamen in Wellen: Hoffnung, Panik, Misstrauen, Rechtfertigung, Euphorie, Absturz.

Ein Wetterbericht emotionaler Extremzustände, bei dem man nur noch mit Helm und Schwimmweste überlebte.

Sanna klammerte sich verzweifelt an den Glauben, dass Joe es ernst meinte.

Dass das Problem in ihr lag.

Dass ihre Angst, ihre Kontrolle, ihre Misstrauensschübe das zerstörten, was eigentlich hätte wunderschön sein können.

Und ja – ihr Verhalten war belastend.

Es war anstrengend.

Es war oft zu viel.

Aber sie hatte es nicht erfunden.

Joe hatte es hervorgerufen.

Er hatte es befeuert, mit seinem Rückzug, seinem Gaslighting, seinem emotionalen Entzug, seiner Heimlichtuerei.

Er hatte ein Feuer gelegt –

und dann empört mit dem Finger auf die Flammen gezeigt.

Am Anfang, als alles noch neu und schillernd war,

da hätte man noch glauben können, Sannas Verlustangst sei das einzige Problem.

Dass sie sich ihr Unglück selbst baute.

Aber inzwischen?

Inzwischen hatte Joe Seiten gezeigt,

die jede Kontrolle, jedes Klammern, jedes verzweifelte Festhalten nicht entschuldigten –

aber verständlich machten.

Er machte es schlimmer. Immer.

Und das war der eigentliche Wahnsinn:

Je mehr er sie verunsicherte, desto enger klammerte sie.

Je kälter er wurde, desto verzweifelter suchte sie nach Wärme.

Je mehr er sie entwertete, desto mehr mühte sie sich, ihm ihre Liebe zu beweisen.

Ein endloser Teufelskreis.

Einer, aus dem keiner von beiden mehr alleine herausfand.

Aber Joe hatte die Verantwortung für sein Verhalten längst abgegeben.

Und Sanna – sie machte sich weiterhin selbst verantwortlich für eine Beziehung, die längst nur noch aus Strafe, Misstrauen und Schmerz bestand.

Melli wusste: Nicht die Angst zerstörte die Beziehung.

Nicht Sanna allein.

Sondern die Mischung aus Angst –

und einem Mann, der sie nie beruhigen, sondern immer nur bestrafen wollte.

Zwei Wochen später: Rückfall.

Kein dramatischer Knall. Kein neues Drama. Nur… das Gleiche wie immer.

Sanna schrieb:

„Habe das Gefühl, umso mehr ich ihm helfe, umso mehr tritt er mir in den Arsch."

Melli schloss die Augen.

Es war wie bei diesen uralten Serien, bei denen man selbst die Dialoge auswendig kannte – weil sie in Endlosschleife liefen.

Sanna half. Joe nahm. Sanna hoffte. Joe mied.

Und immer, immer dieselbe Pointe:

Es lag an Sanna.

Diesmal war es besonders absurd:

Joe, der sich mittlerweile benahm, als sei Sanna eine lästige Pflichtveranstaltung mit Hausstauballergie.

Wenig Nähe, null Initiative – dafür umso mehr Totschlagssätze wie „Ich kann grad nicht", „Ich hab so viel im Kopf" und, der neue Klassiker: **„Max schläft unruhig."**

Natürlich.

Das Kind war schuld.

Immer.

Sanna ahnte, dass es Quatsch war – aber sie konnte es nicht lassen.

„Glaubst du, er redet seinem Kind ein, dass es schlecht träumt, damit er keinen Sex mit mir haben muss?"

Melli hielt inne.

Für einen Moment.

Nicht wegen der Frage.

Sondern wegen der Tatsache, dass Sanna sie ernst meinte. Das war also die Alexa-Verschwörung 2.0.

Sie schrieb trocken:

„Nein. Aber ich glaube, er will einfach keinen Sex mit dir."

Pause.

Der Satz traf. Wie ein Schlag. Aber sie wehrte sich. Noch.

Sanna versuchte, wie immer, eine Brücke zu bauen.

Von Realität zu Wunschdenken.

Mit Erklärungen, Ausflüchten, halbgaren Diagnosen.

Joe sei halt „anders".

Joe sei „überreizt".

Joe schaue halt manchmal Pornos.

Und dann sage er so Sachen wie:

„Jetzt mal nen Fick mit ner 20-jährigen Muschi."

Melli blinzelte.

Nicht vor Erschütterung.

Sondern, weil ihr Sarkasmus einen Luftsprung machte.

Sie antwortete knapp:

„Würde ich nie erleben. Ich wär weg, bevor der Satz zu Ende gesprochen ist."

Aber Sanna war noch da.

Natürlich war sie noch da.

Weil Joe mal gelächelt hatte.

Weil er ihre Hand genommen hatte – vor sechs Wochen, für fünf Sekunden.

Weil seine Kinder sie mochten.

Weil seine Mutter gesagt hatte, sie sei eine „ganz Liebe" und sie tue ihm gut.

Weil Liebe ein Kampf ist.

Und Sanna eine Kriegerin mit chronischem Tunnelblick.

Melli atmete durch.

Es war sinnlos.

Joe hatte längst alle Zeichen gesetzt.

Keine Nähe. Keine Fürsorge. Kein Wille zur Verbindung.

Dafür Ausreden. Distanz. Kälte.

Und – Bonus-Level – Pornos mit misogynen Kommentaren.

Und trotzdem versuchte Sanna, die Scherben zu sortieren wie ein Kind, das glaubt, es könne eine zerbrochene Vase mit Spucke kleben.

Sie sprach von seiner Vergangenheit. Von der ach so schwierigen Kindheit.

Von einem Vater, der nie da war.

Von einer Mutter, die ihn überbehütete.

Von alten Wunden.

Und natürlich von der bösen, bösen Ex.

Melli antwortete nicht sofort.

Aber als sie es tat, saß jeder Buchstabe:

„Ja ja, schlimme Kindheit. Und jetzt zwingt ihn jemand, eine erwachsene Frau zu ignorieren, zu manipulieren und zu demütigen. Klar."

Aber Sanna war noch nicht bereit für Wahrheit.

Noch nicht.

Denn er war doch mal zärtlich gewesen.

Er hatte ihr mal gesagt, dass sie „anders" sei.

Dass sie klug sei. Besonders. Nicht wie die anderen. Er hatte ihr dieses Hochgefühl gegeben, das sie sich bei allen Männern zuvor gewünscht hatte.

Und das war das Gift.

225

Nicht der Porno.

Nicht der Spruch mit der 20-Jährigen.

Nicht einmal das fehlende Kuscheln.

Sondern diese ersten Wochen, in denen er sie behandelt hatte, als wäre sie ein Schatz.

Die perfekten drei Wochen.

Der Köder.

Wie ein Kind, das die leere Verpackung eines Geschenks umklammert,
weil es glaubt, dass das eigentliche Geschenk doch noch irgendwo versteckt sein muss.

Sie jagte der Anfangszeit hinterher.

Dieser einen kurzen Phase,
in der er aufmerksam war,
zärtlich,
interessiert.

In der er nach ihrer Hand gegriffen hatte, einfach so.

In der er ihr schrieb, bevor sie überhaupt Zeit hatte, sich zu fragen, ob er an sie dachte.

Sanna glaubte, dass dieser Joe noch irgendwo in ihm lebte.

Verschüttet vielleicht.

Verletzt vielleicht.

Aber da.

Doch Melli wusste:

Dieser Joe – der, den Sanna liebte –

der existierte nicht mehr.

Er hatte nie existiert.

Nicht wirklich.

Nicht über diese erste, betäubende Verliebtheitsphase hinaus.

Nicht über die Zeit, in der er sich noch Mühe gegeben hatte.

Nicht über den Moment hinaus, in dem Sanna ihn glaubte retten zu müssen.

Joe hatte Versprechen gegeben,
die Johannes – sein richtiger Name,
sein wahres Ich –
nie hatte halten können.

Weil sie nie echt gemeint waren.

Sondern Werkzeuge.

Lockmittel.

Süße Köder, um sich das zu sichern, was er wollte.

Kontrolle.

Bewunderung.

Verfügbarkeit.

Joe hatte nie vorgehabt, zu bleiben, so wie er am Anfang war.

Er hatte nur vorgehabt, Sanna zu binden.

Sie weichzuklopfen, bis sie nicht mehr fragte, nicht mehr forderte, nicht mehr zweifelte.

Da war kein Prinz.

Da war nie ein Prinz gewesen.

Nur ein Mann, der sich die Maske des Traummannes geliehen hatte, solange es nötig war.

Und der diese Maske längst achtlos in die Ecke geworfen hatte, als er sicher war, dass Sanna auch ohne sie blieb.

Kapitel 31 – Stille Nacht

Sanna war über das Wochenende bei ihren Kindern. Also getrennt von Joe. Unerträglicher Zustand also.

„Seit dem Tierarztbesuch ist alles anders", schrieb Sanna.

Melli starrte aufs Display. Tierarzt? Wo kam jetzt ein Tier her?

Joe war mit dem Hund seiner Mutter bei der Tierärztin gewesen, klärte Sanna sie auf.

Blond. Mitte 30.

„Sehr empathisch", hatte Joe gesagt.

Und seitdem – war **nichts mehr wie vorher**.

Sanna schrieb:

„Er meldet sich sonst IMMER. Pünktlich. Regelmäßig. Und jetzt? Jetzt… ist da eine Veränderung."

Eine *Veränderung*.

Großes Wort für ein paar Stunden scheinbar distanzierteres Schreibverhalten.

„Ich kenne ihn doch! So ist er nicht. Das ist nicht Joe!"

„Sanna. Vor weniger als einem Tag war noch alles normal – naja, so normal wie es bei euch eben ist. Jetzt willst du mir sagen, er ist ein anderer Mensch?"

„Es ist ein Muster. Ich spüre das. Er wirkt verändert. Anders in der Sprache. Weniger Emojis. Knapper. Und er hat erst NACH dem Tierarzttermin geantwortet."

„Du meinst… du erkennst ein komplett neues Verhaltensmuster. Nach nicht mal 24 Stunden?", tippte Melli.

„Ja", kam es zurück. „Und das ist das Erschreckende."

Und Melli?

Melli war wütend.

Nicht auf Sanna.

Nicht auf Joe.

Sondern auf den Film, in dem sie unfreiwillig mitspielte. Seit Monaten.

„ Bin ich in einem Paralleluniversum? Du sagst mir gerade, er meldet sich sonst IMMER.
Und gleichzeitig schreibst du mir seit Wochen, dass er NICHTS schreibt! Dass er sich NIE meldet! Dass er kalt ist, dass du Stunden wartest! Dass er ewig nicht antwortet. Was denn jetzt?!"

„Das klärt sich meist schnell wieder…", versuchte Sanna. „Es war dann ja auch nichts. Aber im Moment fühlt es sich einfach anders an."

Melli starrte aufs Display.
Es war nichts.
NICHTS.

Sie spürte, wie ihr die Hitze ins Gesicht schoss – eine Mischung aus Enttäuschung, Wut und dieser lähmenden Erschöpfung, die nur entsteht, wenn man hundert Mal für jemanden mitgekämpft hat, der nicht mal merkt, dass man längst auf dem Boden liegt.

„Weißt du eigentlich", tippte sie, die Finger hart auf dem Display, „wie oft ich mir wegen *Nichts* den Abend zerschossen habe?
Wie oft ich mich durch deine Panik gequält habe, durch dein Zittern, dein Weinen, deinen Weltuntergang – nur damit du am Ende schreibst: ‚War nichts'?
Kein Fremdgehen.
Kein Ghosting.
Kein Drama.
Nur ein übermüdeter Joe, ein vergessenes Handy, ein leerer Akku."

Melli schluckte die aufsteigende Bitterkeit hinunter.

„Und weißt du, was das Schlimmste ist?
Nicht, dass es wieder und wieder passiert.
Sondern dass es meistens nicht mal richtig aufgeklärt wird.
Dass wir alle in dieser ständigen Alarmbereitschaft leben – und am Ende bleibt nur dieser schale Nachgeschmack: Drama gemacht. Umsonst."

Melli spürte, wie ihr Hals heiß wurde.

„Es ist, als würdest du jeden Tag vor einem Tornadoalarm stehen, panisch den Keller ausräumen, dich mit Konserven und Decken zudecken – und dann kommt eine sanfte Brise durchs Fenster.

Und ich stehe jedes Mal daneben.

Ich baue die Sandsäcke mit. Ich helfe dir mit der Sirene im Ohr.

Ich hab deine Panik getragen.

Und am Ende: Nichts."

Sanna schwieg. Zumindest kurz.

„Ich fühle das eben ganz deutlich. Ich spüre, wenn sich was verändert. Und es ist jetzt anders. Ich bin doch nicht blöd."

„Doch, Sanna.

Nicht blöd.

Nur verloren.

Und – sorry – unfassbar egozentrisch.

Du spürst nichts, außer deinen eigenen Puls im Drama-Modus.

Du fühlst nicht Menschen.

Nicht Stimmungen.

Nicht Grenzen.

Nur dich. Dein Hämmern, dein Zittern, deine Angst, deine Gier nach Bestätigung. Wenn du wirklich so ein verdammtes Gespür hättest –

dann würdest du auch fühlen,

wie unglaublich mir dein Beziehungszirkus auf den Keks geht.

Du kaperst jede freie Minute, als wären wir Statisten in deinem persönlichen Katastrophenfilm. Und ich... bin müde. Ich kann diesen Sturm nicht jeden Abend neu mit dir durchstehen, wenn es am nächsten Tag heißt: Sorry, war nur müde, war alles okay."

„Ich kann aber nichts dafür, dass ich so bin."

„Doch, du kannst was dafür.

Du wählst es jeden Tag neu.

Du rufst freiwillig an.

Du textest freiwillig.

Du weinst freiwillig in meine Inbox.

Du kaperst jeden Abend wie eine Einbrecherin –

als wäre dein Herzschmerz ein öffentliches Gut,

um das sich alle zu kümmern haben. Und ich kann was dafür, wie oft ich mir diesen Film noch anschaue."

Und Melli hatte das schon viel zu lange mitgemacht.

Weil sie jedes Mal wieder dachte: *Vielleicht ist diesmal wirklich was Schlimmes passiert.*

Aber es war nie was Neues.

Nur ein weiteres Kapitel im immer gleichen Theaterstück.

Ein Stück, das Sanna jedes Mal mit dem Satz eröffnete:

„Ich glaube, diesmal ist es endgültig."

Und sie meinte das wirklich.

Jedes. Einzelne. Mal.

„Ich bin mir sicher – er ghostet mich."

„Ich glaube, er hat wen anders."

„Das war's. Ich spür's."

Und Melli?

Opferte ihren Abend. Ihre Ruhe. Ihren Schlaf.

Ihr Partner drehte sich genervt zur Wand.

Sie tippte im Dunkeln, gab sich Mühe, sprach leise, beruhigte.

Weil sie helfen wollte.

Weil sie dachte: *Vielleicht geht's wirklich nicht mehr.*

Und dann – am nächsten Morgen – dieselbe Nachricht wie immer:

„Sorry, falscher Alarm. Er war einfach nur eingeschlafen."

Oder:

„Hat sich alles geklärt."

Es war nie aus.

Nur Drama. Immer.

Und immer *endgültig* – bis es wieder nicht endgültig war.

Und diese Endgültigkeit, die keine war, raubte Melli den letzten Nerv.

Denn was war sie noch anderes als Sannas Nachtschicht?
Sie saß da, beantwortete panische Nachrichten, während ihre
eigene Mutter operiert wurde, ihr Sohn auf ADHS getestet
wurde, ihre Arbeit sie auffraß.
Und Sanna?
Schrieb um 2:00 Uhr, um 3:15 Uhr, um 4:02 Uhr.
Mitten in der Nacht, mit der Dringlichkeit eines Notfalls –
nur damit sie morgens zurückruderte, als wäre nichts gewesen.

Und manchmal kam nicht mal ein Update.
Dann war die letzte Nachricht „Er hat Schluss gemacht" –
und die nächste: „Ich glaube, er war beim Sex nicht ganz bei der
Sache."

Melli war nicht mehr wütend. Sie war leer.

Das Handy vibrierte. Wieder. Es war 3:41 Uhr.

Melli lag halb aufrecht im Bett, das Display glimmte wie ein
Mahnmal ihrer Selbstaufgabe. „Er hat sich nicht mehr
gemeldet… ich glaube, diesmal ist es wirklich vorbei." Sannas
Nachricht Nummer acht in dieser Nacht. Das „wirklich" war das
neue „definitiv". Melli hatte aufgehört, die Versionen von „jetzt
aber endgültig Schluss" zu zählen. Es waren mehr als Basti
Socken im Schrank hatte.

„Melli?!"
Bastis Stimme kam dumpf aus dem Kissenberg. „Ist das schon
wieder SIE?!"
Melli murmelte ein entschuldigendes „Nur kurz…" und tippte
weiter.
„Du hast geschworen, du antwortest nachts nicht mehr! Letzte
Woche saßen wir um Mitternacht mit Rotwein auf dem Sofa,
romantisch, die Kerzen brannten, und du sagtest nur: 'Warte
kurz, sie denkt, er ghostet sie, weil er beim Sex nicht laut genug
gestöhnt hat.' – Das. Ist. Kein. Notfall!"

Er setzte sich nun richtig auf, das Gesicht zerknittert vor
Müdigkeit und Wut.
„Und vorgestern?! Da wach ich auf, weil du in dein Handy
schreist: ,Er war abwesend beim Sex – vielleicht denkt er an
Tinderfrauen!' Und ich dachte, bei uns ist Feueralarm!"

„Sorry…", sagte Melli kleinlaut.

„SORRY?! Es ist jeden Abend das Gleiche! Drama, Tränen, Theorien! Ich schwöre dir, du hast mir gestern erzählt, dass er beim Stuhlgang immer sein Handy mitnimmt und Sanna jetzt deshalb seine Klogewohnheiten analysiert!"

Melli biss sich auf die Lippe. Das war gar nicht so übertrieben.

Basti fuhr sich durch die Haare, völlig aufgebracht. „Du schläfst drei Stunden pro Nacht, bist fix und fertig – für was? Damit sie dir morgens schreibt, dass er sich doch nur *versehentlich* nicht gemeldet hat?! Oder sie dir erklärt, er hätte gestern angeblich Schluss gemacht, aber heute beim Kuscheln 'Babe' gesagt und das ist jetzt der neue Anfang vom endgültig letzten Ende vom Anfang vom Ende?!" Stille.

Dann: „Du teilst dich auf in zwei Leben – und ich bin in dem einen der Typ, der leise Popcorn essen muss, weil Sanna denkt, Joe hat eine Tinderfrau, wenn er nicht zu jedem Foto von ihr direkt masturbiert."

Melli lachte kurz auf. Und dann seufzte sie.

„Du hast recht", sagte sie. „Es raubt mir den Schlaf. Meine Nerven. Und uns beide. Es bringt nichts, weil alles gleich bleibt. Ich kann nicht mehr."

Basti verschränkte die Arme. „Dann grenz dich ab. Richtig. Kein Drama um 2:00 Uhr. Kein interpretieren von Emojis. Kein 'Er hat aber gesagt, ich soll ihm ein Kuscheltier mitbringen, das bedeutet doch was!' mehr. Du bist nicht ihr Notdienst."

Melli nickte langsam. Sie schrieb:

„Sanna. Ich brauche eine Pause."
„Keine Nachrichten mehr nach Mitternacht. Nicht vor Mittag. Ich habe ein Leben. Ich hab einen Job. Ich hab Familie. Und ich brauche Schlaf."

„Ich kann nicht deine Krisenhotline sein – jede Nacht. Ich bin nicht dein Therapeut. Ich bin Melli. Und ich bin erschöpft."

Und Sanna? Die reagierte, wie sie immer reagierte.

Empört.

„Also wir haben NIE geschwätzt? Nie gelacht?! Ich war nur Krise für dich?!"

Doch, so war es.

Diese Verbindung war keine Freundschaft.
Es war ein Dauerabonnement auf psychische Ausnahmesituationen.

Einmal hatte Melli von ihrer Mutter erzählt. Wollte es zumindest. Von den schweren, therapieresistenten Depressionen. Von den Klinikaufenthalten, die mehr Hoffnung kosteten als brachten. Von Medikamentenversuchen, die entweder nichts bewirkten oder alles nur schlimmer machten. Und davon, wie sehr einen das runterzieht, wenn man nebenbei ein ganz normales Leben stemmen soll.

Sannas Reaktion? „Ja, ich hab ja auch Depressionen. Aber ich nehme halt keine Medikamente."
Ende. Kein Nachhaken. Kein Mitgefühl. Kein Raum.

Ein anderes Mal hatte Melli das Thema ihrer Familie angeschnitten – ein Angehöriger, der transgender ist und sich in seiner Transition zum anderen Geschlecht befindet. Der in der falschen Hülle aufwachte und dennoch jeden Tag versuchte, einfach da zu sein.

Sannas Kommentar: „Das Thema stresst mich. Lass uns über was anderes reden."
Damit war auch dieses Kapitel beendet. Zugeschlagen. Versiegelt.

Und selbst wenn Melli mal etwas Alltägliches teilte, wie einen Streit mit Basti – klein, banal, aber trotzdem belastend –, kam höchstens ein „Ihr kriegt das schon wieder hin."
Gefolgt von einem nahtlosen Übergang zu Joe. Immer Joe.

Es war nicht nur nicht ausgewogen. Es war ein Vakuum. Ein Sog, der nur in eine Richtung funktionierte. Melli war kein berechnender Mensch, aber selbst in ihrer nüchternen, illusionsfreien Art musste sie irgendwann einsehen: Diese Verbindung bedeutete für sie keinerlei Gewinn. Kein emotionales Gegengewicht. Keine Resonanz. Kein Netz. Kein Halt. Und nicht einmal das Gefühl, Sanna geholfen zu haben, da diese sowieso nur machte, was sie wollte.

234

Kapitel 32– Egoisten-Schlampe

„Komm, ist gut, du kleine Egoisten-Schlampe."

Melli starrte auf ihr Handy.

Sanna hatte es mal wieder geschafft, eine handelsübliche Flasche **Vanillemilch** in einen Beziehungsthriller zu verwandeln.

Schauplatz: Wohnzimmer.

Tatwaffe: ein Glas Cola, eine geöffnete Vanille-Milch.

Auslöser: Joe, der sich spontan entschied, dass Sanna seinen Sohn doch bitte einen Schluck davon probieren lassen sollte.

Sanna, etwas genervt: „Warum sollte ich, das ist meine?"

Und dann? Eben dieser Satz.

Melli las ihn zweimal.

Egoisten-Schlampe.

Der neue Tiefpunkt in einer Beziehung, die nur noch aus Tiefpunkten bestand.

Eben noch Familienausflug mit Eis – und plötzlich verbal ins Gesicht geschlagen, als hätte sie Joes Auto angezündet.

Aber das Erschreckendste?

Sanna war weniger schockiert über die Beleidigung als darüber, ob ihr Verhalten „vielleicht doch etwas patzig" gewesen war.

Prioritäten.

Melli tippte zurück, zynisch wie eh und je:

„Also dass du dem Kind nix gibst, versteh ich schon nicht. Aber dass Joe dich danach behandelt, als hättest du ihm den Wagen zerkratzt und sein Sparbuch geplündert, passt halt perfekt ins Bild. Ihr benehmt euch beide wie zwei Leute, die sich in einem brennenden Haus erst mal gegenseitig die Schuld geben, statt rauszulaufen."

Aber natürlich: Sanna war empört.

Sie hätte Max ja was gegeben. Also wenn Joe nicht so komisch gefragt hätte. Also eigentlich hat er es angeordnet. Oder wenn das Kind gefragt hätte und nicht Joe. Oder wenn der Planet Merkur in einem besseren Winkel gestanden hätte.

Melli wusste längst:

Es war **nicht** die Milch.

Es war nie die Milch.

Es war Joe.

Und der Umstand, dass Sanna sich von ihm wie eine fehlerhafte Küchenmaschine behandeln ließ: „Zu sperrig. Funktioniert nicht wie gewünscht. Schmeiß ich verbal gegen die Wand."

Sanna hatte inzwischen grob verinnerlicht, dass Melli nur von zwölf bis zwölf erreichbar war – also zwischen Mittagessen und Mitternachtsmüdigkeit. Zumindest an normalen Tagen. An *Notfalltagen* – also an jenen, an denen Joe Schluss machte (etwa zwei- bis dreimal pro Woche) – galt das natürlich nicht. In Sannas Welt war jedes Bauchgrummeln, jede Ungereimtheit bei Joes WhatsApp-Zeiten, jedes ausbleibende Gute Nacht und jede nicht unmittelbare Antwort ein Ausnahmezustand, der sämtliche Absprachen aushebelte. Notfall war alles, was sich für Sanna wie Weltuntergang anfühlte. Also praktisch: alles.

Wenn Melli – aus Gründen wie einem fiebernden Kind, einem Zahnarzttermin oder schlicht dem Bedürfnis nach einem einzigen stillen Morgen – mal *vor* zwölf online war, wurde sie sofort abgefangen. Sanna war schließlich immer online. Sie observierte nicht nur Joes Status, sondern offenbar auch Mellis. Sobald der kleine grüne Punkt erschien, bedeutete das für Sanna das Startsignal: *Jetzt kann ich endlich loslegen.* Und los ging's. Die nächste Auswertung von Joes letzter Nachricht, letzter Online-Minute, letztem Emoji.

Melli wollte das nicht mehr. Nicht jeden Tag geweckt werden vom Drama-Wecker mit Sannas Stimme. Sie wollte nicht morgens um halb acht in eine Live-Auswertung von Joes Frühstücksei gezogen werden. Und vor allem wollte sie nicht die ganze emotionale Müllhalde eines Menschen sortieren, der keine Grenzen kannte, aber jeden Anspruch stellte. Sannas Bedürfnis nach Sofort-Betreuung war der Maßstab aller Dinge. *Ich hab doch Probleme*, war ihr unausgesprochenes Mantra. Dass Melli auch welche hatte? Dafür war kein Platz. So wie in dieser gesamten Verbindung kein Platz war für Balance, Rücksicht oder echte Gegenseitigkeit.

Und so blieb Melli nur, was man tut, wenn jemand einem das Nervensystem zerschießt: Stummschalten. Online-Status verbergen. Tief durchatmen.

Denn sie wusste längst: Sanna würde nicht gehen. Dafür war die Abhängigkeit zu groß. Die Illusion zu stark. Die Angst zu lähmend. Die einzige Hoffnung war, dass *Joe* eines Tages Schluss machen würde. Aber auch das wurde zunehmend unwahrscheinlich. Der Kerl hatte sichtlich Gefallen daran gefunden, wie sehr er gebraucht wurde. Wie viel Macht er hatte. Und was für ein psychologisches Buffet ihm da serviert wurde – täglich, warm, auf Augenhöhe mit einem Opferblick.

Am Tag danach: Ausnahmezustand. Wobei man es nicht wirklich so nennen kann, wenn es eher die Regel als die Ausnahme ist.

Joe war auf einem Schützenfest.

Ohne sie.

Mit seinen Kumpels.

Männerausflug. Vatertag.

Bier, Bratwurst, Blasmusik.

Und – Gott bewahre – da waren **auch Frauen**.

Sanna starrte auf ihr Handy, als hinge ihr Seelenheil an zwei blauen Haken.

Seit fast fünf Stunden: Funkstille.

Nicht mal ein „Bin gut angekommen" oder „Denke an dich".

Gar nichts.

„Ich glaub, er vermisst mich nicht mal", schrieb sie.

Melli hätte ihr am liebsten geschrieben:

„Und ich glaube, du erwartest zu viel von einem Typen, der gerade mit fünf Promille in einen Busch pinkelt."

Stattdessen tippte sie: „Warum sollte er? Der steht da mit Bier und Bratwurst. Denkst du, er weint in sein Weizen?"

Doch Sanna klammerte sich fest.

„Aber da sind auch Frauen!!!"

Melli atmete tief durch.

Sie hätte schreiben können:

„Und Fliegen. Und Kühe. Und ein betrunkener Typ mit Bauchtasche. Willkommen auf dem Land. "

Aber sie tippte stattdessen nüchtern:

„Es wäre eher komisch, wenn er an der Bierbude steht und dich plötzlich vermisst."

Sanna aber bohrte weiter.

„Aber... wenn man jemanden liebt... dann schreibt man doch! Dann WILL man doch! Ich würd schreiben! Ich HÄTTE geschrieben!"

Melli ließ sich auf nichts davon ein.

Sie hatte das alles schon hundertmal durch.

„Er hat doch sogar gesagt, dass er heute noch mit mir telefonieren will. Und dann... nichts?! Ich sitz hier! Allein! Und er feiert – mit ANDEREN FRAUEN!"

Und dann fiel der Satz.

Wie jedes Mal ein Satz mit einer völlig absurden Theorie.

„Ich befürchte, er meldet sich nicht, weil er sich verplappern könnte. Betrunkene sagen doch immer die Wahrheit"

Melli riss die Augen auf.

Na klar.

Natürlich.

Nicht: *Er meldet sich nicht, weil er einfach keinen Bock hat.*

Nicht: *Er meldet sich nicht, weil du ihn mit deinem Dauer-Geklammer wahnsinnig machst.*

Sondern: *Er meldet sich nicht, weil er Angst hat, aus Versehen zuzugeben, dass er gerade mit einer anderen rummacht.*

Sanna dachte wirklich, sie könne jede Schweinerei verhindern – solange sie nur genug schreibt. Fragt. Kontrolliert. Nachbohrt. Sich bei ihm in Erinnerung ruft.

Als könnte man Treue per Nachricht erzwingen.

Sie hielt es nicht mehr aus und rief an:

Das Handy war aus.

238

ALARMSTUFE ROT.
Joes Handy war NIE aus.
Nur nachts.
Und selbst da… selten.

Doch Panik war Sannas Grundmodus.
Und Melli war müde.
Müde von denselben Gesprächen.
Müde von denselben Eskalationen.
Müde von der Tatsache, dass Sanna lieber an Joes angeblich
verletzte Seele glaubte als an das offensichtliche Arschloch, das er
war.

Sanna starrte auf ihr Handy wie ein Kind auf den letzten
Schokopudding im Kühlschrank.
Nichts. Keine Nachricht. Kein Lebenszeichen. Nicht mal ein
blauer Haken.
Nur dieser stille, elektronische Verrat.

Und weil das Leben zu grausam war, um es einfach nur
auszuhalten, tippte sie trotzig:
**„Ich lösche gleich meine letzten Nachrichten. Interessiert
ihn ja eh nicht."**

Melli stöhnte. Innerlich. Äußerlich. Und in sämtlichen
metaphysischen Sphären.
*Sie löscht Nachrichten. Wieder mal. Drama als Löschtaste. Willkommen in
Staffel 7 von "Ich will nicht klammern, aber WARUM SCHREIBST
DU NICHT?!?"*

Sanna wollte kein Gespräch. Sie wollte eine Reaktion.
Stattdessen bekam sie Melli.
Melli, die nichts mehr romantisierte.
Die einfach nur nüchtern antwortete:
„Immer die gleichen Aktionen. Hinterfragst du dich eigentlich
jemals selbst? Wie dein Verhalten wirkt?"

Aber Sanna war nicht zum Hinterfragen da.
Sie war da zum Fühlen. Und Dramatik verbreiten.
Und so schrieb sie weiter, als wäre das hier kein toxischer
Abgrund, sondern ein Disney-Film mit schlechten Dialogen.

„Ich würde mich halt melden… wenn ich er wäre. Nur ein paar liebe Worte! Damit man sich besser fühlt! Das KOSTET DOCH NICHTS!!!"

Melli hätte schreien können.

Doch, es kostet was. Nerven. Würde. Energie. Und vermutlich 39 Cent in der Selbstachtung.

Aber sie schrieb nur:

„Deine Gefühle sind ihm egal."

Bäm. Wahrheiten mit Baseballschläger. Stimmte auch. Joe hatte immer wieder gezeigt, dass es ihn nicht interessierte, wenn Sanna verunsichert war und meistens tat er nichts, um ihr ihre Ängste zu nehmen.

Aber Sanna zuckte nicht mal.

Stattdessen flüchtete sie sich in ihre klassische Notwehr-Taktik:

„Sagst du das eigentlich alles, weil du mich nicht leiden kannst? Weil du mir mein Glück nicht gönnst"

Nein, nicht deshalb. Sondern weil du dich benimmst wie ein Facebook-Kommentarbereich auf Valium und Rotwein.

Und dann kam – natürlich – der nächste Trotzausbruch.

„Würdest du ans Telefon gehen, wenn er anruft? Oder ihn ignorieren?"

„Oder ist das auch wieder übertrieben?"

„Ist es denn okay, mal zu fragen, warum er sich nicht meldet?"

„Was ist, wenn was passiert ist?!"

„Würdest du das bei Basti auch denken?!"

Melli hätte am liebsten geantwortet:

„Wenn Basti sich nicht meldet, denke ich, er macht irgendwas... Gesundes. Oder hat einfach ein Leben."

Aber sie schrieb nur:

„Bei dir ist es egal. Er weiß eh, dass du ihm nachläufst. Das ist so kaputt – du kannst es nicht mal mehr versauen."

Sanna, völlig in Alarmstufe Pink:

„Er hat sich seit 10:25 nicht mehr gemeldet! Nicht mal gelesen! Was ist, wenn er sich VOLLLAUFEN LÄSST?!"

„Na dann ist er eben betrunken. Wirst es schon irgendwann erfahren."

Doch für Sanna war das kein Trost.

Für Sanna war das ein Weltuntergang in 240 Zeichen.

Melli legte das Handy zur Seite.

Denn was sollte sie noch sagen?

Es war alles gesagt.

Nur Sanna hörte es nicht. Wollte es nicht.

Weil jede Wahrheit weniger wert war als ein mögliches „Ich liebe dich" von Joe – egal wie falsch, vergiftet oder verspätet.

Und irgendwo da draußen, in einem Bierzelt voller grölender Männer, stand Joe wahrscheinlich mit einer Wurst in der Hand und der Gewissheit im Kopf:

Sanna würde eh bleiben.

Egal wie oft er sein Handy ausmachte.

Egal wie sehr sie sich selbst zerstörte.

Denn Sanna war nicht auf der Suche nach Wahrheit.

Sie war auf der Suche nach einem Text, der beginnt mit:

„Sorry, Babe, mein Akku war leer – ich liebe dich."

Kapitel 33– Eine Socke zu viel

Immer, wenn Melli dachte, dass der Höhe- bzw. der Tiefpunkt erreicht sei, setzte Sanna noch einen drauf.

Melli hatte viel Unsinn über sich ergehen lassen. Aber das hier – das war wirklich next level. Eine einzelne Socke. Eine. Einzelne. Socke. Das war der neueste Skandal in Sannas Beziehung zu Joe. Und natürlich war es kein kleiner, übersehbarer Alltagsfund. Nein. Für Sanna war diese Socke ein Beweisstück. Ein stiller Zeuge einer mutmaßlichen Affäre. Größe 35–38. Schwarz. Verräterisch.

„Sowas taucht doch nicht einfach so auf?!" hatte Sanna geschrieben – in einer Mischung aus Panik, Empörung und der unausgesprochenen Hoffnung, dass Melli endlich bestätigte: Ja, das ist der finale Beweis. Jetzt darfst du ausrasten.

Melli schloss für einen Moment die Augen. Wenn jemand den Pulitzerpreis für absurdes Beziehungstheater verdiente, dann Sanna. Sie war eine investigative Meisterin der Kleinigkeit. Jedes Haar auf dem Sofa, jedes Geräusch auf der Erika-Aufzeichnung, jede verdammte Socke war ein potenzieller Beleg für Betrug.

Natürlich hatte sie Joe sofort zur Rede gestellt. Und Joe, der emotionale Abrissunternehmer, reagierte wie erwartet: genervt, laut, beleidigend. „Ey, was weiß ich denn?! Wenn du weiter mein Gehirn ficken willst, mach halt so weiter!" – Originalton Joe.

Sanna? Schockiert. Aber nicht über die Beleidigung. Nein. Sondern darüber, dass Joe sich weigerte, ernsthaft mit ihr über die Socke zu sprechen. Keine forensische Analyse. Keine Theorie. Keine Notizen. Gar nichts. Als ob es *nur* eine Socke wäre.

Melli las das alles, während sie sich innerlich fragte, wann Sanna endlich merkt, dass sie mehr mit einem Gasherd spricht als mit einem echten Menschen. Statt zu akzeptieren, dass Joe keinen Bock auf Detektivspielchen hatte, legte Sanna los wie ein CSI-Profi in der Midlife-Crisis.

Dann kam – wie immer – die Phase der Relativierung. „Ich hab eben überlegt… vielleicht ist sie aus dem Schwimmbad. Da lag mal eine in der Umkleide. Könnte evtl. sein...“

Melli musste lachen. Natürlich. Erst ist es die Socke der Affäre, dann ein harmloser Fund in der Familienumkleide. Willkommen in der Welt der Sanna, wo aus jeder Mücke ein Elefant wird – der dann mit etwas Glück wieder zur Mücke schrumpft, sofern die Hoffnung groß genug ist.

Aber es hörte ja nicht auf. Es ging immer weiter. Die Socke wurde zum Symbol – für das, was Sanna in ihrer Beziehung nie bekommen würde: Sicherheit. Gewissheit. Vertrauen. All das wurde durch eine schlichte Baumwollmischung ersetzt, die offenbar mehr über Joes Treue aussagte als all seine Worte zusammen.

Und dann – wie aus dem Nichts – der nächste Kracher: „Er will mich nur noch ein- bis zweimal die Woche sehen. Aber es ist trotzdem eine feste Beziehung.“

Melli tippte:
„Joe will seine Ruhe, Sanna. Und du störst. Das ist keine Beziehung. Das ist eine Besuchserlaubnis.“

Nur warf das Schwierigkeiten auf, da Sanna zu ihm gezogen war. Nicht offiziell, nicht mit Erlaubnis. Sie blieb einfach. Er hatte von Anfang an gesagt, es sei vorübergehend und sie solle sich nach einer Wohnung umsehen. Aber es ist leicht. KEINE Wohnung zu finden. Man musste einfach an jeder etwas auszusetzen haben. Und schon „musste“ sie bei Joe bleiben, da sie ja keine Wohnung fand. Würde Joe sie wirklich seltener sehen wollen, dann ginge das nur mit einer Wohnung.

Doch Sanna wollte, wie immer, nicht loslassen. Stattdessen analysierte sie einen Satz, den Joe neulich sagte:
„Was will ich denn noch mit ner dritten und vierten Frau?“

Für Sanna war klar: Da fehlt was. Was ist mit der Zwei? War das eine andere Frau? Oder war sie selbst die Zwei? Oder war das ein Code? WER WAR DIE ZWEI?

Melli verdrehte die Augen.
„Sanna. Es war ein belangloser Spruch. Er hätte auch über

Schuhgrößen reden können. Ich denke, er hat überhaupt nicht bewusst irgendwelche Zahlen gesagt, sondern wollte nur ausdrücken, dass er keine weiteren Frauen brauche. Aber gut, wenn du da den nächsten Skandal siehst – nur zu."

Doch hinzu kam ein weiteres Problem, was eben auch für eine „Zweitfrau" sprach: Joe wollte keinen Sex mehr. Sanna fühlte sich zurückgewiesen. Und als ob das nicht reichte, verknüpfte sie das mit ihrer Figur.

„Esse nichts mehr. Vielleicht gefalle ich ihm, wenn ich zehn Kilo abnehme."

Melli holte tief Luft.

„Sanna, er will dich nicht wegen deinem Gewicht nicht. Er will dich nicht, weil du nicht mehr spannend bist. Weil du nicht mehr neu bist. Weil er ein narzisstisches Arschloch ist."

Aber Sanna hörte das nicht. Wollte es nicht hören. In ihrer Welt war Joe einfach ein komplizierter, gebrochener Mann mit Problemen. Einer, der sich aus Angst zurückzog. Einer, der doch nur verstanden werden wollte.

Und wenn man ganz fest dran glaubte – vielleicht war die Socke ja auch gar nicht fremd. Vielleicht war sie nur aus einer dieser Wochen, in denen Sanna bei ihm war und vergessen hatte, was sie alles mitgebracht hatte. Und eigentlich war 35-38 ja eher eine Kindersocke. Und Frauen würden ja auch nicht so häufig schwarze Socken tragen. Das sei keine Frauenfarbe. Vielleicht gehörte sie also Max.

Vielleicht war Joe treu. Vielleicht war er heilbar.

Vielleicht war Liebe nur ein anderer Name für Selbstaufgabe.

Melli, die übrigens ausschließlich schwarze Socken trug –wie unweiblich- wusste es besser. Aber sie wusste auch, dass Sanna diesen Weg zu Ende gehen würde.

Mit oder ohne Socke.

Aber Sanna hörte nicht auf. Sie schrieb, sie analysierte, sie verglich.

Und dann kam der Satz, der Melli kurz stocken ließ: „Ich will einfach, dass Joe mich irgendwann liebt."

Da war sie wieder, die nackte Wahrheit, unter all den Sockendramen, Tinder-Schockmomenten und Alexa-Theorien. Sanna hoffte immer noch. Nicht auf eine Entschuldigung. Nicht mal auf Zärtlichkeit. Sondern auf etwas, das Joe nicht geben konnte: echte, tiefe Liebe.

„Der kann nicht lieben", schrieb Melli schließlich. Trocken. Klar. Und so traurig, wie nur eine Wahrheit sein kann, die niemand hören will.

Aber Sanna kämpfte weiter. Ihre Nachrichten wurden immer verzweifelter, immer verstrickter. Jetzt ging es darum, wann sie Sex haben sollte, um Joe nicht zu verlieren – aber auch nicht zu oft, um nicht uninteressant zu werden. Sie plante Wochentage, Uhrzeiten und wann sie mit der Annährung starten sollte. Ein Drahtseilakt zwischen Selbstaufgabe und Kontrollillusion.

„Wenn ich nicht mit ihm schlafe, holt er es sich halt woanders. Und wenn ich's tue, denkt er, er hat mich eh sicher."

Melli hätte lachen können. Oder schreien. Vielleicht beides gleichzeitig.

„Natürlich denkt er, er hat dich sicher, Sanna. Nicht, weil du ihm den Sex servierst wie Trostpflaster auf Kommando. Sondern weil du dich längst selbst aufgegeben hast.

Er weiß, dass du bleibst, auch wenn er dich behandelt wie kaputtes Inventar. Er weiß, dass du sogar dann bleibst, wenn er dich erniedrigt, ghostet oder dir ein Tinder-Match ins Gesicht schmiert. Er weiß, dass du lieber in einem brennenden Haus sitzen bleibst, als durch die Tür zu gehen – aus Angst, draußen könnte es noch schlimmer sein.

Joe braucht keinen Sex, um dich an sich zu binden. Er braucht nur diese eine kleine Hoffnung, die du jeden Morgen wieder aufpolierst wie ein altes Kuscheltier: 'Heute wird er mich lieben.'

Sex ist nur das Sahnehäubchen. Das Fundament, auf dem er sich sicher fühlt, bist du – zerbrochen, verzweifelt, und jeden Tag ein bisschen mehr bereit,

dich selbst zu verraten,
nur damit **er** bleibt und du ihn nicht verlierst."

Verlieren war nicht das Schlimmste für Sanna. Schlimmer war: nicht mehr zu kämpfen. Nichts mehr tun zu können. Nur dazusitzen und zu akzeptieren, dass sie nicht gereicht hatte.

Sie wollte glauben, dass Joe nur gerade „weniger Lust" hatte. Wegen Stress. Wegen seiner Kindheit. Wegen irgendwas. Hauptsache, es lag nicht an ihr.

„Ich hab letzte Woche sechs Mal mit ihm geschlafen. Jetzt zehn Tage nix. Was bedeutet das?", fragte sie.

Melli atmete tief durch. „Ich weiß es nicht. Und ich hab auch keine Lust, ständig was reinzuinterpretieren, nur damit du dich eine halbe Stunde lang weniger schlimm fühlst."

Sanna wollte eine Beruhigungspille. Melli hatte nur noch kalte Realität im Angebot. Und während Sanna weiter auf dem sinkenden Schiff Joe stand, das längst Schlagseite hatte, stand Melli am Ufer, winkte mit einer Rettungsweste – und wusste längst, dass sie nicht geworfen werden würde.

Und dann, als ob das Ganze nicht schon dunkel genug gewesen wäre, kam der nächste Absturz.

„Ich glaube, ich würde mir sogar gefallen lassen, wenn er mich schlägt."

Melli las die Nachricht, als hätte jemand einen Eimer Eiswasser über ihr Hirn gekippt.

„Vielleicht habe ich es verdient."

Da war er. Der Satz, der alles entlarvte. Nicht Joe war das Problem – sondern Sannas Glaube, dass sie kein Recht auf Liebe hatte. Kein Recht auf Respekt. Kein Recht auf ein Leben ohne Erniedrigung.

„Ich hab ja auch Thomas verlassen. Also hab ich's nicht verdient, geliebt zu werden."

Sie schrieb das in einer Selbstverständlichkeit, die Melli körperlich wehtat. Als wäre es eine universelle Regel: Wer einmal gegangen ist, darf nie wieder glücklich werden.

„Ich muss erniedrigt werden."

Melli lehnte sich zurück, rieb sich die Schläfen. Das war nicht mehr toxisch – das war suizidal, in Raten.

Sanna schrieb weiter, als würde sie sich selbst zu Boden reden.

„Ich kann ja nicht mal jetzt gehen… Ich bin ‚gefangen‘. Ich liebe ihn… Warum liebe ich ihn?"

Melli schrieb zurück: „Du liebst ihn nicht. Du bist süchtig nach dem, was du in ihm siehst. Das ist was anderes."

Aber sie wusste, dass es nichts brachte.

Kapitel 34– Geliebte, Putzfrau, Kindermädchen

Die nächste Eskalation. Sanna wollte über das Wochenende nach Bremen, eine Freundin besuchen, den Kopf frei kriegen. Joe rastete aus. Schrie. Sabberte. Brüllte ihr ins Gesicht, dass sie sich „verpissen" könne. Montag, Dienstag, Mittwoch – egal. Er brauche sie dann eh nicht. Aber am Wochenende könne sie ihn nicht mit den Kindern allein lassen. Die Kinder, die sie so lange nicht sehen durfte. Nun war sie auch dafür verantwortlich. Kinderbetreuung. Weil Kinder wollen essen, Kinder wollen beschäftigt werden und Kinder machen Dreck. Alles Sannas Aufgaben.

„Ich bin nur noch da, damit die Kinder nicht leiden."

Melli las das und tippte, ohne zu zögern:
„Also bist du nicht seine Partnerin, sondern seine Kinderbetreuerin."

Sanna schwieg. Aber ihr Schweigen sprach Bände.

Und dann kam der Gipfel des Wahnsinns:
Eine Pizza. Mit Schinken statt mit Salami.

Ein falsch geliefertes Gericht reichte aus, um Joe in den absoluten Terror-Modus zu schicken. Sanna war schuld, sie hätte noch an der Tür die Bestellung kontrollieren müssen.

„Es wird Zeit, dass du dich anpasst", hatte er geschrien.

Sie hatte geweint. Seine Tochter hatte protestiert. „Papa, es ist doch nur eine Pizza!"
Aber Joe ließ sich nicht stoppen. Nicht von Tränen. Nicht von Verstand. Nicht mal von einem Kind.

Später schrieb Sanna:
„Ich brauche etwas, das mich schnell dünn macht."

Melli tippte zurück:
„Warum?"
„Weil er mich hasst."

Da war sie wieder. Die Logik des Selbsthasses. Wenn man nur hübsch genug, dünn genug, brav genug ist – dann wird es vielleicht irgendwann reichen.

Doch es reichte nie. Und würde es auch nicht mit 3kg weniger. Zumal Sanna sowieso eher zu dünn war als zu dick.

Joe tat nichts. Für sie. Nie.

Wenn Sanna von der Arbeit kam und Joe allein zu Hause war – was in ihren Augen immer eine gefährliche Konstellation war, weil *allein* bei schließlich auch *unbeaufsichtigt* bedeutete – dann wagte sie manchmal, leise zu fragen:

„Würdest du mir vielleicht einen Kaffee machen?"

Ein Satz, weich wie ein Lächeln. Eine Bitte, so klein wie ein Kaffeelöffel.

„Nö", sagte er dann. „Mach selbst. Bin nicht dein Lakaie"

Kein Lächeln. Keine Begründung. Nur dieses „Nö", das bei ihm wie ein Betonklotz fiel.

Oder, wenn er ohnehin im Supermarkt war und sie ihn bat, ihr kurz was aus der Apotheke nebenan mitzubringen – nichts Großes, nur ein Nasenspray, das man nicht im Kopf, aber irgendwann in der Nebenhöhle vermisste:

„Nö. Ich geh doch nicht extra für dich dahin."

Es war Luftlinie 20 Meter. Für ihn aber ein Prinzip. Warum sollte er etwas für Sanna tun? Warum sollte er auch nur drei Minuten opfern, um Sanna einen Gefallen zu tun?

Und dann gab es diese raren Tage, an denen er tatsächlich mal *etwas* mitbrachte. Zwei Brötchen vom Bäcker. Belegt, wie sie sie mochte.

Er legte sie kommentarlos auf den Tisch. Und dann kam der Nachsatz – beiläufig, aber wie eine Ohrfeige mit Quittung:

„Sind zwei Euro vierundfünfzig. Kannst du mir nachher geben."

Nicht: „Hab dir was mitgebracht."
Nicht: „Lass gut sein."
Nicht mal ein „Hab an dich gedacht."

Nur die Summe. Und der stille Hinweis: Alles hat seinen Preis. Sanna bezahlte. Centgenau. Wie immer. Weil er das so wollte. Natürlich war er nur so genau, wenn **er** etwas bezahlt hatte. Brachte Sanna etwas mit, wie beispielsweise die

Sonnenmilch, die einmal zur Eskalation geführt hatte, nahm er das nur zu gern an, ohne überhaupt zu fragen, ob sie etwas dafür bekomme.

Sanna wusste: Das, was sie sich von ihm wünschte, war unbezahlbar. Und offenbar nicht im Sortiment.

Melli lehnte sich zurück, starrte auf ihr Handy, und fragte sich, wie viele Pizzen, Haargel-Vorfälle, Sabber-Eskalationen und Fahrdienste es wohl noch brauchen würde, bis Sanna endlich verstand: Das ist keine Liebe. Das ist Selbstauslöschung.

Es war längst nicht mehr Liebe. Es war forensische Obsession. Ein Tatort, der niemals verlassen wurde. Sanna saß in der Ermittlerrolle fest – Ermittlerin in eigener Sache. Nur, dass der Täter gleichzeitig auch ihr Lebenssinn war.

„Er hat schon wieder was am Penis", schrieb sie.

Melli sah die Nachricht, während sie gerade ihren Tee umrührte, und der Löffel blieb in der Tasse stehen. Es war wie ein Déjà-vu. Wie ein schlechter Film mit unendlich vielen Fortsetzungen, in denen der Plot nie vorankam.

„Ein Hautriss diesmal."

Und natürlich – Sanna googelte. Symptome, Heilungsverläufe, mögliche Übertragungswege. Als wäre Joes Unterleib ein geheimnisvolles Biotop, das sie kartographieren musste.

„Vielleicht ist es von einer anderen."

Melli antwortete knapp: „Oder er hat sich einfach zu heftig einen von der Palme gewedelt"

Aber Sanna konnte nicht loslassen. Nicht den Riss. Nicht den Penis. Nicht Joe.

„Er sagt immer, er würde niemals fremdgehen. Er sei doch kein Schwein."

Melli runzelte die Stirn. Joe war exakt das – nur Sanna wollte es nicht sehen. Oder nicht fühlen. Oder beides.

Und dann kam der Satz, bei dem Melli fast das Handy wegwarf:

„Ich will nicht, dass er sich selbst befriedigt."

Sanna schrieb es, als wäre es ein legitimes Anliegen. Als ginge es um die richtige Dosierung von Medikamenten oder die Frage, ob man bei Regen das Fenster kippen darf. Doch Melli las den Satz und wusste: Hier war er, der exakte Punkt, an dem Kontrolle und Selbstverlust ineinander übergingen. Der Grat zwischen absurdem Eifersuchtsdrama und echter Tragödie.

Sanna gönnte Joe nicht einmal mehr seinen eigenen Körper. Seine eigenen Hände. Seine eigenen Gedanken.

„Weil er dabei an eine andere denken könnte", schrieb sie noch.

Und Melli?

Antwortete nicht mehr.

Nicht aus Müdigkeit.

Sondern weil sie wusste: Das war kein Liebeskummer mehr. Kein Drama. Keine Verletzlichkeit.

Das hier war Obsession.

Pathologisch.

Giftig.

Und längst nicht mehr zu retten.

Vielleicht könnte man auch Joes Träume unter polizeiliche Überwachung stellen.

Eine staatlich geprüfte Traumkontrollbehörde:

Jede Nacht eine Liste, was er geträumt hatte, und ob es dabei versehentlich zu unautorisierten Fantasien gekommen war.

Oder gleich einen Gedankenfilter einbauen.

Alles, was nach Brüsten, langen Haaren oder hübschen Lächeln aussah – automatisch gelöscht.

Joe durfte nicht mal mehr gedanklich jemandem hinterhersehen.

Nicht mal auf dem Weg zur Arbeit.

Nicht beim Netflix-Gucken.

Nicht mal im Halbschlaf.

Und selbst dann wäre Sanna nicht sicher gewesen.

Denn der schlimmste Feind war nicht die Realität.

Sondern ihre eigene Angst.

Joe durfte nichts fühlen, nichts sehen, nichts denken,
was nicht von ihr kam.

Und dann gab es da ja noch **das Game of Thrones-Drama**.

Joe hatte irgendwann beiläufig erwähnt, dass er die Serie
mochte.
Wegen der Story.
Wegen der Charakterentwicklung.
Wegen der Komplexität.

Aber für Sanna war die Sache klar:
„Da sind Sexszenen drin!"
Und für sie hieß das automatisch:
Joe saß nicht wegen Drachen und Intrigen vorm Fernseher –
sondern um sich an Brüsten und halbnackten Rittern zu ergötzen.

Melli tippte halb im Spaß, halb im Ernst:
**„FSK18 – aber nur für Singles. Partner gucken ab jetzt bitte
'Sendung mit der Maus'."**

Denn für Sanna waren Serien keine Unterhaltung.
Sie waren eine Bedrohung.
Jede schöne Schauspielerin eine potentielle Rivalin.
Jede Andeutung von Erotik ein Verrat.

Melli stellte sich vor, wie Joe in Zukunft einen offiziellen
Antrag stellen müsste, bevor er Netflix einschaltet:
„Genehmigungsformular Nr. 384: Antrag auf Ansicht der Folge
3, Staffel 2. Inhalt: politische Intrigen. Brüste erscheinen bei
Minute 17:04 – Genehmigung erforderlich."

Und wehe, er schielte auch nur zur falschen Szene.
Dann drohte Tribunal.
Strafmaß: zwei Wochen kalter Entzug und ein weiteres endloses
Beziehungsgespräch über „emotionale Treue in Serienzeiten".

Am Ende wusste Melli:
Joe durfte nichts fühlen, nichts denken, nichts träumen,
was nicht von Sanna genehmigt war.

Aber – und das war der Punkt –
sie konnte es nicht verbieten.

Sie konnte Joe nicht zwingen, seine Augen zu schließen.
Oder seine Gedanken zu löschen wie eine defekte Datei.

Und genau das machte sie wahnsinnig.

Jedes Mal, wenn er lachte – bei einer Szene, bei einem Dialog
–
fragte sie sich:
Lacht er wegen ihr?
Oder wegen der Schauspielerin mit dem tiefen Ausschnitt?

Jedes Mal, wenn er aufs Handy schaute:
Tippt er mir?
Oder einer anderen?

Melli seufzte.
Joe lebte noch in einer Welt mit freien Gedanken.
Sanna dagegen
in einem Albtraum aus selbstgebauten Gefängnissen,
für deren Schlüssel sie die Kombination vergessen hatte.

**Und je weniger sie kontrollieren konnte,
desto mehr drehte sich die Spirale.**

Am Ende war es egal, ob Joe Serien schaute oder die Wand
anstarrte – in Sannas Kopf war jede Sekunde ohne ihre
Überwachung ein Verrat.

„Ich weiß nicht, was das bei Joe ist… aber ich kann nicht
loslassen."

Sanna starrte auf das Handy. Ihre Finger zitterten leicht.
Nicht vor Kälte – sondern vor der Vorstellung, dass Melli gleich
wieder eine dieser brutalen Wahrheiten schicken würde. Eine
dieser Nachrichten, die wehtaten, weil sie wahr waren.

„Krankhafte Obsession. Sucht", kam es schließlich.

Und Sanna tat das, was sie immer tat: Sie wehrte sich.

„Aber ich *will* nicht, dass es so ist. Ich will nicht, dass ich
süchtig bin. Ich will, dass es Liebe ist."

Melli seufzte. Leise. Tief. Müde.

„Das ist, als würdest du barfuß im Feuer stehen und sagen:
Ich will nicht, dass es heiß ist. Es brennt trotzdem."

Aber Sanna konnte nicht loslassen – nicht, solange da noch etwas war, woran sie sich festkrallen konnte. Und wenn es nur ein Funke war. Ein Blick. Ein Sixpack. Oder einfach nur seine Stimme, wenn er mal *nicht* abwertend klang.

„Ich liebe seinen Körper, seine Art zu gehen… wie sportlich er ist. Seine Augen. Der Sex. Dieses Kribbeln, wenn er mich anschaut. Wenn er mich will."

Melli starrte auf die Nachricht.

Aha. Das also war „Liebe".

Ein Katalog körperlicher Reize, die jeder Instagram-Fitness-Coach auch liefern konnte. Und trotzdem redete Sanna sich ein, dass es tief ging. Dass es bedeutungsvoll war. Seelenverwandtschaft. Dass es nicht nur körperlich war – obwohl es das längst nur noch war.

„Du würdest nie so krass auf jemanden stehen, der dir zu Füßen liegt", tippte Melli. „Du brauchst dieses Kämpfen. Nur wenn es wehtut, fühlt es sich für dich nach Bedeutung an."

Sanna schwieg. Dann schrieb sie:

„Ich glaube, ich brauche dieses Gefühl, dass ich den Kampf gewinnen *muss*. Dass ich ihn *kriegen* muss. Dass ich ihn für mich entscheide. Dass ich ihm genüge."

Melli atmete tief durch. Ja. Genau das war es.

Nicht Joe.

Nicht Liebe.

Nur das Gefühl, endlich mal die zu sein, die gewinnt. Die siegt. Nach all dem Schmerz.

„Ja Sanna, und genau deswegen ist es eben KEINE Liebe."

„Aber ich will nicht, dass das so ist", schrieb Sanna noch einmal.

Und Melli antwortete nicht. Denn was sollte man jemandem sagen, der in einem brennenden Haus sitzt, aus dem er *nicht* raus will – nur weil es da mal gemütlich war?

Kapitel 35 – Ein (Atem-)Hauch von Zweifel

Die Socken-Theorie war passé. Die Rollo-Theorie durchgekaut.
Die Online-Zeit-Theorie verblasst. Jetzt kam: die Knoblauch-Offensive:

Die Knoblauch-Theorie.

„Seit Wochen riecht er jeden Montag extrem nach Knoblauch
nach der Arbeit.
Kaum Sex montags… würdest du da auch was denken? Dass er
was mit 'ner Türkin hat vielleicht?"

Melli hielt inne.
Sie musste zweimal lesen.
War das gerade… ernst gemeint?

„Was sind das denn für Vorurteile?"

„Nein, nein", schrieb Sanna schnell. „Ich mein das nicht so.
Aber… er nennt mich in letzter Zeit Ayse. Und trägt so ein Auge.
Dieses türkische Ding. Als Kette."

Melli klappte fast ihr Handy zu.
Nicht wegen des Rassismus. Nicht mal wegen des Knoblauchs.
Sondern weil sie wusste:

Sanna suchte sich gerade das nächste absurde Drama zurecht.

„Vielleicht isst er halt montags Döner? Mit Knobi?
Oder vielleicht fickt er Ayse in der Mittagspause auf dem
Bürostuhl. Keine Ahnung. Beides ist wahrscheinlicher als ein
türkisch-mystisches Doppelleben mit schamanischem Sex am
Montagmittag."

Aber Sanna hörte schon nicht mehr zu.
Sie war bei der Socke. Bei dem Auge.
Bei „Ayse".

Das Muster war klar: Ein Detail. Ein Verdacht. Ein „Ich
weiß, ich übertreibe" – und dann ein „Aber was, wenn…?"

Und wie immer kam sie.
Die Umkehrung.
Der Moment, in dem Joe sich *doch* interessierte. *Doch* regte. *Doch*

eifersüchtig war. Zumindest der Moment, wo Sanna sich das so einreden konnte.

„Aber mit Ayse meint er ja mich, er hat sich nicht mit dem Namen vertan, es ist ein Kosewort."

Melli starrte auf die Nachricht und rieb sich die Schläfen, als könne sie die Fremdscham einfach herausmassieren.

Ein **Kosewort**.
Klar.
So wie "Putze", "Fußabtreter" oder "Küchenhilfe" auch liebevolle Spitznamen waren, wenn man sie nur lang genug schönredete.

In Mellis Kopf lief ein schneller Faktencheck:
"Ayse" –Ein Name, der nicht schmeichelte. Ohnehin ein rassistisches No-Go. Ein Name, der ein Etikett war, der sie auf ein Klischeebild degradierte, das irgendwo zwischen Sexismus, Rassismus und kompletter Entmenschlichung lag. Für Dienerin statt Partnerin.

Egal wie sehr Sanna sich einredete, es sei etwas Zärtliches – in Wirklichkeit war es ein Schlag ins Gesicht.
Mit Anlauf.

.**Du bist für mich die, die alles klaglos übernimmt.
Die, die nicht fragt. Die sich fügt.**

Sanna hatte längst gelernt, sich über die Interpretation zu retten. Würde Joe sie eine Fußmatte nennen, würde Sanna nur "Willkommen zuhause" hören.

„Er hat außerdem die Nachrichten von einem Kumpel an mich gelesen.
Er war sichtlich eifersüchtig. Hat Sätze zickig wiederholt.
Ist das nicht gut?"

Melli lachte auf. Bitter.

„Wozu? Wird er jetzt deswegen ein besserer Partner? Wird er sich jetzt plötzlich entschuldigen, aufhören dich zu beleidigen und montags keine Knoblauch-Fahne mehr haben?"

Aber Sanna hing an diesem einen Strohhalm.

„Eifersucht ist doch ein Zeichen von Liebe?!"

„Nein. Eifersucht ist kein Zeichen von Liebe. Es ist Besitzdenken.
Kinder können auch wütend werden, wenn jemand mit ihrem Spielzeug spielt. Das ist keine Liebe. Das ist Ego. Kontrolle. Anspruch."

Aber wie sollte Sanna das verstehen, wo sie doch ihre eigene rund-um-die-Uhr-Überwachung als besonders tiefe Liebe erachtete. Außerdem hörte Sanna schon wieder nicht zu.
Denn in ihrem Kopf suchte sie weiter nach dem nächsten Indiz. Der nächsten Theorie. Der nächsten Illusion.

Sie *wollte* es nicht wissen.
Sie *brauchte* das Drama.

Denn wenn Joe sie wirklich lieben würde – dann wäre alles, was sie tat, plötzlich sinnvoll.

Dann wären all die Socken, all das Knoblauch-Montags-Trauma, all die Rollos und Online-Zeiten und Fragen keine Demütigung mehr.
Sondern nur… Kapitel in einer großen, dramatischen Liebesgeschichte.

Sanna starrte auf den Bildschirm. Ihr Blick war leer, die Finger lagen bewegungslos auf dem Display.
„Ich hätte Thomas nie wegwerfen sollen. Nie. Und jetzt hab ich alles verloren. Alles."

Melli seufzte. Leise, erschöpft. Der Satz war nicht neu, nicht überraschend. Aber er traf sie trotzdem, jedes Mal ein bisschen mehr. Es waren die Momente, in denen sich abzeichnete, dass Sanna ganz tief im Inneren wusste, dass sie sich in einer Sachgasse befand.

Melli fragte nicht zum ersten Mal: „Und was willst du machen?"

Sanna schrieb: „Ich kann nicht weg von ihm. Ich schaff das nicht."

„Wenn du so denkst, akzeptierst du dein Unglück wie andere das Wetter. Als wäre es halt so. Als würde es keinen Einfluss geben. Aber den gibt es. Du kannst gehen. Du wirst darüber hinwegkommen."

Sanna wich aus, wie immer.

„Ich glaub, er macht sowieso Schluss. Er sagt, ich soll mich ändern. Sonst ist's vorbei."

Melli hielt kurz inne. War das gerade ein Ultimatum?

„Erpressung", schrieb Melli.

„Wie meinst du?"

„‚Ändere dich, sonst verlasse ich dich' – das ist emotionale Erpressung. Keine Beziehung. Keine Liebe. Kein ‚Wir'."

Sanna wehrte sich.

„Ich halt das nicht aus. Wie soll ich das aushalten? Ich hab doch keine Wahl."

„Doch. **Man hat immer eine Wahl**", kam es zurück.

Doch Sanna war längst wieder woanders.

„Ich geh halt kaputt. Und dann bin ich wenigstens so zerstört, dass ich keinen neuen Arsch mehr kennenlerne. Dann bin ich ein Wrack. Und fertig."

Melli spürte, wie es ihr in der Brust brannte.

„Weil du eben akzeptierst, ein Wrack zu sein. Wo ist dein Kampfgeist, wenn es um dich selbst geht?"

„Warum behandelt er mich so?", kam die nächste Nachricht. Sanna klang verzweifelt. Und gleichzeitig so, als wäre ihr die Antwort längst bekannt.

„Weil er's kann", tippte Melli. Knapp. Klar. Ehrlich.

Sanna wollte mehr. Immer noch eine Geschichte, die das alles rechtfertigte.

„Sein Vater war fremdgegangen. Joe hat ihm die Pest an den Hals gewünscht. Dann bekam der Krebs. Seitdem, sagt Joe von sich selbst, ist er ein anderer."

„Meinst du, ich könnte seinen Cousin fragen, was ich tun soll? Oder die Mutter?", kam schließlich.

Melli lachte bitter auf.

„Frag den Cousin. Frag den Papst. Aber keiner wird dir sagen, was du hören willst."

Sie schrieb:

„Es wird sich nichts ändern. Nur schlimmer werden. Und daran kann keiner von denen etwas ändern. Die einzige, die das kann, bist du. Nicht ihn ändern, sondern deine Entscheidung: Nicht mehr bleiben, sondern gehen!"

Wie zur Bestätigung:

„Er ist schon wieder sauer."

Natürlich war er das. Natürlich hatte Sanna es abgekriegt. Natürlich war sie geblieben.

„Er isst einen Eiweißriegel. Weißt du, was das heißt?"

Melli ahnte es. Aus dem gleichen Grund, wie sein Frühstücksei.

„Eiweiß = Spermaproduktion. Und jetzt isst er einfach so einen Riegel?!"

„Vielleicht hatte er einfach Hunger?", versuchte Melli es vorsichtig.

Sanna aber war längst in ihrer nächsten Theoriewelt. „Er macht keinen Sport im Moment. Warum dann Eiweiß? Es ist so seltsam."

„Oder vielleicht…", schrieb Melli gedehnt, „…hat er einfach Lust drauf. Ohne geheime Bedeutung. Ohne Affäre. Ohne neuen Fetisch. Einfach nur… Lust. Manche von denen sind echt lecker."

Aber Sanna sah in allem ein Muster.

„Ich bin sicher, dass er eine andere hat."

„Ich werde Beweise sammeln. Und dann… dann KNALLT'S!"

Dann kam wieder einer dieser Abende. Einer, an denen die Fassade bröckelte, nicht weil Sanna etwas vergessen hatte, sondern weil Joe explodierte – als hätte sie mit einer geladenen Waffe auf seine Mutter gezielt.

„OOOH! Die Kaffeemaschine ist leer! OOOH! Kein Wasser drin! OOOH!"

Sanna stand einfach nur da, mit dem Lappen in der Hand und einer Mischung aus Fassungslosigkeit und Sarkasmus im Gesicht.
„Ich habe Besteck nicht weggeräumt. Eine Schüssel steht da noch. Ich habe nicht gesaugt. Nicht geputzt. OOOOH!"
Sie spürte, wie sich etwas in ihr aufbäumte – nicht zum ersten Mal, aber diesmal schärfer. Sie wehrte sich.
„Ich hab andere Dinge im Kopf als ständig zu funktionieren. Ich bin kein Haushaltsroboter."

Er war wütend. Laut. Kontrollierend. Und sie? Gab nach.
Schrubbte weiter die Spüle, als könnte sie sich aus der Beziehung herausputzen.
Dann der nächste Hieb: Sanna hatte die Fenster geputzt. Und Joe? War sauer.
„Das war nicht nötig", hatte er gesagt. „Du sollst lieber das machen, was ich dir sage."

Ein Satz wie ein Schlag ins Gesicht.
Nicht nur, dass sie sich den Rücken krumm machte für einen Mann, der sie ständig kleinredete – sie durfte nicht mal mehr eigenständig entscheiden, wann sie eine Scheibe säubern wollte.
Melli schrieb:
„Er will keine Frau. Er will ein Gerät. Eins, das geputzt, gekocht, gevögelt und ausgeschaltet werden kann."

Und genau SO fühlte sich Sanna.
Wie eine Kaffeemaschine mit Füßen.
Sie durfte auffüllen, aber nie leer sein.
Sie durfte liefern, aber nie bestimmen.
Und wehe, sie hatte Wasser vergessen. Dann war Krieg.

„Was macht der eigentlich, wenn ich mal schwer verletzt bin?" hatte sie Melli später geschrieben. „Schreit er dann auch rum, weil ich das schöne Auto kaputt gemacht hab? Oder hat er dann plötzlich Angst um mein Leben?"

Melli hatte nur trocken zurückgeschrieben:
„Ich glaube, der hat nur Angst, wenn ihm selbst was passiert."

Vor einigen Tagen hatte sie einen Hustenanfall.
Asthma. Nicht kontrollierbar.

Ein Zustand, kein Charakterfehler.

Doch Joe schrie sie an: *„Ich kann das nicht mehr! Schluss!"*

Er machte mal wieder Schluss.

Weil sie hustete.

Weil ihr Körper nicht so funktionierte, wie er es wollte.

Außerdem war er wütend, weil sie nachts aufs Klo musste und er davon wach wurde.

Daraufhin verbot er ihr abends das Trinken. Und sie ließ es sich verbieten.

„Du bist zu fixiert, Sanna. Du hast keinen eigenen Mittelpunkt mehr. Alles in deinem Leben ist durch Joe bestimmt und wie du erreichst, dass er bei dir bleibt."

Melli sprach es ruhig aus. Nicht wütend. Nicht vorwurfsvoll. Sondern mit dieser nüchternen Klarheit, die Sanna schon oft mehr getroffen hatte als jedes Geschrei.

„Du brauchst dein eigenes Leben wieder. Joe darf nicht dein Lebensinhalt sein."

„Aber ich liebe ihn halt so", flüsterte Sanna. Ihre Stimme war brüchig.

Melli schüttelte den Kopf. „Es geht nicht um Liebe. Es geht darum, dass du ihn zu deinem ganzen verdammten Kuchen gemacht hast. Eine Beziehung ist Sahne. Vielleicht auch Kirsche. Aber nie der Kuchen an sich. Kuchen mit Sahne ist toll, aber es geht halt auch ohne. Auch ohne Sahne ist es ein vollständiger Kuchen, ein kompletter Nachtisch. Aber, wenn die Beziehung der ganze verdammte Kuchen ist, bleibt nichts mehr übrig, wenn es vorbei ist. Joe darf nicht der Kuchen sein."

Sanna sagte nichts mehr.

Und Melli dachte weiter. Nicht laut. Sondern in sich hinein. Still und messerscharf.

Sie wusste genau, was mit Sanna passierte. Kannte das Muster. Hatte es bei sich selbst gesehen. Damals, bei Chris.

Und sie erinnerte sich: wie schlimm es mit Chris schon gewesen war, obwohl sie selbst noch ein ganzes Leben nebenher hatte. Sie hatte ihre Kinder. Ihren Job. Freunde. Interessen. Und trotzdem hatte sie sich von einem Mann emotional ausbluten lassen, der sie wie ein Spielzeug behandelte. Der sie wie Luft behandeln konnte – und sie zitterte trotzdem, wenn er schrieb. Trotz ihres erfüllten Lebens hatte er sich viel zu sehr Platz darin verschafft. Über ihre Gedanken, die immer wieder bei ihm landeten. Dennoch gab es in ihrem Alltag, Arbeit, einkaufen, kochen, Freunde, Kinder. Viele Momente, in denen eben kein Platz für Chris war. Ja, er ploppte immer wieder gedanklich darin auf, wie ein ungebetener Gast, aber er war eben nur ein Gast und nicht der Hausherr in ihrem Leben.

Und Sanna?

Sanna hatte nichts mehr neben Joe. Sanna hatte für Joe alles aufgegeben – Kinder, Heimat, Identität. Zurück blieb nur das, was er wollte. Oder was sie glaubte, dass er wollte. Seine Wohnung, sein Haushalt, seine Hobbies, sein Online-Status.

Und das war das Tragische.

Sanna verstand nicht, dass sie sich mit jeder Anpassung uninteressanter machte. Sie dachte, Liebe bedeute, formbar zu sein. Immer verfügbar. Immer bereit. Körperlich, emotional, zeitlich. Eine Frau, die nichts mehr erlebt, weil sie nur noch auf Nachrichten wartet… ist nicht spannend. Eine Frau, die nichts zu erzählen hat, außer über ihn… ist nicht reizvoll. Eine Frau, die ständig bereit ist… verliert jeden Reiz. Melli hatte diese Entwicklung von Anfang an kommen sehen. Sie hatte Sanna gewarnt. Aber diese war sich sicher, dass sie genau das werden würde, was Joe sich immer erträumt hatte.

Nur: Sanna hatte sich selbst gelöscht. Für ihn. Und genau deshalb nutzte Joe sie aus. Er wusste, dass sie ihm zu Füßen lag. Dass sie blieb. Immer. Selbst wenn er sie ignorierte. Selbst wenn er sie beleidigte. Selbst wenn er ihr zeigte, dass sie keine Rolle spielte. Und ja, Joe war toxisch. Keine Frage. Aber Sanna verstärkte sein Verhalten. Nicht, weil sie es wollte. Sondern weil sie nichts anderes mehr konnte.

Auch Melli hatte sich viel gefallen lassen. Viel zu viel. Aber sie hatte Grenzen. Und sie hatte Chris die Zähne gezeigt. Sie hatte ihm die Meinung gesagt, sich gewehrt. Hatte sich distanziert. Und das waren die Momente, in denen er plötzlich zurückruderte. Wenn sie ihm zeigte, dass sie **nicht** immer bleiben würde, egal was er tat. So, als wollte er nur testen, wie weit er gehen konnte.

Aber Sanna funktionierte immer. Sie blieb immer.

Und Joe wusste das.

Er hatte mal gesagt, er wolle eine Frau, die Kontra gibt. Aber was er bekam, war eine Frau, die bei jeder Eskalation einknickte. Die zurückruderte, sich entschuldigte, klammerte. Eine Frau, die sich selbst täglich kleiner machte, damit er sich groß fühlen konnte.

Formbar wie Knetmasse. Und genauso uninteressant.

Aber das würde Sanna nie verstehen. Denn sie wollte nicht sie selbst sein. Sie wollte das sein, was Joe liebenswert fand. Nur, dass es das gar nicht gab. Es gab kein „perfekt" für Joe. Es gab nur: noch nicht genug. Noch nicht gut genug. Noch nicht schlank genug. Sexy genug. Lustig genug. Ruhig genug. Klug genug. Gehorsam genug. Und selbst wenn, dann nicht mehr reizvoll genug.

Joe war wie ein Auto mit Loch im Tank. Egal wie viel man hineinfüllte – es reichte nie. Und je mehr du gabst, desto schneller lief es raus.

Und Melli wusste: Das Loch war nicht nur in Joe. Es war auch in Sanna.

Und sie stopfte es mit einem Mann, der nie das sein konnte, was Sanna bräuchte, um zu heilen und um wieder sie selbst zu sein.

Joe war emotional unerreichbar. Egozentrisch. Wankelmütig. In sich selbst so leer, dass er andere aussaugte. Und Sanna? Sanna war klammernd, getrieben von Angst, voller Unsicherheit und dem unstillbaren Wunsch, endlich genug zu sein. Beide waren für sich genommen schon schwer. Herausfordernd. Schmerzhaft für ihre Umgebung.

Aber zusammen?

Zusammen waren sie ein Pulverfass in Zeitlupe. Kein Sturm aus Leidenschaft, sondern ein langsamer, schwelender Hausbrand, der alles vernichtet, was nicht rechtzeitig flieht.

Die ungesündeste Beziehungsdynamik, die Melli je gesehen hatte.

Nicht, weil einer der beiden der „Böse" war. Sondern weil beide genau das im anderen triggerten, was sie selbst nicht heilen konnten. Sanna bettelte um Nähe – und Joe zog sich zurück. Joe verlangte Ruhe – und Sanna raste innerlich im Kreis. Sie forderte mehr – und er strafte mit weniger. Sie wollte wissen – und er schwieg. Sie brannte – und er goss Benzin.

Ein langsamer Hausbrand. Und beide standen daneben. Mit Benzinkanister.

Kapitel 36– Fremdgefickt

Sie saßen nebeneinander auf dem Sofa.
Der Fernseher lief ohne Ton. Die Kaffeetassen waren leer.
Sanna drehte die Finger umeinander, unruhig, aufgeladen.
Joe lehnte zurück, die Arme verschränkt hinter dem Kopf, als
wäre er der entspannteste Mensch auf diesem Planeten.

„Du hast doch gesagt… du warst Sabine immer treu", begann
Sanna leise.

Joe zog die Augenbraue hoch. „Hab ich das?"

Sie schluckte. „Ja. Und ich hab das geglaubt."

Ein Moment der Stille. Dann ein Achselzucken.
„Na ja… war ich nicht."

Sanna sah ihn an, als hätte sie sich verhört. „Was?"

Und dann kam es. Unerwartet. Schonungslos. Das, woran
Sanna so verzweifelt festgehalten hatte, zerbrach in einem
einzigen Satz.

„Ich habe fremdgefickt. Mehrfach."

Er sagte es mit einer fast beiläufigen Gleichgültigkeit.
Wie jemand, der gesteht, mal bei Rot über die Ampel gegangen
zu sein.

Sanna starrte ihn an. Die Luft wurde dick.
Ein inneres Beben.

„Aber… du hast immer gesagt, du bist keiner, der fremdgeht."
Ihre Stimme brach. „Dass du das Scheiße findest. Dass das nicht
dein Ding ist."

Joe zuckte wieder mit den Schultern. „War halt so. War eine
beschissene Phase. Ich hab dir das nur noch nie erzählt, weil's
nicht wichtig war. Aber jetzt… ich vertrau dir. Deshalb sag ich's
dir."

Er lächelte, als hätte er ihr gerade ein Geheimnis verraten, das
sie einander näher bringen sollte.

Sanna rang nach Luft. „Du hast das… bis jetzt verheimlicht.
Und jetzt verkaufst du's mir als Vertrauensbeweis?"

„Ja. Ist doch ehrlich, oder?"

„Ehrlich?" Ihre Stimme schnappte über. „Du hast mich Monate lang glauben lassen, du wärst anders. Dass du eben nicht wie all die anderen bist. Dass du treu sein kannst. Dass ich dir vertrauen kann. Dass es nur in meinem Kopf ist, dieses Misstrauen."

„Sanna…" Er verdrehte die Augen. „Jetzt fang nicht an zu übertreiben."

„Übertreiben?!" Sie sprang auf. „Ich hab mich an dieser einen Sache festgehalten, Joe! An dieser EINEN verdammten Sache! Dass du deiner Ex treu warst. Dass du treu sein kannst. Das war mein letzter Halt!"

Joe seufzte. „Warum denn so dramatisch? Ich hab's dir doch erzählt."

„Ja, und damit hast du mir den Boden unter den Füßen weggezogen. Du hast mir gezeigt, dass du es kannst. Dass du lügen kannst. Betrügen. Und trotzdem lächeln. Wie oft hast du das damals gemacht? Wie hast du das versteckt? Hast du da auch einfach gesagt, du gehst nur schnell zur Tanke?"

„Boah, jetzt wird's echt unangenehm", murmelte er.

Sanna stand da, zitternd, innerlich kollabierend.
„Ich dachte, ich wär anders für dich. Ich dachte, du wärst bei mir ehrlich. Dass du es **mit mir** eben NICHT tun würdest."

Joe sah sie an, als hätte sie ihm gerade das Wetter in Papua-Neuguinea vorgelesen.
„Sanna, es war die Vergangenheit. Mach mal locker."

„Wie hat Sabine das herausbekommen?"

„Hat sie nicht. Ich lass mich doch nicht erwischen. Sie weiß es bis heute nicht."

Mit diesem einen Satz, diesem verdammten *„Ich hab fremdgefickt"*, war alles kaputt.
Jeder ihrer Gedanken, jedes Vertrauen, jede Hoffnung.
Sie war nicht besonders.
Sie war nur die nächste.
Nur eine, der er irgendwann auch sagen würde: *„War halt so."*

Sanna stand noch immer im Raum, aber sie fühlte sich wie ausgeknipst.

Als hätte jemand den Ton abgedreht. Das Licht gedimmt. Die Luft abgezogen.

Er saß da, seelenruhig, als wäre nichts passiert.

Als hätte er ihr nicht gerade das Letzte genommen, woran sie geglaubt hatte.

Dieser Satz hallte in ihr nach, wie ein Glockenschlag:

„Ich habe fremdgefickt."

Er hatte es gesagt, als wäre es eine Nebensächlichkeit.

Ein harmloser Fakt am Rande.

Aber für Sanna war es der Untergang.

Sie hatte sich monatelang eingeredet, dass ihre Angst bloß Projektion sei.

Dass er sie nicht betrügt. Sie nur Gespenster sieht.

Weil er ja auch in seiner Ehe treu war. Fremdgehen war eine Jugendsünde, nach der er sich geändert hatte. Kein Wiederholungstäter.

Und jetzt?

Jetzt war es einfach... gefallen.

Ein Kartenhaus aus Selbsttäuschung, eingerissen mit einem Lächeln.

„Ich dachte, ich wäre besonders."

Der Gedanke schoss ihr durch den Kopf, traf sie wie ein Pfeil ins Herz.

Sie hatte geglaubt, er könne treu sein.

Dass es an der Falschen gelegen hatte.

Dass er auf sie warten würde, kämpfen würde, bleiben würde.

Jetzt wusste sie:

Es war nie eine Frage von Können.

Nie eine Frage von Liebe.

Nur eine Frage von Wollen.

Und Joe hatte nie gewollt.

Nicht bei seiner Exfrau.

Und vermutlich auch nicht bei ihr.

Sie war nicht die Ausnahme.

Nur ein weiteres Kapitel im gleichen Buch.

Sanna spürte, wie ihr Herz raste. Wie ihre Beine weich wurden. Und mit jedem Herzschlag verlor sie ein bisschen mehr das Bedürfnis, überhaupt noch besonders zu sein.
Sie wollte weglaufen. Aber wohin?
Die Wahrheit war überall.

Und was noch schlimmer war:
Sie wollte trotzdem bleiben.

Denn selbst mit dem Wissen, dass er es konnte –
dass er es vielleicht schon **getan hatte** –
klammerte sie sich an jedes bisschen Nähe, das er ihr hinwarf.
An das „*Ich vertrau dir*", das nur wie ein Tuch war, mit dem man ein Messer abwischte, bevor man es tiefer reinrammte.

Joe war alles für sie geworden.
Und nun war er ein Betrüger.
Einer, der betrogen **hatte** – und sie wusste nicht, ob er es nicht längst wieder tat.

Und trotzdem...
würde sie bleiben.

Auch wenn Melli mal gesagt hatte, nüchtern wie immer:
„*Die Wahrscheinlichkeit, dass ein Mann wieder fremdgeht, ist zehnmal so hoch, wenn er es schon einmal getan hat. Wissenschaftlich belegt.*"

Ein Satz wie ein kalter Lappen.

Aber Sanna klammerte sich nicht an Wahrscheinlichkeiten.
Sie klammerte sich an Ausnahmen. An das Gefühl, vielleicht *doch* die Eine zu sein.
Die Ausnahme von der Regel. Die Ausnahme vom Schmerz.

Weil Hoffnung manchmal stärker ist als Würde.
Weil der Wunsch, **er könnte doch treu sein**, größer war als ihr Stolz. Und sie klammerte sich an den Gedanken, dass es ja ein Vertrauensbeweis war. Sie seine Verbündete. Partner-in-crime.Sie

war anders, schließlich hatte er es ihr gesagt. Also könne sie auch so anders sein, dass er das bei ihr nicht tun würde.

„Er hat mir heute zum ersten Mal gesagt, dass er seine Ex damals doch betrogen hat. Er sagt, er hat mir das jetzt zum ersten Mal erzählt. Als Vertrauensbeweis. Weil wir uns ja so nah sind."

Melli schnaubte auf. Ein perfider Trick. Ein vergiftetes Geschenk. Eine Wahrheit, eingewickelt in goldenes Lügenpapier.

„Er hat das als VERTRAUENSbeweis verkauft?!", schrieb sie.

„Ja…"

Sanna antwortete zögerlich. Als hätte sie selbst gemerkt, wie schäbig das klang.

Melli spürte, wie sich ihr Magen verkrampfte. Nicht aus Überraschung – die war längst abgestorben. Sondern wegen der perfiden Psychodynamik, die sich da entfaltete.

„Das ist kein Vertrauen, Sanna. Das ist Gehirnwäsche mit Kuschelfaktor."

„Aber warum sollte er mir das erzählen, wenn er mich nicht liebt?", kam es von Sanna zurück.

„Weil es die Kontrolle erhöht", schrieb Melli. „Weil du jetzt mit einer Wahrheit leben musst, die dich schwächt. Und du dankbar sein sollst, dass er sie dir gegeben hat."

Sanna antwortete nicht sofort. Vielleicht hatte es geklickt. Vielleicht aber auch nicht.

Melli starrte auf den Chatverlauf und tippte noch einen Satz.

„Er hat dir gerade den letzten Strohhalm aus der Hand geschlagen. Und du sagst danke."

„Ha, du wirst dennoch staunen, ich habe ihm heute die Meinung gesagt! Er möchte mich nur noch zweimal in der Woche sehen und das mache ich nicht mit, das ist keine Beziehung. Ich habe mich durchgesetzt!"

Sanna hatte es ihm ins Gesicht gesagt. Zwei Mal pro Woche? Das war keine Beziehung, das war eine Bettgeschichte mit Bonuspunkten. Und dafür, sagte sie mit aufgerissenen Augen und gespielter Entschlossenheit, sei sie sich zu schade.

Natürlich hatte er geschwiegen. Natürlich war er vage geblieben. Und natürlich hatte sie – wie immer – sofort wieder angefangen, ihn zu verteidigen.

„Er stellt mich seiner Familie vor. Wir kaufen zusammen ein. Frankfurt, Freundin, Hotel… Das macht man doch nicht, wenn es einem nichts bedeutet, oder?" Ihre Stimme zitterte. Zwischen Hoffnung und Selbstbetrug, wie immer.

Melli brachte es trocken auf den Punkt:
„Das ist keine Liebe. So verhält man sich nicht, wenn man liebt."

Doch weil Sanna nicht aufgeben konnte – oder wollte –, legte Melli nach:
„Das funktioniert nur, solange du parierst und seine Spielregeln akzeptierst. Es geht ausschließlich um ihn. Was auch immer er da fühlt – wenn überhaupt –, ist bestenfalls eine Art Liebes-Prototyp mit gravierenden Konstruktionsfehlern. Aber keine Liebe. Denn Liebe ist nicht so egoistisch."

Klare Worte. Nüchtern. Unmissverständlich.
Zumindest dachte Melli das.
Bis Sanna antwortete:

„Also du meinst damit… er fühlt schon ziemlich viel… und er *will* lieben… aber kann es noch nicht richtig zulassen und braucht einfach noch ein bisschen Zeit?"

Melli starrte auf den Bildschirm. Fassungslos.
Sie hatte schon viel erlebt – aber das war Realitätsverleugnung auf Champions-League-Niveau.

„Bitte WAS?! Hab ich Liebe auf Zeit gesagt oder emotionales Nullsummenspiel mit eingebauter Ego-Schleife? Bin ich versehentlich in eine neue Staffel von Verblendung – Next Level geraten?"

Wie konnte Sanna selbst aus der klarsten Absage noch einen Hoffnungsschnipsel zimmern?
Melli war kurz davor, ihr einen Pokal zu basteln: **„Goldmedaille im Umdeuten glasklarer Aussagen"**.

Sanna war aber schon in ihrer ganz eigenen Fortsetzung:
„Ich bin stark", tippte sie.

„Ich hab so viel überlebt. Fehlgeburten, Vergewaltigung, Jobverluste. Ich bin immer wieder allein aufgestanden. Ganz allein!"

Melli dachte: „*Und dann bist du direkt rückwärts wieder in seine Arme gefallen, kaum dass er dir ein 'Na dann sei halt normal' entgegennuschelt. Klar, Stärke pur.*"

Aber sie schrieb: „Du? Stark? Du bist super labil."

Sanna ließ das nicht stehen. Nie. Es kam die volle Lebensgeschichte in fünf Nachrichten. Das Elend, das Leid, das Alleinsein. Die Heldinnenpose mit gesenktem Blick.

Und dann kam die Nachricht:
„Er kam eben an. Hat mich umarmt. Gesagt, wir machen weiter wie bisher."

Melli hatte noch nicht mitbekommen, dass es gerade mal wieder bei Fast-Schluss war. Sie kommentierte im Kopf: „*Aha. Fortsetzung der Fickbeziehung deluxe – jetzt mit Umarmung. Das nennt man dann wohl: romantisches Reset bei toxischen Vorbedingungen.*"

Sanna war euphorisch. Und sie war überzeugt, diesmal *wirklich* Klartext geredet zu haben:
„Ich hab gesagt: nur zweimal die Woche sehen geht nicht. Das mache ich nicht mit. Er: dann einmal. Ich: Nee! Ich will keine Wochenendbeziehung. Er: dann sei normal und nicht so eine Gestörte. Ich: dann sei ehrlich und treu. Er: bin ich."

Melli las das alles mit dem Gesichtsausdruck einer Frau, die gerade entdeckt hat, dass jemand ihre Worte mit Butter beschmiert, in den Toaster gesteckt und dann als *Liebeserklärung* gedeutet hat.

„Findest du das gut, wie ich das gesagt hab? War das deutlich genug?"

„Ja", schrieb Melli.
Und dachte: Für deine Verhältnisse war das fast schon Widerstand.
Aber am Ende bleibt's wie immer:
Er scheißt dir mitten aufs Herz –
und du malst dir daraus noch ein Herzchen für euer gemeinsames Fotoalbum."

Kapitel 37– Gelöscht, zurück, gelöscht, zurück

Melli hatte es klipp und klar gesagt:
„*Nicht vor 12.*"
Eine einfache Regel.
Weil sie Schlaf brauchte.
Weil sie funktionierte wie ein verdammter Mensch – nicht wie ein 24/7-Krisenempfang für Sannas Kontrollwahn.

Und was machte Sanna? Natürlich.
11:30 Uhr: „Sorry ist grad dringend. Telegram ist noch online. Joe duscht. Handy liegt im Schlafzimmer. Vielleicht will er, dass ich nachsehe? Vielleicht hat er es mir dafür rausgelegt?"
Eine halbe Stunde zu früh.
Aber hey – sie hatte ja *sorry* gesagt.

Melli las die Nachricht mit verquollenen Augen.
Und explodierte.

„Du hast einfach mal wieder entschieden, dass mein Schlaf weniger wert ist als deine irre Fantasie.
Dass du mich früher weckst. Ein Handy, das auf einem Tisch liegt, ist verdammt nochmal kein Notfall.
Niemand stirbt daran, dass Joe sein verdammtes Smartphone irgendwo ablegt. Aber nein, in deinem Kopf war das natürlich eine Aufforderung für dich, weil du ohnehin immer denkst, alles dreht sich nur um dich. Dafür raubst du mir den Schlaf? Für so einen ausgedachten Bullshit? Ehrlich, ich hätte Verständnis, wenn du mich geweckt hättest, weil das Haus brennt.
Aber für 'Vielleicht will er, dass ich schnüffel' – sorry, da hab ich nur eins übrig: Wut. Und zwar jede Menge."

Sanna schmollte.
„Tschau", schrieb sie beleidigt. „Wenn du mir nicht helfen willst, dann bitte. Ich bin weg"
So, als hätte **sie** gerade einen Grund, eingeschnappt zu sein.

Melli starrte auf den Chat.
Auf das „sorry".
Und spürte, wie ihr inneres Gleichgewicht in Flammen aufging.

Sorry.
Ein Wort, das Sanna inflationär nutzte wie andere Leute „Haha".
Ein Pflaster auf eine offene Wunde –
angebracht mit der Sensibilität eines Vorschlaghammers.

Und dann, gerade einmal zwei Tage später, ploppte sie wieder
auf, als hätte es die Eskalation nie gegeben:
„Kann ich bitte wieder mit dir reden?"

Dieselbe Formel wie immer.
Dieselbe Arroganz, verpackt in Bedürftigkeit. Als wäre nichts
gewesen.
Als wäre Melli ein Ratgeber mit Schalter.
Ein Dienst.
Ein **Wartezimmer mit Rückgaberecht.**

Melli war wütend.
So wütend, dass sie endlich alles sagte,
was sie über Monate geschluckt hatte.
Die Wahrheit.
Kalt, präzise, brutal.
Sanna war kein armer Tropf.
Sie war ein schwarzes Loch in menschlicher Form.
Egozentrisch.
Erbarmungslos.
Und dabei immer mit dem Dackelblick einer emotionalen
Geisel.

Melli war müde.
Zermürbt von der immer gleichen Schleife aus Grenzverletzung,
Entschuldigung und dem nächsten Drama.

Aber dennoch: Nach einigen Tagen Funkstille tauchte Sanna
natürlich wieder auf – mit der selbstverständlichen Gewissheit,
dass Melli schon wieder bereit sein würde.
Und Melli, nicht nachtragend, etwas erholt, vielleicht einfach zu
gutmütig, antwortete. Natürlich.

Irgendwann, so sagte sie sich, würde sie ein Buch über all das
schreiben.
Sie hatte sogar schon einen Titel.
„Aber er hat doch gelächelt."

Weil dieser eine Satz alles sagte.
Und nichts verstand.

Manche Geschichten schreien so lange,
bis man sie aufschreibt.

Joe war der Mann, der Sanna systematisch zerbrach – und gleichzeitig der, an den sie sich am stärksten klammerte. Wegen dem Drama. Wegen der Illusion, lebendig zu sein, wenn er sie küsste. Weil sie sich von niemandem so sehr gewollt und gleichzeitig so tief verworfen fühlte.

Doch selbst der stärkste Sex heilt keine Narben, die im Alltag immer wieder aufreißen. Keine Ignoranz. Keine Kälte. Keine Verachtung. Kein „Wenn du noch EINMAL das Thema Fremdgehen ansprichst, kannst du deinen Schlüssel abgeben."

Und dann kam es wie immer: **Er machte Schluss.** Kommentarlos. Ging ins Bad. Vermeidet Gespräche. Lässt Sanna zurück. Wieder mal.

Diesmal vielleicht für länger. Vielleicht endgültig. Vielleicht auch nicht. Denn selbst Melli glaubte nicht mehr an Endgültigkeit.

Und tief in sich drinnen hörte sie wieder diesen Satz, den sie unzählige Male in YouTube-Videos gehört hatte – zwischen düsteren Klavierklängen, Triggerwarnungen und dramatisch inszenierten Stimmen. Sie hatte sie gebingewatcht – stundenlang, nächtelang. Hatte gehofft, darin eine Antwort zu finden:

„Narzissten kommen immer zurück."

Weil sie nicht verlieren können. Nicht vergessen. Weil sie Besitz beanspruchen, nicht Bindung. Ein Narzisst denkt nicht in Abschieden, sondern in Pausen.

Wie ein Fünfjähriger mit einem Spielzeug:
Es ist langweilig, also kommt es ins Regal.
Aber wehe, ein anderes Kind will damit spielen –
dann wird es wieder interessant.

Das Spielzeug gehört ja ihm. Auch wenn er gerade keine Lust darauf hat. Es bleibt seins.

So einfach. So brutal.

Melli hatte das lange als übertrieben abgetan.
Für sie galt der Satz nicht.

Denn Chris war nie zurückgekommen.

Nach der Trennung war Funkstille. Kalt. Absolut.
Er blockierte sie. Ignorierte ihre Nachrichten.
Kein „Lass uns Freunde bleiben", kein „Tut mir leid".
Einfach Schluss.
Als hätte es sie nie gegeben.

Er hatte sie ersetzt wie eine kaputte Glühbirne –
und dabei sogar noch stilvoll entwertet.
Nie hatte er sich auf einen Beziehungsstatus einlassen wollen.
„Das geht niemanden etwas an."
Melli hatte das als Bedürfnis nach Privatsphäre verstanden.

Bis plötzlich sein Profilbild erschien:
„In einer Beziehung mit …"
Die neue Freundin – verlinkt.
Öffentlich.

Sie bekam, was Melli nie haben durfte.
Und Melli bekam:
Nichts.
Nicht mal einen Schlussstrich.

Nur Stille.
Und die schmerzte mehr als jedes Wort.

Zwei Jahre lang: nichts.

Und dann – eine Nachricht.

So beiläufig, als wäre keine Zeit vergangen:
„Lust, mit mir in einen Sexclub zu gehen?"

Melli hatte laut gelacht.
Nicht wegen des Inhalts.
Sondern wegen der Chuzpe.

Da war er. Der Fünfjährige.
Der plötzlich sah, dass jemand anderes mit dem Spielzeug spielen
könnte.

Und zack – da war das Spielzeug wieder interessant.

Melli war zum Glück längst durch mit ihm.

Inzwischen mit Basti glücklich.

Aber diese Nachricht war der endgültige Beweis:

Narzissten kommen zurück. Immer.

Nicht aus Liebe.

Sondern aus Besitzdenken.

Sie wollen nicht dich.

Sie wollen nur nicht, dass dich jemand anders hat.

Kapitel 38– An jedem verdammten Montag

Es war wieder Montag. Der Tag, der längst eine eigene Bedeutung hatte in Sannas Leben. Wie ein heimlicher Code, den nur sie verstand. Oder zu verstehen glaubte. Montag roch nach Rückzug. Nach kaltem Schweigen, wo gestern noch Wärme gewesen war. Nach dieser stummen Schuld, die nur sie spürte – ohne zu wissen, wofür sie eigentlich verurteilt wurde.

Er hatte ihr nur die Hand weggeschoben. Nicht grob. Nicht laut. Einfach so. Als wäre sie lästig. Ein streifender Impuls auf seiner Haut, abgewehrt wie ein Insekt. "Ich will nicht vögeln", hatte er gesagt. Trocken. Ohne Blick. Ohne Zögern.

Und Sanna stand da, den Arm halb ausgestreckt, die Fingerspitzen in der Luft, als würde sie gerade erst begreifen, was passiert war.

Dann kam es wieder. Wie aus dem Nichts. Wie immer. "Ich will, dass du gehst. Kündige. Such dir was anderes. Ich will dich nicht mehr in meiner Nähe."

Schluss. Wieder einmal. Ein Wort, das keine Bedeutung mehr hatte – und gerade deshalb alles bedeutete.

Ein Ritual. Eine Drohung. Ein Machtspiel. Joe sprach es aus wie einen Satz, den er auswendig gelernt hatte. Eine Reaktion auf Nähe. Eine Reaktion auf Berührung. Auf das leise: Ich bin noch da.

Melli antwortete wie immer nüchtern. Schonungslos. Klar. "Er wird sauer, damit du aufhörst zu fragen. Damit du dich schuldig fühlst. Damit du die Schuld bei dir suchst – und er in Ruhe gelassen wird."

Sanna wollte nichts mehr hören. Nur endlich sicher sein. Die Antwort, die sie nicht mehr zwingen würde, zwischen ihren Gedanken und seinen Ausflüchten zu leben.

"Was, wenn ich einfach nichts mehr sage? Gar nicht mehr frage? Einfach da bin, liebevoll? Vielleicht hört das dann auf?"

"Er hört nicht auf", schrieb Melli. "Er macht weiter. Weil du bleibst. Und er verwendet deine Angst, dass er Schluss machen könnte, gezielt als Druckmittel gegen dich."

"Gerade noch hat er meine Hand genommen. Wir haben auf der Couch gesessen. Ganz normal. Ganz ruhig. Alles war in Ordnung und unsere Beziehung harmonisch."

"Du suchst dir eine schöne Szene raus", antwortete Melli. "Und blendest die zwanzig davor aus."

Sanna starrte auf ihr Handy. Ihre Finger zitterten. Sie las Mellis Nachricht wieder und wieder, aber es fühlte sich nicht an, als würde etwas ankommen. Nur diese Leere. Diese Schwere.

"Ich hab ihm vertraut. Ich dachte, diesmal meint er es ernst. Und 10 Minuten später hat er einfach Schluss gemacht."

"Hat er nie", schrieb Melli. "Er sagt nur das, was dir reicht, um zu bleiben."

„Und wenn es bei Schluss bleibt?"

„Dann wärst du endlich frei."

Sanna schloss die Augen. Sie wollte nicht frei sein. Sie wollte nur nicht mehr verlieren. Nicht mehr spüren, wie sich jede Berührung auflöst. Wie sich Nähe zurückzieht, sobald sie sie einfordert.

Der Montag – einst nur ein nüchterner Wochentag – war in Sannas Welt zu einem Symbol geworden. Für Distanz. Für Ablehnung. Und vielleicht, sie wagte es kaum auszusprechen, stand dieser Tag inzwischen auch für etwas – oder jemand – anderes. Immerhin aß er ja auch sonntags Eier. Auch für den Montag.

„Wir vögeln halt nicht", hatte sie geschrieben.
Und in diesen fünf Worten lag die ganze bittere Evolution ihrer Beziehung:
Am Anfang war ihre Nähe ein Privileg.
Dann wurde sie zur Gewohnheit.
Dann zur lästigen Pflicht.
Dann zur Belastung.
Und jetzt?

Jetzt war sie wie der schlechte Wein im Kühlschrank – steht halt noch da, trinkt man vielleicht irgendwann, wenn sonst nichts mehr da ist.

Sanna war keine Geliebte mehr.

Sie war der Backup-Plan.

Das menschliche Äquivalent zu "Kann man machen – muss man aber nicht." Joe wich ihr aus. Körperlich. Emotional. Er schmiedete Pläne ohne sie, selbst für das Wochenende. Dann dieser Satz, hingeworfen: „Am Wochenende gibt's Omelett."

Sanna spürte, wie sich in ihr alles zusammenzog. Kein Sex – aber Eier. „Der will wohl genug Sperma sammeln für Montag", schrieb sie, halb sarkastisch, halb am Abgrund.

„Ich kenne keinen Mann, der eine attraktive Frau vier Tage lang nicht vögelt. Keinen."

Der Verdacht, der in ihr wuchs, fraß sich wie ein Parasit durch jede verbliebene Sicherheit. Joe war abweisend, gereizt, taub für jede zarte Geste. Eine beiläufige Berührung, ein Streicheln – all das war nicht mehr willkommen. Und wenn sie doch wagte, Nähe zu suchen, schlug er mit Worten um sich, kalt und unmissverständlich: „Von mir aus schließ dich ein und mach's dir selber."

In solchen Momenten fragte sie sich, ob sie überhaupt noch mehr war als seine kostenlose Haushälterin.

Ein Schatten ihrer selbst.

Ein Kindermädchen.

Eine stille Mitarbeiterin seines Alltags.

Keine Partnerin. Keine Geliebte.

Nur noch Funktion.

Und natürlich – eine stille Sponsorin seiner Wohnung. Und dann kam er – der nächste Montag. Und Joe, aus dem Nichts, sprang sie regelrecht an. Zweimal hintereinander Sex.

Und Sanna? Fühlte sich nicht erleichtert. Nicht bestätigt. Sondern misstrauisch. Denn sonst war sie diejenige, die montags verzweifelt Nähe einforderte, Fragen stellte, sich zurückgewiesen fühlte. Und jetzt kam es plötzlich von ihm. Zu auffällig. Zu viel. Zu geplant.

Fast wie ein Alibi. Ein Beweis, den niemand verlangt hatte – außer ihr. Und gerade deshalb fühlte es sich falsch an.

Sie wusste längst: Das war kein Mann mehr an ihrer Seite. Das war ein Vampir. Einer, der trank, was in ihr noch lebte.

Dann kam dieser Moment. Joe war vom Biken zurückgekommen. Brot auf dem Brett. Messer in der Luft. Er sprach erzählte von seiner Tour und sagte beiläufig: „An der Kreuzung kam uns ein Rettungswagen entgegen."

Sanna erstarrte. „Du hast UNS gesagt."

Sein Blick wurde dunkel. Dann die Explosion: „Boah, wenn du JETZT schon wieder so anfängst! Du bist so eine doofe Kuh!" Joe war direkt so wütend, dass er beim Sprechen spuckte. Die Ader auf seiner Stirn pulsierte und sein Gesicht wurde rot und heiß. Sanna kannte diesen Anblick nur zu gut.

Nicht die Worte oder seine Wut erschütterten sie – an die war sie gewöhnt. Es war die Panik, mit der sie kamen. Zu schnell. Zu wuchtig. Zu schuldig. Er war so schnell ausgerastet, das war sogar für ihn untypisch. Meistens schaukelte sich das nämlich erst hoch, wenn sie wieder und wieder fragte oder er mehrere Fehler im Haushalt entdeckte, wie beispielsweise einen schlecht gesaugten Fußboden und anschließend noch Tropfen auf dem Spiegel. Die ersten Fragen oder den ersten Fehler kann er meist noch grummelnd hinnehmen, aber alles weiterer führt dann immer wahrscheinlicher zu einem Ausbruch. Aber dieser Ausbruch kam sofort, dabei hatte sie nur angemerkt, dass er UNS gesagt hatte und noch gar nicht mit ihren Schlussfolgerungen und Ängsten dazu angefangen.

„Ich meinte uns, weil wir da ja auch oft langfahren. DU und ich. Deshalb."

Aber Sanna hörte nur das Wort. Uns. Und ihren Herzschlag, der hämmerte: Du hast es gehört. Du bist nicht verrückt.

Sie erinnerte sich an seine Körpersprache. Die Reaktion. Die Erklärung – zu glatt, zu sofort, zu mechanisch. Kein Zögern. Keine Verunsicherung. Nur Angriff.

Diese Art des Lügens kannte sie. Und Melli hatte es ihr oft erklärt: Die echten Geständnisse kommen aus dem Affekt. In einem einzigen Wort liegt die Wahrheit – nicht in der langen Verteidigung danach.

Sanna konnte den Gedanken nicht abstellen.

Vielleicht... hatte sie wirklich überreagiert.

Vielleicht war es nur ein blöder Versprecher gewesen.

Vielleicht hatte Joe ja tatsächlich an ihre gemeinsamen Radtouren gedacht.

Vielleicht war er einfach nur genervt, weil sie ihm nie vertraute.

Vielleicht hatte sie diesmal wirklich zu viel hineininterpretiert.

Und wenn sie weiterbohrte – dann würde sie ihn nur noch weiter von sich wegstoßen.

Vielleicht, vielleicht, vielleicht.

Ein leises Gift, das ihr jede klare Wahrnehmung zerstörte.

Und als er dann sagte: „Wenn ich mich nicht melde, hat das einen Grund", wurde aus diesem Montag ein Urteil. Sie war kein Teil seines Lebens mehr. Nur noch ein Hindernis.

Er sagte, er wolle keinen Sex, er habe Kopfschmerzen. Er wolle zum Arzt. Doch kurz darauf: Fußball mit seinem Sohn. Laut lachend. Kraftvoll. Vital.

Sanna stand wie festgenagelt in der Küche. Joe trat an sie heran. Fragte: „Was ist los?"

Und sie konnte nichts sagen. Denn sie wusste: Jede Frage bedeutete Eskalation. Wieder Erniedrigung. Wieder die Tür.

„Was würdest du fragen, um rauszubekommen, ob er fremdgeht?", hatte Sanna wissen wollen. Ganz ernst. Als gäbe es *die eine* magische Formulierung. Den Satz, der jeden Lügner in einen Wahrheitssucher verwandelt. Wie ein Passwort für den Zugang zur Realität.

Melli: „Gar nichts. Ich wäre einfach nur wachsam."

Melli hatte es bei Chris erlebt. Fast 1:1. Damals, ein Telefonat – er klang seltsam, als wäre jemand bei ihm. Aber es war nur eine Nuance. Nichts Greifbares. Sie fragte nichts. Beobachtete nur.

Zwei Tage später erzählte Chris beiläufig, wie sein Laptop gesponnen habe. Und sagte diesen einen Satz: „Wir haben alles Mögliche versucht."

Melli hatte nur gefragt: „Wir?"

Ein Sekundenbruchteil zu lang verging. Dann kam die Erklärung: Die Nachbarin sei zufällig vorbeigekommen. Sie kenne sich gut aus mit Technik.

Und genau in diesem Sekundenbruchteil hatte Melli alles gesehen.
Das Zögern. Die Gesichtsmuskeln. Der Blick, der kurz zuckte.

Sie wusste, dass er log. Aber sie wusste auch, dass eine weitere Nachfrage nichts bringen würde – außer dem Vorwurf, paranoid zu sein. Also beließ sie es dabei. Wachsam.

Später erfuhr sie dann zufällig, dass sie richtig lag und er eine neue Freundin hatte, der er –trotz der Affäre mit Melli – die große Liebe vorspielte.

Melli war also ein großer Fan davon, sein Misstrauen nicht gleich zu zeigen, sondern sich ahnungslos zu stellen. Dann werden solche Männer unvorsichtiger, fühlen sich sicher, schließlich hatten ihre Ausreden Erfolg. Aber irgendwann kommt es immer zu Widersprüchen, gerade wenn man so viel lügt, dass man den Überblick verliert. Sannas ständiges Nachhaken hielt sie daher für falsch, es wäre viel sinnvoller, sich ab und an einmal nicht in die Karten schauen zu lassen, aber gut. Melli war sich jedenfalls sicher, dass Joe sich mir dem „uns" verraten hatte, so wie Chris damals mit dem „Wir". Und zwar aus folgenden Gründen:

Die sofortige und extreme Wut:
Menschen, die nichts zu verbergen haben, reagieren in der Regel erst einmal mit Irritation oder Verwunderung – nicht mit sofortiger Explosion.
Ein direkter Wutanfall ohne Eskalation deutet sehr oft auf *getroffene Hunde bellen* hin: Man fühlt sich erwischt, man weiß es, und man will durch Einschüchterung sofort jede weitere Nachfrage im Keim ersticken.

Zu glatte, sofortige Erklärung:
Je schneller und perfekter eine Erklärung nachgeliefert wird (ohne Überlegen, ohne kleine Denkpausen, ohne Unsicherheit), desto wahrscheinlicher ist sie *vorbereitet* oder *spontan*

zusammengebastelt, um die Situation zu retten.

Echte Missverständnisse brauchen oft mehr Nachdenken, echte Verwirrung.

Die Körpersprache:

Pulsierende Adern, hochroter Kopf, Spucke beim Schreien – das ist Panik. Keine genervte Reaktion auf "ständig dieselben Vorwürfe", sondern echte *Alarmbereitschaft*.

Er will verhindern, dass Sanna weiter nachbohrt.

Der Wortlaut:

"Uns" zu sagen – und es dann auf frühere gemeinsame Touren zu schieben – wirkt **nachgeschoben**.

Wenn jemand wirklich euch beide im Kopf gehabt hätte, wäre vermutlich ein Halbsatz mehr gefallen: "Da fahren wir doch auch immer." Aber *nur* "uns" und dann die Eskalation? Auffällig.

Sannas Intuition:

Und das ist vielleicht das Wichtigste: Sanna hat nichts Großes unterstellt. Sie hat nur kurz reagiert. Seine Panik kommt *vor* ihren Vorwürfen.

Er kämpft gegen das, was noch gar nicht ausgesprochen ist.

Und das ist meistens ein Zeichen dafür, dass er das Problem *kennt*.

Aber Sanna war unzufrieden.

„Es muss doch was geben. Einen Satz. Eine Art, wie ich es sagen muss, damit er *gar nicht anders kann*, als ehrlich zu sein."

Melli hatte leise gelacht. „Diese Frage gibt es nicht. Du kannst niemanden zur Wahrheit zwingen. Wenn jemand lügen will, dann lügt er. Glaubwürdig. Mit Blickkontakt und Hand aufs Herz."

Aber Sanna glaubte an Worte. An Formulierungen.

An den perfekten Moment, in dem ein Mann plötzlich aufhört zu manipulieren, nur weil die Frage so brillant war. Sie würde Joe einfach fragen, wie immer. Er müsse doch erkennen, wie unsicher sie sei und ihr die Angst nehmen wollen. Er wolle doch sicher nicht, dass sie leide.

Tatsächlich hatte Melli es sogar manchmal geschafft, Chris dazu zu bringen, die Wahrheit zu sagen. Mit völlig überraschender Konfrontation: Einmal war Melli misstrauisch gewesen, als er ihr ein T-Shirt schenkte. Zum Geburtstag. Allerdings weder ihr Stil, noch ihre Größe. Es stand ein alberner Spruch über ihre Brüste darauf. Mellis Brüste gehörten aber aus Chris' Sicht nicht zu ihren Vorzügen. Sie waren durchaus hübsch, aber Chris stand auf größere. Dafür fand er ihren Po toll, was er regelmäßig erwähnte. Warum also ein Shirt, das ihre Brüste in den Himmel lobt? Chris erklärte damals lang und breit, wie er eigentlich eine andere Farbe wählen wollte, stattdessen aber eine andere Größe ausgewählt hat. Und diese Erklärung war etwas zu ausführlich und das Shirt in jeder Hinsicht unpassend für Melli. Auch da schwieg sie zunächst, um ihn irgendwann ganz spontan damit zu konfrontieren, dass er dieses Shirt wohl für eine andere gekauft hatte. Su unvorbereitet erwischt gab er es zu. Das Shirt war für seine Freundin mit den großen Brüsten gewesen, die allerdings Schluss mit ihm gemacht hatte.

Melli war sich aber sicher, dass Sanna Joe nicht dazu bringen konnte, ihr die Wahrheit zu sagen. Joe wusste um Sannas Misstrauen und war ständig auf der Hut. Und Sanna KONNTE es gar nicht verbergen, wenn sie eine Vermutung hatte. Sie musste ihn dann einfach fragen. Und viel zu oft erzählte sie Melli dann: „Er hat gesagt, er würde sowas nicht tun".

„Sag mal Melli… ist das nicht auch eine Form von Stärke, dass ich bleibe?"

Stille.

Dann ein fast ungläubiges Auflachen am anderen Ende.

„Nein, Sanna. Das ist Schwäche. Ganz eindeutig. Wie um Himmels Willen kommst du darauf, dass das irgendwas mit Stärke zu tun hat? Das ist absurd."

„Na ja… weil ich trotzdem noch an das Gute in ihm glaube. Weil ich nicht einfach weggehe. Weil ich festhalte"

„Du hältst nicht fest, du klammerst dich fest. An eine Illusion. An einen Mann, der dir ein paar Krümel hinwirft und dann wieder verschwindet."

„Aber er hat so viele gute Seiten..." Sannas Stimme wurde leiser. „Er kuschelt viel. Er verteidigt mich. Er kann so liebevoll sein."

„Zwischen den verbalen Ohrfeigen."

„Aber das mit seinem Vater… vielleicht ist er deshalb so zurückgezogen."

„Mag sein. Aber das erklärt nicht, dass er sich nie für dich interessiert."

„Ich hab halt auch ein Bedürfnis zu reden."

„Ja. Aber du schluckst es runter, weil du weißt, dass er nicht zuhört. Und dann redest du dich selbst in Grund und Boden, warum das schon okay ist. Und dass du stark bist, weil du das aushältst."

„Ich bin stark", beharrte Sanna. „Ich hab so viel durchgestanden. Robin hat das gesagt. Und Thomas. Und sogar Joe sagt, ich sei stark."

„Die wissen aber nicht, wie du dich aufführst, wenn er mal zwei Stunden nicht antwortet", entgegnete Melli kühl.

Sanna schwieg. Sie kämpfte so hart, so unerbittlich. Wieso sollte das keine Stärke sein?

Melli setzte nach. Ihre Stimme war ruhig, aber da lag eine Kälte drin, die nicht mehr streicheln wollte. Sondern schneiden.

„Weißt du, was wirklich Stärke ist? Stärke ist nicht, sich zu Tode zu hoffen. Stärke ist nicht, still zu leiden in der Hoffnung, dass sich ein toxischer Typ irgendwann in einen Disneyprinzen verwandelt.
Stärke ist: gehen. Allein sein können.
Nicht bei jedem emotionalen Tief nach dem nächstbesten Mann greifen wie nach einem Rettungsring.
Ich war bei Chris auch am Boden. Am Arsch. Ich hab geheult, gezittert, gebettelt. Aber nicht mal da hab ich mir eingeredet, das sei Stärke.
Das war eine meiner erbärmlichsten Phasen. Ich war ein Schatten. Und ich wusste es. Ich war am Ende, aber ich war realistisch. Der Typ war ein Arsch und ich emotional abhängig. Das hat den Schmerz zwar nicht genommen, aber es war der erste Schritt, um da rauszukommen. Akzeptieren, dass man süchtig ist nach einem Mann, der nur liebt, wenn er etwas davon hat. Der Zuneigung verteilt wie Rabattgutscheine – nur solange es

285

ihm nutzt."

Sanna hob den Kopf. Ihre Stimme bebte.

„Ich war arbeiten. Direkt nach der Vergewaltigung. Ich hab meine Kinder großgezogen. Meine Ehe 21 Jahre lang getragen. Wenn das keine Stärke ist… was dann?"

Melli nickte. Kurz. Fast traurig.

„Doch. Das war Stärke.
Aber vielleicht… war sie irgendwann einfach aufgebraucht."
Sie sagte es leise.

Und es war wie ein Dolch, der ganz langsam in der Luft versank.

„Denn was du heute mit Männern machst – das ist das Schwächste, was ich je gesehen habe. Du kriechst vor ihnen. Wo ist dein Stolz?"

Sanna schluckte. Flüsterte: „Du bist so unfair… DIE sehen das aber ganz anders."

Melli hob die Brauen.

„Ach, DIE. Ja, klar. Die Männer, denen du nur die Sanna zeigst, die du selbst gern wärst. Die Männer, denen du täglich deine Instagram-Version präsentierst – stark, souverän, unabhängig. Die nicht wissen, wie du innerlich zusammenklappst, wenn er keine Emojis setzt. Wie du stundenlang WhatsApp-Onlinezeiten trackst wie ein Geheimdienst auf Drogen. Die, die deine panischen Nachrichten nicht lesen, wenn er einmal drei Stunden nicht schreibt.
Was würden DIE wohl sagen, wenn sie die Dinge wüssten, die du mir 24/7 schreibst? Wirklich, Sanna. Ich glaub, DIE würden staunen."

Stille.

Melli atmete tief durch. Als müsse sie sich selbst davon abhalten, weiterzureden. Dann sagte sie ruhig, fast zärtlich:

„Ich will dir nichts Böses. Aber bitte – nenn dich nicht stark, wenn du auf einem emotionalen Schleudersitz sitzt und bei jedem Windstoß durch die Gegend fliegst wie ein Fähnchen auf Speed. Ich kann auch nicht bis zwölf schlafen und dann behaupten, ich sei Frühaufsteherin."

Kapitel 39– Ein Satz zu viel

Im Schlafzimmer war es noch immer still. Diese bedrückende, spannungsschwangere Stille, die lauter war als jeder Streit. Joe hatte sich längst umgedreht, sein Rücken wie eine Wand, gegen die Sanna innerlich immer wieder anrannte. Und sie? Sie saß da, zusammengesunken wie ein schlecht zusammengefalteter Wäschehaufen, das Handy in der Hand, als wäre es ihre letzte Verbindung zu etwas, das sich noch echt anfühlte.

Der Sex vorhin – eine Minute? Vielleicht weniger? – hatte sich angefühlt wie ein versehentliches Antippen in der U-Bahn. Keine Nähe. Kein Blick. Kein Laut. Nur dieser dumpfe Druck, als wäre ihr Körper gerade benutzt worden, um ein lästiges Bedürfnis abzuhaken. Joe hatte sich danach einfach umgedreht. Kein Wort. Kein „Alles gut?". Kein gar nichts.

Sie war ins Bad geflohen. Tränen. Scham. Ekel.
Und jetzt? Saß sie wieder hier. Im Schatten seiner Gleichgültigkeit.
Und starrte auf den Bildschirm.
„Melli tippt…"

Der Satz, der dann kam, traf wie ein Eispickel ins Herz:
„Er hat dich also wortlos gevögelt wie ein Fitnessgerät, sich umgedreht, und du fragst dich ernsthaft, ob er dich noch liebt?"
Sanna schniefte.
Tippte: „Er sagt, es war keine Absicht. Und dass es ihm leidtut."

„Natürlich. Und Pornhub ist ein Bildungsangebot."

Sie wollte lachen. Tat es nicht. Stattdessen flimmerte die Frage durch ihren Kopf wie ein kaputter Neonpfeil: Was, wenn es wirklich keine Absicht war? Was, wenn ich wieder mal überreagiere? Was, wenn ich einfach zu viel frage? Zu viel will? Zu viel bin?

„Du hast so oft ,vielleicht' gedacht, du könntest ein eigenes Orakel aufmachen."

Sanna drehte sich langsam um. Joe lag da. Stumm. Bewegungsunfähig wie eine Steinfigur. Sie hätte genauso gut mit einer Schrankwand zusammenwohnen können. Wenigstens hätte die nicht geheuchelt.

„Warum sagt er nicht einfach, was los ist?", flüsterte sie. „Warum kann er mich nicht anschauen und sagen, was wirklich Sache ist?"

„Er hat dich trainiert wie einen Hund. Einmal ignorieren, zehnmal kuscheln. Reicht, damit du wieder springst."

Sanna wollte widersprechen. Ich springe nicht… Aber der Satz starb, noch bevor er fertig war. Natürlich sprang sie. Jedes Mal, wenn er ihr einen Blick zuwarf, der auch nur entfernt wie Reue aussah. Jedes Mal, wenn er ihr sagte, dass er „ja da ist". Jedes verdammte Mal. Und trotzdem sprang sie. Wieder und wieder.

Und dann das:
Er hatte sie beim Duschen rausgeschickt. Das hatte er noch nie gemacht.
Sie spürte, wie sich etwas in ihr zusammenzog.

„Melli… Meinst du, er hat Nacktfotos für eine andere gemacht?"

„Nein. Er wollte sicher nur allein sein, um ein Gedicht für dich zu schreiben."

Sanna lachte. Kurz. Traurig. Dann liefen ihr die Tränen. Wieder mal.

Und dann hallte dieser Satz nach, dieser Satz, den Joe gesagt hatte, beiläufig, wie man einen Einkauf plant: **„Ich will dir nur mal zeigen, dass du ersetzbar bist."**

Sie saß wie versteinert.
Nicht aus Schock.
Sondern aus tiefer, kalter Gewissheit.

Natürlich hatte er sie längst ersetzt.
Vielleicht nicht offiziell.
Vielleicht nicht mit klaren Worten.
Aber mit seinem Blick. Seiner Stimme. Seinem Schweigen.

Mit jedem verdammten Montag, an dem er ihr die Schulter zeigte und dann verschwunden war – irgendwo zwischen Bike-Tour und Badspiegel.

Der Satz war keine Drohung. Es war eine nüchterne Bestandsaufnahme.

Sie tippte zitternd: „Melli? Meinst du, das war ein Geständnis?"

„Du weißt, dass ich denke, dass er längst fremdgeht."

Sanna schluckte. Sie hatte gehofft, Melli würde sie belügen. Nur ein einziges Mal.

Aber das war das Schlimme an echten Freundinnen: Sie sagen dir die Wahrheit. Auch wenn du daran erstickst.

„Ich hab keine Wahl. Ich HABE keinen Ort wo ich hinkönnte…"

„Du willst doch gar nicht gehen. Du willst Antworten. Kontrolle. Und solange du da bist, kannst du sie stellen und siehst was er tut."

Sie sah zur Tür. Dann aufs Display. Dann wieder zur Tür. Und plötzlich wusste sie:
Melli hatte Recht.
Sie wollte gar nicht raus.
Sie wollte wissen, was da war.
Wollte Beweise. Bestätigungen. Ein Geständnis. Eine Zigarette im Handschuhfach. Irgendetwas.

Aber sie bekam nichts.
Außer dieser Heizung.
550 Euro im Monat, und sie saß mit zwei Paar Socken im eigenen Wohnzimmer, fror sich durch die Beziehung wie durch einen sibirischen Winter – während Joe im T-Shirt lümmelte und sagte: „Dir ist halt einfach immer kalt."

Seine Kinder bekamen im Sommer Kühlakkus.
Sie bekam kalte Fliesen statt Zuwendung. Eine Beziehung in Grad Celsius.

Später im Bett. Dieselbe Konstellation wie immer. Sanna mit dem Kopf auf seinem Arm, als würde das irgendetwas bedeuten.

Als wäre diese Geste noch ein Zeichen von Nähe. Als wäre Nähe noch das, was zwischen ihnen stattfand.

Ein Geräusch. Vielleicht nur ein Seufzen, vielleicht ein angespannter Muskel. Sie hob den Kopf. „Was ist denn?" fragte sie leise.

Und Joe? Drehte sich weg. Genervt, als hätte sie ihn beim Einschlafen mit einer Motorsäge gestört.

„Kann ich auch einfach mal nichts haben?!"

Der Ton traf sie wie ein Schlag.

Sanna schrieb an Melli. Natürlich. An wen sonst.

„Was soll das, Melli? Wieso flippt er so aus, wenn ich nur frage, was los ist?"

„Weil er's ernst meint. Weil er dich nicht mehr erträgt. Weil er längst keine Achtung mehr vor dir hat. Und weil er's kann."

Und dann fiel wieder dieses Wort. Das Unwort ihrer Beziehung.

Ersatz.

Sanna ließ es nicht los. „Denkst du, ich bin ersetzbar?" hatte sie ihn gefragt.

Joes Antwort kam ohne Zögern. Ohne Zucken.

„Jeder ist ersetzbar."

Sie sah ihn an. In seine Augen, in denen einmal Licht gewesen war. In denen jetzt nur noch Leere wohnte.

„Nein", sagte sie ruhig. „Niemand ist ersetzbar. Weil jeder etwas Besonderes hat, das kein anderer hat."

Für einen Moment schien er irritiert.

So, als hätte sie ihn aus Versehen berührt, dort, wo er längst keine Nerven mehr hatte.

Und dann, mit dieser künstlichen Wärme, die er aus dem Nichts auf Knopfdruck erzeugen konnte:

„Ich hab dich lieb."

Klar. Was sonst? Eine echte Antwort? Ein Schuldeingeständnis? Eine Träne?

Nein. Nur diese verdammte Worthülse, in der man alles verstecken konnte.

„Ich habe Joe gefragt.", schrieb Sanna später.
„Er hat gesagt, er würde nicht fremdgehen. Er hat gar kein Interesse daran."

Melli starrte auf die Nachricht. Und dann tippte sie:
„Ach so – *dann* ist ja alles gut. Dann kannst du sämtliche Warnzeichen ignorieren. Tinder, Ausreden, Verspätungen, Bauchgefühl – alles irrelevant. Hauptsache, er SAGT, er macht's nicht."

Ein Daumen-hoch-Emoji hätte es auch getan.
Oder: *Ironie Ende.*

Aber das hätte Sanna nicht verstanden.
Denn wenn Joe etwas sagte – dann *war* das so.
Zumindest in ihrem Kopf. Glauben tat sie ihm zwar nicht, aber so hatte sie etwas, woran sie sich festhalten konnte. Damit die Seifenblase nicht zerplatzte.

Dienstag.

Sanna starrte auf sein Handy, als wäre es ein Orakel. Drei kleine Kuss-Emojis. Drei digitale Wunden. Drei leuchtende Brandzeichen auf der schwärenden Haut ihres Vertrauens.

„Steff" mit 3 Kuss Emojis dahinter!

Ein Name, ein Smiley, ein Dolchstoß.

Plötzlich wusste sie alles. Oder glaubte, es zu wissen. Oder wollte es wenigstens nicht länger ignorieren. Denn was für ein Steff schickt bitte drei Küsse? Welcher Mann schreibt so? Außer vielleicht... ein ganz besonderer Steff – mit Brust, langem Haar und einem Fake-Profilbild.

„Vielleicht ist das einfach sein Spitzname für irgendeine andere Frau", murmelte sie. „Eine Stefanie oder so."
Sie lachte. Kurz. Bitter. Dann war da nur noch Stille.

Joe hatte natürlich sofort geliefert. Wie immer. Die Ausrede auf Abruf. Fitnessstudio. Bayern-Trikot. Deshalb Steff Bayern im Handy. Logisch. Total plausibel. Wenn man einen Schlag auf den Hinterkopf hatte.

Sanna schrieb Melli. Wie immer.

Und Melli? Gab sich keine Mühe mehr. Nicht mit Trost. Nicht mit Samthandschuhen.

„Ein Küsschen wär noch gegangen. Aber drei? Niemals von einem Mann."

Sanna schloss die Augen. Da war sie wieder: die Lavendelnote im Gaslight. Die Verwirrung, die Joe so perfekt dosierte, als wäre sie Parfum. Erst zart. Dann stechend.

Sie war längst nicht mehr seine Partnerin – sie war seine Ermittlerin. Nur leider ohne Dienstmarke. Ohne Zugriff. Und ohne Backup.

Und trotzdem: Sie blieb.

Wegen der Stadt. Wegen der Arbeit. Wegen der Hoffnung. Und, ja – wegen des verdammten Sex.
Nicht, weil er noch gut war. Sondern weil er das Einzige war, was sich noch wie „gewollt werden" anfühlte.

„Ich glaube, ich will nur deshalb so oft", hatte sie geschrieben. **„Weil das der einzige Moment ist, wo er mich überhaupt haben will."**
Melli hatte geantwortet, was sie immer antwortete: **„Sex ist deine letzte Dosis Nähe. Du bist auf Entzug. Und er ist der Dealer."**

Einerseits kamen immer häufiger Momente der Erkenntnis und der Akzeptanz bei Sanna. Andererseits gab sie sich immer mehr Mühe Melli umzustimmen. Sanna hatte diesen Kumpel Robin, mit dem sie seit der Schulzeit befreundet war. Und dann gab es noch Sven und Michaela, ein befreundetes Pärchen. Und alle drei bekamen seit einiger Zeit auch alles über Joe zu hören. Genaugenommen seitdem Melli Sanna Grenzen gesetzt hatte und nicht mehr rund um die Uhr verfügbar war. Und für Sanna war das praktisch, sie konnte mit Copy&Paste gleich alle auf einmal informieren. Und wenn sie von einer der Personen eine Meinung bekam, die ihr gefiel, die Joe verteidigte oder ihre Illusion stützte, dann wurde diese Nachricht an die anderen weitergeleitet.

Melli wehrte sich dagegen: „Ich höre schon genug über Joe von dir, ich brauche nicht noch die Einschätzung deiner Freunde

zu dem Thema. Mich interessiert nicht, was die dazu sagen".
Brutal ehrlich wie immer.

„Aber Sven und Robin haben eine echt gute
Menschenkenntnis. Und sie sagen, das Joe einfach tief verletzt ist
und das alles nicht so meint".

Er meint das nicht so? Sicher meinte er auch das nicht so, was
du von gestern beim Mittagessen erzählt hast, dachte Melli sich.

Der Tisch war gedeckt. Nudeln mit Pesto. Die Kinder stritten
darüber, wer mehr Parmesan hatte. Sanna saß still da, rührte
gedankenverloren in ihrem Teller und warf einen Blick auf ihr
Handy. Nur ein kurzer Blick. Ein Reflex. Eine Sekunde aus der
Welt gekippt, um zu sehen, ob Melli geschrieben hatte.

Dann explodierte es.

„Sag mal, tickst du noch ganz sauber?!", donnerte Joe
plötzlich, laut genug, dass sogar Max den Löffel fallen ließ. „Beim
Essen guckt man nicht aufs Handy! Was bist du eigentlich für ein
Vorbild?"

Sanna erschrak. Blinzelte. Suchte eine Erklärung, eine
Entschuldigung, irgendwas, das die Situation retten könnte. Aber
Joe war schon aufgesprungen.

„Ich kann das nicht mehr sehen! Dieses Rumgedaddel,
während meine Kinder hier sitzen. Du bist erwachsen, verhalte
dich auch so!"

Dann griff er nach ihrem Teller. Einfach so. Schwungvoll, wie
in einem schlechten Fernsehfilm. Trug ihn in die Küche, klirrend,
dramatisch. „Wenn du lieber mit deinem Handy essen willst –
dann mach das gefälligst in der Küche."

Stille. Melli, die das alles via Sprachnachricht später von Sanna
geschickt bekam, starrte fassungslos auf den Bildschirm. Sie sah
es vor sich. Die Szene. Joe, der selbstgerecht den Moralapostel
spielte, während er vor den Kindern mit voller Wucht
demonstrierte, wie man jemanden öffentlich entwürdigt.

„Wie rechtfertigt er das eigentlich vor sich selbst?", fragte
Melli später. „Ist das jetzt das neue Vorbildverhalten?

Erniedrigung als Erziehungsmaßnahme? Handy ist schlechtes Vorbild aber das Verhalten nicht?"

Sanna antwortete leise, erschöpft: „Es ist sein Haus. Ich hab da nichts zu melden."

Noch ein Moment Stille. Kein Widerspruch. Nur Schweigen. Das Schweigen einer Frau, die sich längst daran gewöhnt hatte, aus ihrem eigenen Leben Hausverbot zu bekommen

Kapitel 40– Schluss, Aus, vorbei

Sanna saß stocksteif auf der Bettkante. Der Blick fest auf das Handy gerichtet, das neben Joe auf dem Nachttisch lag. Es flackerte schwach, das Display noch an – ein Fenster zur Wahrheit. Oder zur Hölle. Er schien zu schlafen. Oder spielte es nur.

In ihrem Kopf ratterte es. Wenn ich's jetzt nehme... ganz vorsichtig... nur ein Blick... vielleicht hat er's offen gelassen... vielleicht ist noch was zu sehen... vielleicht...

Sie stand auf, lautlos wie ein Geist, schwebte beinahe. Ihre Fingerspitzen zitterten in der Dunkelheit. Noch ein Schritt. Noch ein Atemzug. Noch ein Gedanke zu viel.

Da – eine Bewegung. Joe drehte sich ruckartig zur Seite, griff nach dem Handy wie nach einem Talisman.

„Echt jetzt, Sanna?" Seine Stimme war rau. Augen halb geschlossen. Tonfall voll Witterung.

„Ich... wollte nur schauen, ob der Wecker gestellt ist", flüsterte sie. Ihre Stimme klang, als würde sie gleich weinen. Oder lügen. Oder beides.

„Sicher. So wie gestern, als du aus Versehen bei Telegram reingeschaut hast." Er drehte sich zur Wand. Gespräch beendet.

Sie wusste, sie würde es wieder tun. Wieder warten, bis er tief schlief. Wieder hoffen, dass sich irgendwann das endgültige Beweismittel offenbarte. Und gleichzeitig betete sie, es nie zu finden. Solange es ungesagt blieb, konnte sie noch bleiben. Noch hoffen. Noch schweben – zwischen Täuschung und Trost.

Inzwischen war es an der Tagesordnung. Joe machte regelmäßig Schluss – wegen der absurdesten Kleinigkeiten. Mal weil Sanna gefragt hatte, ob er noch Kontakt zu seiner Ex habe, mal weil sie zu oft schrieb, mal weil sie „nicht normal genug" reagiere, mal weil sie an einem Sonntagmorgen nicht sofort fröhlich war. Schluss also. Immer wieder. Und immer wieder nur für ein paar Stunden.

Sanna blieb trotzdem. Oder, wie sie es nannte: *überzeugte ihn vom Gegenteil.* Melli nannte es in Gedanken anders – aber sie biss sich auf die Zunge. Die Versöhnung jedenfalls geschah immer im Off. Plötzlich war alles wieder gut. Wie, das wusste niemand.

Einmal schrieb Sanna noch abends um zehn: „Ich glaube, es ist endgültig."

Und um halb zwölf kam: „**Was soll ich tun, ich darf seinen Penis nicht anfassen.**"

Melli las das, klappte das Handy zu und starrte kurz fassungslos an die Wand. Wie man von „Beziehungsende" zu „Penis-Verbot" innerhalb von 90 Minuten kommt, ohne einen sichtbaren Übergang – das würde selbst ein CIA-Profiler nicht rekonstruieren können. Vielleicht hatten sie ein geheimes Codewort. Vielleicht auch ein Zauberritual. Vielleicht reichte auch ein Blinzeln zur richtigen Zeit.

Sanna hielt das Handy fest, als hinge ihr letztes bisschen Würde daran. Sie hatte Joe am Samstagabend eine harmlose – zumindest aus ihrer Sicht harmlose – Frage gestellt: „Wenn du heute länger offline bist… hat das mit jemandem zu tun, den du lieber siehst als mich?"

Danach: Funkstille. Kalte, klare Worte. Und schließlich ein Satz, der sich ihr eingebrannt hatte wie ein Brandzeichen: „Ich will momentan keinen Kontakt."

Sie hatte versucht, es nicht persönlich zu nehmen. Hatte ihn gefragt, was „momentan" heiße. Ob Mittwoch, wie er gesagt hatte, wirklich ein Wiedersehen bedeutete – oder ob er das nur so dahergesagt hatte, um sie irgendwie stillzukriegen. Doch je mehr sie fragte, desto weniger bekam sie.

Sein Chat war abgehackt. Distanziert. Bestimmt.

Joe: „Ich kann das so nicht mehr. Wir brauchen Abstand. Kein Kontakt bis Mittwoch."

Sanna: „Aber… was heißt das? Ist es vorbei? Meinst du das ernst?"

Joe: „Ich denke nach. Bis Mittwoch."

Sanna: „Denkst du über UNS nach? Oder über DICH?"

Joe: „Bitte akzeptiere einfach mal, was ich sage."

Sanna: „Ich will doch nur wissen, was los ist. Ich hab dich doch nicht betrogen oder verletzt. Es war EINE Frage…"

Joe: „Genau. Eine zu viel."

Sanna: „Also war das UNS so wenig wert?"

Joe: „Ich meld mich Mittwoch. Nicht vorher."

Melli las den Verlauf. Und ihr war übel.

„EINE Frage", murmelte sie, „und 236 Kontrollattacken davor zählen wohl nicht?"

Sanna jammerte sich in ihre Nachrichten. Schrieb kryptische WhatsApp-Statusmeldungen: *„Manchmal ist das Schweigen lauter als jedes Wort"* und *„Wer schweigt, lügt vielleicht – oder liebt zu wenig."*

Melli war kurz davor Sanna zu blockieren. Stattdessen schrieb sie:

„Es klingt schon sehr nach Schluss. Und du hast – wieder mal – nicht respektiert, dass er keinen Kontakt will. Du hast es selbst gegen die Wand gefahren."

„ Aber… was, wenn er mich trotzdem vermisst? Vielleicht testet er, ob ich ihm fehle?"

„ Oh, sicher. Und vielleicht kauft er gerade auch Rosen und ein Lebkuchenherz auf dem Rummel."

„ Ich frag ja nur, weil ich's nicht aushalte. Ich esse nichts mehr. Ich trinke kaum. Ich hab Schwindel. Ich rutsch wieder in die Magersucht. Ich muss ihm das dringend sagen. Hab es schon in meinem Status stehen, aber den schaut er nicht an."

„ Halt. Stopp. Weißt du, was irre ist? Dass du denkst, du könntest ihn mit deinem Leid zurückmanipulieren. Und du merkst es nicht mal. Statt mal leise zu sein, klammerst du dich an *„das UNS"*, als wär's ein lebensrettender Schwimmring und nicht längst ein durchlöcherter Wasserball."

„ Aber ich liebe ihn doch! Er ist nicht wie Thomas. Er ist weich. Tief. Liebevoll. Er hat nur manchmal so Phasen."

„Ja. Er ist liebevoll – wenn man *vergisst*, dass er Schluss macht, wenn du atmest. Der Typ ist ein IKEA-Stuhl: sieht gut aus, knarzt bei Belastung und fällt auseinander, wenn man zu ehrlich drauf sitzt."

„Aber ich gebe dem UNS wenigstens noch eine Chance!"

„Nein. **Du gibst deiner Sucht nach Drama eine Bühne.**"

„Du würdest doch genauso ticken, wenn Basti sich so verhalten würde!"

„Bitte. Wenn Basti mir sowas schreibt, antworte ich mit einem GIF und geh zum Yoga. Du aber baust eine komplette Netflix-Serie um ein einziges Emoji von ihm."

„Findest du's übertrieben, wenn ich ihm Mittwoch um 00:01 schreibe?"

„Nein, absolut nicht. Schreib ihm auch direkt *„Sorry für mein Atmen – war unbedacht."* Vielleicht hat er dann Mitleid."

„Ich kann halt nicht anders. Ich WILL wissen, was er denkt. **Es ist mein Recht!**"

„Aha. Und bald ist's dein Recht, ihn mit einem Peilsender auszustatten? Sag mir bitte vorher Bescheid, dann bestell ich Popcorn. Und einen Exorzisten."

„Ich meine es ernst… Ich schreib ihm um sechs Uhr morgens. Das ist immerhin nicht mitten in der Nacht."

„Großzügig. Vielleicht wacht er auf, liest's und denkt sich: *Oh, das Drama hat wieder Sendung.*"

„Warum bist du so gemein?"

„Weil du mich mit deinem emotionalen Kamikazeflug in den Wahnsinn treibst. Und weil ich zusehen muss, wie du dich systematisch selbst vernichtest – mit Ankündigung. Wenn das UNS noch was war, dann höchstens ein Akronym für *Unerträgliches Neurotisches Schauspiel.*"

Sanna war still. Für zwei Minuten. Dann ploppte das nächste „Aber meinst du nicht, dass…" auf.

Melli schloss WhatsApp. Und fragte sich, wie laut man eigentlich seufzen musste, damit es digital übertragen wird.

Melli hatte es schon so oft gesehen, dass sie es mittlerweile für ein Naturgesetz hielt: die toxische Beziehungsdynamik zwischen einem narzisstisch geprägten Mann und einer emotional abhängigen Frau verlief immer gleich. Fast schon unheimlich gleich. Als hätten all diese Männer ein geheimes Handbuch gelesen – Titelvorschlag: „Wie du dein Opfer kaputt liebst – Strategien zur selektiven Zerstörung in 5 Phasen".

Die Phasen dieser emotionalen Geiselnahme folgten einer fast schon wissenschaftlich reproduzierbaren Choreografie. Sie ließen sich nicht nur vorhersehen, sie ließen sich sogar mit Datum und Uhrzeit timen – so konstant und berechenbar waren sie in ihrem Ablauf. Und Melli, als Psychologin, war genervt genug, das mittlerweile sarkastisch zu kommentieren.

Phase 1: Die Lovebombing-Phase.
Der Anfang war immer eine Inszenierung. Ein Festival der Überwältigung. Übertriebene Komplimente, tägliche Liebesbekenntnisse, Zukunftsversprechen in der ersten Woche. Alles wirkte wie ein Disney-Film unter Ecstasy. Das Opfer fühlte sich euphorisiert, verschmolzen, angebunden. Endlich hatte jemand die eigene Seele erkannt – dachte es. In Wahrheit war es die erste Hypnose.

Phase 2: Die Verunsicherungsphase.
Schleichend, aber gezielt. Nachrichten blieben unbeantwortet, Blickkontakte wurden flüchtig. Er meinte Dinge anders, als er sie sagte. Sagte Dinge, die er später nie gesagt haben wollte. Lächelte während er verletzte. Es war wie Gaslighting in Slow Motion. Die Partnerin begann, an sich selbst zu zweifeln. "Vielleicht bin ich zu empfindlich."

Phase 3: Die Abwertungsphase.
Jetzt wurde es offensiv. Kritik wurde zur Dauerschleife: an der Stimme, an der Reaktion, am Timing, an der Körperhaltung. Die Frau wurde reduziert, auf Fehler, Schwächen, Irritationen. Alles war falsch. Sie wurde zur Belastung, zur Nervensäge, zur „Dramaqueen". Und genau dann…

Phase 4: Die Abbruchsphase.
…kam die große Inszenierung. Der Abbruch. Meist wegen

irgendeiner lächerlichen „Grenzüberschreitung". Eine
eifersüchtige Frage. Eine berechtigte Sorge. Oder weil sie „nicht
locker genug" war. Zack: Schluss. Funkstille. Manchmal
dramatisch angekündigt („Ich kann das nicht mehr!"), manchmal
einfach kommentarlos.

Phase 5: Der Wiedereinstieg.
Und plötzlich – ein kurzes „Na?", ein Meme, ein Foto, ein halber
Satz. Schon war das Opfer wieder im Spiel. Hoffnung keimte auf.
Vielleicht war ja jetzt der Wendepunkt erreicht. Vielleicht war ja
diesmal alles anders.

Aber es war nicht anders. Es wurde nur schneller.
Die Lovebombing-Phasen schrumpften von Wochen zu Tagen,
von Tagen zu einem Sushi-Abend. Manchmal reichte ein
halbherziges Kompliment und das System sprang wieder an.
Und die anderen Phasen? Die wurden nur noch brutaler.
Was früher kleine Sticheleien waren, wurde jetzt emotionaler
Kahlschlag.

Das wirklich Tückische: Die Opfer passten sich an. Ihr
Referenzrahmen verschob sich. Sie begannen, mit weniger
glücklich zu sein. Mit einem Smiley. Mit einem Abend ohne
Streit. Mit einem Tag ohne Beleidigung. Sie wurden dankbar für
Momente, die sie früher als alarmierend empfunden hätten.
Ein psychologisches Stockholm-Syndrom in Slow Motion.
Joe war inzwischen bei Runde elf. Die Lovebombing-Phase
bestand zuletzt aus einem bestellten Sushi und dem Satz: „Du
bist weniger scheiße als meine Ex." Und Sanna? Hätte daraus am
liebsten wieder das UNS gebastelt. Großgeschrieben. Eingraviert.
In goldenen Lettern. Als wäre es ein heiliger Schwur und keine
tragikomische Farce. Oder eine Sekte.

Melli konnte es nicht mehr hören. Das UNS. Dieses klebrige
Kunstkonstrukt. Wie ein Stempel auf einer Beziehungshülle,
unter der längst nichts mehr war. Sie fand es inzwischen nicht nur
kitschig, sondern zum Kotzen. Es klingt wie eine Sekte mit zwei
Mitgliedern – einem Guru und einem emotional abhängigen
Schaf.

Es war nicht ihr UNS. Es war das UNS einer Gehirnwäsche.
Eine pathetische Überhöhung eines dysfunktionalen Konstrukts.
Ein toxisches Trademark. Und Melli war allergisch gegen alles,
was so tat, als wäre emotionale Abhängigkeit ein romantisches
Ideal. Und ganz sicher wusste sie bei Melli und Joe:
Das Ende war vorprogrammiert.
Aber es würde nicht unbedingt in einer Explosion enden.
Sondern in einem leisen, müden Schweigen..
Aber erklär das mal jemandem, der glaubte, dass ein einziger
versöhnlicher Blick alles Schlechte ungeschehen machen konnte.
Erklär das mal Sanna.

Was Melli am meisten erschütterte:
Wie gleichförmig diese ganze Misere ablief.
Immer wieder dieselben Muster, dieselben Dramen, dieselben
Sprüche.
Man konnte fast Bingo-Karten drucken lassen: Gaslighting, Silent
Treatment, Lovebombing, Abwertung – einmal die volle
Narzissmus-Palette, bitte.
Inzwischen behauptete ja jeder, schon mal mit einem
Narzissten zusammen gewesen zu sein.
Narzissmus war das neue Gluten – keiner wusste so genau, was
es eigentlich war, aber alle waren dagegen.
Melli wusste es besser.
Die echte narzisstische Persönlichkeitsstörung? Extrem selten.
Vielleicht ein Prozent der Menschen – wenn überhaupt.
Aber narzisstisches Verhalten?
Das kriegte man heutzutage gratis zum Coffee-to-go dazu.
Und davon gab es mehr als genug.
Manche Menschen gaben sich Mühe, ihre Arroganz in hübsche
Worte zu packen, andere servierten sie einem direkt ins Gesicht.
Aber am Ende war es immer dasselbe: Kontrolle, Manipulation,
Machtspielchen. Doch woher kamen all die Narzissten?
Vielleicht war es immer schon so gewesen.
Menschen, die nicht lieben konnten, gab es zu jeder Zeit.
Früher haben sie einem halt das Butterbrot weggenommen.

Heute nehmen sie dir die Seele – und schreiben danach noch ein inspirierendes Zitat auf Instagram. Es gab da diverse Theorien:

Weil unsere Gesellschaft Egomanen heranzüchtet.
"Du bist perfekt, wie du bist!" – steht auf jedem Kaffeebecher. Hinterfragt wird nix mehr. Hauptsache, man fühlt sich super, egal auf wessen Kosten. Wenn der Partner leidet – Pech.

Weil Instagram und TikTok aus jedem zweiten Menschen einen narzisstischen Selbstdarsteller machen.
Selfies, Filter, Likes – ein endloser Wettkampf darum, wer am besten tut, als hätte er kein echtes Leben. Alle posten perfekte Selfies, keiner lernt, echte Beziehungen zu führen.

Weil emotionale Reife heute selten ist. Bindung? Verantwortung? Kompromisse? Viel zu anstrengend. Da ghostet man lieber oder macht Schluss per Emoji. Jede Tinder-Bio ein Manifest für Selbstliebe – aber keine fünf Minuten echtes Zuhören möglich.

Weil traditionelle Rollenbilder in Beziehungen zerfallen sind. Freiheit, Gleichberechtigung, Emanzipation – alles gut. Aber manche Gehirne kamen mit dem Update nicht klar und wollten lieber wieder in die 50er-Jahre zurück. Und wenn keiner mehr weiß, was echte Partnerschaft bedeutet, bleibt nur noch Machtkampf übrig

Weil es bequemer ist, toxisches Verhalten in schicke Pseudodiagnosen zu packen. Früher war jemand einfach ein egoistisches Arschloch. Heute ist er "emotional unavailable" oder leidet unter "Bindungsangst". Es gab früher schon solche Dynamiken, man nannte sie nur nicht so.
Vielleicht sah man es heute einfach nur klarer, weil nicht mehr jeder stillschweigend 40 Jahre Elend aufopfernd ertrug. Beziehungen und sogar Ehen waren leichter austauschbar geworden.

Ob das wissenschaftlich haltbar war, war Melli in dem Moment egal.
Sie wusste nur:
Man brauchte heute keine Diagnose mehr, um an einen toxischen

Menschen zu geraten.

Es reichte schon, das Pech zu haben, ihn zu lieben.

Sanna schrieb: „Was würdest du als ehestes vermuten (auch wenn du kein Hellseher bist), warum er auf WhatsApp nicht mehr online kommt – seit 9:52?"

Das mit dem Hellseher war längst ein Running Gag zwischen ihnen.

Immer wenn Sanna wieder so eine absurde Frage stellte – Warum antwortet er nicht? Warum nimmt er das Handy mit aufs Klo? Meinst du, er plant etwas? – warf sie es ein.

Als würde ein abgeschlossenes Psychologiestudium eine Kristallkugel beinhalten. Als könnte man mit einem Uni-Abschluss plötzlich sehen, warum ein narzisstischer Hobby-Tinderschwimmer drei Stunden kein Netz hatte oder ob er gerade eine andere vögelte.

Melli tippte trocken zurück:

„Nichts."

Und fügte in Gedanken hinzu:

Oder alles. Oder irgendwas. Willkommen im Paralleluniversum, in dem dein Leben davon abhängt, wann ein Arschloch zuletzt online war.

„Nichts?! Auch nicht, dass er ne Alte da hat? Immerhin hat er mich gestern rausgeworfen"

„Es gibt 1000 Möglichkeiten, warum der nicht online ist. Warum sollte ich raten?"

„Aber wenn man MAL raten würde…"

„Ich rate doch nicht sinnlos rum, das ist totaler Blödsinn"

„Aber du würdest doch auch was denken."

„Ja, ich würde mir denken, er hat sein Handy im Auto liegen lassen. Oder er pennt. Oder er hat Kopfschmerzen. Oder er guckt Netflix am Laptop. Oder sein Akku ist leer. Oder er will einfach seine Ruhe. Oder – halt dich fest – er hat beschlossen, heute mal nicht online zu sein. Aber weißt du was? Das sind alles nur Möglichkeiten. Und keine davon bringt dir die verdammte Antwort, die du hören willst."

„Ist aber schon komisch. Vorher immer online – und jetzt gar nicht. 9:52 und jetzt."

Melli hätte am liebsten laut gelacht. Aber sie sagte nur: „**Es ist völlig irre, wie du das überwachst.**"

Sanna: „Ja, aber deine Antwort bringt mir halt nix. Jetzt weiß ich auch nicht mehr als vorher."

Melli verdrehte die Augen. Ach, und wenn ich geraten hätte, wärst du plötzlich schlauer? Wenn ich dir gesagt hätte: 'Er sitzt gerade mit einer anderen Frau bei Kerzenschein und isst Tiramisu', wärst du dann entspannter ins Bett gegangen? Oder wenn ich geschrieben hätte: 'Er liegt weinend auf dem Sofa und vermisst das UNS' – hättest du dann besser geschlafen?

Sanna schob nach: „Ich find, das ist völlig NORMAL, dass man da nachdenkt. Du denkst doch auch manchmal was bei Basti."

Melli verdrehte die Augen so hart, dass sie beinahe ihren Sehnerv beleidigte. Natürlich dachte sie auch mal was. Aber sie baute keine forensische Online-Timeline mit Uhrzeiten, Kreuzverhör und Aufmerksamkeits-Bingo.

Und dann kam das, was kommen musste.

„Oh. Er ist online. 9:52 und jetzt. Ist klar."

Melli sah auf ihr Display. 18:00 Uhr. Der exakt dokumentierte Wiedereintritt in die digitale Umlaufbahn. Sie konnte nicht anders. Sie starrte auf die Nachricht und wusste nicht, ob sie lachen, weinen oder das Handy in den Geschirrspüler legen sollte.

Vielleicht alles zusammen.

Sann hingegen war erleichtert. Nun meldete Joe sich auf einmal. Ein gutes Zeichen. Von selbst. Nach dem harschen Ton. Nach dem Rauswurf.

Sanna saß da, das Handy in der Hand, und las seine Nachricht zum fünften Mal. *Sorry, war gestern hart. Hatte nen Hörsturz.* Ein Satz. Aber immerhin ein Satz. Von sich aus. Und Melli hatte doch mal gesagt, Narzissten würden sich nie entschuldigen, wenn sie jemanden verletzt haben. Oder?

Vielleicht ist er doch kein richtiger Narzisst, dachte Sanna. *Vielleicht ist er einfach nur überfordert. Oder kaputt. Oder erschöpft vom Leben. Und ich bin seine Konstante. Seine Sicherheit. Seine Rettung.*

Sie hatte doch nur helfen wollen. Für ihn und die Kinder gebacken. Das Haus vorbereitet. Betten gemacht. Staub gesaugt. *Wer macht das denn, wenn es einem nicht ernst ist?* Seine Mutter war gerührt gewesen. Hatte gesagt, dass sie sie mochte. Sogar umarmt. Die Ex hatte nie so viel erreicht. *Das musste doch etwas bedeuten.*

Und wenn seine eigene Mutter sie gut fand – dann konnte er doch nicht völlig unberührbar sein?

„Siehst du", hatte er gesagt, „meine Mum ist sonst sehr kritisch. Aber dich mag sie. Das ist schon die halbe Miete."

Die halbe Miete. Sanna klammerte sich an dieses Zitat wie ein Kind an ein versprochenes Pony. Vielleicht würde die zweite Hälfte ja bald auch fällig.

Natürlich hatte er sie auch weggeschickt. Natürlich hatte er gesagt, sie sei mit schuld an seinem Hörsturz. Aber er war krank. Und unter Druck. Und innerlich verletzt von all den Jahren davor. Von der Ex. Von seiner Kindheit. *Was, wenn er mich nur so hart behandelt, weil er sich bei mir sicher fühlt?*

Und sie war ja auch wirklich viel. Laut. Emotional. Fordernd. Vielleicht überfordernd. *Vielleicht ist das alles gar nicht gegen mich. Sondern... mit mir. Weil ich die Einzige bin, bei der er sich traut, so zu sein.*

Melli würde das wieder zerreden. Würde sagen, das sei alles Projektion, Verleugnung, Selbsttäuschung. Aber Melli war nicht da, wenn er sie mitten in der Nacht anrief. Wenn er flüsterte, dass er das Fest mit ihr will. Dass sie es schaffen könnten.

Und überhaupt: Warum würde er so etwas sagen, wenn er es nicht meinte?

Vielleicht, dachte Sanna wie schon so oft zuvor, vielleicht wird es ja nach und nach besser mit mir. Vielleicht merkt er irgendwann, dass ich nicht wie die anderen bin. Dass ich bleibe. Dass ich nicht weglaufe, selbst wenn er schwierig ist. Vielleicht braucht er das einfach: jemanden, der ihn nicht aufgibt.

Vielleicht ist es eben doch *Liebe*. Nur eine... komplizierte. Und Sanna wusste, was jetzt nötig war. Eine Auszeit, ein romantisches Wochenende zu zweit. Das würde sie einander wieder näherbringen.

Später: Sanna starrte auf die Buchungsbestätigung. Das Tiny House. So liebevoll ausgesucht, so charmant, so… falsch?

„Er versaut mir gerade alles", schrieb sie Melli. „Ich hatte doch dieses Wellnesshotel rausgesucht. Nur eine Nacht, aber mit allem – Whirlpool, Frühstück, Romantik. Er meinte, das Tiny House sei viel schöner. Ich hab's extra nochmal mit der Besitzerin abgesprochen. Und jetzt? Jetzt sagt er, Hotel wäre vielleicht doch besser gewesen. Selbstverpflegung sei ja auch stressig und darauf habe er keinen Bock. Er hat doch gesagt, dass ihm das Tiny House besser gefällt. Ich hab's ja nur wegen ihm gebucht."

„Ja. Und genau deswegen. Damit er dir hinterher das Gefühl geben kann, es war die falsche Entscheidung. Damit du dich schlecht fühlst."

„Aber… wozu das?" Sanna konnte es nicht fassen. *Warum sollte er das tun? Warum?*

Melli seufzte hörbar durch die Tastatur: „Weil Narzissten keine Harmonie aushalten. Wenn etwas schön sein *könnte*, zerstören sie es, bevor es das *wird*. Du kannst den Wecker danach stellen."

„Aber ist es nicht ein Unterschied, ob jemand etwas mit böser Absicht tut – oder weil er's einfach nicht besser kann? Weil er's vielleicht so *gelernt* hat?"

Melli schnaubte. *Da war sie wieder. Die emotionale Notausgangstür.* Wenn es kein Vorsatz war, konnte man es doch verzeihen. Wenn er es „nicht besser wusste", dann war er doch irgendwie unschuldig.
Dann konnte man bleiben. Musste sogar. *Weil Liebe doch bedeutet, zu bleiben, wenn der andere kaputt ist.*

„Sanna", schrieb Melli, „du würdest ihm wahrscheinlich sogar Fremdgehen verzeihen, wenn er sagt, er ist ausgerutscht und auf einer anderen Frau gelandet. ,*War ja keine Absicht.*' Ist dir

306

eigentlich klar, wie sehr du dir selbst gerade beim Selbstbetrug zuschaust?"

Aber Sanna ließ nicht locker. „Es *macht* doch einen Unterschied! Ein Kind, das dir aus Versehen die Finger in der Schublade einklemmt, ist doch was anderes als eins, das es absichtlich tut."

„Ja", schrieb Melli. „Aber Joe ist kein Kind. Und das hier ist keine Schublade. Es geht um psychologische Manipulation. Und *die* passiert nie versehentlich. Du kannst nicht *aus Versehen* jemanden gezielt verunsichern. Du kannst nicht *aus Versehen* jemandem immer wieder das Gefühl geben, zu viel zu sein. Das ist keine Tollpatschigkeit. Das ist ein System. Und die Sätze die er sagt? Egoisten Schlampe? Dass du ersetzbar bist? Blöde Kuh? Die sagt er aus Versehen? Dazu müsste er schon das Tourette-Syndrom haben"

Sanna starrte auf den Bildschirm.
Ihr Verstand wollte es begreifen.
Ihr Herz schrie: *Aber er ist doch nicht so!*

Sie wollte hoffen. Um jeden Preis.
Wenn es nur keine Absicht war, dann war er doch kein schlechter Mensch.
Dann durfte sie bleiben. Dann *musste* sie sogar.

Und Melli? Die konnte nicht mehr.

„Du willst weiter hoffen", schrieb sie, „aber was du wirklich willst, ist: dir deine Illusion erhalten. Damit du nicht gehen musst. Damit du dich nicht wie die Verlassene fühlst. Aber ehrlich, Sanna: manchmal ist es besser, verlassen zu werden – als sich selbst zu verlassen."

Kapitel 41– Die letzte Grenze

Heiligabend. Sanna saß auf der Sofakante, steif wie ein Möbelstück, das man aus Versehen mit Herz gekauft hatte. In der Hand eine Tasse Kaffee – lauwarm, milchig, mit dieser kleinen, traurigen Haut darauf, wie ein Echo ihres aktuellen Innenlebens. Neben ihr das Geschenk. Schwarzes Papier. Goldene Schleife. *Eine Whiskey-Karaffe mit personalisiertem Glas.* 65 Euro. Beratung inklusive. Liebe sowieso.

Joe kam aus dem Bad, zog sich die Socken hoch, schnaufte durch die Nase, als hätte schon dieser Tag ihn überfordert. Kein Blick zu ihr. Nur zum Päckchen.

„Ist das deins da?"

Sie nickte. Kurz. Hoffnungsvoll.

Er grinste schräg. *Oh nein, nicht dieses Grinsen.* „Ist das so 'ne Karaffe oder was? Für Whisky? Brauch ich nicht. Kein Platz. Und wenn, dann kommt da eh nur der Billigkram rein."

Sanna schluckte. „Ich dachte, das gefällt dir."

„Ja, dachtest du falsch." Er griff zum Handy. „Du hast ja auch das Fußball-Trikot bekommen. 120 Euro. Ich rechne das gegeneinander auf."

Gegeneinander.

Sie starrte ihn an, während ihr Gesicht heiß wurde, ihre Brust kalt. „Joe… das war ein Geschenk. Du hast gesagt—"

„Ich hab gesagt, ich denk drüber nach."

„Es ist Weihnachten." Ihre Stimme brüchig, wie ein Ornament aus Glas kurz vor dem Sturz.

Er zuckte mit den Schultern. „Ich hab keine Lust auf diese Diskussionen. Du machst mich irre."

Stille. Kühlschrankbrummen. Ein paar Kinder draußen zündeten Böller. Ein früher Vorbote eines kommenden Jahres, das sich jetzt schon wie ein Abgrund anfühlte.

Dann Joe: „Ich kann das nicht mehr. Dieses ständige Drama. Du gehst mir auf den Sack."

Sie hob den Blick. Suchte nach Weichheit. Nach Restwärme. Nach irgendetwas, das blieb. Sie erinnerte sich an Mellis Worte, dass diese Menschen keine Harmonie ertragen? Sollte Weihnachten dazugehören?

„Du meinst… Schluss?"

Er nickte, ohne sie anzusehen. „Ich will meine Ruhe."

Sanna stand auf, langsam, als würde sie befürchten, dabei in Stücke zu brechen. „Du schenkst mir nichts… du machst Schluss… an Weihnachten."

Keine Antwort. Nur dieses Schweigen, das mehr kaputt machte als jeder Schrei.

Zwei Stunden später gingen sie spazieren.
Hand in Hand. Als wäre nichts gewesen. Als wäre Liebe ein Protokoll, das man durchzieht, damit die Nachbarn nichts merken.

Sanna klammerte sich an seine Wärme wie ein Ertrinkender an einen Ast, der jeden Moment brechen konnte. In ihrem Kopf liefen Pläne wie Schatten durch verlassene Gassen. *Morgen esse ich nichts. Vielleicht macht er sich Sorgen. Ich streichel ihn nicht. Ich küsse ihn nicht. Aber ich sage Guten Morgen – damit er nichts merkt.*

Ein verzweifelter Versuch, irgendwie Kontrolle über die Situation zu bekommen, die ihr immer wieder entglitt. Ihr Widerstand war Angst im Abendkleid.

Sie wusste, dass er sie kontrollierte. Und versuchte doch krampfhaft, ihn zu kontrollieren. Durch Rückzug. Durch Sex ohne Lust. Durch strategisches Verstummen. Hauptsache, er blieb. Hauptsache, er ging nicht zu einer anderen. Hauptsache, dieses Unerträgliche hatte noch keinen Abspann.

Wenn er ihre Hand nicht nahm, fror sie. Wenn er sie „Sabine" nannte, weil sie denselben Satz sagte wie seine Ex, war das wie ein Nadelstich ins Herz – aber mit rostiger Spitze.

Und trotzdem blieb sie.

Fragte Melli zum hundertsten Mal: „Warum will er keinen Sex mit mir?"

Aber sie suchte längst keine Antwort mehr.

Sie suchte Kontrolle.

Macht.

Über irgendetwas. Irgendwen. Vielleicht über sich selbst.

Doch je kleiner sie wurde, desto aufrechter wurde er. Je mehr sie sich anbot, desto weniger nahm er sie. Sie war da – immer. Und genau das war das Problem.

„Ich hab keinen Bock mehr", sagte er.

„Ich will ihn behalten", sagte sie.

Nächster Tag, der erste Weihnachtsfeiertag. Sanna saß in der Küche, das Handy auf dem Tisch, die Finger zitterten wie bei einer Überdosis Hoffnung. Ihr Atem war flach, ihre Gedanken kreisten über ihr wie aasgierige Vögel. Der Kaffee war kalt. Die Würde lauwarm.

„Ich brauche einen Rat, Melli. Ich will wegfahren, mit meinen Kindern Weihnachten feiern… aber ich hab solche Angst, dass er dann eine andere hierherholt."

Melli antwortete nüchtern. Vielleicht schon ein bisschen innerlich erloschen.

„Wenn er fremdgeht, tut er's sowieso. Ob du fährst oder bleibst, ist scheißegal. Du kannst ihn doch nicht dauerhaft überwachen. Und wenn er das überhaupt WILL, ist doch sowieso schon alles hin"

Sanna las die Worte. Nickte. Und blieb trotzdem. Natürlich.

Sie kaufte Brötchen für seine Kinder, bastelte mit ihnen, bezahlte Waffeln, wusch, putzte, trug Reizwäsche, lächelte – und er? Warf ihr das Kehrblech vor die Füße. *Vor seiner Familie.*

„Das soll dir zeigen, was du mir wert bist."

Ein Satz wie Batteriesäure. Die Kinder schwiegen. Sanna starrte auf den Boden. Niemand sagte etwas. Nicht Günther. Nicht Joe. Niemand.

Aber dann, als sie wieder allein waren, kam der Moment, der alles kippte.

Kein Glas flog.

Keine Szene.

Kein Streit, der sich noch in ein Gespräch hätte retten lassen.

Nur ein Satz. Eine Frage.

Sanna hatte gefragt. Natürlich hatte sie gefragt.

„Steff?" Wer sonst.

Steff, der Drei-Küsschen-Mann.

Steff, der Schatten auf dem Display.

Steff, der nie gelöscht wurde.

Steff, der immer irgendwie da war – wie eine schlechte Vorahnung im Postfach.

Sanna hatte gebohrt. Wie immer.

Aus Angst.

Aus Wut.

Aus diesem krampfhaften, unstillbaren Drang, endlich die Wahrheit aus ihm herauszupressen – wie Eiter aus einer entzündeten Wunde.

Und Joe?

Joe stand auf.

Schaute sie an.

Erhob die Hand.

Er schlug zu.

Einmal.

Dann noch dreimal.

Direkt ins Gesicht.

Ohne Worte.

Schnell. Hart. Wie automatisiert.

Als wäre sie ein defekter Bildschirm, den man mit der flachen Hand zurechtklopfen muss.

Sie taumelte. Wankte. Blieb stehen. Irgendwie.

Ihre Wange brannte.

Ihr Herz? Taub.

Ihre Stimme? Fremd.

„Komm, mach doch weiter!" schrie sie. Oder flüsterte sie. Oder dachte sie es nur?

Es klang wie aus dem Off.

Wie eine Szene aus einer Doku über Frauen, die zu lange geblieben sind.

Eine von denen, bei denen man beim Zuschauen denkt: *Warum geht sie nicht? Warum tut sie nichts?*

Aber es war kein Film.

Niemand rief Cut.

Kein Gewissen trat auf den Plan.

Kein Umarmen. Kein Bedauern.

Nur Joe.

Der sich ins Bett legte.

Der anfing zu schnarchen.

Als sei sie nicht mehr als ein Möbelstück, das er im Vorbeigehen zur Seite gestoßen hatte.

Im Badezimmer stand sie später zitternd vor dem Spiegel.

Das Gesicht: geschwollen. Die Seele: leer.

Kein Make-up. Kein Plan. Keine Ausrede mehr.

Es war passiert.

Endgültig.

Kein Vielleicht. Kein Ausrutscher. Keine Übertreibung.

Als sie es Melli schrieb, kam erst:

„Was?!"

Dann:

„Der hat dich geschlagen? Im Ernst?!"

Und schließlich:

„Das ist nicht mehr toxisch. Das ist gefährlich."

Aber Sanna...

tat, was Sanna immer tat.

Sie suchte.

Nach Erklärungen.

Nach Schuld – natürlich in sich.

Vielleicht hatte sie genervt.

Vielleicht war sie zu eifersüchtig gewesen.

312

Zu laut.

Zu viel.

Und Joe war angetrunken, er wusste also nicht, was er tat.

Melli schrieb:

„Er hat NULL Respekt vor dir. Du bist für ihn wie ein Toaster. Du funktionierst, wärmst, servierst. Und wenn du kaputt bist – fliegst du in den Keller."

Aber jetzt war Weihnachten.

Und sie blieb.

Für die Kinder.

Für die Illusion.

Für dieses letzte, zerschrammte Stück Selbstachtung, das man sich wie einen Lippenstiftrest aus einer fast leeren Hülse kratzt.

Doch etwas war zerbrochen.

Sie

Sie hatte ihn doch nur gefragt.

Nur eine einzige Frage. Kein Geschrei, kein Drama, kein Tellerwurf.

Sie hatte ihn nicht angefasst, nicht beleidigt, nicht angeschrien.

Sie hatte einfach nur gefragt, ob es wirklich nur Steff war.

Und dann – zack.

Die Hand.

Seine.

In ihrem Gesicht.

Einfach so.

Nicht mal ein "Halt die Klappe". Nicht mal ein "Jetzt reicht's".

Nur die Bewegung.

Wie ein Reflex.

Oder wie Routine.

Und sie?

Sie stand da.

Und sagte sogar noch: „Na komm, dann mach doch weiter."

Weil sie so kaputt war, dass sie lieber geschlagen wurde als ignoriert.

Weil Schmerz wenigstens noch etwas war.

Etwas, das bewies, dass sie existierte.

Für ihn.
Für irgendwen.

War sie wirklich schon so weit?
War sie wirklich so jämmerlich geworden, dass sie körperliche Gewalt als Bestätigung brauchte?

Wahrscheinlich ja.

Sie hatte es sich doch immer geschworen. Immer.
"Wenn er mich schlägt, bin ich weg."
So klar, so stark, so überzeugt.

Und jetzt?

Jetzt lag sie neben ihm.
Starrte auf die Decke.
Zählte die Atemzüge, die nicht ihre eigenen waren.
Und wartete, dass irgendetwas passierte.
Irgendein Funke.
Irgendeine Reue.
Irgendein "Es tut mir leid".

Aber da war nichts.
Kein Blick.
Kein Wort.
Kein schlechtes Gewissen.
Nur das Schnarchen.
Sein verdammtes Schnarchen.

Und sie?
Sie weinte nicht einmal.
Sie war einfach nur leer.
Zu müde, um zu hassen.
Zu feige, um zu gehen.
Zu stolz, um zuzugeben, dass sie längst verloren hatte.

Wie war sie nur hier gelandet?
In einem Leben, das sich anfühlte wie ein offenes Fenster bei Minusgraden.
Sie fror. Innen.
Tief drin.
Da, wo früher einmal ihre Würde gewesen war.

Und sie wusste genau, was Melli jetzt sagen würde.

Dass sie bekloppt sei.

Dass sie endlich gehen müsse – barfuß, wenn es sein musste.

Dass kein Mann der Welt sie schlagen dürfe.

Und Melli hätte recht.

Verdammt recht.

Aber sie schaffte es nicht.

Sie saß da, dachte über Brötchen nach, über Kehrbleche, über fehlende Geschenke –

und fragte sich, wie das alles so schiefgehen konnte, ohne dass sie es wirklich bemerkt hatte.

Vielleicht war sie von Anfang an nur ein Platzhalter gewesen.

Ein Zimmermädchen in Reizwäsche.

Eine Lückenfüllerin mit Herzklopfen.

Und jetzt?

Jetzt war sie ein Schatten.

Ein Rest.

Ein Mensch mit einer geschwollenen Wange –

und einem noch viel geschwolleneren Wunsch:

Dass er einfach nur sagte:

„Es tut mir leid."

Denn das wäre der Beweis.

Der Beweis, dass er kein Narzisst war.

Dass er Reue empfinden konnte.

Und wenn er sich entschuldigte, dann könnte doch noch alles gut werden.

Dann könnten sie glücklich werden.

Und so saß sie da.

Geschlagen.

Und voller Hoffnung.

Während das offene Fenster einen kalten Wind ins Zimmer wehte. Genau dorthin, wo früher einmal ihr Stolz gewohnt hatte.

Kapitel 42 – Durch die Nacht

Sanna stapfte durch das kalte Dunkel, als würde die Nacht sie verschlucken. Nur Bäume. Und Stille. Und das Licht ihres Handys, das flackerte wie der letzte Rest Verstand, den sie noch hatte.

Sie war draußen. Allein. Im Wald.
Weil ein Mann, der sie geschlagen hatte, nicht ans Telefon ging.
Weil ein Mann, der ihr ins Gesicht geschlagen hatte – *viermal* – jetzt betrunken in ihrem Bett lag.
Weil dieser Mann nicht antwortete. Und sie trotzdem das Gefühl hatte, ihn retten zu müssen.

Sanna war nicht dumm. Sie war nicht naiv. Sie wusste, wie es aussah. Wie sie klang. Wie absurd das alles war. Wenn jemand die Situation von außen beschrieben hätte – sie hätte sich fremdgeschämt. Sie hätte laut gesagt: "Geh da raus, sofort. Spinnst du?!"

Aber sie war nicht draußen. Sie war mittendrin.

Mit jeder Faser ihres Körpers wusste sie, dass etwas in ihr zerbrochen war. Nicht durch die Schläge allein – das war nur der Höhepunkt eines langen, leisen Erdrutsches, der in ihrem Innersten schon vor Wochen begonnen hatte. Vielleicht sogar Monaten. Vielleicht, wenn sie ehrlich war, schon in dem Moment, als sie zum ersten Mal fragte, mit wem er schrieb – und er schwieg.

Seither drehte sich ihr ganzes Leben um zwei Haken. Zwei blaue Haken, die Hoffnung bedeuteten. Oder Verrat. Oder beides. Zwei kleine Pixel auf einem Display, die über ihre Nächte entschieden. Über ihren Wert.

Jetzt war da nur noch ein grauer Haken.
Handy aus.
Erreichbarkeit: keine.
Respekt: auch keiner.

Sie lief schneller, ohne zu wissen wohin.
Der kalte Wind biss in ihr Gesicht, der Atem ging flach.

Sie hatte das Gefühl, dass ihre Füße nicht mehr zu ihr gehörten. So wie ihr Herz schon lange nicht mehr ihr gehörte.

Sie dachte an das letzte Gespräch. An die Ohrfeige. An ihren eigenen Satz danach – „Na los, mach doch weiter!" – halb Trotz, halb Wahnsinn, ganz Verzweiflung. Und dann war er ins Bett gegangen. Ohne ein Wort. Ohne Reue. Als wäre *sie* diejenige gewesen, die überreagiert hatte.

Und jetzt? Jetzt lief sie im Wald herum, in der Hoffnung, dass sein Handy wieder online ging.

Dass er sie suchte.

Dass er *sie* vermisste.

Nicht „Steff". Nicht Sabine. Nicht irgendein anderer Körper, den er nachts in seiner Erinnerung streichelte. Sondern sie. Sanna.

Der Gedanke machte sie wütend.

Auf ihn.

Auf sich.

Auf diese verdammte Liebe, die gar keine war.

Und plötzlich wollte sie schreien. Nicht laut – sondern schneidend.

Sie wollte schreien: **Ich bin nicht mehr da, Joe!**

Ich bin nicht mehr die, die fragt. Die hofft. Die weint. Die sich anpasst.

Aber es stimmte nicht. Nicht ganz.

Denn sie war ja noch da.

Mitten im Wald.

Ohne Empfang.

Mit diesem winzigen Rest Hoffnung, dass er sie vermisste.

Dass er aufstand. Dass er rief. Dass er erkannte, was er verloren hatte.

Aber tief in ihr war da diese andere Stimme. Die dunklere. Die, die klarer sah.

Du bist nicht draußen, weil du stark bist, Sanna. Du bist draußen, weil du so gebrochen bist, dass du lieber frierst, als neben ihm zu liegen.

Und genau das war der wahre Abgrund.

Nicht der Schlag. Nicht das Schweigen.

Sondern die Erkenntnis, dass selbst Gewalt sie nicht mehr

wachrüttelte.

Dass sie noch immer versuchte, zu verstehen. Zu retten. Zu bleiben.

Ein Vogel schrie irgendwo im Geäst, schrill und fremd. Sanna blieb stehen.

Der Atem stand weiß in der Luft.

Ihr Handy vibrierte.

Aber es war nicht Joe.

Es war Melli.

Und Sanna wusste: Das war der einzige Mensch, der gerade wusste, wo sie war.

Und trotzdem fühlte sie sich so allein wie noch nie.

Es war, als würde Sanna in einer fremden Sprache sprechen, die Melli längst nicht mehr verstand. Diesmal fühlte es sich anders an. Oder besser gesagt: gar nicht mehr. Melli hörte zu und spürte nichts. Kein Mitgefühl. Keine Wut. Kein Drang mehr, zu helfen. Nur dieses leere, trockene Flimmern im Hinterkopf.

Irgendwann kehrte Sanna um. Sie hatte darüber nachgedacht, einfach zu erfrieren, damit er merkt was er tut. Als finale Botschaft, deutlicher als geschickt platzierte Statusmeldungen oder ein unbemerkt bleibender Hungerstreik. Dies würde er verstehen und dann könne man es nicht mehr rückgängig machen.

Aber wenn sie ihm doch Unrecht tue? Wenn er nie fremdgegangen ist? Wenn er morgen vorhat, sich zu entschuldigen? Dann würde sie das nicht mehr mitbekommen. Also ging sie zurück und legte sich neben Joe ins Bett, der nicht einmal ihr Fehlen bemerkt hatte und selig schlief.

Nächster Tag.

Sanna redete.

Nicht über den Schlag.

Nicht über das, was wirklich zählte.

Nein – sie redete von Flüstern.

Von verdächtigen Geräuschen im Flur.

Von Kopfhörern, die angeblich plötzlich aufgeladen waren, obwohl sie sie nie eingesteckt hatte.. Als hätte es keinen 25.

Dezember gegeben. Keine Schläge. Kein „Das war der Cut". Es war, als hätte jemand den Reset-Knopf gedrückt – nur dass niemand mehr wusste, wo der Anfang war.

Und Melli? Stand nur noch daneben. Wie ein Statist in einem Drama, das sie längst auswendig kannte. Müde. Stumm. Ausgebrannt. Was sie sah, war eine Frau im freien Fall. Was sie hörte, war ein Echo – dieselbe Tonlage, dieselben Formulierungen, dieselben Drehungen in dieselbe Hölle. Sanna, gefangen in ihrem eigenen Labyrinth. Misstrauen. Hoffnung. Wut. Selbsthass. Sehnsucht. Ein Karussell ohne Ausstieg, auf dem Joe der fixierte Mittelpunkt war. Unbeweglich. Kalt.

„Er hat Sabine zweimal umarmt, als er die Kinder zurückbrachte", schrieb Sanna.
„Ich durfte nicht mal mit in die Wohnung."
„Ich habe gebettelt."

Melli hielt den Atem an. Nicht vor Mitgefühl. Sondern wegen dieses einen Wortes. Betteln. Sanna bettelte. Nicht um Liebe. Nicht mal um Nähe. Sie bettelte um Sichtbarkeit. Um das Recht, existieren zu dürfen in seinem Leben. Ein „Ich nehme dich mit". Ein „Du bist dabei". Ein „Ich sehe dich".

Aber Joe bestimmte. Wer dabei war. Wer warten musste. Wer den Mund zu halten hatte. Wer körperliche Nähe bekam. Wer das Kehrblech geworfen bekam – und wer am Tisch essen durfte.

Melli erkannte das Muster. Natürlich erkannte sie es. „Er will die Kontrolle behalten", tippte sie.
Und Sanna? Antwortete mit der vollen Tragik ihrer vernebelten Hoffnung:
„Ich glaube, er sagt immer 'Hau ab', damit ich bleibe. Und wenn ich wirklich gehe, kriegt er Panik."

Melli wollte schreien. Panik? Das war keine Panik. Das war Besitzanspruch. Wie bei einem Kind, das sein Spielzeug wochenlang ignoriert, aber losschreit, wenn es jemand anderes nehmen will. Das ist kein Herzschmerz. Das ist Revierdenken.

Die Müdigkeit, die sich seit Wochen wie Nebel in ihrer Brust ausgebreitet hatte, wurde zu einer klaren, kalten Fläche. Da war nichts mehr. Kein Mitleid. Kein Zorn. Kein Drang, irgendetwas zu retten. Nur diese eine, schneidende Gewissheit:

Sanna würde nie gehen.

Nicht nach der Demütigung.

Nicht nach dem Schlag.

Nicht nach dem "Ich sauf mich tot."

Nicht einmal nach dem Moment, in dem sie sterben wollte.

„Ich halte es aus", hatte Sanna geschrieben. „Weil es sonst noch schlimmer wäre."

Und Melli wusste: Das war kein kalter Entzug. Das war keine Distanz, kein Abnabeln. Es war Rückfall mit Ankündigung. Eine Sucht, die längst das Steuer übernommen hatte. Wie bei einer Droge, bei der man glaubt, der Entzug würde töten – und deshalb lieber den nächsten Schuss setzt, obwohl die Vene schon platzt.

Melli war nicht ihre Therapeutin. Nicht ihre Freundin. Nicht mal mehr ihr Rettungsanker.

Sie war eine Fläche. Eine Projektionswand. Ein leuchtendes Display, auf das Sanna ihre Verzweiflung schrieb, Tag und Nacht. Immer dieselben Themen, dieselben Formulierungen, dieselben Schleifen.

Wieder versuchte Sanna, Melli davon zu überzeugen, dass Joe doch eigentlich ein guter Mensch sei.

Diesmal nicht mit eigenen Worten – sondern durch eine weitergeleitete Nachricht von Robin.

Robin, der irgendwas von "sicher vorhandenen Gefühlen" schrieb und davon, dass Joe eben nur nicht so zeigen könne, was er empfinde.

Robin, der riet, nicht aufzugeben.

Robin, der keine Ahnung hatte, was wirklich passiert war.

Die Schläge hatte Sanna nämlich verschwiegen. Aus Scham. Aus Selbstschutz. Vielleicht auch, weil sie sich selbst noch nicht traute, die ganze Wahrheit auszusprechen.

Jetzt klammerte sie sich an Robins Einschätzung, als könnte ein fremdes Urteil die eigene Realität umschreiben.

Wenn Robin es glaubte. Und Melli es dann vielleicht auch

glauben würde.

Dann wäre es doch vielleicht wahr, oder?

Nach dem Motto:

"Wenn Robin und Melli sagen, dass Joe eigentlich ein guter Mensch ist –
dann ist er das eben.

Dann muss sich die Realität gefälligst fügen."

Als könnte eine Mehrheit gegen Schmerzen abstimmen.

Als wäre Missbrauch eine Frage des Blickwinkels.

Oder ein Gerücht, das man einfach wieder einfangen kann, wenn nur genug Leute dran glauben.

Und Melli? Wollte nur noch eins:

Offline sein.

Nicht lesbar. Nicht verfügbar. Nicht erreichbar.

Weil auch sie, nach all dem, nur noch eins spürte:

Erschöpfung.

Und während Sanna weiter über die Sofa-Armlehne lehnte, mit geröteten Augen, in sich zusammengefallen, lief Joe durchs Zimmer, als wäre nichts. Montags eben. Seine klassischen "Ich hab keinen Bock auf Sex"-Tage.

Sanna testete es inzwischen systematisch. Ein vorsichtiger Blick, eine flüchtige Berührung, eine Hand auf dem Bauch – wie ein Ermittler, der nach Spuren sucht. Nichts. Kein Zucken, kein Ton. Nur die weggewischte Hand. Wieder.

„Ich weiß, dass was nicht stimmt", schrieb sie. „Ich weiß es einfach."

Melli starrte aufs Display. Wieder Montag. Wieder diese Nachricht. Vielleicht sollte sie Sanna eine Excel-Tabelle machen – mit Kalenderfunktion, Thermometer für den Hodensack und Ampelsystem je nach Eiweißaufnahme.

„Ich will doch nur wissen, ob er ehrlich ist", schrieb Sanna. „Wenn er was mit anderen hat – ich will es einfach wissen. Dann kann ich loslassen."

Melli seufzte laut. Wie oft noch? Wie viele Varianten derselben Aussage? Sie würde doch eh zurückgehen. Selbst wenn Joe es ihr ins Gesicht sagen würde. Selbst wenn er ein Schild um den Hals trüge: *Ich habe eine andere.* Sie würde bleiben. Und sich dafür entschuldigen, dass sie gefragt hat.

Sanna glaubte an die eine Frage. Die ultimative Formulierung. Die magische Wendung, bei der er plötzlich sagt:
„Ja, okay. Es war Mittwoch. Mit Ayse. Und der Eiweißriegel war für sie."

Aber Joe schwieg. Oder drehte es um. Oder schlief ein.
Und Sanna suchte weiter.

Sie roch an Montagsbädern.
Zählte Knoblauchreste.
Untersuchte seinen Penis auf Hautrisse.
Notierte sich Schmerz beim Sex.
Glaubte an Chlor, wo kein Chlor war.
„Er sagt, es kommt vom Chlor... aber da war doch gar kein Chlor! Oder meinst du, das kann sein?"

Melli schrieb trocken: „Kann psychisch sein. Oder Pilz. Oder halt: andere. Weiß man nicht."

Aber sie meinte: Es ist egal. Denn du bleibst ja trotzdem.

Sanna ließ nicht los. Nicht ihre Liebe. Nicht ihren Glauben an den Beweis.
Melli wusste längst: Sanna brauchte keine Wahrheit, um zu gehen.
Sie brauchte eine Wahrheit, um das Gehen vor sich selbst zu rechtfertigen.
Ohne Schuld. Ohne Selbsthass. Ohne Zweifel.

Und genau das war der Irrtum.
Denn selbst mit dem Beweis würde sie bleiben.
Mit Tränen. Mit Juckreiz. Mit zerkratzter Seele.
Mit Hoffnung.

Weil sie geliebt werden wollte.
Von jemandem.
Am liebsten von jemandem, der nicht da war.

Kapitel 43 – Das verräterische Taschentuch

Es war einer dieser Abende, an denen Sanna mit einem absurden Rest Hoffnung ins Bett ging. Hoffnung – dieses unbequeme kleine Ding, das sich in ihr festkrallte wie ein Kaugummi an der Schuhsohle. Sie hatte sich zurechtgemacht. Nicht übertrieben. Nur ein bisschen mehr als nötig. Der Ausschnitt etwas tiefer. Der Rock ein Hauch zu kurz. Das Parfum wie ein Versprechen auf ihrer Haut. Dort, wo sie hoffte, dass seine Lippen landen würden. Vielleicht heute. Vielleicht endlich.

Sie waren unterwegs gewesen. Dart spielen, Kneipenrunde. Joe hatte gelacht, getrunken, war charmant gewesen. Wie früher. Wie an diesen wenigen Tagen, an denen man glauben wollte, der Albtraum sei nur eine Phase. Er hatte ihr an den Hintern gefasst. Ihr ins Ohr geflüstert: „Du willst doch eh ficken, gib's zu." Sanna hatte gelacht. Vielleicht ein bisschen zu laut. Vielleicht, weil sie sich nach diesem Satz lächerlich sehr gesehen fühlte.

Jetzt saß sie auf der Bettkante wie ein geprügelter Welpe und sah ihm zu, wie er sich demonstrativ ins Kissen schmiegte. Und in ihrem Kopf kreiselte dieser Satz: Heute könnte es passieren. Nicht das Drama. Das Gute. Die Nähe. Der Sex, der nicht nach Mitleid roch. Aber stattdessen: ein Taschentuch. Im Klo.

Sanna griff zum Handy. Natürlich schrieb sie Melli.

„Sag ehrlich – was denkst du?! Ich war 2,5 Stunden arbeiten, er hatte Homeoffice, ging nicht ans Handy. Ruft dann zurück – Gruppen-Call. Und später... **Taschentuch im Klo**. Immer wenn ich weg bin, ist da so eins."

Melli starrte auf die Nachricht. Blinzelte. Wieder ein Taschentuch. Wahrscheinlich sollte sie wirklich diese Excel-Tabelle anlegen. Spalten: Ort des Taschentuchs, Sexuelle Annäherung vorher, Erklärung Joe, Stimmung Sanna. Vielleicht ließ sich daraus eine Formel entwickeln. Selbstbefriedigung vs. Fremdgehen bei gleichzeitiger Whisky-Aufnahme.

Aber sie schrieb nur: „Der wird sich einfach einen runtergeholt haben. Das ist völlig normal."

Sanna antwortete sofort. „Aber wieso sagt er es dann nicht, wenn ich ihn danach frage?! Ich sag es ihm doch auch! Warum verschweigt er das?!"

Melli rieb sich die Stirn. Weil. Es. Dich. Nichts. Angeht. Weil er ein erwachsener Mann ist. Weil du ihn behandelst wie einen Jugendlichen mit Pornosucht.

Und weil er genau weiß, was passieren würde, wenn er es dir sagen würde:
Ein Verhör.
Wann.
Wie oft.
Wo.
Mit welchem Hilfsmittel.
An wen er dabei gedacht hat.
Ob sie schöner war.
Ob sie jünger war.
Ob es besser war als mit dir.

Und danach?
Gekränktes Rumgezicke, Schuldumkehr, Tränen, leises Schluchzen, passiv-aggressive Nachrichten mit GIFs von traurigen Pandas und zitternder Stimme geflüsterte Drohungen: „Ich weiß einfach nicht, ob ich mit sowas umgehen kann."

Und ab da – ständiger Argwohn.
Kein Moment mehr unbeobachtet.
Keine Dusche ohne Alarm.
Keine stille Minute, in der er sich nicht rechtfertigen müsste, was er gerade mit seinem Penis gemacht hat.

Melli schnaubte. Das war doch keine Beziehung.
Das war ein Hochsicherheitstrakt.
Ein Kontrollzentrum mit angeschlossener Entwertungseinheit.

Aber für Sanna war das kein normales Verhalten. Kein Taschentuch, kein Schweigen, kein Rückzug war für sie bedeutungslos. Alles war Code. Beweis. Zeichen.
Für Abwendung.
Für Lüge.
Für: *Du willst mich nicht mehr.*

„Ich will doch nur wissen, ob er ehrlich ist... ob er mich noch will... Wenn er's mir einfach sagen würde, ginge es mir besser", schrieb sie.

Und da war es wieder, dieses verzweifelte Streben nach Wahrheit, das eigentlich nichts mit Wahrheit zu tun hatte. Sanna glaubte, mit der richtigen Frage, dem perfekten Moment, genug Nachdruck und ein bisschen Nachsicht würde sie die Antwort aus ihm pressen wie eine Tube Zahnpasta am letzten Tag. Nur dass Joe längst keine Tube mehr war. Er war leer. Oder zu. Oder beides.

Und genau da lag der Irrtum.
Sanna wollte nicht die Wahrheit. Sie wollte eine Version, die nicht weh tat. Eine, in der sie noch gewollt war. Geliebt. Sexy. Genug.

Aber Joe war längst weg. Nicht körperlich. Aber seelisch. Ein Phantom.

Vielleicht bei seinen Kindern. Vielleicht bei "Steff". Vielleicht einfach nur bei sich selbst.

Und Sanna?

Konnte sich noch so verrenken, schminken, schweigen, bitten – er war nicht mehr bei ihr. Und das Taschentuch? Vielleicht war's auch nur Schnupfen. Aber selbst das war bei Sanna längst kein Argument mehr.

Sanna war überzeugt: Mit genug Spürsinn, mit den richtigen Fragen, mit cleverem Timing würde sie es entschlüsseln. Wahrheit war ein Zahlenschloss. Und sie kurz davor, die Kombination zu knacken.

Joe war angeblich bei einer Kaffeemaschinen-Reparatur. Dann – plötzlich – holt er seine Tochter ab. Sie ruft ihn an: Männerstimmen im Hintergrund. Und Joe sagt: „Der kommt gerade."

Der? Wer ist DER? Warum kein Name?

Sanna hörte, was er nicht sagte. Und interpretierte den Rest so lange, bis es verdächtig klang.

Dann der Klassiker: „Wenn ich dich nicht angerufen hätte, hättest du gedacht, ich war bei einer Ische."

Ja. Genau deshalb denkt sie es doch.

Die Paranoia war längst eingezogen. Mit Koffer. Mit Monatsabo. Mit Alarmanlage.

Und Melli? Wusste, was jetzt kam.

„Was denkst du? Ehrlich?" „Keine Ahnung." „Aber was würdest du DENKEN?!"

Melli: „Dass es möglich ist. Und dass du dich wieder im Kreis drehst."

Aber Sanna bohrte weiter. Entwickelte Theorien, installierte Spionage-Logik im Kopf.

Zwei WhatsApps? Tinder verstecken? App-Icons verschieben?

Sie entwickelte Szenarien wie ein Verschwörungstheoretiker auf Red Bull.

Schnittbilder im Kopf. Zeitachsen. Chatverläufe. Browserdaten. Sie saß neben Joe und analysierte sein Handyverhalten wie ein Botaniker eine seltene Pflanzenart.

Wie oft er tippte. Wie er es hielt. Ob er beim Pinkeln das Handy mitnahm. Ob er zu lange auf Klo blieb.

„Ich will doch nur wissen, ob ich recht habe. Dann kann ich loslassen."

Aber Melli wusste: Nein, kannst du nicht.

Er könnte es dir ins Gesicht sagen. Ein Schild tragen. Ein Beweisvideo zeigen. Du würdest bleiben. Weil du die Wahrheit gar nicht willst. Du willst eine Geschichte, die sich nach Liebe anfühlt.

„Er hat 'Ich liebe dich' geschrieben", flüsterte sie irgendwann. Getippt, sagt er. Autovervollständigung. Kein Bekenntnis – nur ein technischer Unfall.

Natürlich war es das.

Aber Sanna war drei Sekunden lang glücklich.

Drei Sekunden Hoffnung, die auf Knopfdruck wieder implodierten.

Er hatte es nicht gesagt. Nicht gemeint. Nur… vertippt.

Aber nach der Enttäuschung über den „Fehler" kam wieder dieser kindliche Glaube.

„Vielleicht sagt er es einfach nicht, weil er Angst hat. Aber wenn ich gehe, wird er es bereuen."

Sanna glaubte daran wie Kinder an den Weihnachtsmann.

An die Möglichkeit, dass unter der Kälte, der Verachtung, dem Schweigen irgendwo Liebe lauert.

Dass er nur nicht kann. Nicht darf. Nicht gelernt hat, wie es geht.

Oder – vielleicht – einfach ein Arschloch ist.

Melli dachte Letzteres. Aber sie sagte es nicht mehr.

Denn Sanna hatte inzwischen andere Sorgen.

„Sag mal... wie kann ich erkennen, ob die Sperma-Menge normal ist? Montag war das letzte Mal. Heute war wenig."

Und wieder ging es los.

Melli starrte aufs Handy. Sanna zählte jetzt Spermatropfen. Wie oft war es noch bis zur Apokalypse?

„Vielleicht hat er sich selbst einen runtergeholt... vielleicht war er aber auch bei einer Tussi... ich meine, es war wieder so wenig."

Melli war zu müde, um zu schreien. Zu leer, um zu trösten.

Sie wusste: Das war der Punkt, an dem Sanna kippen würde.

Immer dann, wenn die Fragen keine Antworten mehr brauchten, sondern Schmerz als Selbstzweck.

Und dann kamen sie. Immer dieselben Sätze.

Immer dieselbe Leere.

„Ich will einfach tot sein."

„Ich halte das alles nicht mehr aus."

„Ich bin behindert und krank."

Und Melli wollte sie retten. In den Arm nehmen.

Wachrütteln. Aber sie konnte nicht mehr. Denn egal, was Joe tat, Sanna blieb.

Weil sie längst nicht mehr nach der Wahrheit suchte.

Sondern nach einem Gefühl, das sich anfühlte wie Liebe.

Selbst wenn es sie auffraß. Langsam. Ganz. Weil selbst Schmerz noch besser war als nichts.

Kapitel 44 – Bis(s) aufs Blut

Es war kurz nach Mitternacht, als Sanna die Nerven verlor.
Wieder einmal.
Wegen Joe.
Wegen dieser absurden Mischung aus Hoffnung und
Unsichtbarkeit, die sich wie eine zweite Haut über ihr Leben
gelegt hatte.

Er hatte den Abend mit Lars verbracht. Stundenlang. Ganz
der loyale „Bro". Danach telefonierte er mit Luca, seelenruhig,
lachend, trinkend. Kam nicht ins Bett. Kam nicht zu ihr. Und
danach textete er irgendwem.

Und Sanna?
Sie wartete. Schrumpfte. Wurde kleiner, Zentimeter für
Zentimeter. In sich. Im Raum. In seinem Leben.
Während Joe seine Prioritäten neu sortierte – und sie konsequent
vergaß.

Sie versuchte, es sich nicht anmerken zu lassen. Spielte die
Coole. Die Nachsichtige. Die Unberührbare. Aber ihre Gedanken
brannten.
Warum ist er nicht bei mir?
Warum reicht es ihm nie?
Warum bin ich immer die Letzte auf seiner Liste?

Melli antwortete nüchtern, fast erschöpft:
„Warum soll er nicht telefonieren? Warum muss er JETZT ins
Bett? Es ist ja nicht mehr so, dass ihr nur noch diesen Abend
habt, ihr wohnt praktisch zusammen."

Aber Sanna wusste längst, es ging nicht ums Bett.
Es ging ums Prinzip.
Ums Gewolltwerden. Ums Gesehenwerden.
Darum, ob sie überhaupt noch existierte in seiner Welt – oder
nur ein Schatten war, der Essen machte und Tränen schluckte.

Und dann – kam der Zusammenbruch. Die Eskalation. Der
Moment, den Sanna später in nur zwei Worte packte:
„Er hat mich misshandelt"

Ein Donnerschlag.

Melli starrte auf das Display. Ihre Finger zitterten, wollten nicht glauben, was sie da las. Wieder nicht. Nicht noch einmal.

„Er hat mich gebissen", schrieb Sanna weiter. „Bis es blutete. Und meine Hände so verdreht... ich dachte, er bricht sie mir."

In Mellis Kopf wurde es still. Dumpf. Kalt.

Wie oft hatte sie gewarnt? Wie oft hatte sie gesagt: *Geh. Das ist keine Liebe. Das ist Gewalt.*

Aber Sanna?

Sanna stand da.

Und sagte leise: „Ich hab's halt mit mir machen lassen. Ich hatte keine Kraft mehr."

Sie stand da wie eine Figur in einem Theaterstück, dessen Handlung sie nicht mehr verstand.

Sie sagte, sie habe ihn provoziert.

Habe gefragt, ob er noch „einer Fotze" geschrieben habe.

Weil sie wusste, dass er lügt.

Weil sie spürte, dass nichts mehr stimmte.

Weil sie nur noch Kontrolle hatte über ihre Fragen – nicht mehr über ihr Leben.

Und Melli?

Sie hätte schreien können. Wütend, hilflos, verzweifelt.

Aber sie schrieb nur:

„Er misshandelt dich. Wie kannst du überhaupt noch auf seine Worte achten? Was ist dir wichtiger – dass er dich liebt oder dass er dich nicht schlägt?"

Sanna weinte. Sagte, sie bitte ihn doch immer nur, ehrlich zu sein. Sich zu entschuldigen.

Aber Joe entschuldigt sich nicht.

Zweimal in all den Monaten. Zweimal – und auch das nur, weil sie gebettelt hatte.

„Aber das war immerhin der Beweis, dass er kein Narzisst ist richtig?"

Melli blinzelte. Langsam.

Als hätte ihr Hirn gerade einen Systemfehler festgestellt.

Ach Sanna. Wenn es nur so einfach wäre.

Nur weil irgendwo auf einer halbgaren Ratgeberseite im Internet steht, dass Narzissten sich „nie entschuldigen", heißt das noch lange nicht, dass Joe automatisch raus ist aus dem toxischen Club der Charakterverrenkungen, nur weil er sich manchmal halbherzig und meist sogar nur auf Verlangen entschuldigte.

„Er hat sich entschuldigt" kann vieles bedeuten:

- Er hat gelernt, dass es taktisch klug ist.
- Er will, dass du dich wieder einkriegst.
- Er braucht Ruhe, um in Ruhe weiterzumachen.
- Oder – worst case – er hat wirklich ein paar Sekunden Reue verspürt. Auch Narzissten sind Menschen. Manchmal.

Aber weißt du, was Narzissten auch können?

Sie entschuldigen sich – nur um sich dann *wieder* genau so zu verhalten.

Weil die Entschuldigung nur ein Werkzeug ist.

Wie ein Besen, mit dem man die Scherben zusammenkehrt, bevor man den nächsten Teller wirft.

Melli dachte an Chris.

Der hatte sich auch mal entschuldigt. Einmal.

Sogar sehr überzeugend.

Er hatte Tränen in den Augen.

Nur um drei Tage später mit einer anderen ins Wochenende zu verschwinden.

(„Ich wollte gar nicht, aber sie hatte schon alles gebucht…")

„Reue ist kein Beweis für Unschuld.

Manchmal ist sie einfach nur Strategie."

Das hätte Melli am liebsten gesagt.

Aber sie wusste: Sanna würde wieder sagen, dass sie so „negativ" sei.

Weil Sanna verzweifelt an etwas glauben wollte.

Dann sagte Sanna den Satz, der Melli die Luft abschnürte:
„Wenn ich gehe, wird mir eh keiner glauben. Seine Familie denkt,
ich bin irre."

Natürlich. Joe hatte längst vorgesorgt.
Er erzählte Geschichten über Sannas angebliche
Wahnvorstellungen, ihre Eifersucht, ihre „Anfälle". Gaslighting
par excellance .

Und Sanna?
Sie spielte mit.
Weil sie nicht anders konnte.
Weil sie glaubte, dass das Liebe sei.

„Warum ist mein Herz so blöd, dass ich nicht gehen kann?"

Melli antwortete mit der letzten Schärfe, die ihr noch blieb:
„Zum letzten Mal: Das ist nicht dein Herz. Das ist dein Hirn.
Sucht. Abhängigkeit. Du verwechselst das mit Liebe."

Und sie meinte es nicht böse. Sie meinte es ernst.
Denn Sanna war längst gefallen.
Hing nur noch an einem seidenen Faden aus Hoffnung und
Selbstbetrug.

„Er ist was Besonderes. Er hat einfach was, weshalb ich nicht
gehen kann"

„Ja, Sanna. Er *ist* was Besonderes.
Er ist besonders kalt. Besonders kontrollierend.
Besonders unzuverlässig.
Er ist besonders gut darin, dir das Gefühl zu geben, du wärst
verrückt.
Besonders effektiv, wenn es darum geht, dich glauben zu lassen,
dass DU das Problem bist.
Und ganz besonders talentiert darin, die Verantwortung für seine
Scheiße auf andere abzuwälzen."

Er hatte sie gebissen. Er hatte ihre Hände verdreht.
Er hatte nicht aufgehört, obwohl sie sagte, dass es weh tat.

Und sie blieb.

Weil sie nicht glauben konnte, dass das, was sie erlebt hatte,
wirklich passiert war.

Weil sie sich selbst nicht mehr spürte.

Und weil sie sagte: „Ich kann ihn nicht anzeigen. Er würde alles verlieren."

Aber sie? Was hatte sie verloren?

Am nächsten Abend suchte sie in den App-Vorschlägen ihres Playstores nach Beweisen.

Tinder tauchte auf. Wieder Tinder. Das gelöschte Tinder!

Für Sanna war das ein Zeichen.

Ein Wink des Universums. Ein digitaler Hilferuf.

Und Melli dachte nur:

Du wurdest gestern misshandelt – und heute fragst du, warum dir Tinder angezeigt wird.

Und so saß Sanna weiter in ihrer Hölle.

Redete sich ein, dass sie *bald* gehen würde. Vielleicht.

Dass er sich ja auch mal entschuldigt hatte.

Zweimal. Und dass das immerhin etwas sei.

Sanna hatte längst aufgehört, Sex als Ausdruck von Liebe zu sehen. Für sie war es zum einzigen Beweis geworden, dass sie noch irgendeine Bedeutung für Joe hatte. Wenn er sie begehrte, dann – so glaubte sie – *konnte* er gar keine andere wollen. Dann war sie doch noch wichtig. Dann hatte sie noch eine Funktion.

Sie kaufte neue Reizwäsche, spielte Szenen durch, überlegte sich, wie sie ihn überraschen konnte. Machte sich zurecht, obwohl sie sich innerlich leer fühlte. Stellte sich vor den Spiegel, übte Posen, lächelte gequält in sich hinein. Und wenn er abends sagte, er sei müde, versuchte sie es eben am nächsten Morgen. Oder am Nachmittag. Oder per Nachricht, mit einem Bild. „*Lust?*" – immer wieder dieses zarte Angebot, das eigentlich ein verzweifelter Schrei war: „*Sieh mich. Will mich. Gib mir wenigstens das.*"

Und Joe? Joe genoss es. Nicht den Sex selbst – sondern die Kontrolle. Dieses latente Hinhalten. Heute ja, morgen nein, übermorgen „zu viel im Kopf". Er wusste genau, wie abhängig sie war. Und wie sehr sie sich jedes noch so kleine Zeichen von Nähe als Beweis für ihre Richtigkeit zurechtlegte.

Manchmal, wenn sie ihn in der Küche nur streifen wollte, schob er ihre Hand beiseite, murmelte ein genervtes „Nicht jetzt", ohne sie anzusehen. An anderen Tagen griff er beiläufig nach ihr, als sei sie ein Objekt. Und sie ließ es zu. Mehr noch – sie war dankbar. *Weil er sie überhaupt berührte.*

Was er nicht wusste, war: Sanna überging sich selbst. Täglich. Ihre eigenen Grenzen, ihr Schamgefühl, ihre Intuition. Alles war nebensächlich geworden. Hauptsache, es passierte überhaupt etwas. *Wenn sie ihn nur oft genug befriedigte,* dann – so hoffte sie – *würde er sich aus Loyalität nie zu einer anderen hingezogen fühlen.*

Doch statt Nähe bekam sie Unsicherheit. Statt Geborgenheit – das Gefühl, erbärmlich zu sein. Immer öfter lag sie nach dem Sex allein da, fühlte sich schmutzig, klein und vor allem: **allein**.

Was Sanna da gerade fühlte, war für Melli nicht neu. Dieser überschwängliche Sex, dieses „sich wie auf Drogen fühlen", dieses „Erlebnis", das sich so einzigartig, ja fast schicksalshaft anfühlte – es war ihr nur allzu bekannt. Und gleichzeitig war es brandgefährlich. Es ist eine Täuschung. Eine perfekte Illusion.

Diese eine seltene Minute, in der sie plötzlich ganz bei dir sind. Oder sich zumindest so verhalten. Ein Blick. Ein Griff. Ein Tonfall, der dich glauben lässt: Jetzt. Jetzt sieht er mich. Jetzt will er mich.

Aber sie sehen niemanden. Und sie wollen auch niemanden.

Sie holen sich. Sie nehmen. Sie benutzen deinen Körper wie ein Werkzeug zur Selbstbestätigung. Sie masturbieren – mit dir als Kulisse. Und es fühlt sich an wie Verbundenheit.

Weil dein Körper lügt.

Weil dein Körper denkt: Das ist Nähe.

Wissenschaftlich betrachtet ist diese gefühlte Intensität nichts weiter als ein neurobiologisch erklärbares Verwirrspiel. Denn der Sex mit einem narzisstisch geprägten Partner fühlte sich oft nicht deshalb so intensiv an, weil er technisch besser, leidenschaftlicher oder liebevoller war, sondern weil der gesamte emotionale Kontext davor wie eine emotionale Achterbahn wirkte.

Das zentrale Stichwort lautete: **emotionale Dysregulation**.

Wenn man sich tagelang ungeliebt, wertlos, verwirrt und verunsichert fühlte, wenn das eigene Nervensystem in einem permanenten Alarmzustand zwischen Hoffnung und Angst pendelte, dann war jede Form von Nähe wie eine Erlösung. Das Gehirn schüttete in dem Moment Dopamin, Oxytocin, Serotonin, sogar Endorphine aus – eine neurochemische Explosion nach dem Dauerstress. Oxytocin: Dieses kleine, gemeine Kuschelhormon, das uns glauben lässt, wir wären emotional gebunden. Evolutionär sinnvoll – damit wir uns binden. An den, mit dem wir uns vermehren könnten. Ein biologischer Trick, der bei Narzissten besonders gut funktioniert. Der Sex selbst musste gar nicht überdurchschnittlich gut sein – er wurde nur als solcher wahrgenommen, weil er den „ganz unten-Zustand" des Selbstwerts plötzlich auf ein „erleichtertes Hochgefühl" katapultierte. In der Psychologie bezeichnete man das als **intermittierende Verstärkung** – ein Prinzip, das Suchtverhalten auslöste. Mal gab es Entzug, mal Belohnung. Mal Liebe, mal Missachtung. Und man begann zu glauben, dass jede Zuwendung etwas ganz Besonderes sei. Dabei war es schlicht das Ausbleiben der üblichen Abwertung, das wie eine Belohnung wirkte. Es war der Kontrast, der kickte. Nicht der Mann. Denn die Momente sind so rar, so aufgeladen, so intensiv. Wie einem halb verhungernden auch trocken Brot vorkommt, wie ein Festmahl. Wie ein Tropfen Wasser in der Wüste. Das ist das Gemeine: Es ist kein Festmahl. Aber es schmeckt wie eins.

Und genau deshalb ist es so gefährlich.

Denn du denkst danach, es war echt. Du denkst, es hat etwas bedeutet. Du denkst, da war eine Verbindung. Aber es war nichts weiter als eine Inszenierung. Er war bei sich. Nicht bei dir.

Und du – du warst kurz auf der Bühne. Licht an. Scheinwerfer auf dich. Applaus. Und dann wieder Dunkelheit.

Das nennt man dann Intimität.
Dabei warst du nur Requisite. Dein Körper zu einem Sex-Toy degradiert.

Und trotzdem willst du mehr. Weil du süchtig bist nach diesem kurzen Gefühl, dass du nicht egal bist. Auch wenn es dich kaputt macht.

Joe hatte es irgendwann beiläufig gesagt. Nicht mal in einem Streit, sondern völlig nüchtern: „*Weißt du... das ist irgendwie nicht reizvoll. Wie du dich ständig anbietest.*"

Die Worte brannten sich in Sanna ein wie ein Stempel. Nicht reizvoll. Nicht sexy. Nicht begehrenswert. Und das, obwohl sie doch alles dafür tat. Ihr Körper, ihre Zeit, ihr Selbstwert – alles lag ihm zu Füßen.

Sie beschloss, jetzt wirklich etwas zu ändern. Kein Anbiedern mehr. Kein *"Schatz, Lust?"* per WhatsApp. Stattdessen: distanziert, unabhängig, locker. So, wie Joe es scheinbar mochte. So, wie man angeblich interessant bleibt.

„Ich werd ihm zeigen, dass ich auch anders kann", murmelte sie vor sich hin. „Kein Hinterherlaufen. Kein Reden über Gefühle. Einfach cool bleiben."

Natürlich wollte sie das. Zum zehnten Mal. Melli zählte nicht mehr mit. Dieser Plan war ein Klassiker: emotionaler Rückzug, selbstbewusste Distanz, strategische Coolness. *Und jedes Mal hielt er 4 Stunden. Maximal!*

Melli kannte das Muster. Joe wusste es auch. Er wusste, dass er sie nicht verlieren würde. Nicht mal, wenn er sich eine Woche nicht meldete. Er kannte ihre Schmerzgrenze – und sie war flexibel wie ein Gummiband.

Für echte Verunsicherung, für echte Verhaltensänderung, bräuchte es Wochen. Vielleicht sogar Monate. Eine Sanna, die wirklich nicht mehr verfügbar ist. Die sich nicht anbietet, nicht klammert, nicht fragt, nicht weint. Eine, bei der er plötzlich nicht mehr sicher ist, ob sie noch auf ihn wartet. *Aber diese Version von Sanna existierte nicht.*

Joe glaubte ihr nichts. Kein „Ich geh" klang glaubwürdig. Kein Rückzug echt.

Denn er wusste längst, was sie selbst noch nicht begriff:

Sie blieb.

Immer.

Kapitel 45 – Streifenpolizei

Es waren rote Linien.
Dünn. Frisch. Zornig.
Kratzspuren, verteilt über Joes Rücken wie das leise Echo einer
Nacht, in der Sanna nicht vorkam.

Sie hatte sie entdeckt wie eine Archäologin der Enttäuschung.
Ein Fundstück, das schmerzte, weil es nicht mehr
Interpretationsspielraum ließ. Und trotzdem – sie suchte. Wie
immer.
„Melli? Kann man Sex-Kratzer am Rücken haben, wenn es heute
Mittag war – und die jetzt noch so rot sind?"

Die Nachricht kam spät.
Sannas Ton war fast sachlich, als würde sie einen Tatort
beschreiben und keine seelische Exekution.

Melli antwortete trocken: „Ja klar. Gerade da an den Seiten –
typische Stellen."

Sanna schickte Bilder. Immer mehr. Immer näher dran.
Als würde Nähe zur Wahrheit führen.
„Sieht das aus wie Finger?"

Joe hatte gelacht, als sie ihn ansprach. Gelacht.
Dieses schiefe, kalte Lachen, das mehr zerstörte als jede Ausrede.
Ein Lachen, das sagte: *Du kannst mir nichts beweisen.*
Ein Lachen, das sagte: *Ich hab die Macht.*

„Warum sollte ich noch mit dir schlafen, wenn ich schon was
hatte?", hatte er gesagt.
Als wäre das ein logischer Satz.
Als wäre Liebe ein Tageskontingent.

Sanna suchte weiter.
Im Blick. Im Atem. Im Wegdrehen.
Als könnte man ein Geständnis aus Wimpern zucken.
„Er hat mich so angeschaut… als würde er fast einknicken… und
dann sagte er: ,Mann, du spielst deine Rolle echt gut.'"

Melli, längst erschöpft vom Theater der Abgründe, antwortete:

„Du wirst es nie erfahren. Er wird es nicht zugeben."

Denn was Sanna suchte, war kein Geständnis.

Sie suchte Erlösung.

Ein „Ja", das ihr den Schmerz erlaubte.

Ein „Es stimmt", das alles begründete – und gleichzeitig beendete.

Doch statt Wahrheit bekam sie Drohungen.

„Wenn du noch was sagst, hau ich dir eine rein."

Später: „Wenn du so weitermachst, hast du bald ein Messer am Hals."

Klassiker.

Verbalterror, präzise wie ein Skalpell.

Und Sanna?

Sie wollte keine Anzeige. Keine Trennung. Keine Konfrontation.

Sie wollte Klarheit.

Nur Klarheit.

„Es muss doch einen Weg geben, dass er sagt: ‚Ja, verdammt. Ich hab dich betrogen.'"

Und Melli, zynisch, müde, ehrlich:

„Du glaubst immer noch, dass man mit der richtigen Frage ein kaputtes Gewissen zum Reden bringt."

Sanna nannte es keine Unterstellung. Es sei doch nur eine Frage.

Was ist das? Hast du was mit einer anderen?

Aber Melli wusste: Das war kein Fragen mehr. Das war Schreien.

Ein Schrei nach Sicherheit. Nach Wahrheit.

Nach irgendeinem Halt in einem Strudel aus Misstrauen, Schmerz und Entwürdigung.

Joe drohte. Joe lachte. Joe wich aus.

Und Sanna spürte: Sie war das schwächere Glied in einem Spiel, das nie fair war.

„Ich will ihn beruhigen… besänftigen", schrieb sie.

Und Melli dachte nur:

Damit er dich nicht wieder beißt?

Denn das war der Punkt, an dem keine Ironie mehr half.

Sanna stand auf einer Brücke – wortwörtlich.

Sie sprach davon, zu springen.

Von Schulden. Von Alkohol. Von einer Familie, die ihr nicht glauben würde.

Und Melli?

Sie war nur noch der letzte Spiegel.

Der letzte Rest Realität.

Die letzte, die überhaupt noch hinsah.

„Er hat dich gebissen, gewürgt, bedroht.

Er liebt dich nicht.

Und du hoffst immer noch auf Versöhnung?"

Aber Sanna hörte nicht.

Sie konnte nicht.

Denn irgendwo in ihr lebte noch immer die Idee, dass Liebe heilt.

Dass er bereut.

Dass sie, wenn sie nur still genug, lieb genug, nackt genug, klug genug fragt – endlich bekommt, was sie verdient:

Ehrlichkeit.

Nähe.

Eine Spur von Respekt.

Doch was sie bekam, war Joes Stimme:

„Du kriegst doch alles – Massage, Sex – und dann regst du dich über Kratzer auf..."

Melli:

„Und du glaubst das noch? Es ist längst alles eindeutig.

Es gibt keine Zufälle mehr. Keine Unschuld.

Nur noch deine Entscheidung, zu bleiben."

Sanna schrieb:

„Ich glaube ihm fast nichts mehr. Aber ich will, dass er nicht mehr so verletzend ist."

Und genau deshalb blieb sie.

Weil sie glaubte, Schmerz sei verhandelbar.

Weil sie glaubte, mit Liebe könne man Kratzer entkräften, Lügen entwirren, Bisse umdeuten.

Weil sie immer noch hoffte,
dass Gewalt irgendwann zu Zärtlichkeit wird.
Und Schweigen zu einem Satz,
der endlich bedeutete:
Ich liebe dich.

Es war ein leises Klicken, ein Wischen über den Bildschirm.
Und dann: *Er war da.*
Joe. Auf Tinder.
Terminator nannte er sich, 46
Sanna hatte ihn gefunden – nicht zum ersten Mal, aber diesmal
war alles anders. Diesmal hatte sie einen Screenshot.

„Ich habe die App wieder installiert. Tinder. Ich musste kaum
wischen. Da ist er. Wieder. Schon wieder. Und diesmal bin ich es
nicht mehr, die zweifelt. Ich weiß es jetzt.Er ist aktiv! Gerade
eben!"
Ihr Puls raste. Ihr Kopf war leer und gleichzeitig voller
Gedanken, wie ein explodierendes Wespennest.
„Ich habe ihn gesehen, Melli. Da ist er. Ich habe recht gehabt.
Die ganze Zeit."

Melli antwortete ruhig. Fast zu ruhig.
„Vielleicht kommt ja jetzt mal bei dir an, dass er von vorne bis
hinten nur lügt."

Sanna versuchte noch, das Ganze rational zu erklären.
„Wir haben doch damals nur die App gelöscht, nicht den
Account. Vielleicht liegt's daran?"
Aber Melli entgegnete nüchtern:
„Nein. Wenn man ewig nicht aktiv ist, wird man nicht mehr
angezeigt. Er hat sie wieder benutzt. Punkt."

Und Sanna, halb in Schockstarre, halb in Raserei, begann zu
taumeln zwischen Gewissheit und Selbstzerstörung.
„Er hat bestimmt gesucht…und gefunden."
„Zumindest gesucht."
Sanna wollte es nicht nur sehen. Sie wollte es hören. Aus seinem
Mund. Laut. Unwiderruflich.
„Ich will, dass er sagt: Ja. Verdammt. Ich habe andere gefickt."
Und Melli dachte nur: *Natürlich willst du das. Damit du weißt, dass*

dein Schmerz einen Namen hat. Und damit du endlich glauben darfst, was du längst weißt.

Doch selbst da – inmitten der klarsten Beweise, der sichtbarsten Lüge, der kältesten Enttarnung – fragte Sanna noch einmal:

„Soll ich mir sein Handy zeigen lassen? Ob die App installiert ist?"

Und Melli? Sie tippte nur ein einziges Wort:

„Wozu?"

Denn es war längst alles gesagt.

Joe log weiter. Dreist. Routiniert.

„Die Abbuchung, das war ein Fehler von Tinder."

„Ich hab gar keine App."

„Du bist doch gesperrt, du kannst das gar nicht sehen."

Melli lachte hart. „Für jemanden, den du nicht sehen kannst, hast du aber ziemlich viel von ihm gesehen."

Dann sagte Joe den Satz, der Sanna fror:

„Du hast keine Beweise."

Und Sanna spürte, wie ihre letzte Hoffnung starb. Denn das hieß übersetzt:

„Ja, ich hab was gemacht. Aber du kannst mir nichts."

Als er das gesagt hatte, wusste sie: Es war vorbei. Wirklich. Endgültig.

Doch was sie noch nicht wusste:

Sie würde trotzdem bleiben.

Noch ein bisschen.

Noch ein Beweis.

Noch ein Moment.

Weil sie tief im Inneren glaubte, dass sie ihn *überführen* musste, damit es *zählt*. Damit es *real* war. Damit *sie* nicht die Verrückte war.

Und so wuchs aus Schmerz ein Plan.

Sie würde ihn beobachten.

Nicht mehr konfrontieren.

„Ich lasse ihn mal zwei, drei Wochen in Ruhe. Vielleicht macht er einen Fehler."

Wie eine Ermittlerin in eigener Sache wollte sie das Unaussprechliche sichtbar machen.

Doch Joe machte längst keine Fehler mehr.

Er war zu geübt. Zu eiskalt. Zu kontrolliert. Und Sanna war viel zu durchschaubar. Oder vielleicht war der größte Fehler, dass er überhaupt sprach.

Denn was er sagte, war der ultimative Beweis für das, was Sanna nicht glauben wollte:

„Ich kann dich so weit treiben, dass du in den Tod gehst", hatte er gesagt.

„Ich bring dich dazu, dich selbst umzubringen."

„Ich mach dich paranoid, bis du nicht mehr weißt, wo vorne und hinten ist."

Melli war sprachlos. Nur eine bittere Erkenntnis blieb: „Du bist schon so abhängig, dass du alles akzeptierst. Schläge. Lügen. Tinder. Und jetzt das."

Und Sanna, die Frau, die sich selbst verloren hatte, schrieb: „Ich will nur, dass er es sagt. Dass ich die Wahrheit höre. Ich hab alles versucht. Alles gegeben. Für ihn. Für die Liebe. Für das, was ich dachte, was es ist."

Nächster Tag.

Sanna starrte auf ihr Handy. Keine neue Nachricht. Wieder mal. Und trotzdem... diesmal fühlte es sich anders an. Nicht weil Joe sich verändert hätte – im Gegenteil. Er war immer noch der gleiche distanzierte, schwer greifbare Mann, der sie mal liebevoll streichelte und im nächsten Moment abblockte. Aber **sie** hatte etwas erkannt. Etwas, das sie bisher übersehen hatte.

Der Joe, der bei seinen Freunden charmant war, der die Bedienung im Café freundlich anlächelte, der mit seinem Chef scherzte, der auf Familienfeiern mit den Kindern lachte – *das war der wahre Joe*. Nicht der, der sich hinter verschlossenen Türen in Schweigen hüllte, der sie nicht an sich ranließ, der ihre Nachrichten ignorierte oder sie mit einem Blick auf Eis legte. Nein. Das war nicht sein wahres Ich. Das war... ein Schutzpanzer. Eine Maske. Eine Reaktion auf seine Kindheit. Auf diese „komplizierte" Ex. Auf all das, was er durchgemacht hatte.

„Ich bin sein sicherer Hafen", dachte Sanna. *"Ich bin die, bei der er sich fallenlassen kann. Ich bin die, die bleibt, auch wenn es schwer wird."*

Melli würde das natürlich wieder zerreden. *„Klingt wie eine gefährliche Selbstaufgabe",* würde sie sagen. Oder schlimmer noch: *„Du entschuldigst gerade emotionalen Missbrauch mit Kindheitstrauma."* Aber Sanna wollte das nicht hören. Sie wollte an das glauben, was sie spürte. Dass er sie testete. Herausforderte. Dass er wissen wollte, ob sie stark genug war, zu bleiben – auch wenn er ihr nichts gab. **Noch** nichts. Das würde sich erst ändern können, wenn er sich sicher genug sein konnte, dass sie bleiben würde. Erst dann könne er ihre ganze Liebe zulassen und ihr das im gleichen Maß zurückgeben. Und sie **war** stark. Sie konnte das aushalten. Das Schweigen. Das Abwarten. Die unausgesprochenen Zweifel. Wenn sie einfach blieb... wenn sie durchhielt... *dann würde alles gut werden.*

Sie stellte sich vor, wie er eines Tages vor ihr stehen würde – weich in der Stimme, aufrichtig in den Augen – und sagen würde: *„Danke, dass du geblieben bist. Nur wegen dir habe ich wieder gelernt, zu vertrauen."*

Sanna lächelte leise bei diesem Gedanken. Ja. Genau so würde es sein. Sie war kein Opfer. Sie war die Heldin seiner Heilung.

Kapitel 46 – Wald-Fick

„Melli? Denkst du, es war ein Wald-Fick?" Sanna war zurück. Mit einer neuen Theorie. Diesmal ging's um Dreck. Am Auto. Hinten links, hinten rechts. Auf beiden Seiten. Und da war nur eine logische Erklärung: Sex. Im Wald. Irgendwo auf einem matschigen Waldweg – wo sich Joe und irgendeine Tinder-Glücksfee zwischen Astwerk und Kofferraum vergnügt hatten. Wahrscheinlich in Zeitlupe, während Rehe vorbeizogen und romantische Nebelschwaden aufzogen.

Melli starrte auf ihr Handy. Dann auf die Wand. Dann wieder aufs Handy. „Schlamm kann überall her sein", schrieb sie. Und dachte: Ich habe eine akademische Ausbildung. Und jetzt erkläre ich zum dritten Mal heute, wie Matsch funktioniert.

Aber Sanna ließ nicht locker. „Nicht vielleicht einfach nur von Regen, oder? Also wenn's geregnet hat? Oder von der Straße? Vielleicht Baustelle? Basti könnte das doch wissen?"

Natürlich. Basti. Melli hätte fast laut gelacht. Ja klar, ich ruf Basti an – der kann sicher schmecken, ob das Matsch oder Seitensprung war.

Doch stattdessen kam nur ein Satz in trockener Melli-Manier: „Man denken kannst du doch selbst."

Aber Sanna konnte nicht. Jedenfalls nicht logisch. Sie wollte Beweise. Etwas Offizielles. Eindeutiges. Ein Wald-Fick-Zertifikat. Ein TÜV-Stempel auf dem Kotflügel. Hauptsache: nicht bloß eine Vermutung.

„Ich brauche was Eindeutiges, sonst kann ich nicht gehen." Melli: **„Ich geb dir den Beweis. Er hat dich geschlagen. Und gebissen. Reicht das nicht?"**

Sanna: „Doch. Aber das war im Suff. Und das beweist ja nicht, dass er fremdgegangen ist. Und er hat sich entschuldigt, als ich das verlangt habe."

Natürlich. Nur körperliche Gewalt. Kein Grund, eine Beziehung zu beenden, wenn es keinen offiziellen Vagina-Stempel einer anderen Frau gibt.

343

Melli fühlte, wie sich in ihr etwas verdrehte. Nicht mal mehr Wut war da. Nur noch dieses zähe, zynische Genervtsein. Wie bei jemandem, der zum hundertsten Mal „Ich geh jetzt wirklich" sagt – aber den Mantel nicht findet.

Dann kam der Klassiker. Der wahre Evergreen: „Was ist, wenn er nur so fies ist, weil ich ihm nicht vertraue?"

Melli hätte fast applaudiert. Die Selbstschuld-Spirale – präsentiert von Sanna Männersucht live und in Dauerschleife.

Aber sie antwortete sachlich, fast gelangweilt:
„Ja. Es kann sein, dass du mitverursacht hast, dass er fremdgeht. Aber: es ist trotzdem passiert."

Sanna aber war noch nicht fertig. Sie analysierte weiter. Joess Tinder-Verhalten. Die Ausreden. Die Kratzer. Den Sex-Entzug. Seine angebliche Angst vor neugierigen Kinderaugen und Familienberatungsmitarbeiterinnen mit Nachtsichtgerät.
Sie zerlegte jedes Detail, wie ein Krimi-Fan eine Netflix-Serie. Nur dass es keine Serie war. Und auch kein Krimi. Sondern ihr Leben. Und das brannte lichterloh.

„Ich hab drei Männer, die mit mir schlafen wollen", schrieb sie dann plötzlich.
Wie ein verzweifelter Versuch, Macht zurückzugewinnen.
Melli war kurz davor zu antworten: *Toll. Dann mach doch 'ne Google-Tabelle draus. Mit Bewertungen. Sterne für Zärtlichkeit. Strafpunkte für emotionale Unreife.*

Aber sie blieb nüchtern:
„Warum brauchst du schon wieder einen anderen? Bleib doch mal weg von Kerlen."

Doch Sanna wollte keinen Mann. Sie wollte Nähe. Beweis. Macht. Kontrolle.
Jemand der mit ihr schlief, damit sie sich wenigstens für IRGENDWAS gewollt fühlte.
Was sie nicht hatte, nicht bekam, nie behalten durfte.

Und Melli? Sie war erschöpft. Aber sie schrieb weiter. Immer noch. Weil sie irgendwie nicht anders konnte.

„Ihr seid beide toxisch. Du willst ihn, weil er dich nicht will. Und er will dich, solange du verzweifelt bist."

„Waaaas? Toxisch? Wo ist das bitte toxisch?" Sanna reagierte, als höre sie das zum ersten Mal. Entrüstet über so eine Einschätzung. Das war schließlich Liebe. Nicht toxisch.

Melli las die Nachricht. Atmete tief durch. Und schrieb dann trocken, als würde sie den Wetterbericht für eine Einöde vortragen:
„Nein, er hat kein schlechtes Gewissen. Er will dich erziehen, damit du gar nicht mehr muckst."

Und tief in ihr wusste sie: Solange sie nach Dreck am Auto suchte, statt den Schmutz in der Beziehung zu sehen, würde sich nichts ändern.

Sanna versuchte, das System zu verstehen. Vielleicht, so hoffte sie, sei er einfach nur überfordert. Oder verletzt. Oder tief innen drin noch der gute Joe, der mal ihre Hand genommen hatte.
Vielleicht würde er sich wieder "erbarmen". Ja, dieses Wort hatte sie tatsächlich benutzt. *"Wenn er sich erbarmt, dann darf ich."*
Melli wäre fast das Handy aus der Hand gefallen. Erbarmen? Als ginge es hier um eine mittelalterliche Hofhaltung und nicht um eine Beziehung im Jahr 2025.

Sanna wollte ihn immer noch „knacken". Immer noch hoffen, dass sich was „entwickelt". Dass sie nur lange genug mitspielt, nicht fragt, nicht fühlt, nicht denkt – und *dann* kommt er vielleicht wieder zurückgekrochen.
Spoiler: Wird er nicht.

Denn Joe hatte längst das Spiel gewechselt. Während Sanna noch versuchte, mit ihrer Beziehung Domino zu spielen, hatte Joe längst auf Schach umgeschaltet – und sie ist der Bauer, der nie ankommt.
Und warum sollte er auch?
Er bekommt alles: warme Mahlzeiten, saubere Klamotten, Kinderbetreuung, Streicheleinheiten auf Abruf – und null Konsequenzen, egal wie er sich benimmt. Ein All-inclusive-Paket mit Kusch-Garantie.

Aber der Sex bleibt aus. Und das war für Sanna wie ein täglicher Beziehungs-TÜV, bei dem sie immer wieder durchfiel.

Keine Nähe = bestimmt eine andere.

Keine Umarmung = ganz sicher eine andere.

Und wenn's dann doch mal eine halbe Geste gibt –
Händchenhalten, ein Kuss – dann ist das wie ein Tropfen Wasser
in der Wüste. Und gleichzeitig der ultimative Beweis für ihre
eigene Hoffnung. *Vielleicht liebt er mich ja doch noch ein bisschen?*

Melli hatte längst aufgehört, darauf emotional zu reagieren.
„Ob er eine hat oder nicht, ist nebensächlich", schrieb sie. „Er
behandelt dich wie Dreck."

„Letztendlich wirst du dich in dieser Beziehung immer wieder
so fühlen", hatte Melli geschrieben. „Und es wird nur noch
schlechter werden. Der einzige Ausweg ist es, da endlich
rauszugehen."

Ein Satz wie ein Befreiungsschlag. Kurz. Klar. Wahr.

Und dann, Sekunden später, kam Sannas Antwort. Eine
einzelne Zeile, klein und leise, aber mit der Wucht eines
Rückschritts von hundert Metern:

„Toll. Aber wenn ich ihm unrecht tue… wenn er gar nix
gemacht hat… dann ist es völlig unnötig, Schluss zu machen."

Melli starrte auf den Bildschirm. Das war er. Der Nebel. Die
Nebelwand, die Sanna sich immer wieder selbst hochzog, wenn
irgendwo am Horizont der kleinste Sonnenstrahl auf Klarheit
hinwies.

Was, wenn ich ihm unrecht tue…?

Ein Satz, der alles ausradierte, was vorher an Wut, Erkenntnis
oder Stärke aufgebaut worden war. Ein einziger Konjunktiv –
und zack, war Sanna wieder drin. Im Gedankenkarussell, im
Selbstzweifel, im Schuldgefühl.

Melli starrte auf die Nachricht. Und hätte am liebsten das
Handy gegessen. Oder in einen Vulkan geworfen. Oder beides.

Denn da war sie wieder, die große Illusion vom gerechten
Beziehungsgericht. Als müsse man beim Schlussmachen
beweisen, dass der andere objektiv schuldig sei. Als gäbe es so
etwas wie „unnötig Schluss machen".

Sanna wollte die Beziehung nicht zu Unrecht beenden…
Einem Mann Unrecht tun,
– der Tinder hat,
– der kontrolliert,
– der demütigt,
– der Sanna behandelt wie eine Angestellte ohne Rechte,
– der sie angeschrien, beleidigt, manipuliert,
– der sie geschlagen hat –
und zwar mehrfach?"

Sanna war nicht auf der Suche nach einem gesunden Leben.
Sie war auf der Suche nach einer Rechtfertigung für ihren
Schmerz.
Wenn er sie betrogen hatte – okay. Dann durfte sie jetzt endlich
gehen.
Aber wenn nicht…?
Dann wäre *sie* die Schuldige.
Dann hätte *sie* versagt.
Dann hätte sie die große Liebe weggeschmissen, nur weil sie zu
schwach war, durchzuhalten. Weil man sich dann irgendwann
fragt: *Was, wenn es doch Liebe war?*

"Du brauchst also einen Beweis, dass er DICH zerstört hat,
um dich selbst retten zu dürfen?"

Sanna schwieg.

Denn genau das war es.

Kapitel 47 – Immer. Nie. Wieder.

„Soll ich es vielleicht einfach mal zwei Wochen versuchen ohne Angst, ohne Nachfragen, ohne Unterstellungen... und wenn dann nichts zurückkommt, *dann* gehe ich?"

Die Beziehung war längst tot. Nur Sanna hielt noch die kalten Hände.

Und während sie sich fragt, ob sie *vielleicht doch zu eifersüchtig war*, ob sie *nicht lieber hätte mehr kuschen sollen*, ob *ein GPS-Tracker am Auto* endlich die Erlösung bringt, rollte Melli innerlich nur noch die Augen.

Aber sie blieb da. Schreibend. Trockener denn je.

„Die Wahrheit wirst du vermutlich nie erfahren."
„Die Beziehung ist Müll, egal ob er treu ist oder nicht."
„Er genießt es, dass du unsicher bist."
„Er hat keinen Bock auf dich – nur auf das, was du tust."

Und dann – fast beiläufig – erinnerte sie Sanna daran, dass sie nach 8 Wochen Beziehung geschrieben hatte, *dass Joe sie kaputt macht.*
Nicht wegen Tinder. Nicht wegen Sex. Sondern wegen allem. Dem Ton. Dem Gaslighting. Der Kälte. Dem ewigen Machtspiel.

Für Sanna war Zeit ein zweischneidiges Schwert: Entweder sie gehörte ihr – oder sie war verdächtig.

„Zeit für sich", wie Joe sie nannte, war für sie längst kein legitimer Wunsch mehr, sondern ein persönlicher Affront. Ein Angriff auf das „UNS". Denn in Sannas Welt bedeutete jede Minute ohne sie automatisch: Zeit für sich. Und Zeit für sich bedeutete: Freiraum. Und Freiraum bedeutete: Gefahr.

Arbeitszeit? Zeit für sich. Schließlich war sie nicht dabei, und wer wusste schon, ob die "Wiedereingliederung" nicht auch eine versteckte Ausgliederung ihrer selbst war?
Zeit mit den Kindern? Auch Zeit für sich. Denn Sanna war nicht dabei, also konnte Joe ja rein theoretisch auch über alles andere nachdenken – oder schlimmer: jemanden treffen.
Zeit mit einem Kumpel? Zeit für sich. Wer wusste denn, ob

dieser "Kumpel" nicht eine Umschreibung für eine neue Tinderbekanntschaft war?

Als Joe sagte, er wolle Mittwoch „mal einen Abend ganz für sich haben", stand für Sanna fest: Das war nicht okay. „Du HAST doch schon Zeit für dich!", hatte sie ihm entgegengeschleudert. „Heute mit dem Kumpel, morgen mit deiner Tochter, tagsüber bei der Arbeit – wie viel Zeit brauchst du denn noch?!"
Joe hatte sie nur müde angesehen und gemurmelt, dass er eben auch mal allein sein müsse. *Allein.*
Ein Wort, das für Sanna wie eine kalte Ohrfeige klang.

Und dann das Handy.
Er hatte sich doch verabschiedet. Hatte gesagt, er wolle schlafen. Hatte gegähnt, sich verhaspelt, sogar versprochen, ihr morgen auf die Nachricht zu antworten. Aber: Sein Handy war **noch an.**
Sie hatte es gesehen. Zwei blaue Haken. Um 22:55 Uhr. Und das war mindestens **17 Minuten nach dem offiziell verordneten Tiefschlaf.**

Sanna konnte es nicht fassen. Er hatte ihr das Schlafen nur vorgespielt. Das Handy *war noch an*!
Also musste sie schreiben. Fragen. Nachbohren. Und alles mit „Schatz" beginnen. Immer.

Schatz,

das war ganz ungewohnt gestern. Du machst doch sonst immer direkt dein Handy aus, wenn wir uns Gute Nacht sagen. Ich hab mich einfach gewundert, dass es noch an war. Bist du doch noch wach geblieben? Ich will gar nicht nerven, nur… ich war so verunsichert. Und du weißt doch, wie ich bin.

Sie schickte es. Bereute es. Schrieb gleich noch eins hinterher.

Schatz, ich wollte dir doch nur noch sagen, dass ich dich liebe. Dass ich wirklich alles tue, um dir gutzutun. Ich will nur dazugehören. Ich will wissen, dass es uns noch gibt – das „UNS". Bitte verzeih, wenn ich manchmal zu viel frage. Ich bin halt ich. Aber ich liebe dich dafür umso mehr.

Dein verrücktes Huhn Sanni

Es war der Moment, in dem Melli sich ernsthaft fragte, ob es nicht langsam besser wäre, einen Psychiater dazu zu holen. Nicht für Joe. Für Sanna.

„Er hat gesagt, er will schlafen. Und dann war das Handy noch an."

Melli las diesen Satz dreimal. Und wusste nicht, ob sie lachen, schreien oder einfach den Laptop aus dem Fenster werfen sollte. War das hier noch Beziehungsdrama – oder schon ein digitales Kontrollspektakel auf Endstufe?

„Also wenn das Handy an ist, dann **ist er wach**. Und wenn er wach ist, dann **lügt er**, wenn er sagt, er schläft. Und wenn er lügt, dann macht er was heimlich. Und was man heimlich macht, ist in Beziehungen **immer sexuell**. Also Tinder. Oder eine andere. Oder Pornos. Oder... oder..."

Melli dachte nur: *Sie braucht keine Beziehung. Sie braucht ein Gerät, das Joe direkt mit einem Livetracker ausstattet. Und eine Elektrode, die piept, wenn er mit einer anderen spricht.*

Dass ein Handy auch **versehentlich** an bleiben konnte? Unvorstellbar.
Dass jemand vielleicht einfach den Akku leergehen ließ? Häresie.

Sanna betrachtete Joes Online-Status wie ein IT-Forensiker eine Datenpanne. Und Melli konnte nur noch denken: *Wenn du deinen Partner nach WLAN-Status liebst, ist dein Beziehungsakku schon längst im roten Bereich.*

2 Tage später ging es wieder los. Melli fühlte sich in einer Zeitschleife gefangen wie bei „Täglich grüßt das Murmeltier…"

Sanna wusste, dass sie sich lächerlich machte. Aber sie konnte nicht anders. Joe hatte sich verabschiedet. Gähnend. Müde. Mit einem gedehnten „Ich muss jetzt wirklich schlafen, Schatzi." Und dann?

Zwei blaue Haken.

Handy noch an.

Er schläft doch sonst NIE mit Handy an.

Sie hatte es hundert Mal beobachtet. Gelernt wie ein Muster. Gute-Nacht-Anruf, liebevolles Murmeln, Klick. Offline. Stille. Aus.

Aber heute? Handy war an. Minutenlang. Vielleicht stundenlang. Vielleicht war er gar nicht müde. Vielleicht hatte er nur keinen Bock auf sie.

„Ich finde das nicht normal", schrieb sie Melli. „Wenn man sagt, man geht schlafen – dann soll man auch schlafen. Oder wenigstens das Handy ausmachen."

Melli antwortete trocken: „Er verabschiedet sich halt für den Tag und macht dann noch was anderes."

Sanna bohrte weiter. „Aber... wenn er sagt, er liegt schon im Bett und ist so müde... dann ist das doch eine Lüge, wenn er dann doch noch online ist?"

„Boah, hör auf ihn zu kontrollieren", kam es zurück. „Der kann sein Handy anlassen wie er will."

Doch Sanna ließ nicht locker. Sie hatte es doch gesehen. *Gesehen!*

„Er ist sonst so penibel. Das macht er sonst NIE. Und wenn man schon gähnt und sagt, man sei müde... dann sollte man nicht noch heimlich wach bleiben, oder?"

Melli starrte auf ihr Handy. *Nicht. Schon. Wieder.*

„Sanna, im Ernst? Das hatten wir vorgestern. Vorgestern! Da war exakt dasselbe. Du hast dich genauso aufgeregt, und da hast du auch schon gesagt, dass er das *NIE* macht!"

Sie tippte schneller, als sie denken konnte.

„Wie oft willst du denn noch sagen, dass etwas *nie* passiert, obwohl es zwei Tage vorher exakt genauso war?! Das ist doch kein Beweis für irgendwas – außer dafür, dass du offensichtlich keine Lust hast, die Realität zur Kenntnis zu nehmen!"

Sanna tippte nur zögerlich zurück. Aber Melli war noch nicht fertig.

„Und ganz ehrlich – jemandem zu unterstellen, er lüge, nur weil er sein Handy nicht sofort ausmacht, obwohl er sagt, er sei müde? Weißt du eigentlich, wie irre das klingt? Es ist ein Handy.

Es ist kein Lügendetektor. Und wenn er sagt, er will schlafen, dann bedeutet das nicht, dass er in exakt der Sekunde in ein Koma fällt, in der ihr aufgelegt habt!"

Stille.

Dann ploppte Sannas Antwort auf:

„Aber... wenn er das sonst IMMER macht..."

Melli schloss die Augen. *Immer. Nie. Wieder.*
Und dann murmelte sie: „Ich glaub, ich dreh durch."

Sanna tippte einen Vorschlag für eine Nachricht. Eine neckisch-verletzte Mischung aus Eifersucht und Passiv-Aggression:

„*Wenn du so müde bist und schlafen willst, dann solltest du das Handy auch ausmachen, damit ich nicht denke, du hast noch was angeschaut... Du bist doch sonst so gründlich. Na, was hast du dir noch angeschaut?* ☺☺"

Doch Melli bremste sie sofort. „Kannst du ihn nicht einfach lassen? Das ist so übergriffig."

„Dann soll er halt nicht lügen."

„Er muss dir nicht erzählen, wenn er sich was anschaut. Das ist seine Privatsache."

Sanna protestierte. „Aber wir haben darüber gesprochen. Er sagte, er schaut keine Pornos mehr. Und dann hat er auf einmal eine neue Stellung im Bett drauf..."

„Oh Gott", tippte Melli, „du bist so krass klammernd."

Sanna spürte, wie sie innerlich zwischen Verzweiflung und Kontrollwut hin- und herschwankte. *Wieso versteht keiner, dass ich nur die Wahrheit will?* Nur Klarheit. Nur das Gefühl, *wichtig* zu sein. Wenigstens vor dem Einschlafen.

„Wieso klammern?", schrieb sie. „Ich will doch nur Ehrlichkeit."

„Weil du nicht mal erträgst, dass sein Handy noch an ist. Weil du alles wissen willst. Weil du keinen Moment Raum lässt. Ich hätte bei so einem Verhalten längst Schluss gemacht."

Sanna blinzelte. *Aber ich hab doch gar nichts geschrieben...*

„Doch", kam es zurück. „**Du schreibst seit Monaten. Alles. Fragst, deutest, unterstellst. Das ist wie Wasser auf Stein. Nur dass Joe der Stein ist. Und du das Meer voller Fragen.**"

Sanna starrte auf ihr Display. Zwei Haken. Blau. Und das Handy? Noch an.

„Findest du, die Frage ist berechtigt… wenn ich ihn frage, warum er online ist, aber mir nicht schreibt?", hatte sie Melli geschrieben. Die Antwort war knapp. Und vor allem bekannt.

„Nein. Hast du auch schon hundertmal gefragt."

Sanna biss sich auf die Lippe. *Aber warum macht er das?* Sie verstand es nicht. Nicht wirklich. Nicht emotional.

Melli schrieb: „Weil er es nicht will."

Es war dieser nüchterne Ton, der Sanna so schmerzte. Diese brutale Realität, die nicht weichgespült wurde. Kein „Vielleicht ist er einfach abgelenkt", kein „Er denkt sicher an dich". Nur: *Weil. Er. Es. Nicht. Will.*

„Aber wenn ich ihn das frage, ist das nicht Kontrolle?", hakte Sanna dann nach. „Und Nachlaufen?"

Sanna wusste, dass es stimmte. Und gleichzeitig wollte sie es nicht wahrhaben. Es fühlte sich nicht nach Kontrolle an – sondern nach Liebesbedürfnis. Nach Sehnsucht. Nach dem Wunsch, einfach nur *wichtig* zu sein.

„Ist das normal?", fragte sie weiter. „Hat Basti dir auch mal nicht geschrieben, obwohl er online war?"

Melli antwortete sofort: „Ja. Ganz oft. Ich hab da kein Problem mit. Ich will Basti nicht besitzen."

Ich will Joe doch auch nicht besitzen, dachte Sanna. *Ich will nur, dass er mich will. Dass er mir schreibt. Dass ich sehe, ich bin nicht Luft.*

„Wenn er eh schon am Handy ist… warum dann nicht mir schreiben?", tippte sie. Und obwohl sie wusste, wie Melli reagieren würde, drückte sie auf Senden.

„Weil er nicht das Bedürfnis hat. Man will nicht ständig schreiben. Du wohnst bei ihm. Ihr seht euch ständig. Es wird irgendwann langweilig."

Autsch.

Und da war sie wieder: die Kluft zwischen Sannas romantischem Film und Mellis Realitätssinn. Für Sanna war jedes Nicht-Schreiben ein Schlag. Ein Beweis. Für Irrelevanz. Für Austauschbarkeit. Für: *Du bist nicht wichtig genug.* Am Anfang der Beziehung hatte er schließlich auch geschrieben. Warum war es jetzt anders?

Melli tippte weiter. „Ihr habt doch telefoniert. Morgen bist du eh wieder bei ihm. Was soll man da noch schreiben?"

Sanna seufzte. *Alles. Alles soll man da noch schreiben. Sich sagen, dass man sich vermisst, aufeinander freut, dem anderen sagen, was man so an ihm mag, Zukunftspläne schmieden, in Erinnerungen schwelgen. Er muss doch wissen wollen, was ich gerade mache, ob es mir gut geht, ob ich an ihn denke. Ich will das schließlich auch wissen.*

„Ich bin da wahrscheinlich die Ausnahme", schrieb sie. „Ich brauche das einfach mehr."

„Nein", kam es von Melli. „Du machst ihn zum Lebensinhalt. Und erwartest das auch umgekehrt. Aber das wird nie passieren."

Sanna antwortete nicht sofort. Es stimmte. Es war schmerzhaft. Und es stimmte. Und doch… hielt sie fest. An jedem Satz, den er doch mal schickte. An jeder Wendung, jedem Moment, in dem Joe wieder „lieb" war. In dem er sie sehen wollte. Oder sie zu seiner Mutter mitnahm. *Ist das nicht… ein Anfang?*

„Nein", hatte Melli geschrieben. „Das ist keine Wendung. Das ist die nächste Hochphase vor dem nächsten Sturz."

Und die Hochphasen wurden immer seltener und kürzer, die Stürze dafür umso tiefer.

Aber Sanna dachte nur: *Vielleicht… wird es ja diesmal anders. Vielleicht… hat er es jetzt kapiert.*

Und so war sie wieder da. In der Warteschleife der Hoffnung. Online. Nur nicht bei sich selbst.

2 Tage später.

Mellis Handy vibrierte. Wieder Sanna.

„Melli… ich glaub, ich hab's diesmal wirklich verstanden. Es ist alles kaputt. Ich bin kaputt."

Die Stimme war keine Bitte mehr. Kein Ruf nach Aufmerksamkeit. Sie war müde. Zerschlissen. Wie ein Restposten von sich selbst.

Melli hörte stumm zu. Wie viele Abschiede hatte sie schon begleitet, die nie stattgefunden hatten? Wie viele vermeintlich letzte Nachrichten, gefolgt von der nächsten Entschuldigung, dem nächsten Zweifel, dem nächsten „Vielleicht liebt er mich ja doch"?

Aber diesmal war es anders. Nicht weil Sanna es sagte. Sondern weil sie schwieg. Weil da nichts mehr kam. Keine Rechtfertigung. Keine neue Theorie. Kein "Aber vielleicht...".

Stattdessen ein einziges Wort: „Ende."

Melli antwortete nicht. Sie wusste: Jetzt war jedes Wort zu viel. Jeder Trost eine Wiederholung. Jeder Ratschlag eine Beleidigung.

Denn wer alles gegeben hat – der will keine Tipps mehr.

Am nächsten Tag.

„Wenn ich jetzt gehe… meinst du, er wird sich melden?"

Da war sie. Die Rückfallfrage. Die Hoffnung in Tarnkleidung. Die stille Bitte, dass es nicht wirklich vorbei ist.

„Vielleicht kämpft er ja dann. Vielleicht merkt er es erst, wenn ich weg bin."

Melli las die Nachricht. Und obwohl sie es geahnt hatte, tat es weh. Weil sie genau wusste, dass es kein echter Abschied war. Noch nicht.

Sanna wollte keine Trennung. Sie wollte einen Beweis. Für ihre Bedeutung. Einen Akt der Reue. Ein Hinterherlaufen. Ein Drama, das sie endlich als Hauptrolle zeigte – nicht nur als Statistin in seinem Film.

„Ich will, dass er endlich mal was fühlt", schrieb Sanna. „Dass es ihm wehtut. Dass er kapiert, was er verliert."

Melli antwortete: „Also willst du Schluss machen, damit er dich zurückholt?"

Stille. Dann kam ein einziges Wort: „Ja was denn sonst? Er soll endlich erkennen, was er an mir hat."

Kapitel 48 – Drama, Wein und Wiederholung

Es wurde ruhiger um Sanna. Nicht still, das nicht – aber das Dauerdröhnen wich einem stoischen Grundrauschen. Immer öfter verging ein ganzer Tag, manchmal sogar zwei, ohne dass Mellis Handy vibrierte. Melli gewöhnte sich fast daran, durchzuatmen. Und als dann doch wieder Nachrichten kamen, war da etwas anders. Etwas… gebrocheneres. Und gleichzeitig klüger. Wie ein Tier, das langsam kapiert, dass der Elektrozaun nicht nachgibt, egal wie oft man sich mit Anlauf dagegen schmeißt.

Sanna begann zu begreifen. Dass Joe kein missverstandener Tiefseetaucher mit rauer Schale war. Sondern ein narzisstisches Arschloch. Punkt. Aber das Problem an der Wahrheit ist: Sie heilt nicht sofort. Sie brennt. Und ohne den rosaroten Weichzeichner waren Mellis Worte plötzlich nur noch eins – brutal.

Schlimmer noch: Melli weigerte sich kategorisch, Tipps zur Beziehungsrettung zu geben. Und das nagte. Sanna hatte sich eingeredet, Melli müsse doch wissen, wie man so etwas wieder geradebiegt. Doch jedes Mal kam nur ein Satz zurück: „Mach Schluss." Als gäbe es sonst keine Optionen. Kein „Wie gewinne ich ihn zurück", kein „Was, wenn ich alles richtig mache". Nur: Schluss. Sanna fühlte sich, als würde man ihr ein Pflaster mit dem Fleisch abreißen.

„Ich hab so Angst vor dem Liebeskummer, Melli. So richtig… panische Angst. Ich halt das nicht aus. Dieses Loch, wenn er weg ist. Die Leere. Ich weiß genau, wie schlimm das wird."

Sie presste die Lippen aufeinander, als hätte sie Angst, dass sich sonst der Schmerz schon im Voraus Bahn bricht.

Ja. Damals bei Erik. Die Nächte mit Rotwein, Musik in Endlosschleife und diesem elenden Gefühl, dass das eigene Herz eine schlecht versiegelte Wunde ist. Und Sanna war ja jetzt schon am Boden. Der Schmerz einer Trennung würde sie endgültig zerschmettern – so fühlte es sich für sie an.

„Und ich weiß, du wirst sagen, das geht vorbei, das muss man durchstehen... aber ich hab das Gefühl, wenn ich's durchmache, zerbrech ich daran. Es fühlt sich an wie... sterben."

Und diesmal konnte Melli nichts zynisch kommentieren. Weil sie es kannte.

Zu gut.

Dieser Satz – *„es fühlt sich an wie sterben"* – war kein Drama. Kein Übertreiben. Kein Theater. Es war exakt das, was sie selbst empfunden hatte, als sie sich von Chris gelöst hatte. Oder lösen wollte. Wochenlang. Monatelang. Immer wieder rückfällig. Immer wieder diese Sehnsucht, dieses kranke Vermissen. Obwohl sie wusste, dass er toxisch war. Manipulativ. Emotionsarm. Unempathisch.

Der **Liebeskummer nach einer toxischen Beziehung** war kein normaler Liebeskummer. Es war ein **Absturz**.

Ein **psychischer Entzug**.

Melli hatte Monate gebraucht. Sieben, um genau zu sein. Aber sie hatte aktiv gearbeitet. Therapie. Bücher. Kein Kontakt. Schreiben. Heulen. Wieder kein Kontakt. Und nochmal alles lesen.

Die Erkenntnis, dass er ein Narzisst ist, war ihr schnell gekommen.

Aber ihr Körper, ihr Nervensystem, ihr emotionales Gedächtnis – sie alle hatten länger gebraucht. Viel länger.

Der Kopf wusste längst Bescheid. Aber die Amygdala schrie bei jedem Trigger: Gefahr!

Und bei Sanna? Da war Joe längst der gesamte Orbit geworden, um den sich ihr jämmerlich geschrumpftes Universum drehte. Der Tag begann mit seinem Status – und endete mit seinem Handy. Sanna hatte keine Hobbies mehr. Nur noch Rituale zur Joe-Überwachung. Sie hatte seine Interessen übernommen, seine Zeitplanung adaptiert, seine Launen einkalkuliert. Ihre komplette Existenz war ein Beziehungsprojekt, bei dem sie ständig Input lieferte – und Output analysierte. Es ging längst nicht mehr um Liebe. Es ging um Identität. Um

Existenzberechtigung. Um Selbstwert. Um das Gefühl, überhaupt da zu sein. Ohne Joe war von ihr nichts mehr übrig als ein digital zuckendes Anhängsel in seinen blauen Haken.

Und ja – diese Angst war real. So irrational sie klang, so berechtigt war sie:

Egal, wie schlimm Sanna sich das alles ausmalte – der Schmerz würde schlimmer sein. Unerträglicher. Schneidender. Zermalmender.

Wie ein kalter Entzug – ohne Klinik, ohne Ersatzstoff, ohne Schonfrist. Beraubt ihres gesamten Lebensinhaltes. Und ohne jeden Plan, was sie mit sich selbst oder ihrer plötzlich frei gewordenen Lebenszeit anfangen sollte.

Der emotionale Super-GAU.

In einem ihrer klareren Momente schrieb sie Melli: „Ich will einfach nicht, dass die letzten zwei Jahre umsonst gewesen sein sollen. Ich hab so gekämpft. Und wenn ich jetzt aufgebe... dann war alles vergeblich."

Melli antwortete trocken: „Also bleibst du lieber bei jemandem, der dich kaputt macht, nur um nicht zuzugeben, dass du dich verrannt hast? Na klar. Klingt nach einer super Strategie. Irgendwann sind es dann 3, 4 oder 5 vergebliche Jahre."

„Ich will halt auch nicht allein sein", schrieb Sanna.

„Natürlich nicht. **Du brauchst keinen Mann. Du brauchst ein Aushängeschild.** Einen, der auf Familienfeiern beweist, dass du nicht völlig unbrauchbar bist. Einen, den du wie ein Preisschild um den Hals trägst – 'Guckt mal! Ich bin gewählt worden! Ich bin nicht übrig geblieben!' Ohne ihn bist du nur Sanna. Mit ihm bist du *Sanna, die eine Beziehung hat.* Du brauchst keinen Partner. Du brauchst eine Identitätsstütze mit Penis.

Es ist dir scheißegal, wer er ist – Hauptsache, er steht neben dir und sieht einigermaßen gut aus, damit du dich selbst aushältst. Damit keiner denkt, du bist komisch. Damit du auf Instagram nicht unter #alleinmitwein posten musst. Hauptsache, du bist nicht die mit der Katze und dem EM-Sticker an der Scheibe.

Aber weißt du, wie gesunde Beziehungen entstehen? Nicht, wenn du kriechend durch die emotionale Wüste robbst, auf der Stirn tätowiert: 'Bitte nimm mich!' Erst wenn du ohne Mann klarkommst, erst wenn du dich nicht mehr über irgendeinen Typen definierst – **dann** hast du überhaupt die Chance, jemanden zu finden, der dich nicht wie eine Fußmatte behandelt, sondern wie einen Menschen."

Melli wusste, dass Sanna in diesem Nach-Joe-Zustand empfänglich war wie ein trockener Schwamm. Jedes bisschen Aufmerksamkeit, jede liebevolle Geste, jedes seichte „Du bist besonders" – das würde sich für sie anfühlen wie intravenös verabreichtes Morphin in einer seelischen Notaufnahme, wie ein Fallschirm nach einem Sprung aus dem Flugzeug. Lovebombing in Reinform. Und das war gefährlich. Denn genau da war die Tür zur nächsten toxischen Beziehung schon wieder einen Spalt offen. Und Sanna stand davor, barfuß, frierend, zitternd – und bereit, sie mit Anlauf einzutreten.

Sanna weinte viel in dieser Zeit. Und oft schrieb sie Melli – tränenreich, schluchzend, zerstört – dass sie Thomas nie hätte gehen lassen dürfen. Dass sie alles dafür tun würde, ihn zurückzubekommen. Dass er der einzig Richtige gewesen sei. Doch Thomas lebte mittlerweile mit einer neuen Partnerin. Harmonisch. Weit weg von der emotionalen Achterbahn, die Sanna ihm einst geboten hatte.

Ein weiterer Grund, weshalb sie nicht ging: die Kinder. Joes Kinder. Sie hatte sie ins Herz geschlossen, sie waren ihr Ersatzfamilie geworden. Und dann war da noch die Stadt. Nicht irgendeine Stadt. DIE Stadt. Mit genau dem richtigen Kennzeichen. Sanna wollte nichts anderes. Keine Nachbarstadt. Keine Lösung mit Busanschluss. Nein, sie wollte genau diesen Ortscode auf dem Nummernschild. Melli nannte es ein teuer bezahltes Schild mit Buchstabenzwang. Aber für Sanna war es Identität. Besitz. Zugehörigkeit. Man hätte ihr alles nehmen können – solange sie das Kennzeichen bekam. Sie war bereit, mit dem Teufel um ihre Seele zu schachern, nur um diesen einen beschissenen Ortscode am Auto kleben zu haben.

Und dann war da ja noch ihr Job. Sie mochte ihn. Und wenn sie ehrlich war – er war das Einzige, was noch funktionierte und wo sie sich anerkannt fühlte.

Zwischen all dem Dunkel blitzten manchmal absurde Lichtblicke auf: Pläne, wie sie Joe doch noch halten könnte. Ideen, wie sie ihm beweisen konnte, dass sie perfekt für ihn war. Und dann wieder diese innere Stimme: *Raus hier.* Die wurde lauter. Immer öfter.

Doch von Sannas altem Umfeld war kaum noch jemand da. Ihre Heimat hatte sie für Joe verlassen, Freunde hatten zu Thomas gehalten. Die Freundinnen? Alle abgesprungen. Weil keiner mehr das ständige Joe-Dauerthema aushielt. Lockere Kontakte hatten weder die Zeit noch den Nerv für ihre endlosen Eskalationsschleifen. Und die Menschen, denen sie wirklich etwas bedeutete, wie Robin, Sven und Michaela, konnten einfach nicht mehr mitansehen, wie sie sich zugrunde richtete. Immer wieder berichtete Sanna davon, blockiert worden zu sein. Ein deutliches Zeichen dafür, dass sie persönliche Grenzen nicht einhalten konnte – oder wollte. Mitleid war irgendwann Erschöpfung gewichen. Nur Melli blieb. Die Letzte. Aber auch sie setzte Grenzen. Beispielsweise als Sanna um ein Treffen bat.

Melli konnte Pausen bei WhatsApp machen. Nachrichten überlesen. Atmen. Aber ein Besuch von Sanna? Auf keinen Fall. Das wäre, als würde man sich bei vollem Bewusstsein eine emotionale Lawine ins Wohnzimmer bestellen. Stundenlange Monologe über Joe. Live. Ungekürzt. Mit Tränen, Rückblenden, Vorwürfen, Rechtfertigungen und Drama-Garantie. Es wäre wie ein Theaterstück ohne Pause – und Melli in der ersten Reihe gefesselt. Das war mehr, als sie noch bereit war zu geben.

Doch Sannas Abstieg war nicht mehr zu leugnen. Immer häufiger trank sie. Wein. Schnaps. Irgendwas. Um das Aushalten auszuhalten. Und als Signal an Joe. Damit er endlich sehen würde, wie tief sie gefallen war. Damit er etwas änderte, sich Sorgen machte.

Zweimal schickte sie Abschiedsnachrichten. Dankte Melli. Für alles. Wünschte ihr alles Gute. Danach: Funkstille.

Melli explodierte.

„Ich raste aus!", sagte sie wütend zu Basti. „Schon zum ZWEITEN MAL, Basti! Schickt sie mir so eine Pseudo-Endnachricht. Und ist dann nicht erreichbar. Ich hab Herzrasen gehabt!"

Basti runzelte die Stirn. „Was, wenn sie es wirklich tut? Und du fühlst dich schuldig?"

Melli atmete schwer. „Zwei Jahre lang hat sie auf NICHTS gehört. Hat mich mit jedem toxischen Detail zugetextet und sich alles bieten lassen. Ich war die Einzige, die nicht gegangen ist. Ich war da. IMMER. Den Schuh zieh ich mir nicht an. Wenn sie fällt, dann ist Joe schuld. Nicht ich."

Basti blieb skeptisch. „Aber das macht was mit dir."

„Natürlich macht es was. Aber wenn ich jetzt gehe, dann bleibt da niemand mehr. Und obwohl ich manchmal will, dass sie endlich aufhört – ich kann einen Menschen nicht einfach liegen lassen. Wenn ich jetzt gehe und sie tut sich was an- wie fühle ich mich dann wohl?"

„Sanna ist wie ein Junkie", murmelte Basti. „Die müssen erst alles verlieren, bevor sie aufwachen. Man MUSS sie fallenlassen. Ansonsten ist man Co-abhängig und fördert das Ganze noch."

Melli nickte. Innerlich. Basti hatte völlig recht. Sie war co-abhängig. Sie machte eine Pause. Ein paar Tage. Keine Nachrichten. Kein Lesen. Kein Antworten.

Aber dann kam doch wieder etwas zurück. Mitleid. Zartes Verständnis. Und: ein erster, echter Lichtblick. Sanna schrieb das erste Mal, dass sie jetzt glaube, dass Joe sie nie lieben konnte. Dass sie erkennen würde, dass sie ein Schatten ihrer selbst geworden sei.

Es war nur ein Hauch. Ein erster, unsicherer Schritt. Zwischen zwanzig weiteren Ausreden, neuen Hoffnungstheorien und alten Geschichten.

Aber es war da.

Und das bedeutete, Melli würde noch bleiben. Noch. Nicht für immer. Aber noch ein bisschen.

Leider war Fortschritt mit Sanna kein gerader Weg – sondern ein Trampelpfad voller Stolpersteine, Irrlichter und Rückwärtssaltos. Und wenn man dachte, sie sei jetzt vielleicht wirklich einen Schritt weiter, kam garantiert ein Satz, der alles wieder einstürzen ließ. So wie dieser hier:

„Also… ich glaube, Joe hat einfach Bindungsangst." Sanna sagte das mit diesem Ton, der bedeutete: Jetzt hab ich's durchschaut. Jetzt ist alles logisch.

Melli zog eine Augenbraue hoch. Langsam. Wie ein Vorhang zur Abrechnung.

„Aha. Bindungsangst also. Und ich dachte schon, er wär einfach ein empathieloser Egomane mit Superkräften in Sachen Schuldumkehr."

„Nein, ernsthaft. Ich hab da gestern einen Artikel gelesen… Da stand, Menschen mit Bindungsangst verhalten sich oft widersprüchlich, stoßen einen weg, wenn sie eigentlich Nähe brauchen…"

„Sanna. Mäuschen…es ist nicht nur Wegstoßen. Er quält dich."

„Aber was, wenn das nur ein Schutzmechanismus ist? Vielleicht will er ja lieben. Vielleicht kann er's nur nicht."

„Ach Sanna… Sag doch gleich, du willst mit einem Kaktus kuscheln und hoffst, dass er irgendwann weich wird. Joe hat keine Bindungsangst. Der hat Machtfantasien. Und du lieferst sie ihm frei Haus – mit Schleifchen."

„Ich will doch nur, dass es noch eine Chance gibt…"

„Und ich will 5 cm größer sein und Weltfrieden. Manche Dinge passieren einfach nicht. Du hast was Besseres verdient."

„Aber ich kann einfach nicht mehr. Ich hab keine Kraft, nochmal ganz von vorn anzufangen…"

„Du brauchst keine Kraft für was Neues. Du brauchst Abstand von dem Alten. Beziehungen kosten keine Energie, Sanna. Nur toxische. Und du tankst da täglich für ein ganzes Atomkraftwerk rein. Normalerweise GEBEN Beziehungen einem Energie."

Kapitel 49 – Aus UNS wird ICH

Und trotzdem – trotz allem, was war, trotz aller Drohungen, Demütigungen, trotz aller Ausreden, Erklärungen, Briefe, Zitterattacken und „Ich geh jetzt wirklich"-Anläufen – glaubte Sanna immer noch, dass es irgendwo in diesem Scherbenhaufen einen funkelnden Diamanten gab.

„Joe zeigt mir ja immer wieder, dass er eigentlich gar nicht will, dass ich gehe… Manchmal sagt er ja auch, dass er sich Sorgen um mich macht. Und dann denke ich: Ja, er liebt mich schon. Also auf seine Weise. So, wie er halt Liebe versteht…"

Melli starrte auf den Bildschirm. Sie konnte nicht glauben, wie weit kognitive Dissonanz einen Menschen tragen konnte – vermutlich bis zur Selbstverbrennung.
Denn was Sanna da beschrieb, war kein Liebesbeweis. Das war Manipulation in Endstufe. Gaslighting im Geschenkpapier. Gewalt als Zuneigung missinterpretiert.

Und Sanna?
Sah es als Beweis für *tiefe Gefühle*.

„Immer wenn ich sage: Schatz, ich weiß, dass du mich liebst…
oder: Ich spüre, dass du mich liebst…
dann wird er kalt. Abweisend. Gemein. Als ob er nicht will, dass ich das weiß. Vielleicht… will er's einfach nicht zugeben?"

Melli wollte ihr Handy gegen die Wand schleudern. Oder gegen Sannas Realität. Am besten beides.

Wie sehr konnte man sich selbst belügen?
Wie weit runter konnte man den Begriff „Liebe" schrumpfen, bis selbst Missbrauch noch in das Etikett passte?

Sanna war so süchtig nach dieser einen Form von Bestätigung, dass sie sich selbst einredete: Wer dich schubst, liebt dich. Wer dich ignoriert, denkt besonders oft an dich. Wer dich psychisch zersägt, hat halt nur eine *komplexe Bindungssprache*. Melli konnte nicht mehr glauben, wie sehr man sich selbst belügen konnte.

Dann kam Sanna wieder mit der Anfangszeit.

„Die ersten acht Monate waren schön. Richtig schön. Ohne Angst. Ohne Eifersucht. Ich war nicht ständig bei ihm. Ich hatte kein Bedürfnis, ihn zu kontrollieren, war tiefenentspannt. Es hat sich gut angefühlt..."

Melli runzelte die Stirn. Glaubte Sanna wirklich, was sie da sagte?

War Sanna in der Zeitlinie falsch abgebogen?

Denn sie erinnerte sich an diese „gute" Zeit.

Es war nie gut gewesen. Nicht mal am Anfang.

Schon da hatte Sanna alle zehn Minuten den Onlinestatus gecheckt, hatte Screenshots geschickt, weil eine Frau unter seinem Urlaubsbild ein „Wow" kommentiert hatte. Schon da hatte sie geweint, weil Joe auf ein Herz nicht mit einem Herz zurückgeantwortet hatte, sondern mit einem Daumen.

Aber Sanna hatte sich ein neues Narrativ gebaut.

Eins, das sie retten sollte.

Aber Joe wurde nicht besser. Er wurde schlimmer. Kälter. Härter. Abwertender. So gnadenlos berechnend, dass man nicht mehr von einer emotionalen Achterbahnfahrt sprechen konnte – es war der freie Fall ohne Sicherheitsbügel. Keine Loopings mehr, keine kurzen Höhen, nur noch der tiefe Sturz ins Nichts. Und die Red Flags? Kein Warnzeichen mehr, sondern ein ganzes Fahnenmeer. Wie beim Endspiel der Fußball-WM – nur dass das hier kein Fest der Leidenschaft war, sondern eine Parade der psychischen Zerstörung. In rot, mit Spucke in den Mundwinkeln.

Er fuhr zu schnell. Wie immer, wenn er wütend war. Der Motor röhrte. Die Straße war dunkel, das Navi plärrte stumm vor sich hin. Joe hatte es längst ignoriert. Stattdessen: geballte Fäuste am Lenkrad, die Knöchel weiß, die Kiefer angespannt, als würde er gleich den Rückspiegel abbeißen.

Sanna saß daneben. Klein gemacht. Still. Ihre Hände in der Jackentasche vergraben, als könnte Stoff sie schützen vor dem, was gleich kam.

„Ey, was glotzt du so?", schnauzte Joe und trat aufs Gas. „Boah, Sanna, ehrlich, du gehst mir so auf den Sack! Immer dieses Rumgebohre! Ich halt das nicht mehr aus!"

Sanna zuckte. Wollte etwas sagen, irgendein Satz, der ihn wieder runterbringt. Etwas wie: „Ich wollte doch nur wissen, ob..." – aber sie kam nicht dazu.

„Boah, ich schubs dich gleich aus dem Auto auf die Straße!" brüllte er. Und da war sie. Die Spucke. Die sich in seinen Mundwinkeln sammelte, wie der Schaum vor einem Sturm. Er schäumte. Wortwörtlich. So sehr, dass der Blick kurz flackerte. Nicht mehr Mensch. Nicht mehr Joe. Sondern irgendwas anderes.

Sanna wagte nicht zu atmen. Starrte nur aus dem Fenster. Dort, wo Straßenlaternen an ihr vorbeizogen wie fliehende Zeugen.

Sie sagte kein Wort. Hielt still. Weil sie spürte, dass jedes Wort ihn weiter hochjagen würde. Dass er es wirklich tun könnte. Dass er in diesem Moment zu allem fähig war.

Sie fuhren stumm weiter. Irgendwann drosselte er das Tempo. Stellte das Auto ab. Stieg aus, knallte die Tür. Ohne sie anzusehen. Ohne sie zu beachten.

Sanna blieb noch kurz sitzen. Die Hände zitterten. Ihre Lippen auch. Und ihr Herz? Das war längst kein Organ mehr. Sondern eine Bombe mit zu kurzem Zünder.

Sie stieg aus. Lief ihm nach. Natürlich. Weil sie es nicht besser konnte. Weil sie glaubte, sie müsse ihn erreichen. Ihn beruhigen. Ihn... zurückholen.

Und später, als sie wieder auf dem Sofa saßen – er mit dem Handy, sie mit dem stummen Vorwurf im Blick – sagte sie nichts.

Nichts zu dem Vorfall. Nichts zu der Todesdrohung. Nichts zu dem Moment, in dem er zum Monster wurde.

Aber wenn er sie danach umarmte, oder seine Hand auf ihre legte – schmolz alles wieder. Und in ihrem Kopf sagte eine Stimme: „Er liebt dich. Er zeigt es nur... anders."

Und so blieb sie.

Ein paar Tage später ging es um Dessous. Sanna hatte seine Lieblingsunterwäsche angezogen, sich hingelegt, gewartet. Er ließ sie liegen wie einen vergessenen Amazon-Karton im Hausflur.

Und als sie später versuchte, im Vorbeigehen Nähe zu erzeugen –
ein Kuss, zärtlich, verzweifelt – kam nur ein:
„Boah, Schatz, du bist gemein."
Gefolgt von einem „Watt doch mal ab, vielleicht gibt's später
noch was."
Sex als Gnadenakt. Wie ein Feierabendbier, das man sich nach
einem langen Tag vielleicht noch gönnt. Sanna bot sich an.
Morgens, mittags, abends. Weil wenn er mit ihr schlief, war das ja
der Beweis, dass er sie begehrenswert fand. Nur: je öfter und je
mehr sie ihn wollte, desto weniger Interesse hatte Joe Er wies sie
immer häufiger ab. 10 Tage lang und mehr keinen Sex. Ihn turne
das ab, wenn sie sich immer anbiete.
Danach? Nichts. Kein Kuss. Kein Blick. Nur noch Handy.
Immer dabei. Immer in der Hand. Immer gesperrt. Und das war
eine Veränderung, denn er hatte das Handy in den letzten
Monaten oft einfach liegen lassen.
Und Sanna? Schrieb einen Brief.
Natürlich schrieb sie einen Brief.

Schatz, bitte .... Das kann nicht sein. Du willst dass ich dir
vertraue, dann mach doch auch, dass ich sehe, dass ich dir
vertrauen kann!

Es kann nicht angehen, dass alles nur von mir kommen soll,
das du meinst, du kannst machen, was du willst...Schatz, ich will
absolute Treue, und dass ich mir endlich in unserer Beziehung
keine Sorgen machen muss ...Und nein, das Handy des Partners
ist ein sehr wichtiger Teil, der dazu beiträgt, dass man Vertrauen
aufbaut.

Normal sollte man ins Handy schauen können, ohne dass da
was bei raus kommt.... Wenn man anfängt, die ganze Zeit das
Handy mit sich zu schleppen und es nicht mehr mit dem Partner
allein liegen lässt, hat man was zu verbergen.

Was anderes würde ja wohl keinen Sinn ergeben. Du hast es
sonst immer bei mir liegen gelassen. Seit ein paar Tagen bist du
vermehrt da dran und nimmst es überall mit hin.

Schatz....ich brauche das, dass du mir zeigst, dass ich dir vertrauen kann...Das funktioniert mit Offenheit, Ehrlichkeit, Transparenz....

Was ist denn plötzlich los? Bitte mach das wieder so, dass du es liegen lässt. Wenn du nix hast, dann lass mich das spüren. Bitte....

Aber sie verstand nicht: Je mehr sie erklärte, was sie brauchte – desto detaillierter reichte sie ihm die Bedienungsanleitung zu ihrer emotionalen Zerstörung.
Joe las diesen Brief vermutlich wie einen Actionplan.
Welche Knöpfe drücken, um sie zum Weinen zu bringen.
Wann das Handy verstecken. Wann entziehen. Wann wieder andeuten, dass es „vielleicht später noch was gibt."

Sanna war nun in dem Stadium, in dem sie Melli nicht mehr alles erzählte. Aus Scham. Aus Erschöpfung.
Und weil sie wusste, wie falsch es war, bei ihm zu bleiben.

Und dann – nach zwei Jahren voller Verdächtigungen, Verdrehungen, Spionage, Rollo-Theorien und WhatsApp-Orwellscher Überwachung – kam die Wahrheit.

Greifbar. Unverkennbar. Eindeutig.

Sanna erwischte Joe beim Schreiben mit einer anderen.
Direkt. Schwarz auf Weiß. Tinder.

„Mit der ist noch nichts gelaufen", sagte er.
„Aber sie weiß nicht, dass ich vergeben bin. Und ich sag's ihr auch nicht. Ich will diese Option behalten."

Das war's. Eiskalt. Einfach so. Eine Wahrheit um die sie ihn immer gebeten hatte. Auf einmal konnte er sie aussprechen, als wäre es das normalste der Welt.

Sanna akzeptierte Demütigung, Kontrolle, Schweigen, Entwertung.
Aber sie wollte die EINZIGE bleiben. Das war ihre letzte rote Linie. Und die hatte er gerade eingerissen.

Ihr Blick war messerscharf geworden.
Nicht weil sie ihn noch retten wollte – sondern sich selbst.

Er hatte gelogen, manipuliert, gebissen, geschlagen, sie gedemütigt, erniedrigt und emotional zerfetzt. Und jetzt, wo er langsam wankte, wollte sie nicht mehr verstehen, erklären, hoffen.

Sie wollte gehen.

Nicht still. Nicht leise. Nicht mit tränenverschleierten Augen und einem zitternden „Mach's gut".

Sondern mit hoch erhobenem Kopf.

„Ab jetzt spiel ich nur noch", schrieb sie Melli. „Ich geb ihm das Gefühl, ich glaub ihm. Ich lächle. Ich nicke. Und dann – FICK ICH IHN. Mit meiner Abwesenheit."

Der Plan stand.

Joe wollte Sex.
Sanna? Sagte nein.
Zum ersten Mal: Nein.

Sie wollte Drama. Eine Szene. Einen Knall.
Aber Melli sagte: „Geh leise. Er rechnet nicht damit. Und das wird ihn mehr treffen als jedes Wort."

Sanna, die zwei Jahre lang kleingemacht, verdreht, manipuliert worden war, stand nun auf einer inneren Bühne – aber nicht mehr als Opfer. Sondern als Erzählerin. Als Frau, die den Schlussstrich zieht.

Diesmal ging sie nicht in der Hoffnung, dass er sie zurückholt.

Diesmal ging sie, weil sie begriffen hatte, dass seine größte Strafe nicht Wut war.

Sondern ihre Stille.

Ihr Verschwinden.

Ihr Leben – ohne ihn.

Also wartete Sanna.
Bis er zur Arbeit fuhr.
Packte ihre Sachen.
Verließ die Wohnung.
Löschte den Chat.
Und ließ ihm nur eine Nachricht:

368

„Ich hab dich geliebt.
Und du hast mich benutzt.
Viel Glück beim Weitermachen.
Ohne mich."

Am nächsten Morgen.

Eine neue Sprachnachricht. Sanna klang ruhig. Fast kühl.

„Ich hab's gelöscht. Alles. Die Chats. Die Bilder. Ich hab sogar das Parfum weggeschmissen."

Melli hielt die Luft an.

„Ich hab aufgehört, auf blaue Haken zu starren. Auf seine Online-Zeiten. Ich will das nicht mehr. Dieses Leben, dieses Warten. Ich will leben. Für mich. Ohne ihn."

Ihre Stimme zitterte nicht.

Stille.

Und Melli?
Sie war stolz. So stolz wie noch nie.

Sanna war gegangen. Anders als geplant. Anders als erwartet. Ohne Drama. Leise.
Aber endlich gegangen. Und obwohl sie ging, wusste sie: Der schwierigste Teil kam erst noch – nicht zurückzugehen.

Kapitel 50 – Kalter Entzug

Sie hatte ihn blockiert. Endlich. Endgültig.

Zumindest für sieben Minuten und vierzehn Sekunden.

Dann entblockierte sie ihn wieder.

Denn was, wenn er ihr schreiben wollte? Wenn er sie vermisste? Wenn er vor ihrer Tür stünde, mit zitternden Händen, roten Augen und dem Satz auf den Lippen, den sie so oft in ihrem Kopf gehört hatte: "Ich habe alles falsch gemacht. Komm zurück."

Natürlich käme sie nicht zurück, aber sie würde schon gern hören, dass er etwas bereute, sie vermisste.

Sanna lebte jetzt in einem kleinen Zimmer mit angeschlossenem Bad. Eine Notlösung. Es roch nach Desinfektionsmittel und Einsamkeit. Das Bett war zu schmal, der Duschvorhang klebte an der Haut und der Fernseher hatte genau einen funktionierenden Sender: einen, der Wiederholungen zeigte, die niemand mehr sehen wollte.

Und so verging der erste Tag. Ohne Putzen für Joe. Ohne seine Kinder, die sie betreuen konnte. Ohne Briefe, die sie ihm schrieb. Ohne seine Wäsche. Ohne seine Launen.

Es war die blanke Existenz.

7:43 Uhr: Sie wacht auf. Ihr Herz rast. Einfach so. Ihr Körper ist überfordert mit der Abwesenheit. Kein Joe neben ihr. Kein Atemzug außer ihrem eigenen. Kein Streit. Keine Schuldgefühle. Keine Versöhnungsversuche. Nur kalte Luft und ein Bett, das sich anfühlt wie ein leerer Parkplatz nach einem Rummel.

7:45 Uhr: Sie greift zum Handy. Reflex. Erwartung. Hoffnung. Keine Nachricht von ihm. Aber eine Push-Benachrichtigung von Amazon. *„Ihr Lieblingswhiskey ist im Angebot."* Sie hatte ihn früher für Joe bestellt. Automatisch. Jedes Mal. Sie starrt auf den Bildschirm. Die Flasche. Der Preis. Dann das Loch. Die Erkenntnis, dass sie nie wieder eine kaufen wird. Dass sie nie wieder... *für ihn* einkaufen muss.

Und plötzlich ist da dieser Heulkrampf. Ohne Vorwarnung. Mit allem.

8:10 Uhr: Der Kaffee schmeckt wie verbrannte Einsamkeit. Bitter. Nach nichts. Das Lieblingsradio läuft. Ausgerechnet dieses eine Lied, das Joe mochte. *Sanna hasste es.* Immer schon. Aber jetzt? Jetzt fühlt sie sich bei der Melodie, als hätte man ihr die Lunge aus dem Leib gezogen. Der zweite Heulkrampf. Diesmal mit zittrigen Händen um die Kaffeetasse. Milch ist keine da. Ob Tränen da ein würdiger Ersatz sind?

8:30 Uhr: Dusche. Das Wasser läuft. Viel zu heiß. Dann zu kalt. Ihr ganzer Körper fühlt sich an wie ein Fremdkörper. Ohne Sinn. Ohne Zweck. Ohne... Aufgabe. Ihre Haut kennt keine Berührung mehr. Und sie hasst, wie leer sie sich anfühlt.

8:50 Uhr: Sie sitzt auf dem Boden der Dusche und lässt immer noch heißes Wasser über sich laufen. Die einzige Wärme, die sie spürt. Die einzige Verbindung zu ihrem Körper. Sie steht erst auf, als sämtliches warmes Wasser verbraucht ist.

9:10 Uhr: Sie greift zur Unterwäsche. Die schwarze mit Spitze. Die, die er mal sexy fand. *„Boah, Schatz, da krieg ich direkt 'ne Latte."*
Jetzt kriegt sie nur noch einen Heulkrampf.
Sie steht nackt im Bad, das Höschen in der Hand – und plötzlich schnürt es ihr die Kehle zu.
Ohne zu überlegen, wirft sie es in den Mülleimer.
Nicht, weil es kaputt ist.
Sondern weil sie es nicht mehr erträgt, etwas zu tragen, das sie nur gekauft hat, um für ihn begehrenswert zu sein.

9:30 Uhr: WhatsApp. Status-Check. Noch immer nichts. Kein Bild. Kein Spruch. Kein passiv-aggressives Zitat von Joe. Kein Lebenszeichen. Nur Leere. Und gerade *die* macht sie wahnsinnig. Als hätte er sie ausradiert. Komplett. Spurlos.

10:00 Uhr: Sie wirft sich Lippenstift ins Gesicht. Für den Müll. Für sich. Für niemanden. Dann geht sie los. Ziel: sein Haus. Nicht offiziell. Nur... ein Vorbeifahren. Vielleicht ist er zufällig draußen. Oder auf dem Balkon. Oder...

10:18 Uhr: Das erste Mal vorbei. Kein Auto. Kein Licht. Kein Schatten.

10:24 Uhr: Das zweite Mal. Doch, da war ein Geräusch. Oder?

10:31 Uhr: Das dritte Mal. Der Bordstein kratzt am Reifen, weil sie zu nah dran ist. Und das Herz? Das schlägt wie eine Alarmanlage, die keiner mehr abstellt.

11:45 Uhr: Nachricht an Melli:
„Ich war nur dreimal da. Nur... kurz."

Antwort von Melli:
„Sanna. No Contact. Du kommst nicht von einer Droge los, wenn du dir täglich eine Mikro-Dosis reinziehst."

Sanna starrt aufs Display. Melli hat recht. Natürlich hat sie recht. Aber was weiß Vernunft schon vom Überleben?

14:00 Uhr: Tiefkühlpizza. Halb angebrannt. Halb kalt. Schmeckt wie Styropor. Und Selbstverachtung. Die dritte Gabel bleibt im Mund stehen. Sie kann nicht schlucken. Der Magen ist voll von „Was, wenn er..." und „Vielleicht denkt er ja..."

15:00 Uhr: Scrollen. Profilbild. Facebook. Insta. TikTok. Wieder Facebook. WhatsApp. Ob er was gepostet hat. Ob irgendwas über eine Frau zu sehen ist. Ob... sie ihn *verliert*, obwohl sie ihn längst verloren hat.

17:00 Uhr: Spaziergang. Ohne Ziel. Ohne Jacke, weil sie vergessen hat, dass sie friert. Nur um draußen zu sein. Weil drinnen das Atmen schwerer fällt. Ihr eigener Schatten wirkt fremd. Und sie hasst ihn, weil er sie an etwas erinnert, das noch da ist. Während *er* weg ist.

18:45 Uhr: Eine Serie auf Netflix. Früher haben sie sie zusammen gesehen. Jetzt flimmert sie stumm über den Bildschirm, wie ein Film aus einer anderen Galaxie. Keine Story, kein Inhalt. Nur Farben. Und Einsamkeit im Dolby Surround.

20:00 Uhr: Sie legt sich ins Bett. Im Schlafanzug, den er mochte. Weil... wer weiß. Vielleicht spürt er es ja. Irgendwie.

21:12 Uhr: Sie hört ein Fußballspiel. Nur die Geräusche. Nur, weil *er* es vermutlich gerade schaut.
Sie will sich verbunden fühlen. Und fühlte sich noch nie so weit weg.

22:20 Uhr: Noch ein Lied, das er mochte. Diesmal bricht alles. Dritter Heulkrampf. Unkontrolliert. Mit Schleim, mit Zittern, mit Husten. Es tut weh, weiterzuleben, wenn er nicht mehr da ist.

23:00 Uhr: Melli schreibt wieder:
„Du bist im Entzug. Das ist wie kalter Schweiß, Zittern, Halluzination. Dein Körper hat sich an das Gift gewöhnt – also verlangt er danach. Aber es war Gift. Und du musst raus. Das ist ein Drogenentzug. Nicht im übertragenen Sinne, sondern wirklich. Dein Körper erlebt einen Entzug von den ganzen Botenstoffen". „Scheiß Botenstoffe", denkt Sanna.

23:07 Uhr: Sanna antwortet nicht. Sie kann nicht.
Sie schreibt Joe.
Nein. Sie löscht. Mehrfach. Bis dort 17-mal hintereinander steht „Nachricht wurde gelöscht". Sie bereut das, weil es so erbärmlich wirkt.
Dann schaut sie, ob er online war.
Dann nicht.
Dann wieder.

Wenn er online ist, dann kann das nur bedeuten, dass er mit einer schreibt. So schnell wird sie also ersetzt. Wenn er nicht online ist, ist sie vermutlich längst bei ihm.

23:40 Uhr.
Sanna fährt nochmal bei Joe vorbei. Langsam. Die Hände feucht am Lenkrad, das Herz ein Trampolin. Sie scannt jeden Parkplatz. Jedes Auto. Jede mögliche Spur.
Sie steigt aus. Tut so, als suche sie nach etwas in ihrem Handschuhfach. In Wahrheit streifen ihre Augen jedes Nummernschild, jede Silhouette.
Ein schwarzer BMW. Innen blitzblank. Sonnenbrille auf der Ablage, Energydrink in der Mittelkonsole. *Klares Männerauto,* denkt sie.
Daneben ein verkratzter VW Golf. Zigarettenschachtel auf dem Beifahrersitz. Dreckige Fußmatten. Wieder nix. Mini Cooper in schwarz. Mit Kindersitz auf der Rückbank, „Mia an Board", vorne ein Starbucks Becher und ein pinkfarbener (!!) Eiskratzer.

Gehört bestimmt einer Frau. Ob die wohl die richtige ist? Ist schließlich immer komplizierter, wenn Kinder mit im Spiel sind. Dann stockt ihr der Atem.

23:44 Uhr.

Ein hellblauer Fiat 500. Pastellfarben. Blümchenaufkleber am Heck. Ein Duftbaum in Herzform baumelt am Rückspiegel. Auf dem Rücksitz: eine Yogamatte.

Frauenauto. Ganz klar.

Kennzeichen: GP–XR 87.

Sanna starrt. Noch nie gehört. GP? Was ist das? Sie googelt. Göppingen. Baden-Württemberg. Ein Kaff.

Sanna schluckt. *Was macht eine Frau aus Göppingen in Köln?*

Ihr Puls schießt durch die Decke. Bilder rauschen in ihren Kopf. Joe. Mit *ihr*. In *ihrem* Haus.

In dem Haus, in dem sie die Hälfte der Miete gezahlt hat. In dem sie geputzt, gekocht, gelitten hat. In dem sie ihn geliebt hat, mehr als sich selbst.

Und jetzt?

Jetzt steht sie draußen. In der Kälte.

Zitternd.

Wie entsorgter Müll.

Und drinnen? Sitzt sie. Die Göppingerin. Und bekommt den Joe vom Anfang.

Den charmanten Joe. Den Joe, der lächelt und zuhört und seine Hand auf ihren Oberschenkel legt, wie er es früher bei Sanna tat. Und dann hat er Sex mit der Yoga-Göttin.

23:49 Uhr.

Sanna schüttelt sich. Tränen schießen ihr in die Augen.

Dann kommt der rettende Gedanke.

Tinder! Joe hat doch niemals jemanden aus Göppingen auf Tinder kennengelernt. Tinder sucht im Umkreis. Die wohnt hier bestimmt nicht. Die ist bestimmt nur zu Besuch.

Erleichterung. Für exakt zwölf Sekunden.

23:51 Uhr.

Sie schaut zur Garage.

Offen.

Sein Auto ist weg.

Um diese Uhrzeit?

Niemand ist einfach so um diese Uhrzeit unterwegs.

Nicht, wenn man nichts zu verbergen hat.

Nicht, wenn man keinen Besuch hat.

Er ist bei einer anderen.

23:53 Uhr.

Heulkrampf.

Sie steigt wieder ins Auto. Die Tränen machen die Sicht milchig. Der Rückweg verschwimmt. Die Straße doppelt sich. Sie hofft, gegen einen Baum zu fahren. Einfach so.

Ein kleiner Knall, ein bisschen Schmerz – aber wenigstens kein Herz mehr, das weh tut.

00:18 Uhr.

Zurück in ihrem Zimmer.

Der Notunterkunft mit angeschlossenem Bad.

Sie reißt den Whiskey von der Tankstelle auf.

Und einen Becher Eis. Vanille.

In Filmen essen die bei Liebeskummer immer Eis.

Nach drei Löffeln friert sie. Der Whiskey wärmt nicht. Das Eis schmeckt nach nichts.

Der Becher bleibt offen auf dem Nachttisch. Sie hat keinen Kühlschrank. *Ist auch egal.*

1:17 Uhr.

Sie schreibt Erik.

Dann Gerhard.

„Hey... alles klar bei dir?"

Zwei Männer, mit denen sie vor Joe was hatte. Haben ihr ebenfalls das Herz gebrochen. Aber nicht SO!

Sex? Nähe? Ablenkung?

1:23 Uhr. Nichts.

Keine Antwort.

Natürlich nicht.

Wer will schon mich?

Sie blockiert beide.

Aus Trotz. Aus Schmerz. Aus irgendwas.

1:36 Uhr.

Sie öffnet Tinder.

Heulkrampf.

So hatte alles angefangen.

Sie wischt.

Links. Links. Links.

Alle Männer sind hässlich. Alle falsch. Keiner ist Joe.

Aber sie will Likes.

Will wissen, dass sie noch was wert ist.

2:02 Uhr.

Sie legt sich ins Bett.

Angst vor dem Einschlafen.

Angst, von ihm zu träumen.

Angst, wieder aufzuwachen –

und wieder zu merken,

dass er weg ist.

2:14 Uhr.

Sie stellt sich ihn vor.

Mit der Frau aus Göppingen.

Im Bett. Gelenkige Yoga-Posen.

Sein Körper an ihrem.

Sein Lachen. Seine Wärme.

Alles, was sie nicht mehr bekommt.

Heulkrampf.

2:58 Uhr.

Sanna starrt an die Decke.

„Wie viele Tage wie heute", flüstert sie, „soll ich noch
überleben?"

Wie soll das gehen?

*Wie soll man jemanden loslassen, den man so sehr liebt, dass man sein
eigenes Ich dafür geopfert hat?*

Sie glaubt: *Es war zu tief. Zu besonders. Ich werd nie drüber wegkommen.*

3:30 Uhr.

Sie schläft ein.

Nicht friedlich.

Nicht erlösend.

Sondern aus Erschöpfung.

Aus Leere.

07:06 Uhr.

Der Morgen.

Die Augen öffnen sich.

Das Herz schlägt.

Und der erste Gedanke ist:

Joe ist noch immer weg.

Und das ist schlimmer als alles, was die Nacht je hätte bringen können.

Das Leben, das gerade stattfindet, fühlt sich nicht mehr nach ihrem an.

Kapitel 51 – Aber er hat doch wieder gelächelt.

Drei Tage nach der Flucht. Drei Tage voller Leere. Drei Tage mit leerem Status von Joe. Kein Bild, kein Spruch, kein Zitat mit zweideutiger Bedeutung.

Und dann: Ein Like. Auf ein altes Bild von Sanna. Nichts Besonderes. Ein Moment aus einem vergangenen Sommer. Sie im Gegenlicht, leicht unscharf. Joe hatte es noch nie geliked. Und jetzt – plötzlich?

Sanna saß da, das Handy in der Hand, und spürte es. Dieses leise, warme Kribbeln. Wie flüssiger Honig, der durch kalte Adern fließt. Hoffnung. Ungebeten. Unaufhaltsam. Und sie hasste sich dafür – aber sie ließ es zu.

„Vielleicht hat er…", begann der Gedanke. Und war schon nicht mehr aufzuhalten.

Eine Stunde später sah sie, dass er ihren Status angeschaut hatte. Und einen Tag danach… kam die Nachricht.

Kein „Es tut mir leid". Kein „Ich vermisse dich". Nur ein einziger, perfekt platzierter Satz:

„Ich hab noch nie so gefühlt wie bei dir. Es gab nie eine andere!"

Das war's. Kein Kontext. Keine Erklärung. Nur ein Satz. Naja okay, zwei Sätze. Weich wie Samt, scharf wie eine Rasierklinge. Und Sanna, die dachte, sie sei längst immun – brach in sich zusammen wie ein Kartenhaus bei Windstärke 12.

Sie las die Nachricht. Noch einmal. Und noch einmal.

Und dann war sie zurück. In der alten Schleife.

Plötzlich war sie wieder jemand. Wichtig. Unvergessen. Einzigartig.

Das „Ich" begann sich aufzulösen, bevor es überhaupt richtig da war. Und das „UNS" wuchs wie ein Tumor zurück. Still. Heimlich. Mit jeder Lesung dieser verdammten Zeile.

Diesmal kein Drama beim Wiedersehen. Kein großer Knall. Kein „Ich hab dich vermisst".

Joe sagte nichts. Er war einfach wieder da. Kommentarlos. Als hätte es die Flucht nie gegeben. Sanna stellte keine Fragen. Es gab nie eine andere hatte er gesagt. Mehr musste sie nicht wissen.

Vielleicht war das der Wendepunkt.

Vielleicht war er aufgewacht.

Vielleicht hatte er endlich begriffen, wie besonders das mit ihnen war.

Vielleicht würde es diesmal mehr als eine weitere Runde durch das Minenfeld ihrer Sehnsucht – barfuß, blind und mit Liebesbrief in der Hand.

Mit ihr.

Für Sanna war es die Antwort auf all ihre Fragen.

Der Beweis, dass sie doch richtig lag.

Dass ihre Liebe nicht einseitig war.

Dass sie ihn wirklich berührt hatte.

Für Joe: ein Routine-Satz.

Ein millimetergenau platzierter Köder.

Eine Worthülse mit maximaler Wirkung.

Ein Sprengsatz aus Zuckerwatte.

Nicht zu viel.

Gerade genug.

Nicht verbindlich.

Aber verbindend.

Denn Sanna glaubte: Sie sei besonders.

Die Eine.

Die, für die er sich ändert.

Die, bei der all das Hässliche nie so gemeint war.

Die, bei der die verletzenden Phasen nur Fehlzündungen seiner Vergangenheit waren. Und sein *wahres Ich* – das war das Ich, das ihr manchmal über den Rücken streichelte. Oder sie „Babe" nannte.

Was Sanna nicht schaffte, schaffte Melli: **Sie ging**.

Herzlichen Glückwunsch.

Nach gefühlt hundert Runden im „Ich-halt-das-nicht-mehr-aus"-Karussell.

Diesmal wirklich.

Endgültig.

Weil sie's nicht mehr ertragen hat.
Nicht Joe. Nicht Sanna.
Diese ganze miese Netflix-Dystopie aus Selbstbetrug und
Herzchen-Emojis.

Sanna wollte nicht gerettet werden. Hat es hundertmal
gezeigt. Sie wollte keine Ratschläge. Sie wollte die Bestätigung,
dass ihre Illusion eben keine Illusion war.
Manchmal ganz still, wenn sie sich selbst „Babe" nannte,
während er sie ignorierte.

Melli hat den Stecker gezogen.
Ohne Trommelwirbel. Ohne große Abrechnung.
Nur ein Satz:
„Ich hab alles versucht. Jetzt bist du dran – oder verloren."

Bäm. Das war's.
Nicht mal besonders poetisch.
Aber ehrlich.

Melli ist gegangen.
Weil sie nicht länger die Feuerwehr spielen wollte,
wenn jemand freiwillig im brennenden Haus blieb
und dabei rief: „Aber er hat doch gelächelt."

Und ja – Sanna hat geguckt, als hätte man ihr ins Herz
geschossen.
Aber selbst das hat nichts verändert. Sie war zwar nun ganz allein,
aber dafür hatte sie Joe.

Weil sie an Hoffnung festhielt wie an einem toten Fisch,
den sie „das UNS" nannte.

Sanna blieb.
In einem Trümmerhaufen aus Entschuldigungen, Sehnsucht und
Selbstverleugnung.
Sie spielte Braut, ohne Hochzeit.
Legte sich ins Elend wie in ein frisch bezogenes Bett.
Und flüsterte sich dabei selbst zu, dass das hier Liebe sei.
Nur eben... kompliziert.

Und so würde es weitergehen. Und weiter. Und weiter.
Ein endloser Kreislauf aus Drama, Rückzug, kleinen Brocken,
Versöhnung, neuen Zweifeln, neuen Lügen, neuen Tränen.

Vielleicht – **vielleicht** – würde sie es eines Tages schaffen. Wenn sie sich an das erinnerte, was sie vor ihm einmal war.

Aber heute…

legte sie sich wieder neben ihn.

Ganz still. Ganz nah an seinen Rücken, den er ihr zuwandte.

Mit ihm war sie wieder jemand.

Nicht sie selbst. Sondern jemand, den er nicht einmal lieben musste.

Sondern das, was er sich aus ihr geformt hatte.

Eine weichgekaute Version, angepasst, biegsam, funktional.

Ohne ihn? War sie nichts.

Mit ihm? War sie wenigstens sein Nichts. Etwas, das bequem genug war, um es nicht wegzuwerfen. Der letzte Anspruch, den sie noch hatte. Sie wollte **behalten werden.**

„Ich glaube, diesmal wird es gut.“

Der letzte Satz einer Frau,

die längst nichts mehr hatte –

außer

Hoffnung.

Und irgendwo in ihrem Kopf flüsterte es noch immer: Aber er hat doch gelächelt.

Über die Autorin

Maja Goehlich ist Psychologin. Mehr als zwei Jahre lang begleitete sie eine Frau durch eine Beziehung, die man nur als emotionalen Ausnahmezustand bezeichnen kann. Ein Alptraum, der sie selbst oft an die eigenen Grenzen brachte.

In diesem Roman schreibt sie sich diesen Wahnsinn von der Seele – nicht als distanzierte Beobachterin, sondern als Teil einer Dynamik, die sie unter dem Namen „Melli" literarisch spiegelt.

Zwischen sarkastischen Kommentaren, verzweifelten WhatsApp-Verläufen und knallharten Dialogen webt sie psychologische Erklärungen direkt in den inneren Monolog der Erzählerin ein. Kein Lehrbuchwissen, sondern echte Überlebenshilfe zwischen Abwertung, Hoffnung und Selbstverlust.

Dieses Buch ist keine Fiktion. Es ist die verdichtete Wahrheit vieler.

Epilog

Diese Geschichte ist passiert. So. Nicht anders. Vielleicht nicht mit deinen Namen, nicht in deinem Ort, nicht mit deinem Joe. Aber doch so ähnlich, dass du dich wiedererkennst. Oder eine Freundin. Eine Schwester. Dich selbst von früher. Oder von jetzt.

Sanna steht nicht allein für sich. Sie steht für viele. Für all jene, die geliebt haben, obwohl es ihnen schadete. Für jene, die geblieben sind, obwohl alles in ihnen schrie: *Geh*.

Sie hat die falschen Entscheidungen getroffen. Sie ist geblieben. Immer wieder. Und vielleicht tust du das auch gerade. Vielleicht bist du noch mitten drin. Im Hoffen. Im Warten. Im Rechtfertigen.

Dieses Buch soll dich nicht beschämen. Dir nicht vermitteln, dass alles vergeblich ist. Es soll dich aufrütteln. Nicht, um dir Mut zu nehmen – sondern um dir Mut zu machen.

Denn du darfst gehen. Du darfst aufhören, dich selbst klein zu machen. Du darfst laut werden. Wütend. Klar.

Du musst nicht warten, bis du alles verstehst. Oder bis er sich ändert. Du musst nicht kaputt sein, damit du endlich genug liebst.

Du darfst dich retten. Auch ohne dass er dich vorher darum bittet.

Wenn du an einem Punkt bist, an dem du spürst: *So geht es nicht weiter*, dann ist das nicht Schwäche. Das ist der Anfang.

Mach ihn. Bitte.

Für dich.

Wenn du dich wiedererkennst

Egal ob Frau oder Mann – emotionale Abhängigkeit, psychischer Missbrauch und toxische Beziehungen sind real. Wenn du so etwas erlebst, darfst du das ernst nehmen. Und es gibt Hilfe.

🛠 Soforthilfe – Wenn es akut ist: DE Deutschland

Telefonseelsorge (anonym & kostenlos)

📞 0800 111 0 111 oder 0800 111 0 222

🌐 www.telefonseelsorge.de

Hilfetelefon Gewalt gegen Frauen

📞 08000 116 016

🌐 www.hilfetelefon.de

Frauenhaus-Koordinierung & Plätze finden

🌐 www.frauenhauskoordinierung.de

Polizei (bei akuter Gefahr): 📞 110

AT Österreich

Frauenhelpline gegen Gewalt

📞 0800 222 555

🌐 www.frauenhelpline.at

Polizei (bei Gefahr): 📞 133

CH Schweiz

Lilli – Hilfe bei Gewalt in Beziehungen (auch für Männer)

🌐 www.lilli.ch

Opferhilfe Schweiz

📞 0848 802 208

🌐 www.opferhilfe-schweiz.ch

Polizei (bei akuter Gefahr): 📞 117

Schutz & Zuflucht – DACH-weit:

Frauenhäuser & Schutzwohnungen (z. B. über
www.frauenhauskoordinierung.de)

Beratungsstellen wie Pro Familia, Diakonie, Caritas etc.

Hilfe für Männer: Viele Beratungsstellen beraten auch Männer –
diskret, wertfrei, anonym.

📢 Wichtig zu wissen:

Auch Männer können Opfer von häuslicher oder psychischer
Gewalt sein.

Auch Männer dürfen Angst haben. Auch Männer haben das
Recht, sich zu schützen.

Hilfe zu suchen ist kein Zeichen von Schwäche – sondern von
Mut.

📱 Was du tun kannst – Erste Schritte:

Schreib auf, was passiert – für dich, nicht für ihn oder sie.

Sprich mit jemandem, dem du vertraust.

Sichere Nachrichten oder Screenshots – selbst wenn du denkst,
du brauchst sie nicht.

Überlege dir einen Notfallplan: Wo würdest du hin? Wer wäre für
dich da?

♥ Zum Schluss:

Du brauchst niemanden, der dich komplett macht.
Du bist kein Puzzleteil.
Du bist ein ganzes verdammtes Bild.